LES YEUX BLEUS

Ce livre est une fiction. Les noms, caractères, professions, lieux, événements ou incidents sont les produits de l'imagination de l'auteur utilisés de manière fictive. Toute ressemblance avec des personnages réels, vivants ou morts, serait totalement fortuite.

Ouvrage dirigé par Alice Serverin
Couverture : Emmanuel Pinchon
Images de couverture :
© Shutterstock
© oksana2010
© donatas1205

© 2020, Hugo Poche département de Hugo Publishing
Collection dirigée par Franck Spengler
34-36 rue La Pérouse
75116 Paris
www.hugoetcie.fr

ISBN : 9782755649093
Dépôt légal : juillet 2020
Imprimé en Espagne par BlackPrint

SÉBASTIEN DIDIER

LES YEUX BLEUS

Hugo Poche

SUSPENSE

À Giulia et Lorenzo,
un jour vous lirez entre les lignes
et vous comprendrez.

À mon grand-père,
de toutes les histoires d'enfance
naissent les rêves d'adulte.

« Ça n'a jamais été bien compliqué,
tu sais. C'est même la chose
la plus simple du monde.
Il suffit de viser.
Et de presser la détente. »

PROLOGUE

1986

Nice, avenue Jean-Médecin,
lundi 15 décembre, 19 h 06

Patrick Armand s'appuya contre l'embrasure de l'une des immenses portes-fenêtres de son bureau et contempla l'agitation urbaine en contrebas. La pluie avait fini par cesser et les rues avaient retrouvé l'agitation habituelle qui les animait en cette période de Noël.

Il porta le verre à ses lèvres et le vida d'un trait.

Talisker single malt, vingt-cinq ans d'âge. Une bouteille qu'il avait rapportée d'un séjour en Écosse trois ans plus tôt. Un voyage de quelques jours seulement mais qui lui avait laissé l'un des plus beaux souvenirs de sa vie. Comme ce début de soirée où Rachele et lui s'étaient fait surprendre par la pluie, sur les falaises de Dunvegan. Il avait voulu courir pour regagner le manoir au plus vite, mais elle l'avait retenu par la main. Ils étaient restés encore quelques instants, serrés l'un contre l'autre, dans ce décor de bout du monde.

Et elle le lui avait dit. Elle était enceinte.

Le lendemain, il avait acheté cette bouteille de plus de trois cents livres à la distillerie de l'île. Une façon comme une autre de marquer le coup. Il pensait l'ouvrir pour une occasion spéciale et que chaque gorgée lui rappellerait cet instant où il avait su qu'il allait devenir père.

Il n'aurait jamais pensé la boire ainsi. Comme un vulgaire whisky de supermarché, à n'y chercher que l'abrutissement et l'anesthésie de ses pensées.

Il alluma une cigarette et se resservit un verre. Il resta encore là quelques instants, à laisser les volutes de fumée filer par l'entrebâillement de la porte vitrée.

Puis il regagna son bureau et s'affaissa de tout son poids dans son fauteuil président. La gorgée d'alcool lui brûla l'œsophage. Il posa le verre sur le bureau, juste à côté d'une enveloppe dont le côté droit avait été déchiré à la va-vite.

Elle semblait le narguer avec son logo tout en lettres précieuses : « University of Leicester ». Ça lui avait sauté au visage dès que le coursier l'avait déposée en fin de matinée. C'était peu dire qu'il avait attendu ce courrier. Et que rien de ce qu'il contenait ne l'avait surpris.

Il se prit la tête à deux mains, un peu de cendre tomba sur la moquette beige et forma une tache sombre. Il aurait voulu crier, renverser le mobilier, envoyer valser ses trophées de golf et de tir sportif à travers la pièce, fracasser les bibliothèques en bois noir à coups de chaise…

Il tira une taffe et avala le reste du whisky cul sec.

L'agenda de cuir était posé sur le bord de la table. Il l'ouvrit et feuilleta rapidement les pages au risque de les déchirer avant de trouver celle qu'il cherchait. Il devait l'appeler, tout de suite. C'était la seule façon pour lui de se délester d'un peu de cette rage qui le consumait.

Une photo s'échappa de la couverture où elle était rangée et glissa sur le sol. Il la ramassa et contempla la femme et l'enfant qui y affichaient leur sourire figé. Son cœur se serra. Encore une décision importante dont il avait retardé l'échéance tant et plus en la balayant sous le tapis de sa conscience. Il eut honte de lui, de l'homme qu'il était devenu. Abruti par le pouvoir et l'argent.

Il attrapa le cadre photo posé sur son bureau, ce portrait de Rachele qu'il aimait tant. Il l'ouvrit et glissa le cliché à l'arrière, là où il saurait le retrouver et où personne ne s'aviserait de mettre le nez. Puis il reposa le cadre à son emplacement exact.

Ensuite il empoigna le combiné du téléphone.

Vingt minutes plus tard, une Porsche 911 noire remontait le long du bord de mer à vive allure. Elle arrêta sa course quelques instants à un feu de circulation face à l'aéroport de Nice. Patrick en profita pour ouvrir la deuxième mignonnette de vodka qu'il avait achetée dans une station-service à la sortie de la ville. Elle ne lui fit qu'une gorgée. Il jeta la bouteille vide sur le siège passager avant de remettre pleins gaz lorsque le feu passa au vert.

Il bifurqua vers l'intérieur des terres et bientôt le panneau d'entrée dans la commune de La Colle-sur-Loup apparut. Il enfonça l'accélérateur un peu plus, pensant peut-être que l'une des meilleures façons de clore cette histoire serait que la Porsche dérape sur la chaussée détrempée et finisse dans un mur.

Mais la voiture semblait collée au sol. Il était écrit qu'elle le mènerait à sa destination, rien ne l'en empêcherait. Pas même cet auto-stoppeur qui levait le bras à la lumière d'un réverbère et que Patrick évita de justesse d'un coup de volant. Le portail automatique de l'entrée du domaine s'ouvrit et la Porsche remonta l'allée pour se garer sur l'esplanade qui bordait la villa.

Patrick sortit du véhicule et s'appuya contre la portière.

L'air frais le revigora un peu.

La bâtisse luisait à la lumière de la lune, dans sa robe de pierres et de béton. Elle ne lui avait jamais paru aussi majestueuse, aussi imposante.

Il avança jusqu'à la porte d'entrée et inséra sa clé à pompe dans la serrure.

À l'intérieur, de la lumière filtrait du grand salon. Il laissa la porte se refermer et avança dans la maison, les poings serrés. Qu'espérait-il ? Des excuses ? Des explications ? Rien n'arriverait à le calmer. L'alcool brouillait ses sens, affûtait sa haine comme une lame.

Il poussa la porte et pénétra dans la pièce.

Elle se tenait là, face à la bibliothèque. À une époque encore toute proche, il aurait pu se laisser amadouer par sa beauté, par ce regard qui l'avait toujours remué jusqu'au plus profond de son être.

Mais pas ce soir.

Il y eut d'abord les éclats de voix.

Puis les cris.

Et enfin, les coups de feu.

CHAPITRE 1

2018

Nice, parc forestier du Mont-Boron,
dimanche 2 décembre, 11 h 34

– Allez, vas-y, c'est à toi !

Du plat du pied j'envoyai le ballon rouler sur l'allée gravillonnée. Maxime gambada comme un cabri pour stopper sa course. Celle-ci ne prit fin qu'au niveau du portail en aluminium.

Mon fils se saisit du ballon et revint vers moi, à bout de souffle. Il commençait à transpirer et ses cheveux blonds rebiquaient sur le haut de son crâne.

– À toi, papa !

Il lança la balle devant lui et prit un peu d'élan pour tenter une reprise de volée. Mais son pied la frappa par en dessous et lui imprima un effet involontaire qui la fit bondir dans son dos et passer par-dessus la grille du portail.

– Papa ! Le ballon ! cria-t-il en sautant à deux pieds sur le sol pour manifester son agacement.

– Calme-toi, je vais aller le chercher. Tu veux qu'on arrête un peu ? Tu es tout en sueur.

La température était des plus clémentes pour un début de mois de décembre. À tel point que tout le monde se demandait à quoi allait bien pouvoir ressembler Noël à Nice cette année. Pour le moment les pulls et les parkas n'avaient pas encore quitté les armoires. Maxime portait un simple sweat-shirt à manches longues. La tête du gentil Jake le pirate était sérigraphiée en plein milieu et y souriait de toutes ses dents.

Il me fixa de ses deux billes bleues avec une insistance que je ne lui connaissais que trop bien.

– Papa, je veux jouer encore dans le jardin. Mais plus au ballon !

– Tu n'es pas trop en nage ?

– Non, papaaa, s'il te plaît !

Il me décocha son sourire numéro deux, reconnaissable entre mille. Estelle et moi, nous nous étions amusés à référencer les différentes expressions qu'il utilisait pour nous mettre dans sa poche. Et je devais bien reconnaître que celle-ci était l'une de ses plus diaboliques. La même que celle de Jake en fait. Les créateurs de dessins animés n'avaient pas à chercher bien loin leur inspiration.

– Un petit moment alors. Et ensuite tu rentres, d'accord ? Et tu connais la règle ?

– Je ne sors pas dans la rue et je ne vais pas près de la piscine.

– Bravo. Tope là.

Il fit claquer sa main dans la mienne aussi fort qu'il le put. Je mimai une atroce douleur, secouai mes doigts comme si je venais de me brûler et il éclata de son rire franc et mélodieux.

Il s'éloigna pour ramasser deux de ses figurines Avengers qui gisaient sur un coin de pelouse, attendant le retour de leur petit propriétaire (ou tortionnaire, selon les jours). Hulk était sa préférée du moment car il pouvait y enregistrer sa propre voix en appuyant sur un bouton pendant quelques secondes. Cela ne manquait jamais de donner lieu à des messages des plus cocasses.

Je sortis récupérer le ballon de foot et revins sur mes pas.

Mon regard embrassa notre petite rue qui offrait toujours le même tableau de calme et de sérénité. Les bordures fleuries, les haies et les arbustes soignés au millimètre (un jardinier paysagiste était employé par l'assemblée des copropriétaires et, si j'en jugeais par la camionnette blanche garée un peu plus haut à cheval sur le trottoir, il ne devait pas être bien loin) constituaient un véritable écrin pour la dizaine de maisons qui s'y lovaient.

Je pris soin de refermer le portillon d'accès piéton derrière moi. Maxime était toujours sur la pelouse près du salon d'été à imaginer toutes sortes d'aventures et à les faire répéter par Hulk.

Le gravier crissait encore sous mes semelles lorsque j'aperçus un petit objet brillant près de l'entrée de la villa. Je me baissai pour le ramasser, pensant d'abord à une pièce de monnaie. En réalité il s'agissait d'un porte-clés de la taille d'une pièce de deux euros et qui représentait (devinez quoi ?) le bouclier de Captain America.

– Max, c'est à toi ça ?

Je ne me souvenais même pas le lui avoir acheté.

Il se leva d'un bond et accourut pour voir ce que je tenais dans le creux de ma main.

– Oh oui ! C'est mamie Michèle qui me l'a offert !

– Ah ? Eh bien, fais attention de ne pas le perdre alors.

– Oui, oui !

Comprenez : cause toujours.

Il le récupéra et le fourra dans la poche de son baggy. Puis il regagna la terrasse en singeant un petit pas de danse qu'il avait dû voir à la télévision.

À l'intérieur, j'aperçus Estelle en train de boire un verre d'eau derrière l'îlot de la cuisine. Une fois qu'elle l'eut terminé, elle l'abandonna sur le plan de granit et traversa le salon telle une ombre. Je la rattrapai alors qu'elle posait un pied sur l'escalier suspendu qui menait aux chambres du premier étage.

– Je rentre, dis-je. Max joue encore un peu dehors.

– Ah, OK. J'ai du travail. Je vais rester dans le bureau aujourd'hui.

– Je pensais que tu voulais qu'on discute.

Nous avions eu la veille une dispute assez vive. Une de plus. J'avais espéré que la nuit et la matinée qui s'étaient écoulées nous permettraient de reprendre les choses sous de meilleurs auspices.

Estelle hésita, sembla peser ses mots, puis finit par me répondre. Mais au trait que dessinaient ses lèvres, je savais déjà que je n'allais pas aimer ce qu'elle allait me dire.

– À quoi bon, on ne va pas avoir encore la même discussion qu'hier soir. J'ai bien compris que tu ne voulais pas travailler avec mon père. Le débat est clos.

– Estelle…

– Ce n'est pas la peine, Antho. Je vois bien que l'on ne se comprend pas là-dessus. Je pensais que le fait qu'il se décide à présenter sa candidature à la mairie constituerait aussi pour toi une aubaine. Un moyen de te sortir un peu la tête de l'eau.

– Tu sais bien que j'ai ce livre à finir. Nous en avons déjà parlé, quand même.

– Deux ans, dit-elle en levant son index et son majeur, ça fait deux ans, Anthony. Et où en es-tu ? Le pire c'est que j'ai l'impression que ça te convient. Tu étais un excellent journaliste. Et là… Tu te gâches.

Je ne répliquai rien.

– Et si encore il n'y avait que ça, continua-t-elle. Mais laissons tomber pour aujourd'hui. J'ai des tonnes de boulot pour le cabinet, je suis déjà fatiguée rien que d'y penser. J'ai mal dormi et je n'ai aucune envie d'une nouvelle prise de tête.

Elle passa une main dans ses cheveux tout en prenant soin d'éviter mon regard. Puis elle monta l'escalier d'un pas rapide et j'entendis la porte claquer à l'étage.

Je gagnai la cuisine d'un pas lent, traînant mes réflexions comme des chaînes à mes chevilles.

J'entrebâillai la fenêtre pour prendre un peu d'air et allumai la machine à café. Les piaillements de Maxime qui donnait vie à ses super-héros de plastique flottèrent jusqu'à moi. Il devait se trouver juste à l'angle de la villa.

Je savais que ma femme disait vrai. Que nous n'étions plus aussi synchrones qu'auparavant. Pourquoi ? Toute relation était-elle condamnée à s'émousser avec les années comme le tranchant d'une vieille lame ?

Nous avions pourtant tout ce qu'un couple de notre âge était en droit de désirer. Et même plus. Une villa magnifique sur les hauteurs de Nice, posée dans un parc forestier millénaire avec un panorama à couper le souffle sur le versant italien de l'une des plus belles baies du monde. Cadeau de mariage de mes chers beaux-parents. Car oui, il fallait bien le préciser, ma belle-famille avait les moyens, et c'était peu de le dire.

Après ma modeste carrière journalistique (je dis bien modeste car, en dépit de ce que pensait Estelle, je n'avais pas reçu l'équivalent du Pulitzer ou encore moins déclenché un nouveau Watergate), j'avais en effet ambitionné de devenir écrivain. Quelques années auparavant, j'avais écrit un premier roman qui avait été plutôt bien accueilli par la critique et pour lequel un grand nombre (incroyable à mes yeux) de lecteurs avaient consenti à se délester d'une vingtaine d'euros auprès de leur libraire. Le cadre idyllique du parc du Mont-Boron devait être propice à me remettre le pied à l'étrier. M'aider à enfin trouver ma voie. Mais qui a dit que la seule chose dont on était sûr, concernant l'avenir, c'était qu'il n'était jamais conforme à nos prévisions ?

Le café était trop chaud, je le fis tourner en imprimant à la tasse un léger mouvement. Au loin, la portière d'une voiture claqua.

Je mis quelques minutes à me rendre compte qu'aucun son ne me parvenait plus de l'extérieur. J'ouvris la fenêtre en grand.

– Max !

Mais personne ne me répondit.

Une fois dehors, je trouvai le jardin désert. Quelques jouets de Maxime jonchaient encore la pelouse. Inertes. Abandonnés.

La peur s'empara de moi avec une violence que je ne sus pas contenir. Je la sentis tout de suite exploser jusque dans le tréfonds de mes entrailles. Cette sensation que quelque chose de grave venait de se produire.

– Max !

Mes premiers appels restèrent sans réponse. J'essayai de me concentrer et de calmer l'afflux sanguin qui bourdonnait dans mes tempes.

– Maxime ? Où es-tu mon grand ?

Mon regard s'attarda sur l'épaisse haie de thuyas qui séparait notre jardin de la rue. Je l'avais souvent surpris à se faufiler dans les endroits les plus exigus, pour essayer de nous surprendre en criant et surgissant comme un petit diable hors de sa boîte. Je m'accroupis, puis me mis presque à plat ventre et tentai de sonder du regard les interstices entre les branches pour y distinguer le bout d'une chaussure ou d'un sweat-shirt. Peine perdue.

Je courus vers l'angle de la maison pour accéder à la partie arrière du jardin. C'était le lieu dont nous profitions le plus, surtout lors de la belle saison, avec son salon d'été et sa terrasse en teck qui avançait sous les arbres pour venir encadrer la piscine à débordement.

Une pensée me traversa alors l'esprit comme une flèche.

– *Tu connais la règle ?*

– *... je ne vais pas près de la piscine.*

Nom de Dieu ! Je me mis à courir comme un fou, enjambant l'un des bains de soleil et manquant de me retrouver face contre terre alors que mon pied attrapait le bord de l'assise. Je me rattrapai in extremis et continuai à slalomer entre le mobilier. Lorsque j'arrivai à hauteur de la piscine, presque hors d'haleine, je ne pus m'empêcher de lâcher un soupir de soulagement. La bâche de protection était bien tendue et attachée, rien n'avait pu passer à travers.

Je repassai rapidement sur le côté nord de la propriété en longeant la barrière végétale qui nous séparait du terrain de miss Peters, notre seule et unique voisine, une retraitée anglaise (anciennement directrice de rédaction au *Times*) très discrète mais dont le chien, un border collie prénommé Jelly, passait ses journées à aboyer à tout-va. Je me fis soudain la réflexion que je ne l'avais pas entendu une seule fois aujourd'hui.

Toujours rien.

Je revins à mon point de départ, j'avais fait le tour du périmètre, j'étais plus angoissé que jamais. Je pris encore quelques secondes pour tenter de réfléchir. S'il n'était pas dans le jardin… Mon regard suivit ma pensée et fila jusqu'au portail.

Mon sang se glaça dans mes veines. Le portillon attenant était ouvert de quelques centimètres.

Deux enjambées plus tard, j'étais dans la rue, criant et tournant sur moi-même pour tenter d'apercevoir sa petite silhouette.

Pas de réponse.

Je serrai les poings jusqu'à me faire rentrer les ongles sous la peau. Les palpitations s'intensifièrent, ma nuque se raidit, j'avais l'impression de ne plus pouvoir placer une idée après l'autre, elles ne faisaient que s'enchaîner dans ma tête comme les images d'un kaléidoscope. J'essayai encore de me raisonner : il ne devait pas être loin, je ne l'avais laissé seul que dix minutes à tout casser.

Dix putains de minutes.

Un instant.

Une éternité.

Je descendis en courant jusqu'à l'embranchement avec la route principale.

Mes cris se muèrent bientôt en hurlements à mesure que je me rapprochais de l'avenue et de sa circulation dense et bruyante. Mais il n'y avait rien. Seules quelques feuilles mortes que le vent balayait sur le bitume en même temps que mes dernières espérances.

En remontant je vis Estelle qui arrivait à ma rencontre, alertée par mes cris. Elle m'attrapa par les épaules :

– Que se passe-t-il ? Anthony ! Où est Maxime ?

– Je ne le trouve plus. Il était là, dans le jardin. Le portillon était ouvert…

– Quoi ? Mon Dieu !

Son visage se décomposa en une fraction de seconde mais elle n'ajouta rien. Le choc émotionnel l'avait figée. Et ma mine défaite, au bord des larmes, était une réponse suffisamment explicite.

Nous fîmes demi-tour pour remonter la rue en direction du parc. Je regardai partout, à travers les portails et les grillages des villas voisines, derrière chaque bosquet, chaque muret, sous chaque voiture. La voix étranglée d'Estelle continuait d'appeler Maxime avec une régularité de métronome.

En quelques instants nous arrivâmes à la fin de la rue, laissant toutes les habitations derrière nous. Les troncs élagués des pins et autres conifères se dressaient désormais devant nous comme autant d'obstacles supplémentaires.

Nous nous enfonçâmes dans les bois en appelant de toutes nos forces. Mais nos cris étranglés d'angoisse ne firent que s'évanouir dans la nature.

Et bientôt, il ne resta plus que le silence.

CHAPITRE 2

2018

Nice, parc forestier du Mont-Boron,
dimanche 2 décembre, 13 h 37

Les minutes s'égrenaient et l'air devenait irrespirable.

Alertés par nos cris et nos allées et venues, des voisins étaient sortis et avaient décidé de nous prêter main-forte. Mais en dépit de nos efforts et de nos appels répétés, Maxime ne réapparaissait pas.

Nous continuâmes à errer sur les sentiers pédestres et croisâmes plusieurs promeneurs en balade dominicale. Inlassablement, la réponse à nos questions était toujours la même : non, ils n'avaient pas vu de petit garçon seul dans les bois. Certains nous dévisagèrent même de façon hautaine et indignée. « Quel genre de parents étaient capables de perdre ainsi leur enfant ? », pouvait-on lire dans leur regard.

Lorsque nous rentrâmes à la maison, Estelle fit ce qui lui brûlait les doigts depuis le début : elle décrocha le téléphone et appela son père.

Claude et Michèle Cerutti avaient passé le week-end dans leur propriété de Saint-Tropez et étaient sur la route du retour.

– Estelle chérie, nous sommes sur l'autoroute, nous…

– Papa, c'est horrible… Il… Il a disparu ! hurla-t-elle dans le combiné.

Elle s'effondra sur le carrelage de notre salon comme un pantin à qui on aurait coupé les fils. Foudroyée. Elle resta recroquevillée sur le téléphone, en larmes, incapable d'en dire plus et de se maîtriser. Je me ruai à son niveau et passai un bras autour de sa taille pour la soutenir, tandis que je saisissais le combiné téléphonique de l'autre main. Le haut-parleur menaçait d'imploser :

– Quoi ! Nom d'un chien mais qu'est-ce qui se passe ? Estelle ! Estelle ! rugissait mon beau-père.

La voix paraissait assez lointaine, sûrement par le fait du système mains libres.

– Claude, c'est Anthony, écoutez-moi, Maxime a disparu. Il est sorti du jardin et on ne le trouve plus.

– Bordel de merde Delcourt, qu'est-ce que c'est que cette histoire ? Vous avez perdu le petit ?

– Chéri, calme-toi ! Anthony, nous arrivons tout de suite ! tempéra la voix plus effacée de ma belle-mère. Mon Dieu, faites qu'il n'ait rien !

– Delcourt, écoutez-moi, reprit mon beau-père. Appelez tout de suite la police, tout de suite ! On est là dans une heure !

Je perdis la communication dans une sorte de déflagration étouffée, comme si leur voiture venait de passer le mur du son.

Je posai le téléphone sur le sol et soulevai Estelle afin de la mener jusqu'au canapé. Puis je courus à la cuisine pour trouver un remontant, n'importe quoi. J'ouvris le réfrigérateur et mon regard tomba sur une bouteille de Grey Goose, posée dans la contre-porte. Claude adorait cette vodka française haut de gamme. Estelle en gardait toujours une au frais. J'attrapai un verre dans l'un des placards attenants et retournai au salon.

Estelle n'avait pas bougé d'un centimètre. Son visage blême me transperça le cœur. Je lui versai un fond de vodka et lui tendis le verre. Elle le porta à ses lèvres et en but une petite gorgée en grimaçant. Mais déjà, elle reprenait quelques couleurs.

Elle me rendit le verre que je remplis un peu plus avant de l'avaler cul sec.

– Antho…

– Nous allons le retrouver, je te promets que nous allons le retrouver et que tout ceci ne sera bientôt plus qu'un mauvais souvenir, dis-je en m'accroupissant à son niveau. Il faut appeler la police maintenant. Gardons notre sang-froid, Estelle, il le faut, je t'en prie.

Est-ce que j'arrivais moi-même à croire aux paroles que j'étais en train de lui asséner pour la rassurer tant bien que mal ? Toujours est-il qu'elles me semblèrent les seules appropriées à pareil moment, de banales formules de circonstance auxquelles se raccrocher. Les seules que deux parents ayant perdu leur enfant devaient se répéter encore et encore pour ne pas sombrer définitivement dans la folie.

J'attrapai mon téléphone pour composer le 17 et me mettre en relation avec la police ou la gendarmerie.

Je me cachai de la vue de ma femme tant j'avais du mal ne serait-ce qu'à déverrouiller l'écran.

Mes mains tremblaient comme des feuilles.

Un ronflement de moteur, bientôt suivi de claquements de portières. Je regardai ma montre : moins de vingt minutes s'étaient écoulées depuis mon appel à la police. J'avais l'impression que cela faisait des heures. Dans ce laps de temps, nous étions retournés nous égosiller dans le parc, en vain.

Je sortis de la maison et courus jusqu'au portail. Un premier uniforme se dessinait derrière la grille.

– Bonjour, vous avez appelé police secours ?

– Oui, c'est moi. Anthony Delcourt. Mon fils a disparu ! On ne le retrouve plus. Nous avons fouillé le parc mais…

Il me coupa sans ménagement.

– Monsieur, entrons s'il vous plaît. Vous allez nous expliquer tout ça et nous allons faire le nécessaire.

Ils me suivirent jusque dans le salon, où le fantôme d'Estelle nous accueillit, plus livide que jamais. Lorsqu'elle me vit entrer, encadré par deux policiers, elle eut un regain de vitalité. Elle se passa rapidement la main dans les cheveux pour discipliner deux mèches blondes qui lui masquaient le regard et sécha ses yeux.

– Brigadier-chef Fournier, dit le policier qui m'avait adressé le premier la parole. Et voici les gardiens de la paix Denys Hebert et Luc Canavate.

Il salua Estelle d'un hochement de la tête et ses deux collègues l'imitèrent.

– Racontez-moi tout, ajouta-t-il.

Nous prîmes place au salon. Le policier m'écouta en prenant des notes sur un petit calepin qu'il avait tiré d'une poche de sa veste. Ses deux collègues nous observaient dans son dos et balayèrent tout notre intérieur du regard. Lorsque j'eus fini, il releva les yeux vers nous. Son regard alterna entre Estelle et moi. Une fois, puis une deuxième.

Il se tourna ensuite vers ses deux collègues.

– OK, Luc tu fais une reco du périmètre. Denys, PC radio, tu demandes du monde.

Les deux hommes opinèrent du menton et retournèrent à l'extérieur. Fournier continua ses questions.

– Dans le cas d'une disparition inquiétante, nous devons aller vite. D'après ce que vous me dites, cela fait plus d'une heure et demie que vous ne l'avez plus vu.

– Nous l'avons cherché partout avant de vous appeler, dis-je en considérant soudain combien de temps précieux nous avions gaspillé.

– Très bien. Comment était-il habillé aujourd'hui ?

J'allais répondre mais la voix atone d'Estelle me devança.

– Il porte un pantalon kaki, type baggy, un sweat-shirt blanc avec le pirate dessus… Jake, celui du dessin animé, et des petites Converse rouges à semelles blanches.

– Taille et poids ?

– Dix-sept, dix-huit kilos. Il mesure un peu plus d'un mètre.

– Très bien. Et le plus important, avez-vous une photo récente ?

Je m'empressai d'aller attraper un cadre photo sur l'une de nos bibliothèques et d'en extraire une de Maxime.

– Elle a quelques semaines, c'est la dernière photo de classe, ajoutai-je en la tendant au brigadier et en me rasseyant.

Il la regarda quelques secondes et je perçus un léger frémissement de ses lèvres qu'il refréna aussitôt. Avait-il des enfants ? Peut-être bien. Auquel cas il ne serait que plus sensible à notre situation.

– Merci, me dit-il en rangeant la photo dans son calepin. Avez-vous ressenti quelque chose de spécial, d'inhabituel, au niveau du comportement de votre enfant ces derniers jours ?

– Quoi, mais pourquoi ? s'emporta Estelle. Il a quatre ans ! Vous pensez qu'il peut décider de s'enfuir comme ça ?

Le policier leva les mains à hauteur de sa poitrine comme si elle venait de lui braquer une arme en pleine figure.

– Madame, répondit-il posément. Nous devons tout prendre en compte. Un enfant, même de cet âge, peut réagir de façon inattendue à du stress ou à une situation inhabituelle.

Estelle bouillonnait.

Je lui pris les mains pour la contenir mais je sentais tous les muscles de son corps tendus à se rompre.

– Nous ne maltraitons pas notre fils, si c'est que ce que vous insinuez !

– Je n'insinue rien. Mais nous avons déjà eu des cas d'enfants qui restaient cachés plusieurs heures car ils étaient marqués par une forte dispute familiale. Encore une fois, nous ne devons rien négliger.

Je repensai à notre dispute de la veille et à notre conversation du matin même. Mais non, Maxime ne pouvait pas les avoir entendues. Et puis il avait semblé si gai et insouciant dans le jardin.

– Avez-vous remarqué quelque chose d'inhabituel ? demanda Fournier. Dans le quartier ?

Je fermai les yeux pour me concentrer un peu plus.

Maxime et moi avions fait une balade dans le parc en début de matinée puis nous étions rentrés et nous avions joué au football. J'étais ensuite allé récupérer le ballon dans la rue et lorsque j'étais revenu… J'avais regardé la rue, les bordures de fleurs, les arbres et… Nom de Dieu ! La camionnette ! Je me revis, accoudé au comptoir de la cuisine, ma tasse de café en main en train de ressasser mes idées noires. Je percevais encore les bruits que faisait Maxime en jouant. Mais à un moment, au loin, je l'avais entendu, j'en étais persuadé. Une portière de voiture avait claqué.

Je rouvris les yeux et criai comme si ma vie en dépendait.

– Une camionnette ! Il y avait une camionnette blanche dans l'allée !

– Un véhicule que vous ne connaissiez pas ?

– J'ai pensé que c'était celui du jardinier de la copropriété.

– Un dimanche ?

– Je… Oh mon Dieu…

Estelle me fixa puis se tourna vers Fournier.

– Vous pensez que…

Elle éclata en sanglots, rattrapée par l'horreur d'une pensée que nous nous étions évertués à cadenasser tout en sachant que nous devrions tôt ou tard l'envisager. Je la serrai de toutes mes forces dans mes bras, mais je manquais moi-même d'exploser de rage et de douleur.

– Vous avez ses coordonnées ? Au jardinier ?

Je sortis mon iPhone et naviguai dans la liste de contacts.

– Les voici, dis-je en lui dictant un numéro de téléphone. C'est un Italien, Tommaso Benignoccho. Nous le connaissons depuis des années.

Fournier le nota sur son carnet.

La porte d'entrée s'ouvrit soudain sur l'un des deux policiers. Nos trois visages se braquèrent dans sa direction.

– Les renforts sont là, dit-il.

Fournier opina du chef et nous lança un dernier regard avant de se lever du fauteuil.

– Nous allons effectuer une première battue, ajouta-t-il avant d'aller retrouver son collègue.

Mon regard trouva celui d'Estelle.

Elle aussi semblait prisonnière de la même certitude effroyable.

Notre fils avait été enlevé.

CHAPITRE 3

2018

Nice, parc forestier du Mont-Boron,
dimanche 2 décembre, 15 h 23

Les foulées des deux hommes résonnèrent sur les marches du perron puis s'effacèrent peu à peu dans le gravier de l'allée.

Estelle et moi restâmes là quelques minutes, assis sur le canapé, dans un silence de plomb qui pesait sur nos épaules déjà trop lasses, mais qu'aucun de nous n'osa briser.

Le temps jouait contre nous et je n'arrêtais pas de penser de façon stupide à tous ces polars américains dans lesquels on vous serinait combien les premières vingt-quatre heures étaient capitales dans le cas d'un enlèvement et que, passé ce délai, l'enfant voyait ses chances de survie divisées par deux, puis n'en avait quasiment plus aucune ensuite.

Je finis par réussir à quitter l'assise du sofa et tendis une main à Estelle qui s'y accrocha comme à une bouée de sauvetage. Nous gagnâmes la porte d'entrée puis le jardin. Le brigadier-chef Fournier se tenait debout près de la portière ouverte de son véhicule. Il parlait dans un émetteur radio dont le câble à ressort était tendu à son maximum.

Je sentis Estelle s'arrêter derrière moi.

– Vas-y, ça va aller. J'arrive, me dit-elle.

– Tu es sûre ?

Elle posa ses mains sur son ventre comme si elle y ressentait une douleur, ce qui était sûrement le cas.

– Laisse-moi encore deux minutes s'il te plaît. Mais toi, vas-y. Va voir où ils en sont.

Je descendis les marches et avançai jusqu'au portail. J'aperçus alors l'un des policiers sortir de la propriété de miss Peters. Il passa devant moi et, alors que je tentais de lui demander s'il avait du nouveau, il se contenta de m'adresser un signe de dénégation en secouant la tête.

Trois nouvelles voitures de police, dont une banalisée, ainsi qu'un fourgon, étaient garés à l'entrée de la rue. Les hommes en descendaient et commençaient à mettre en place leur protocole d'intervention.

Fournier avança vers moi et me mit la main sur l'épaule.

– Nous allons mener une première battue avec les renforts que nous avons pu mobiliser. Nous attendons d'autres équipes ainsi que deux experts de la brigade cynophile. J'ai aussi demandé un hélico, dans deux heures il fera nuit.

– Vous pensez encore qu'il est dans le parc ? Que faites-vous de la voiture blanche ? Vous avez appelé le jardinier ?

Il parut embarrassé.

– On s'en occupe. Écoutez, je sais que c'est dur pour vous. Sachez que nous ne mettons aucune piste de côté. Mais nous devons aussi ratisser ces bois pour être sûrs qu'il n'y soit pas.

Le double sens de ses dernières paroles me glaça le sang. En plus de l'hypothèse de l'enlèvement, celle de retrouver le corps sans vie de mon fils dans le parc me brûlait l'esprit.

– Nous avons transmis les premiers éléments au bureau du procureur, continua-t-il. Nous faisons le maximum. Essayez de mobiliser le plus de personnes possible de votre connaissance pour la battue. Toute aide sera la bienvenue.

Il me redonna une tape sur l'épaule puis s'éloigna vers un groupe de quatre hommes dont deux étaient en civil avec un brassard de police sur leur manche de blouson. Il leur parla en désignant du doigt les bois au bout de la rue à plusieurs reprises.

Une voix puissante et familière survola soudain l'ambiance déjà bien agitée de la scène.

– Je suis le grand-père, monsieur ! Claude Cerutti ! Dites-moi qui commande ici !

Claude venait d'arriver et s'était jeté sur le premier uniforme qui avait croisé son chemin. Michèle m'aperçut et courut à ma rencontre.

– Anthony, oh mon Dieu, Anthony, c'est terrible !

Elle me serra dans ses bras. Son maquillage s'était dissous dans les larmes.

– Où est-elle ? Où est Estelle ?

– À l'entrée de la maison, Michèle.

Elle passa sa main sur ma joue puis me quitta pour rejoindre sa fille. Quelques secondes plus tard, j'entendais Estelle lui tomber dans les bras en pleurant.

Claude, droit comme un I, était déjà en grande conversation avec un policier en civil. Même en tenue décontractée de fin de week-end, il conservait ce port altier qui marquait sa silhouette et cette capacité d'adaptation phénoménale qui avait fait sa réputation. Lui, l'homme d'affaires millionnaire mais surtout le fils de Joseph Cerutti, grand résistant, chevalier de la Légion d'honneur et maire de la ville pendant quatre mandats. À Nice, trois rues portaient leur nom, comme autant de totems érigés à la gloire de leur patronyme.

Je le regardai imposer le respect à tous ceux qui l'entouraient, distribuant les poignées de main et les regards appuyés tel un politicien en campagne. Nos rapports avaient alterné entre périodes de tensions et d'accalmies, mais je devais bien avouer que j'étais soulagé de le savoir à nos côtés un jour comme celui-ci.

Lorsqu'il m'aperçut, il m'adressa un hochement de tête aussi sec que discret.

Quant à moi, je ne pouvais chasser de mon esprit le terrible pressentiment que cette histoire nous échappait déjà complètement.

Les policiers avaient dressé un camp de base autour du capot de l'une des voitures.

Une cartographie de la ville de Nice y était dépliée et quelques flèches et annotations avaient été ajoutées au marqueur noir dans la dizaine de centimètres carrés qui délimitaient la zone du parc.

L'unité cynophile nous avait rejoints. Les maîtres-chiens tenaient en laisse deux bergers malinois. Leur harnais semblait superflu tant ils étaient disciplinés.

Le brigadier avait demandé qu'on leur fournisse des vêtements récents de Maxime. J'étais donc monté au premier étage, dans sa chambre, et avais sorti deux pulls de son armoire, un gris avec une tête de Mickey et un autre de couleur orange.

En redescendant au salon j'avais aperçu Michèle en train de glisser quelques mots à l'oreille de sa fille, les mains posées sur ses épaules. Estelle acquiesçait mollement. Elle était déconnectée de la situation, incapable de la moindre réaction.

J'allais sortir de la maison lorsque la voix blanche de ma belle-mère me héla :

– Anthony, j'allais oublier, nous avons appelé Lise pour lui dire. Elle ne peut venir nous aider, elle a passé tout le week-end au lit, nous a dit Fabrice. Et la nouvelle l'a encore plus assommée… (Elle porta la main à ses lèvres.) C'est lui qui va venir. Il est arrivé à Nice dans l'après-midi.

Je n'avais pas revu ma belle-sœur depuis plusieurs mois et il est vrai que je n'aurais même pas pensé à la contacter. D'ailleurs je n'arrivais pas à penser à grand-chose. Quant à Fabrice Vergeot, dont elle partageait la vie depuis un an, je ne l'avais rencontré qu'une seule fois, lors d'une soirée à laquelle il avait convié tout le clan Cerutti pour le vernissage de l'une de ses expositions. Il avait réservé toute la salle d'un restaurant cubain à la mode sur le port de Saint-Laurent-du-Var, qui bénéficiait d'une plage privée. La soirée avait été un peu surfaite et nous ne nous étions d'ailleurs quasiment pas croisés, hormis pour les traditionnelles photos pour les pages people locales. Les relations entre Estelle et sa sœur étaient assez distendues depuis quelque temps, pour ne pas dire inexistantes, chacune ayant sa vie et ses impératifs. Elles se satisfaisaient volontiers de limiter leurs échanges à quelques lignes sur Messenger. Mais ma belle-mère avait eu raison de l'appeler et je la gratifiai d'un remerciement de circonstance.

J'espérais un signe de la part d'Estelle avant de repartir, mais son regard se noyait dans la tasse fumante qu'elle tenait entre ses deux mains.

En regagnant le jardin, les souvenirs m'assaillirent de façon brutale.

Était-ce le fait de repenser à Lise, à sa relation avec Estelle ? Peut-être. Du plus loin que je me souvenais, les sœurs Cerutti avaient toujours joué le feu et la glace. Deux jeunes femmes du même sang, deux tempéraments trempés dans les mêmes eaux familiales mais aux affluents si différents.

De Lise avait toujours irradié un magnétisme complexe, auquel peu d'hommes savaient se montrer indifférents. Mais elle pouvait être aussi intraitable dans ses relations amoureuses que son père l'était en affaires. Bon sang ne saurait mentir. Au feu et à la fougue de sa cadette, Estelle opposait une sérénité peu habituelle pour son âge. C'était cette beauté plus humaine, ancrée dans le réel, qui m'avait séduit lors de notre première rencontre.

Tous ces souvenirs me paraissaient tellement surannés aujourd'hui.

Je fis un effort surhumain pour me remobiliser, alors que les deux malinois commençaient à fouiller le sol après avoir reniflé les vêtements de mon fils.

Nous nous enfonçâmes à nouveau dans les bois, en respectant l'organisation décidée par les policiers. Les faisceaux des lampes torches découpaient l'obscurité, glissaient sur les troncs et tentaient de percer la nuit naissante qui plongeait le parc dans une ambiance de cimetière.

Soudain, j'entendis le bruit assourdissant du rotor d'un hélicoptère juste au-dessus de nos têtes. Les feuilles se mirent à tourbillonner dans tous les sens, soulevant quelques nuages de poussières au passage.

Une lumière blanche et aveuglante explosa dans le bois. Après un temps d'adaptation de quelques secondes, on y voyait désormais comme en plein jour.

Fournier arriva à mes côtés.

– C'est un hélicoptère de recherche, cria-t-il à mon oreille. Il a une caméra thermique.

J'acquiesçai et lui emboîtai le pas de façon mécanique.

Le parc dévalait en pente douce jusqu'à la fin de la colline. Avec l'aide de l'hélicoptère, la fouille se poursuivit sur plusieurs centaines de mètres en contrebas.

Mais nous ne trouvâmes rien.

Et pire que tout, les chiens semblaient complètement paumés. L'un d'eux finit même par nous ramener près de la maison de miss Peters et par renifler les abords de sa haie et de son portail, ce qui ne manqua pas d'intriguer Fournier.

– Qu'y a-t-il dans cette direction, derrière votre villa et celle de votre voisine ?

– Les sentiers pédestres continuent jusqu'au fort du mont Alban, répondis-je. Mais c'est une partie du parc où nous n'allons jamais. D'ici, il faut remonter toute la rue du lotissement et contourner les villas. À pied, il y en a bien pour vingt minutes.

Fournier parut hésitant. Il continuait à scruter le maître-chien et son animal du coin de l'œil.

– Je vais demander qu'une équipe se concentre tout de suite sur cette zone, me dit-il. Même si elle semble plus difficile d'accès.

Je regagnai la villa les épaules basses. En arrivant dans le salon, je trouvai Estelle et Michèle en compagnie d'un homme. Visage taillé à la serpe et chevelure fournie à la coloration tout sauf naturelle, je ne reconnus pas Fabrice Vergeot tout de suite.

Il s'avança pour m'offrir une poignée de main franche ainsi qu'un regard compatissant.

– Bonsoir Anthony, je suis venu dès que j'ai pu. J'ai atterri à Nice il y a plus d'une heure et j'ai eu le message de Michèle.

– Merci d'être là, ânonnai-je pour la forme en lui mettant la main sur l'épaule.

– C'est bien normal. Lise ne se sentait pas bien et la nouvelle l'a encore plus affectée. J'ai préféré qu'elle reste se reposer.

– Bien sûr.

Je n'eus pas le temps de descendre les deux marches qui menaient au salon : déjà la porte se rouvrait et claquait dans mon dos.

Fournier entra, suivi d'un autre policier plus âgé. Il nous le présenta comme le commandant chargé des opérations pour la soirée.

– Nous avons eu un premier retour du poste de sécurité de la ville, asséna celui-ci sans aucune autre forme d'introduction. L'une des caméras de surveillance est située à l'embranchement de la route du Mont-Boron-Parc qui monte jusqu'ici et de la route de la Corniche-André-de-Joly.

Mon sang ne fit qu'un tour. Les caméras de sécurité ! Nice était l'une des agglomérations françaises les mieux équipées en ce domaine.

– Avec l'accord du bureau du procureur, nous avons pris une décision, continua-t-il.

Son regard embrassa notre petite assistance comme pour s'assurer que nous prenions tous conscience de la portée de ses paroles.

– Nous passons en alerte enlèvement.

CHAPITRE 4

2018

Nice, parc forestier du Mont-Boron,
dimanche 2 décembre, 18 h 49

« Un enfant a été enlevé. Ceci est une alerte enlèvement du ministère de la Justice. N'agissez pas seul. Si, et seulement si, vous disposez d'informations permettant de le retrouver, composez le numéro de téléphone qui s'affiche sur votre écran. Votre mobilisation est essentielle. La survie d'un enfant en dépend… »

Je regardais l'écran plat de notre salon, hébété.

S'il m'avait fallu une preuve que tout ceci n'était pas un mauvais rêve dont j'allais me réveiller en sueur, elle se tenait là, livrée à nos regards usés.

La dernière phrase me remua les tripes.

« La survie d'un enfant en dépend. »

J'éteignis l'écran et je me traînai comme un vieillard jusqu'à la salle à manger pour aller coller mon nez à la baie vitrée qui occupait tout le pan de mur. Le scintillement bleuté des gyrophares glissait sur la vitre de manière hypnotique. Au loin, dans ces bois, les policiers continuaient à chercher mon fils.

Fabrice Vergeot était resté en retrait, ne sachant pas trop où se mettre. Il pianotait sur son téléphone, sans doute pour donner des nouvelles à Lise. Je n'avais jamais connu atmosphère plus pesante et anxiogène, même lors de l'enterrement de mes parents qui avait pourtant été la pire épreuve de ma vie.

Jusqu'à aujourd'hui.

Seule l'attitude de mon beau-père ne trahissait aucun fléchissement. À l'autre bout du salon, oreillette Bluetooth greffée à l'oreille, il enchaînait les appels. L'alerte enlèvement avait fait sortir du bois l'ensemble de ses connaissances, autant dire la moitié de la région. Et je devais bien l'avouer, il paraissait toujours aussi maître de ses émotions et sûr de son fait. Toute sa vie avait été ainsi, soumise à la pression de l'instant.

La bonne décision, au bon moment. Pour conquérir un nouveau marché, pour écarter un concurrent trop impétueux, pour tisser sa toile d'accointances politiques, pour que le nom Cerutti soit encore et toujours sur le devant de la scène. Son physique de coureur cycliste trahissait cette rigueur perpétuelle dans l'effort et le contrôle. Sec, nerveux et endurant.

La porte d'entrée s'ouvrit et le commandant de police fit une apparition messianique, suivi de Fournier et d'un autre policier en civil. Le commandant s'arrêta devant nous et attendit que Claude mette fin à sa conversation.

– Nous menons les investigations sur deux fronts : le parc et la camionnette blanche. Une Renault Kangoo pour être précis. Son parcours a été tracé par plusieurs caméras, dont l'une se trouve à la jonction de votre route et de la route de la Corniche-André-de-Joly. Un plan immédiat d'intervention est en place. Nous avons demandé l'appui de la gendarmerie et de toute leur logistique. Le périmètre est contrôlé de Menton à Cagnes-sur-Mer. Accès routiers, gares, aéroport, péages, on boucle tout.

Fournier intervint pour appuyer la démonstration.

– Plus de deux cents hommes sont déjà sur le terrain. On met le paquet.

– Pour le moment, ajouta le commandant, je vous conseille de vous reposer un peu. Nos équipes vont encore rester là une bonne partie de la nuit.

Ils ressortirent tous deux sur un salut strict et discret.

Le commandant n'avait rien d'un maître ès psychologie mais son discours avait sonné de manière professionnelle et je respirais un peu mieux. Toute la région était bouclée. Ils avaient la description de la voiture, son itinéraire, son numéro de plaque minéralogique, peut-être même des clichés du suspect et d'autres informations qu'ils gardaient pour eux pour le moment.

Oui, mais l'homme avait plusieurs heures d'avance. De quoi être déjà loin.

Ma gorge se serra à nouveau.

– « Reposez-vous », je lui en ficherais, moi, des « reposez-vous ». Non mais on croit rêver !

Cerutti faisait les cent pas tel un fauve prêt à bondir dans l'arène.

– Claude, s'il te plaît, intervint Michèle.

– Trop, c'est trop. Tout ce temps perdu. J'appelle Jo, ajouta-t-il plus pour lui-même qu'à notre intention.

Ma belle-mère se leva et alla le rejoindre pour lui parler plus bas. J'approchai à mon tour.

– Claude, qu'est-ce que tu fais ? Tu n'es pas sérieux. Tu veux le mêler à ça ?

– Ne me dis pas ce que j'ai à faire, Michèle. Surtout quand il en va de la vie de mon petit-fils.

– Je peux savoir de quoi il retourne ? m'immisçai-je.

La langue de Cerutti claqua.

– Delcourt, ne vous mêlez pas de ça.

– Claude, que se passe-t-il ?

Il me répondit en baissant les yeux vers son téléphone pour chercher un numéro.

– Il se passe que je fais ce qu'il faut pour retrouver mon petit-fils.

L'impatience commençait à me gagner.

– Oui, et j'aimerais bien que vous m'en teniez informé.

Il releva la tête et son regard me transperça comme une lame.

– Ah, eh bien, si vous l'aviez mieux surveillé, on n'en serait pas là. Quel père se fait voler son enfant dans son jardin, hein ? Je vous le demande !

Mon sang ne fit qu'un tour. Je ne crois pas avoir jamais vu aussi rouge de ma vie. Je me mis à crier à quelques centimètres de son visage.

– De quel droit osez-vous dire ça ? De quel DROIT ! Espèce de…

Je serrai mon poing jusqu'à m'en faire exploser les phalanges. L'envie de le lui aplatir en pleine figure menaçait de me déborder. Il ne bougea pas d'un poil.

– Mais arrêtez ! Arrêtez ! Vous êtes devenus fous !

La voix stridente d'Estelle balaya tout sur son passage et me fit revenir à la raison. Je reculai d'un pas d'automate. Cerutti soutenait toujours mon regard de ses pupilles glacées, la mâchoire serrée. Je le sentais lui aussi proche du point de rupture, en dépit de tout le self-control dont il savait faire preuve.

Nous nous toisâmes encore quelques secondes avant que Michèle n'intervienne et ne prenne son mari par le bras.

– Claude ! Tu ne vois pas qu'ils sont à bout de nerfs ?

Ça oui, nous l'étions.

Au bord du gouffre même.

Une heure fila sans que nous ayons avancé d'un poil ou que la police nous donne la moindre nouvelle.

Le salon était devenu bien trop exigu pour nos silences. Aussi, Fabrice et moi décidâmes de retourner dans le parc. Nous n'étions pas d'une grande aide aux policiers, bien sûr, mais je savais que je me devais d'être là.

Et j'avais surtout besoin de prendre l'air.

En regagnant les abords de la villa, j'aperçus Claude à la lumière du plafonnier de l'habitacle de sa X6. Il était toujours en grande conversation, mais tenait son téléphone à l'oreille désormais.

Nous traversâmes la petite rue et, sur le seuil du portillon, Fabrice me demanda si cela ne me gênait pas qu'il retourne auprès de Lise. Je le gratifiai d'une accolade en remerciement de son aide et de son soutien. Même si Lise aurait quand même pu se fendre d'un appel à sa sœur, tout alitée qu'elle était.

À l'intérieur de la villa, seule Michèle m'attendait, assise sur le canapé et raide comme la justice.

– Estelle est à l'étage, me dit-elle.

J'acquiesçai et gagnai le bar pour me servir un verre de la première bouteille venue qui dépassait les quarante degrés.

– Anthony, continua Michèle, ça va aller. Je suis sûre que tout ceci a à voir avec Claude. Nous payerons ce qu'il faut.

Une rançon ?

Oui, cela paraissait logique. Qui s'était un peu renseigné sur les Cerutti connaissait leur propension à dégainer le carnet de chèques pour régler tous les problèmes. J'attrapai une bouteille de whisky et m'en versai un demi-verre d'une main peu assurée.

– Je suis désolée Anthony. Si vous saviez combien je suis désolée.

– Vous n'y êtes pour rien, Michèle.

Bien sûr qu'elle n'y était pour rien. Mais de quoi parlait-elle exactement ? Car je n'eus pas l'impression de la voir si surprise lorsqu'Estelle réapparut en haut des escaliers, un sac bowling sur l'épaule et le visage fermé.

– Estelle ? Que se passe-t-il ?

Elle s'arrêta sur l'avant-dernière marche, interdite et hésitante, comme suspendue entre deux mondes.

Elle lança un regard à Michèle.

– Maman, tu peux nous laisser deux minutes, s'il te plaît ?

Je n'adressai même pas un coup d'œil à ma belle-mère qui se levait du canapé, ni ne répondis à son « au revoir » alors qu'elle quittait la maison. Non, je ne pouvais détacher mon regard de celui de ma femme.

– Je rentre avec mes parents, Anthony. C'est mieux.

– Quoi ? Mais qu'est-ce que tu racontes ? Maintenant ? Alors qu'il faut que nous retrouvions Maxime ?

Je l'avais rejointe en bas des escaliers.

– Anthony, je suis désolée, je n'y arrive plus !

Je m'approchai et lui pris les mains. Le sac glissa à ses pieds. Elle posa sa tête contre ma poitrine, les yeux tournés vers le sol.

– Je ne peux plus rester là, dans cette maison, pas après ce que nous venons de vivre. Je suis sûre que dès que nous aurons retrouvé Maxime, tout rentrera dans l'ordre. J'en suis sûre, répéta-t-elle dans un murmure comme pour mieux s'en persuader. Mais j'ai besoin de faire le vide, tu comprends ? D'être seule.

J'inclinai la tête pour trouver ses cheveux, ces cheveux blonds qui m'enivraient encore du parfum des jours heureux et que je ne voulais pas quitter. Leur odeur me transporta une bonne dizaine d'années en arrière. Une Estelle de vingt ans riait dans l'aube naissante, alors que nous avions passé une nuit blanche sur la plage pour voir le soleil se lever. À boire, fumer et s'enlacer sur les galets.

Oui, nous avions été fous.

Oui, nous avions été amoureux.

Mais le bonheur savait vous glisser entre les doigts, comme les cheveux de celle que vous aimiez.

Elle leva ses yeux vers moi, les cils humides et le regard brillant.

– Antho…

– Si tu savais, dis-je en étouffant un sanglot, si tu savais comme je m'en veux de ne pas l'avoir surveillé mieux que…

Elle mit son index sur mes lèvres.

– J'ai mal Anthony, tu sais. Et j'ai peur. J'ai très peur. Je ne suis pas si forte.

Elle se mit à pleurer et fit un pas de côté.

Je laissai sa main glisser sans m'en rendre compte, comme si c'était dans l'ordre des choses, écrit dans le livre de notre histoire.

– Je t'appelle dès que je me sens mieux. Je te le promets.

Un ultime sourire, léger, à peine perceptible.

Et la porte se referma.

J'aurais pu courir, sortir et la rattraper. Lui tenir un discours qui aurait fait chavirer ses doutes et la retenir dans une étreinte dont elle n'aurait osé se défaire.

Oui, j'aurais pu.

Mais je suis resté planté là.

Moi, le père indigne qui avait perdu son enfant.

CHAPITRE 5

2018

Saint-Laurent-du-Var,
boulevard Jean-Ossola,
lundi 3 décembre, 00 h 24

Stéphanie Rol faisait les cent pas, le téléphone à la main, arpentant d'un mur à l'autre les trente mètres carrés de son appartement. Elle n'était rentrée chez elle que deux heures auparavant et une vague de panique l'avait submergée dès qu'elle avait allumé sa télévision et qu'elle était tombée sur le premier flash d'informations.

Une panique à lui glacer le sang. Elle n'avait jamais ressenti ça de sa vie.

Elle regarda l'assiette de pâtes qui patientait sur le comptoir de sa cuisine depuis plus d'une heure. Elle pensait pouvoir manger un peu, elle n'avait rien avalé depuis le matin, mais même la première bouchée n'était pas passée.

Elle remit l'écran de son smartphone sous son nez.

Minuit passé.

Que pouvait-elle faire ? Elle déverrouilla l'appareil et composa le 17. Son pouce resta en suspens au-dessus du pictogramme vert en forme de combiné. La police ? Oui, mais pour leur dire quoi ? Tout déballer ?

Oh mon Dieu, mon Dieu…

Son regard se posa sur le lit et l'enveloppe en papier kraft bourrée de billets de cinquante euros qui y était posée. Si elle appelait maintenant, elle perdrait tout. Et plus encore. Elle n'avait pas eu beaucoup de journées faciles ces deux dernières années. Les galères de fric, les castings qui s'étaient enchaînés sans rien donner de plus que des plans merdiques et des rencontres tout sauf nécessaires.

Ce n'était vraiment pas la vie dont elle avait rêvé.

Non, elle se serait plutôt vue sortir du cours Florent et enchaîner les petits rôles sur les planches des scènes de quartier parisiennes en espérant un jour sortir du lot et intégrer la belle et grande famille du cinéma français.

Quelle conne elle avait été ! Il avait fallu que Christian la recontacte pour qu'elle replonge à nouveau. Christian, avec ses yeux verts, sa gueule à la Patrick Dempsey et son baratin quatre étoiles.

Il avait toujours su la mener par le bout du nez.

Au tout début de leur relation, quatre ans plus tôt, elle avait bien senti quelque chose de spécial. Il lui plaisait et cela semblait réciproque. Elle aimait ce genre de type un peu borderline et qui ne doutait de rien. Un jeu de séduction s'était installé entre eux et elle s'était laissée ferrer. Elle avait toujours eu un cœur d'artichaut.

Mais les mois avaient passé et elle avait entrevu la véritable nature de cet homme. Violent, irascible, menteur… Prêt à tout pour mener le grand train auquel il avait été habitué par la fortune paternelle. Elle avait fini par décider de s'en détacher. Mais quelques mois plus tard, il avait su revenir vers elle. D'une façon à laquelle elle ne s'attendait pas.

Car voilà, il y avait eu cette proposition. Christian lui avait maintenu qu'il souhaitait rendre la monnaie de sa pièce à un type qui l'avait escroqué de plusieurs milliers d'euros.

– T'as juste à le traîner à l'hôtel et à filmer avec ton téléphone. Je m'occupe du reste.

– En gros, tu veux que je fasse la pute. Tu n'es pas un peu malade ? Prends-toi n'importe quelle radasse qui traîne sur le trottoir.

– Désolé, mais le type en question n'est pas un perdreau de l'année. Il faut une fille capable de le ferrer. Allumeuse mais inaccessible, sexy mais classe. Tu vois le genre, bébé ? Je suis sûr que tu trouveras le personnage. C'est juste un rôle.

– Et je peux savoir ce que j'y gagne ?

– Vingt mille.

– Euros ?

Elle s'était sentie obligée de demander la précision tant le montant l'avait déstabilisée. Une telle somme, c'était la promesse de pouvoir revenir à Paris et de se remettre le pied à l'étrier. Subsister quelques mois le temps de faire jouer les contacts qui lui restaient dans le milieu du spectacle et qui lui permettraient de remonter sur les planches. Elle était plutôt douée, pour autant qu'elle s'en souvenait. À elle, comme à bon nombre d'autres apprenties actrices, il avait manqué le petit coup de pouce du destin qui aurait pu faire toute la différence.

Mais le vent pouvait tourner. La preuve avec ce pognon qui lui tombait du ciel.

Alors elle avait accepté.

Et même la dernière phrase que Christian avait coulée dans son sourire le plus carnassier n'y avait rien changé.

– Évidemment, ce n'est que le début, je te dirai quoi faire ensuite. Mais tu verras, ça va te faire marrer.

Eh bien non, ça ne la faisait plus marrer du tout désormais. Même le fait de savoir ces liasses de billets si convoitées à portée de main n'y changeait rien.

Un enfant, putain.

Elle ne pouvait pas le supporter, c'était plus fort qu'elle.

Comme un signe, la télévision allumée dans le fond de la pièce retentit de la sirène caractéristique de l'alerte enlèvement. Les images du gosse passaient en boucle, quelle que soit la chaîne.

Le bandeau rouge était partout.

Mais ce qui éclipsait toute autre chose sur l'écran, c'était ce visage. Des yeux rieurs, un sourire franc, il avait l'air si heureux sur cette photo. Et ses parents alors ? Quel calvaire vivaient-ils ?

Putain Steph, tu ne peux pas faire ça...

Elle sortit un élastique de la poche de son jean et attacha ses cheveux en queue-de-cheval. Puis elle reprit son téléphone et le déverrouilla à nouveau.

On frappa à la porte, elle sursauta.

Le téléphone lui échappa des mains.

Elle se précipita vers l'enveloppe et la glissa dans une boîte à chaussures qu'elle poussa au plus profond de son armoire, tout en bas.

On tapa une nouvelle fois, trois coups secs qu'elle sentit résonner jusque dans sa poitrine. Elle se déplaça d'un pas souple et furtif, les pieds nus, jusqu'à la porte d'entrée. Elle n'attendait jamais personne, encore moins un soir à plus de minuit.

Elle colla son œil au judas et reconnut le visage de Christian dans la lumière blafarde du couloir.

Elle ouvrit la porte en laissant la chaîne sécurité.

– Il est tard, qu'est-ce que tu veux ? demanda-t-elle.

Il souleva une grosse enveloppe à hauteur de ses yeux.

– Je ne voulais pas passer les mains vides, je t'apporte la deuxième moitié, bébé. Je peux entrer ?

Elle eut presque un mouvement de recul.

– Je ne sais pas, dit-elle.

Il sembla se vexer.

– Steph ? Qu'est-ce qu'il y a ?

– Je ne sais pas, je ne sais pas du tout.

– Laisse-moi entrer, s'il te plaît.

Elle le regarda à travers l'interstice de la porte. Il avait l'air plutôt conciliant ce soir. Et puis c'était Christian, ils avaient quand même partagé trois ans de leur vie ensemble. Sans compter les mois où il avait trompé sa femme avec elle.

Et surtout, il avait la seconde moitié de l'argent.

De son argent, gagné à l'encontre de tous ses principes. Elle se dégoûtait.

Mais elle fit glisser la chaîne. Il poussa la porte et lui remit l'enveloppe sous le nez en la faisant tourner dans sa main. Puis il alla la poser sur le comptoir de la cuisine.

– Je dois encore garder ta voiture un jour ou deux. J'ai eu un petit accrochage, mais rien de méchant. Je te l'ai même passée au Kärcher, ça lui a presque donné une seconde jeunesse, dit-il avec un sourire qu'elle n'aimait décidément plus.

Il fit le tour de la pièce du regard et s'arrêta sur le plat de pâtes froides.

– Tu es préoccupée ? demanda-t-il en revenant vers elle.

– Je… Je ne sais pas.

L'alerte enlèvement repassa à cet instant.

Stéphanie se raidit avant de plonger vers la télécommande qui se trouvait sur la table basse face à elle.

– Tu te poses des questions ? continua Christian. C'est normal bébé, tu sais. Mais sache que tout va bien se passer.

Elle leva des yeux embués vers lui.

– Vous ne m'aviez pas dit. Vous ne m'aviez rien dit. Et maintenant, regarde à quoi je suis mêlée. C'est… Ce n'est pas honnête de votre part.

– Arrête, on ne t'a rien dit car il n'y avait rien à dire. Tout va bien se passer.

Il essaya de la toucher mais elle l'écarta d'un mouvement du bras avant de lever les mains.

– Ne me touche pas ! J'ai fait tout ce que tu as demandé ! Tu m'avais dit qu'on montait un coup à quelqu'un ! Pas que… Pas que…

– Quoi ? Vas-y, dis-le.

– Pas qu'on enlevait un enfant, lâcha-t-elle en expirant. Pas ça, putain !

Il fit deux pas dans sa direction.

– Allons, allons, calme-toi. Laisse-moi t'expliquer, dit-il en frottant sa barbe de trois jours comme si cela l'aidait à réfléchir.

– Quoi ? Expliquer quoi ? On voit ce gosse sur toutes les chaînes !

– Écoute, dans deux jours tout sera fini. Le gamin rentrera chez lui.

Elle contourna la table basse pour le fuir.

– Ah bon ? Et d'ici là ? Et si le petit fait une crise ? S'il est asthmatique ou un truc dans le genre ? Tu y as pensé à ça ? Non ! Je… Je ne tiendrai pas deux jours comme ça !

Christian prit un air plus grave et articula chaque syllabe de sa phrase.

– Il va bien falloir. J'ai besoin de ce blé. Et toi aussi.

– Je m'en contrefous ! Tu m'as utilisée ! Comment tu as pu me faire ça ?

– Putain Stéphanie ! Sérieux, tu pensais quoi ? Qu'on te filait vingt mille balles juste pour un plan cul et deux numéros d'actrice ? Ce gosse pèse des millions, bordel !

– Ah oui ? Et vous ne me donnez que vingt mille, alors ?

– Ah, très bien, je vois où tu veux en venir.

Elle secoua la tête comme pour essayer de remettre ses idées en place mais elle n'était plus à même de réfléchir. Trop d'argent, trop de stress, trop de tout.

– Non, non, je…

– Tu veux combien ? Hein, dis-moi ! Combien bordel ?

Le ton de Christian s'était durci et il lui glaça les veines.

– J'appelle les flics, dit-elle en tendant la main vers son smartphone.

– Ne fais pas ça !

Il sauta par-dessus la table basse et fut sur elle en une seconde. Il l'empoigna à la gorge.

– Arrête je te dis !

Elle gesticula pour se libérer de son étreinte, lâcha le téléphone puis attrapa son bras des deux mains.

Il serra encore plus fort. Elle sentit sa trachée se comprimer et l'air qui venait à lui manquer d'un seul coup.

Elle essaya de planter ses ongles dans la chair de Christian mais sa manche de blouson était trop épaisse. Il serra encore plus fort et lui immobilisa un bras de son autre main.

Il la souleva comme si elle n'était qu'une poupée de chiffon. Du bout des pieds, elle tenta de garder contact avec le sol.

Sa vue commençait à se brouiller.

Alors, de toutes ses dernières forces, elle envoya un coup de genou qui cueillit son assaillant à l'estomac.

L'homme relâcha sa poigne et recula de deux pas en se pliant dans un râle.

Elle tomba à genoux sur le sol et porta une main à sa gorge endolorie. Peu à peu l'oxygène se réappropriait les lieux mais elle ne se sentait pas capable de se relever pour autant.

Elle essaya d'analyser ses options avec le peu de lucidité qui lui restait.

La porte d'entrée était face à elle. Avec Christian en barrage.

Elle choisit de bondir vers le balcon.

Elle courut jusqu'à la baie vitrée qu'elle ouvrit en grand d'un seul coup.

Elle sortit et essaya de crier. Le premier son que produisirent ses cordes vocales martyrisées ne fut qu'un gémissement sourd. Elle se pencha en avant sur la rambarde pour essayer d'apercevoir quelqu'un dans la rue et lui faire signe.

Son deuxième appel à l'aide aurait pu être le bon.

Si la main de Christian ne s'était pas refermée sur sa bouche, avant que celui-ci ne l'entraîne à nouveau de toute sa force dans l'appartement.

CHAPITRE 6

2018

Nice, parc forestier du Mont-Boron,
lundi 3 décembre, 5 h 56

L'obscurité m'entourait.

Je plissai les yeux pour essayer de retrouver mes repères. Les contours d'un environnement familier se dessinèrent. La table basse en verre, le tapis aux motifs pop art, le sofa à l'assise de cuir blanc sur laquelle tout mon corps se trouvait avachi. Je réussis à me relever et pris peu à peu conscience de mon état. En nage, la bouche pâteuse, tremblant et perclus de douleurs dans la nuque et le bas du dos. L'étau autour de ma tête et la pression dans ma boîte crânienne étaient intenables.

Je basculai mes jambes sur le côté et mes pieds nus retrouvèrent le contact de la laine colorée puis du carrelage.

Je remis mes idées en place, peu à peu.

Maxime.

Un cauchemar. J'avais fait un putain de cauchemar.

Mais le silence de la maison me renvoya les événements de la veille à la figure.

Non, je n'avais pas fait de cauchemar.

Toute ma vie en était devenue un.

Mon pied heurta un objet qu'il envoya rouler jusqu'au mur. La bouteille de whisky, à demi vide. Voilà où j'en étais. À m'assommer d'alcool dans l'un des moments les plus difficiles de ma vie, comme le dernier des tocards.

Je devais réagir. Ne pas sombrer. Pas maintenant.

Je regardai ma montre. Six heures passées de quelques minutes. Que pouvais-je faire ? Retourner dans le bois ? La police était-elle encore là d'ailleurs ?

J'avançai dans la pénombre de la pièce jusqu'à la baie vitrée. Il n'y avait plus de gyrophare mais je distinguai les silhouettes de deux véhicules juste derrière notre haie, qui me paraissaient être des voitures de police. Ils avaient laissé une équipe. Peut-être pour protéger le périmètre le temps que l'enquête avance un peu.

Il fallait que je fasse quelque chose, n'importe quoi. Pour éviter de devenir cinglé. J'aperçus mon téléphone sur la table basse, juste à côté du verre de whisky. Écouter mes messages pouvait déjà être un bon début. Estelle m'avait peut-être appelé. Ou Fournier.

J'attrapai l'appareil et appuyai sur l'écran.

Noir.

J'appuyai cinq ou six fois d'affilée sur le bouton d'allumage comme si cela pouvait y faire quoi que ce soit.

Mais rien, bien sûr. Batterie à plat.

Putain.

Je me mis en quête d'un chargeur. Je finis par le trouver au bout de plusieurs minutes dans l'un des tiroirs du bahut de l'entrée.

Le téléphone branché, je courus jusqu'à la salle de bains du premier pour prendre une douche rapide et me redonner une figure un peu plus humaine, ce qui s'avéra bien difficile étant donné le masque anguleux que l'angoisse avait imprimé sur mon visage.

J'enfilai en vitesse un jean et une chemise propre puis je redescendis dans le salon.

J'avisai l'écran du smartphone qui venait de s'illuminer et m'invitait à le déverrouiller puis à saisir mon code PIN.

Deux secondes plus tard, les alertes d'applis, les SMS, les messages WhatsApp, Messenger, les tweets défilèrent en cascade et s'empilèrent sur l'écran. Cela n'en finissait plus de tinter. J'essayai d'isoler rapidement les plus intéressants mais ne trouvai aucun message d'Estelle.

La liste des appels manqués était elle aussi longue comme le bras. Je la fis défiler lentement pour être sûr de ne rien manquer. La majeure partie des notifications concernait l'enlèvement de Maxime, de près ou de loin, mais aucune ne provenait de ma femme ou du domicile des Cerutti. Et personne ne méritait d'être rappelé tout de suite. Des amis, des connaissances, des amis d'amis, tous inquiets bien sûr et sûrement de bonne volonté. Mais ils n'avaient pas idée de l'enfer dans lequel nous avions été catapultés. Et je n'avais aucune envie d'entendre les sempiternels « ça va aller » ou « si on peut faire quelque chose ».

Non, je n'en avais aucune envie.

J'essayai de remettre le train de ma réflexion en marche. Je pouvais déjà joindre le brigadier pour avoir des nouvelles récentes de l'enquête. À moins que ce ne soit trop tôt ? Je regardai encore ma montre. Six heures vingt-sept.

Oui, il était trop tôt.

Ou pas.

J'avais l'impression de devenir fou.

Le smartphone vibra dans ma main. Je tournai l'écran vers mes yeux d'un geste névrotique. Le nom de Michèle s'affichait.

– Michèle, si vous savez combien je suis…

– Anthony ! Oh mon Dieu Anthony !

Sa voix d'outre-tombe… J'eus l'impression de recevoir un crochet au foie.

– Qu'y a-t-il ?

– Ils l'ont arrêtée, Anthony ! Ils sont même venus ici ! Ils l'ont emmenée !

Je ne comprenais rien.

– Quoi ? Qui ? Qui a été arrêté ?

Silence.

J'eus l'impression que la communication venait de couper mais j'entendais toujours son souffle haletant dans le combiné.

– Michèle ?

– Lise, lâcha-t-elle. Ils ont arrêté Lise.

Le sol se déroba sous mes pieds.

– Lise ? Mais… Mais pourquoi ?

– Ils disent que c'est elle, Anthony.

Mon esprit refusa de donner un sens à ses paroles. Je ne pouvais pas, je n'y arrivais pas. Ce n'était pas concevable. Alors, comme si elle comprenait le brouillard dans lequel je me trouvais, ma belle-mère planta le dernier clou dans le cercueil de mon aveuglement et m'asséna :

– C'est elle qui a enlevé Maxime.

CHAPITRE 7

2018

Nice, parc forestier du Mont-Boron,
lundi 3 décembre, 7 h 26

Je sortis en trombe de la maison sans même prendre la peine de fermer la porte derrière moi et courus vers notre Mini Countryman garée au début de l'allée. Alors que les feux annonçaient le déverrouillage des portières, une voix me héla depuis l'entrée du jardin.

– Monsieur Delcourt ! Audrey Villard, un mot pour BFM TV s'il vous plaît !

La jeune femme faisait le pied de grue derrière le portail en agitant son micro à grosse bonnette bleue. Son collègue cameraman ne me quittait plus de son objectif. De prime abord interloqué, je finis par leur faire un signe de la main pour qu'ils s'écartent du passage.

Sans succès.

– Monsieur Delcourt, votre réaction à propos de la garde à vue de votre belle-sœur ? Pourquoi aurait-elle commandité l'enlèvement de votre fils ?

Ils étaient déjà au courant bien sûr. L'info vingt-quatre heures sur vingt-quatre.

Était-ce bien utile de lui répondre ? Non. Je connaissais trop le système pour m'y laisser entraîner comme le dernier (ou le premier) des imbéciles. Dans un monde où l'image était reine, où la forme prenait systématiquement le pas sur le fond, où la vitesse faisait l'information, n'importe laquelle de mes phrases allait tourner en boucle dans toutes les matinales de JT en prenant le sens qu'on voudrait bien lui donner.

Je m'engouffrai dans l'habitacle et évitai de regarder la journaliste en sortant. L'œil de la caméra me suivit jusqu'au bout de la rue.

Je descendis la route de la Corniche-André-de-Joly en cinquième, oubliant le radar planté en plein milieu de l'avenue. Ils tenaient leur gagnant de la semaine. J'activai le système mains libres et lançai un appel sur le portable de ma femme.

« Estelle Delcourt-Cerutti, laissez-moi un message. Merci. »

Biiiiip.

– C'est moi, j'ai eu ta mère. Appelle-moi. Je file au commissariat, là.

J'essayais de réfléchir, d'organiser mes pensées, de les agencer en fonction des priorités mais je nageais en plein brouillard. Les dernières phrases de Michèle tournaient en boucle dans ma tête comme la bobine d'un vieux film que l'on n'arrive plus à arrêter et qui finit par brûler tout l'écran.

« Ils les ont arrêtés ce matin, Anthony, à l'appartement de Fabrice. La police vient de nous prévenir. Claude est en route pour le commissariat Foch. »

Maxime, enlevé par Lise.

Par sa tante.

Surréaliste.

Il devait y avoir une erreur, c'était impossible.

La Countryman avala les virages, puis arriva sur la place de L'Île-de-Beauté avant de remonter vers la place Garibaldi, l'une des plus grandes de la ville. Il n'était que sept heures du matin mais les machines à café devaient déjà faire couler leurs premiers expressos pour les retraités matinaux ou les travailleurs de la nuit.

Nouveau feu rouge et nouvelle tentative de joindre Estelle. Même résultat. En raccrochant je décidai d'allumer la radio. Épreuve douloureuse car personne n'aimait entendre déblatérer sur ses malheurs, surtout par des inconnus qui n'en avaient strictement rien à foutre et ne se préoccupaient que de leurs courbes d'audience.

Mais les médias avaient peut-être déjà des informations.

Tout allait si vite.

Je zappai d'une fréquence à l'autre et les haut-parleurs crachotèrent quelques secondes, avant de tomber sur France Bleu Azur et sa matinale.

« … nous espérons assister au premier but de Mario Balotelli. Défaite interdite en tout cas pour le Gym qui n'a perdu qu'un seul match depuis le début de cette saison et qui reçoit Angers demain soir. C'était le sport, à vous Émilie (jingle de cinq secondes). Oui merci Frédéric, nous vous le disions en ouverture du journal, une double arrestation dans l'affaire de l'enlèvement du petit Maxime puisque la tante de l'enfant et son compagnon ont été placés ce matin en garde à vue par les officiers de la SRPJ de Nice. Il reste à espérer que cette avancée dans l'enquête permettra de retrouver l'enfant sain et sauf. L'alerte enlèvement n'a en revanche pas été levée et une véritable chasse à l'homme est engagée depuis hier pour retrouver l'enfant ainsi que le ravisseur ou ses complices. Les moyens mis en œuvre par la police et la gendarmerie sont considérables et déjà les premières voix s'élèvent pour contester un tel déploiement de forces. Des accusations de favoritisme ont été relayées sur les réseaux sociaux et par certains élus de l'opposition. Rappelons que l'enfant est le petit-fils de l'homme d'affaires niçois Claude Cerutti, véritable figure régionale à la réputation contrastée. Le procureur de la République, Jean-Pascal Abril, a fait savoir qu'une conférence de presse serait tenue aujourd'hui à onze heures pour… »

Je serrai les poings autour du volant.

Lise et Fabrice.

Lui qui était venu nous aider hier soir, qui avait sondé les bois à mes côtés, qui m'avait quitté sur une franche accolade comme l'aurait fait un ami de vingt ans.

Était-il si bon comédien ?

Et surtout… Pourquoi ?

Les rapports entre les sœurs Cerutti n'étaient certes plus ce qu'ils avaient été. Mais quand même !

Quel autre mobile pouvait-il y avoir ? L'argent ? Impossible. Lise en avait assez pour deux générations.

J'avais beau retourner toutes les hypothèses, aucune ne me paraissait approcher de la vérité.

La seule pensée réconfortante fut de me dire que si toute cette histoire était vraie, alors Maxime était en sécurité. La Lise que je connaissais ne s'en prendrait jamais à lui.

Tout en essayant de me raccrocher à cette frêle conviction tant bien que mal, j'aperçus une place qui se libérait sous mes yeux. Le commissariat se trouvait encore à deux ou trois rues en contrebas mais il valait mieux ne pas faire le difficile tant la ville avait réduit de manière drastique son nombre de places de stationnement disponibles à ciel ouvert.

Quelques minutes de marche rapide plus tard et le bâtiment, austère avec son architecture typique des années 1970, captait mon regard. Un cube tombé là, au milieu des immeubles bourgeois du quartier. Quatre étages aux fenêtres opaques et grillagées, une façade grisâtre aux arêtes saillantes, tout cela détonnait mais en imposait.

Sur le trottoir d'en face, j'aperçus mon beau-père, le buste encore plus droit qu'à l'accoutumée et le visage fermé. Son regard ne déviait pas de l'entrée du bâtiment et il ne me remarqua qu'une fois que je fus arrivé à sa hauteur.

Ses lèvres se desserrèrent à peine.

– Delcourt.

– Claude. Estelle n'est pas avec vous ?

– Vous vous doutez que le vent a soufflé fort ce matin. Elle est restée chez nous.

Je commençais déjà à perdre patience alors que je ne lui parlais que depuis vingt secondes.

– Mais elle est au courant ? Pour Lise ?

– Michèle s'est chargée de le lui dire, oui.

– Et Lise justement ? Vous l'avez vue ? Vous êtes là depuis quand ?

Son regard en biais fut accompagné d'un sourire imperceptible.

– Garde à vue. Personne ne peut la voir. Mais Jenkins est avec elle.

– Bruce ? Qu'est-ce qui…

Il leva l'index pour me freiner.

– Je l'ai appelé. Je n'allais pas laisser ma fille se faire représenter par je ne sais quel avocaillon commis d'office. De toute façon il était déjà en route, une de ses relations dans les services de police l'avait prévenu.

– Mais, les policiers ? Vous leur avez parlé ?

– Rien. J'ai eu quelques mots avec la responsable des opérations, une certaine Perret. Une femme plutôt sèche. Mais pour l'instant rien ne filtre.

Il leva alors la main comme il l'aurait fait pour héler un serveur au restaurant. Je me retournai pour voir la silhouette de Bruce Jenkins lui rendre la pareille et descendre les quelques marches de l'entrée du commissariat d'un pas rapide.

Bruce m'avait donné la même impression à chaque rencontre, celle de ne pas changer d'un poil. Chevelure blonde de surfeur californien, barbe taillée au millimètre et complet en laine et soie de chez Smalto ou Armani selon la saison, le genre de type à faire exploser votre compte Instagram.

Aujourd'hui en revanche, s'il portait toujours les mêmes habits hors de prix, je lui trouvai le visage embrumé et les cernes marqués. Et surtout, il avait pris pas mal de poids. Lui et les sœurs Cerutti avaient presque grandi ensemble, profitant de l'amitié de plus de trente ans qui unissait Claude à son père, l'homme d'affaires Randall Jenkins. Les Cerutti avaient d'ailleurs vécu quelques années aux États-Unis alors qu'Estelle était encore enfant. Ils n'étaient rentrés en France que pour la naissance de Lise. Quant à Bruce, il avait passé la majeure partie de sa vie à faire la navette entre les deux continents avant de se poser en France pour y terminer ses études de droit et faire ensuite ses armes au barreau de Nice puis de Marseille. Après une année passée aux États-Unis où il s'était lancé dans d'autres projets, il avait intégré en 2017 le prestigieux cabinet niçois Langlade & Maglianolle qui gérait les affaires de la famille Cerutti depuis plusieurs décennies.

Il se fendit d'une accolade virile avec mon beau-père avant de me serrer la main en minaudant un sourire gêné.

– Putain Anthony, quelle histoire. Je suis vraiment désolé.

– Merci.

– Fais-nous un topo, Bruce, coupa Claude.

Bruce agita alors les deux mains comme pour nous inciter à ne pas lui bondir dessus après ce qu'il allait nous dire.

– Je l'ai assistée dès son arrivée. Mais nous avons fait une pause dans l'audition car elle s'est sentie mal.

– Quoi ? hurla Cerutti.

– Claude, rien de grave, la tension, la fatigue. Elle était aussi très vaseuse. Un médecin l'a auscultée. Ça va aller.

– Et Maxime ? m'écriai-je. Où est-il ?

– Pour le moment je ne sais pas. La police a perquisitionné ce matin l'appartement de Fabrice Vergeot où Lise a passé la nuit et ils ont…

– Ils sont venus chez nous aussi, dans l'appartement de Lise, le coupa Cerutti. Tout ceci est une mascarade, Bruce. Qu'ont-ils pour la traiter ainsi ? Quelles preuves ? Je peux te dire qu'ils vont apprendre à me connaître !

– Calmons-nous s'il te plaît, continua Jenkins. Laisse-moi t'expliquer, Claude. Provoquer une guerre ne t'avancera à rien. Elle est en garde à vue pour vingt-quatre heures. Et le proc peut la reconduire une journée de plus. Je lui ai conseillé de tout déballer, de ne rien cacher.

– Quoi ?

– Claude, il faut qu'on puisse retrouver l'enfant rapidement. C'est sa seule chance.

– Bon sang, ça veut dire que tu penses que ma fille a quoi que ce soit à voir dans l'enlèvement de mon petit-fils ? De son neveu ? Tu plaisantes, j'espère ? Ce ne sont que des mensonges destinés à nous salir, moi et mon nom.

– Qu'a-t-elle dit Bruce ? demandai-je à nouveau. Elle sait où il est ?

– Écoute Anthony je ne devrais déjà pas en parler avec vous.

– Ne me fais pas le coup du secret de l'instruction ou de je ne sais quelle connerie ! Tu sais très bien que dans une heure tout sera disséqué sur le Net ou sur BFM. Si ce n'est pas déjà le cas. Alors tu me dis ce que tu sais, tout de suite.

Bruce soutint mon regard puis finit par se résigner.

– Elle est accablée. Elle se rappelle avoir pris des médicaments pour dormir car elle était malade. Rien d'autre. Elle ne comprend pas.

– Bien sûr que non, tonna Claude, puisqu'elle n'a rien fait.

– Ce n'est pas si simple.

– Comment ça ?

Bruce fit un pas de côté pour nous avoir tous les deux dans son champ de vision.

– C'est ce que j'essaie de vous dire depuis le début. Ça se présente mal, il y a de fortes chances qu'elle soit inculpée et mise en examen pour enlèvement et séquestration.

– C'est impossible ! rugit mon beau-père.

D'un regard, j'incitai Bruce à aller plus loin.

– Ils ont des preuves. Ils ont tracé la voiture blanche, la Kangoo, grâce aux caméras de la ville et ils l'ont repérée près de celle de Lise. Mais surtout…

Il lança un dernier regard ennuyé à Cerutti. Comme pour s'excuser de ce qu'il allait nous révéler.

– Ils ont retrouvé l'une des chaussures du petit dans sa voiture.

CHAPITRE 8
2015

Nice, rue Nathanya,
mardi 9 juin, 16 h 35

Jacques Belleville porta la tasse à ses lèvres et avala une gorgée de thé.

Il la fit rouler en bouche et essaya d'en apprécier les différents arômes. Peine perdue, cela restait de l'eau chaude colorée avec un vague arrière-goût fruité. Rien de plus. Le rituel du thé était néanmoins devenu une habitude depuis que son généraliste lui avait rationné le café.

Il en était venu à regretter l'époque bénie où l'on ne vous informait de rien. Personne pour vous faire culpabiliser d'aller boire un demi après le boulot ou d'en griller une après un bon repas. Qu'est-ce que ça changeait en réalité ? Tout le monde continuait à choper des saloperies dont on ne savait même pas prononcer le nom et à passer l'arme à gauche dans la foulée. Alors, savoir de quelle belle mort il risquait d'hériter dans deux, cinq ou dix ans, il n'en voyait pas l'intérêt.

Il posa la tasse sur la table en fer-blanc qui occupait la moitié de son petit balcon. Il ne put réprimer un sourire amer. Si Anne-Marie le voyait là, assis comme un petit vieux à siroter de l'eau chaude, elle partirait sûrement d'un de ses fameux éclats de rire. Ça oui, elle rirait de bon cœur.

Il resta encore assis là quelques instants, à laisser son regard se perdre dans ce quartier de Riquier qu'il connaissait comme sa poche depuis plus de trente-quatre ans qu'il habitait l'immeuble. Au fil des décennies, il l'avait vu grandir, changer, évoluer. Comme un enfant, en somme. Puis il se leva et regagna l'intérieur de son petit trois-pièces.

Son activité du moment l'attendait sur la table du salon, posée à côté de son carnet Moleskine. Un épais dossier dont la couverture ne présentait que la simple indication « Affaire Armand ».

Il l'ouvrit et commença à étaler son contenu sur le plateau d'acajou, d'abord de façon brouillonne, puis en tentant de respecter une certaine hiérarchie d'intérêt. Il y avait là toutes sortes de documents : des photos, des rapports de police, d'autopsie, des coupures de presse, des rapports de cabinets d'avocats.

Jacques se souvenait de cette sombre histoire. Toute une famille décimée par une nuit de décembre 1986. Un crime odieux, atroce.

Un crime dont on n'avait jamais retrouvé le coupable. Et c'était en partie la raison de son implication dans ce dossier.

Lorsqu'il releva les yeux vers l'horloge accrochée au-dessus de son buffet, plus de deux heures s'étaient écoulées. Il avait noirci plusieurs pages de son calepin.

Il retourna sur le balcon pour s'allumer l'une des rares cigarettes qu'il s'autorisait encore. Accoudé à la rambarde, les volutes de fumée se délitant dans l'air de ce début de soirée, il repensa à la façon dont l'affaire Armand avait resurgi dans sa vie.

Trois semaines auparavant, un simple coup de téléphone avait changé son quotidien. Au bout de la ligne, la voix de Carine Lerda, une femme d'un certain âge dont il avait ressenti d'emblée l'extrême douceur. Elle s'était présentée et lui avait parlé de l'association qu'elle dirigeait avec son époux, l'AAFV. L'Association d'aide aux familles de victimes, une petite structure qui tentait d'exhumer des dossiers oubliés et de leur apporter un éclairage nouveau. Elle-même avait eu à surmonter le traumatisme de la perte de sa plus jeune sœur, retrouvée morte au détour d'un sentier de randonnée quelques années auparavant.

– Pendant trois ans, l'enquête de police n'a abouti à rien, avait-elle dit. Nous avons écrit au procureur de la République pour obtenir les pièces du dossier. Nous avons tout repris point par point.

Et nous avons fini par l'avoir. C'était un marginal arrêté pour vol seulement quelques jours après l'annonce de la disparition de Jeanne. Il était déjà en prison quand le corps de ma sœur a été retrouvé. Les enquêteurs n'ont jamais fait le lien.

Mais grâce à un ticket de caisse de supermarché retrouvé dans le portefeuille de sa sœur quelques semaines plus tard, l'enquête avait pu être résolue.

– Jeanne s'y était rendue la veille de sa disparition. Quatre ou cinq jours après, l'homme avait agressé une dame à la sortie du même supermarché pour lui arracher son sac. Il l'avait frappée plusieurs fois. Mon mari a eu une intuition lorsque nous avons retrouvé le ticket de caisse dans les affaires de Jeanne. À force d'éplucher toutes les pages de *Nice-Matin* à la recherche du moindre détail, il s'est souvenu de ce fait divers. Cela pouvait être une coïncidence, bien sûr. Nous avons rappelé le lieutenant chargé de l'affaire qui a fait procéder à l'interrogatoire de l'homme. C'était bien lui.

L'idée de l'association avait germé ainsi.

Trop de personnes connaissaient ce genre de situation. Des affaires de meurtre ou de disparition au point mort depuis des années, des décennies. Des dossiers qui ne seraient jamais rouverts, sauf miracle.

– Vous m'avez été recommandé par le lieutenant-colonel Jean-Philippe Lebrun. Il nous a dit que vous aviez été l'un des meilleurs éléments de son unité de recherches et que la retraite ne devait pas vraiment vous aller.

– Vous savez ce qu'on dit : gendarme un jour, gendarme toujours.

– J'ai justement une affaire que l'on nous presse d'étudier. Une histoire très médiatisée à l'époque. Je ne vais pas vous le cacher, nous sommes en manque de bénévoles. Ou plutôt, nous avons trop d'affaires à traiter. Vous devrez reprendre le dossier d'un œil neuf, traquer l'indice, la preuve, la moindre coquille. Une réponse lors d'une déposition qui vous paraît suspecte ou qui vous rappelle un autre fait divers, un élément non étudié, une contradiction… Bref, tout ce qui peut nous permettre de lancer une demande de réexamen du dossier auprès du bureau du procureur.

Comment refuser ? Il avait le profil idéal pour les aider : il savait ce que travailler à l'intuition voulait dire, il avait toujours été pointilleux dans tout ce qu'il avait entrepris et, par-dessus tout, il trouvait ses journées longues à mourir.

Alors il avait dit oui.

De retour au salon Jacques avisa les photos et les rapports éparpillés sur la table. Ce semblant d'organisation ne lui convenait qu'en partie. Il traversa la pièce et s'enfonça dans l'unique couloir de l'appartement. Face à la première porte, il hésita quelques secondes, puis finit par tourner la poignée et entrer.

Il y avait toujours cette odeur acidulée de fraise qui flottait dans l'air.

Comment était-ce possible, après tant d'années ?

Il alla décrocher du mur ce qu'il était venu chercher, un grand tableau de liège suspendu à côté de trois cadres photos et d'un poster du film *Légendes d'automne*. Il ressortit de la chambre, non sans jeter un dernier regard sur la collection de peluches qui garnissait le lit.

Il revint poser le tableau sur la table et l'appuya contre la tapisserie.

Dans tout ce que le dossier contenait, il avait isolé trois éléments qui symbolisaient à eux seuls toute l'affaire.

Le premier était une simple photo en couleur.

L'instantané d'une famille dont le bonheur débordait du cliché. Un couple de trentenaires y entouraient du cercle de leurs bras deux jeunes enfants, des jumeaux. Lui, type golfeur athlétique en polo Ralph Lauren et elle, magnifique avec ses cheveux clairs ondulant jusqu'aux épaules et son sourire éclatant qui illuminait un visage aux traits fins.

La famille Armand au grand complet, les parents et leurs deux enfants.

Patrick Armand était l'un de ces hommes d'affaires intrépides et touche-à-tout comme seules les années 1980 avaient su en mettre sur orbite, notamment grâce à une petite boîte pour laquelle la France de Mitterrand se passionnait de plus en plus et qui avait fait sa fortune : le Minitel. Marié en grande pompe à Rachele Romani, ancien mannequin d'origine italienne, au début des années 1980, le couple était vite devenu l'une des vitrines de la jet-set azuréenne. Il ne se passait pas une semaine sans qu'ils aient les honneurs de la presse locale.

Leurs jumeaux, garçon et fille, étaient âgés d'un peu plus de deux ans. Deux têtes blondes aux yeux rieurs qui paraissaient déjà si complices.

Deux anges aux magnifiques yeux clairs comme de l'eau de source, les mêmes que ceux de leur mère.

Il punaisa la photo au centre du tableau.

Il balaya les autres documents du doigt pour trouver le deuxième qui l'intéressait.

Un autre cliché, celui d'une chambre d'enfant avec ses deux lits, sa grande armoire, ses coffres à jouets, ses cascades de peluches et ses murs tapissés de fleurs.

Une chambre marquée du sceau de l'horreur.

Au sol, au pied du premier lit, une tache brune mangeait la moquette sur près d'un mètre. En face, le drap et la couverture étaient englués contre le mur, comme si un souffle dévastateur les y avait collés. Juste au-dessus, les coquelicots du mur disparaissaient sous de multiples éclaboussures.

Jacques punaisa le cliché à côté de la première photo.

Enfin, il prit la dernière pièce du dossier. Une coupure de presse, la une du *Nice-Matin* du 16 décembre 1986 dont le titre, énorme, barrait toute la largeur :

« EFFROYABLE : UNE FAMILLE ASSASSINÉE PRÈS DE SAINT-PAUL-DE-VENCE. »

Il la fixa à côté des deux photos puis se renfonça contre le dossier de sa chaise pour prendre un peu de recul. Toute l'affaire était ainsi résumée sous ses yeux.

Son regard se trouva à nouveau attiré par la photo de famille. Il le savait, elle serait son moteur.

Chaque fois qu'il ressentirait l'envie de constater que ce *cold case*, comme on disait aujourd'hui, ne pouvait plus accoucher d'aucune nouvelle piste, il la regarderait. Et il penserait à ce que lui disait Jean-Jacques Bompard, son tout premier commandant de caserne. À l'époque, les relevés ADN et les ordinateurs n'étaient encore que de la science-fiction. Les enquêtes à mener au quotidien relevaient plus souvent de la brouille de voisinage que d'un crime mafieux tiré du dernier Scorsese.

Mais dans toutes les situations, Bompard avait la confiance chevillée au corps. Et ne cessait de répéter la même maxime, encore et encore.

« Il y a toujours quelqu'un, quelque part, qui sait ou qui a vu quelque chose. »

Même le détail qui vous paraissait le plus insignifiant du monde.

Toujours.

CHAPITRE 9

2015

Nice, rue Nathanya,
mercredi 10 juin, 7 h 43

Comme à son habitude, Jacques se leva de bonne heure.

Il s'habilla des vêtements qu'il avait repassés la veille et qu'il avait laissés suspendus à deux cintres métalliques pendant la nuit. Puis il fit son lit au carré. Les habitudes militaires avaient la peau dure.

Il avala son décaféiné matinal en observant d'un œil curieux l'agitation qui régnait sur le parking de la concession Renault en contrebas. Les vendeurs disposaient les véhicules avant l'ouverture. Le mercredi était toujours une grosse journée. Jacques avait d'ailleurs vu une banderole « Portes ouvertes » tendue au-dessus de la grille d'entrée, en revenant de ses courses la veille en fin de matinée.

Comme il traversait le salon, les éléments du dossier de la famille Armand ne manquèrent pas d'attirer son regard. Mais il n'avait aucune envie de s'y replonger maintenant. Il y avait déjà consacré plus de cinq heures la veille, il devait faire un break. Ne serait-ce que pour laisser infuser toute cette histoire dans son esprit.

Il attrapa sa veste et les clés de sa Clio et claqua la porte d'entrée de l'appartement dans la foulée.

Sur le cours Saleya, les étals des maraîchers et des artisans étaient de sortie, alignés comme des pièces de dominos. Les terrasses des bars et des restaurants commençaient à prendre forme. On criait, on haranguait, on riait fort. Une matinée ordinaire dans le cœur touristique de la vieille ville.

Jacques aimait cette atmosphère. Elle avait le don de réveiller chez lui des sensations oubliées, érodées par des années qui avaient défilé bien trop vite.

Quelques pas sur la promenade des Anglais le menèrent près du Casino Ruhl. Le salon de thé où il avait rencontré Anne-Marie se trouvait juste là, sur le même trottoir. En quarante ans, le style de l'établissement avait bien changé. Aujourd'hui on y mangeait en terrasse sur des chaises de plastique blanc et on y prenait des glaces ou des sandwiches à emporter. Mais la petite vitre sur la gauche était toujours là. Celle par laquelle il l'avait vue attablée, seule avec un livre. Il n'aurait jamais pensé être capable de lui adresser la parole comme ça, au débotté. Et encore moins qu'elle s'y montre réceptive. Mais ainsi allait la vie. Vous passiez devant la devanture d'un restaurant et vous y croisiez le regard de la personne qu'il vous semblait attendre depuis des années. Et peut-être qu'elle vous attendait aussi.

Il patienta ainsi quelques minutes, sans oser entrer, comme s'il se trouvait devant un lieu sacré. En revenant vers le bord de mer, il tira son téléphone portable de sa veste. Il appuya sur une touche pour composer un numéro préenregistré. L'appel bascula tout de suite sur boîte vocale : « Je suis occupée, laissez-moi votre message après le bip. »

– Sophie, bonjour, c'est moi. Je pensais à toi et, euh, je venais un peu aux nouvelles. Rappelle-moi. Je t'embrasse.

Jacques rangea son portable et finit par s'asseoir sur une chaise bleue face à la mer. L'écume léchait les galets en contrebas et les blanchissait avec patience et assiduité. Au loin, un ferry fendit les crêtes des vagues et fissura, l'espace d'un instant, le miroir doré que le soleil plaquait sur l'horizon.

Deux enfants jouaient au ballon, à moins d'un jet de pierre de lui.

Il les observa.

Le frère et la sœur sûrement, tant leur gestuelle se fondait dans une dynamique quasi identique. Deux têtes brunes dont les rires et les cris n'étaient qu'à peine estompés par le remous des vagues.

L'image des enfants Armand s'imprégna dans son esprit tel un flash

Jacques se massa les tempes et cligna des yeux. Il savait que désormais, où qu'il aille, il traînerait les éléments de ce dossier avec lui. Il n'avait jamais pu s'intéresser à une affaire sans s'y impliquer corps et âme. Surtout lorsqu'elle concernait le plus abominable des crimes.

Un meurtre d'enfants.

Comme un réflexe, il passa sa main dans la poche intérieure de sa veste et en tira son carnet. Il l'ouvrit et se replongea dans les notes qu'il avait consignées. Et la mécanique de son esprit se mit en branle. Sa première lecture du dossier lui avait déjà permis de mettre en lumière quelques points soumis à controverse.

Le rapport de police avait conclu à un braquage qui avait mal tourné. Un individu était parvenu à s'introduire dans la luxueuse propriété des Armand, avait traversé les deux hectares de terrain complanté en se camouflant dans les ombres de la nuit. Mais Jacques avait déjà relevé une première fausse note dans ce tableau. Il l'avait notée en bas de page : « Système d'alarme extérieur ? » Une telle maison devait bien être sécurisée, pourquoi le système ne s'était-il pas déclenché ? L'individu avait-il trouvé le moyen de le désactiver ? Ou bien Rachele Romani ne l'avait-elle pas enclenché ? Étrange pour une femme seule avec deux enfants dans une maison isolée de tout.

L'homme avait choisi de passer par la porte principale. Encore un élément troublant. L'ancien gendarme avait étudié suffisamment de scènes de cambriolage dans sa vie pour savoir que les malfrats ne s'embarrassaient jamais de fioriture et allaient généralement au plus simple. Crocheter un volet roulant et balancer une pierre dans la baie vitrée était bien plus rapide que de tenter d'ouvrir une porte blindée avec serrure six points. Quant à frapper à la porte pour simuler un quelconque démarchage à domicile, c'était impossible. La jeune femme n'aurait jamais ouvert à un individu qui se serait introduit ainsi sur le terrain de sa propriété.

Le cadavre de Rachele Romani avait pourtant été retrouvé au pied du grand escalier de l'entrée, à seulement quelques mètres de la porte principale. Un seul tir. À la carabine de chasse, calibre .30-30. À moins de cinq mètres, les dégâts avaient dû être terribles. Certains termes du rapport d'autopsie défilaient encore dans sa tête. *Plaie contuse à l'abdomen… Orifice de pénétration de forme ovale… Tir tangentiel…*

Il répéta ces deux derniers mots entre ses dents.

Tir tangentiel.

Il avait incliné son arme donc… La jeune femme était déjà à terre.

Il l'avait peut-être frappée, ou bien elle avait glissé sous l'effet de la surprise ou en essayant de s'enfuir. Mais lorsqu'elle avait compris que c'en était fini, elle avait probablement tenté une dernière supplique.

« Prenez ce que vous voulez, prenez tout. Mais ne faites pas de mal aux enfants. »

Jacques souffla et posa son carnet sur sa cuisse.

Il en revenait toujours à la même question.

Pourquoi les gosses ?

La nausée moulinait dans son estomac.

Face à lui, le frère et la sœur avaient délaissé leur ballon de football pour ramasser des galets et les lancer dans la mer. Aucun ricochet n'aboutissait mais cela ne les empêchait pas de rire de plus en plus fort.

Il inspira à nouveau.

L'homme était ensuite monté à l'étage. Le corps du petit Raphaël avait été retrouvé près d'une grande armoire, à l'entrée de la chambre. Quant à sa sœur, Élisa, elle était encore dans son lit, emmitouflée dans ses couvertures, quand l'homme avait fait feu.

Là encore, un seul tir à chaque fois. Ils étaient morts sur le coup.

L'homme avait fait le tour de la maison en se servant dans la collection de montres de luxe de Patrick Armand et d'autres objets de valeur.

Le rapport supposait que c'était en ressortant par la porte principale que la confrontation avait eu lieu. Armand venait de rentrer. Et il était tombé nez à nez avec celui qui venait d'abattre toute sa famille. Pour preuve, les impacts de tirs retrouvés juste au-dessus du chambranle de la porte mais aussi les traces de la lutte âpre qui s'était ensuivie. Le salon du rez-de-chaussée avait été l'épicentre de l'affrontement. Mobilier renversé, table basse en verre brisée… Mais finalement, Patrick Armand avait terminé avec le crâne fracassé.

Enfoncement de la boîte crânienne... Coup violent porté à l'aide d'un objet contondant.

L'objet en question, c'était un grand cendrier en marbre de plus d'un kilo. Jacques l'avait même vu en photo sur l'une des pages photocopiées du dossier.

Le meurtrier avait enfin pris la fuite, en laissant porte et portail grands ouverts, comme l'avaient constaté les premiers policiers arrivés sur les lieux, les brigadiers Jean-Paul Tanzi et Marco Aparicio.

Jacques referma son carnet et le remit dans la poche de sa veste.

Un peu plus loin les enfants avaient abandonné leur jeu et avaient retrouvé leur mère qui était occupée à chercher quelque chose dans un grand sac de plage. Elle sortit deux briquettes de jus de fruits et les leur tendit.

Il les regarda encore quelques instants. Puis il vérifia qu'il n'avait manqué aucun appel sur son portable.

Mais non, il n'y avait rien.

CHAPITRE 10

2018

Nice, boulevard Dubouchage,
lundi 3 décembre, 8 h 17

Nous venions d'être catapultés en enfer.

Aux dires de Bruce, ma belle-sœur était bien à l'origine de l'enlèvement de mon fils. Il n'y avait plus aucun doute. Mais si les preuves étaient irréfutables, pourquoi persistait-elle à nier l'évidence ? À jouer les amnésiques ?

À ma droite, Claude ne se contenait plus. Savoir sa fille incarcérée le rendait fou.

– Qu'ils me laissent lui parler et nous tirerons ça au clair en moins de vingt secondes. Bon sang !

– Tu sais bien que c'est impossible, dit Bruce. Il y a des procédures, merde. Tu ne peux pas faire comme tu veux voyons ! *Please* Claude.

Bruce en perdait peut-être son latin mais retrouvait quelques accents de son pays d'origine, signe évident de sa gêne face à cet homme qu'il connaissait depuis toujours et devant lequel il était obligé de s'imposer, une fois n'était pas coutume.

Il sortit un paquet de cigarettes de sa poche et en alluma une.

Mon téléphone vibra dans ma poche.

Un numéro inconnu.

Je décrochai et reconnus d'emblée la voix de Fournier.

– Monsieur Delcourt, j'imagine que vous êtes au courant.

– Moi, comme tous les Français qui ont une télé, oui.

Il se racla la gorge.

– J'attendais d'en savoir un peu plus avant de vous appeler.

– Et maintenant ? Où en êtes-vous pour mon fils ?

– Le commandant Perret souhaiterait s'entretenir avec vous et votre épouse. Pouvez-vous passer ?

– Je suis déjà devant le commissariat. Avec mon beau-père.

– Très bien, je viens vous chercher.

Je raccrochai.

Claude avait dû tendre une oreille puisqu'il redescendit en température de façon étonnante.

Une trentaine de secondes plus tard, le policier nous appelait depuis le perron du commissariat.

Nous le suivîmes à travers le hall d'accueil, puis dans un long couloir sans fenêtres qui débouchait sur un escalier dont les nez de marche étaient presque tous fissurés. Le premier étage n'était guère plus reluisant. Tout ici portait le poids des ans et des coupes budgétaires. Murs décrépits, peinture écaillée, carrelage fendu, meubles et matériel informatique hors d'âge… On était loin des locaux des *Experts*.

Fournier toqua à une porte. Une voix éraillée nous autorisa à entrer.

La pièce était au diapason de l'établissement. Deux bureaux en Formica sortis des années 1980 supportant chacun un ordinateur PC et quelques documents épars, des meubles métalliques pour dossiers suspendus, une carte des Alpes-Maritimes punaisée au placoplatre qui rebiquait aux quatre coins, des chaises recouvertes de tissu élimé et une unique fenêtre grillagée.

La femme assise derrière le bureau le plus éloigné se leva pour nous saluer.

– Commandant Claire Perret, BRI.

C'était une femme courtaude, à l'âge indéfinissable, la petite cinquantaine pour taper large, au visage mangé par des lunettes de vue à la monture beaucoup trop épaisse. Elle portait un blazer à rayures aux manches retroussées et un jean. Sa poigne ferme me laissa penser qu'elle devait compenser en personnalité le peu d'autorité qu'elle inspirait de prime abord. Elle salua mon beau-père rapidement et nous invita à nous asseoir. Fournier resta debout dans notre dos. Bruce tourna l'une des chaises du second bureau et s'y installa.

– Messieurs, je tenais à faire un point avec vous sur la situation, commença-t-elle. L'enquête sur l'enlèvement de Maxime Delcourt est affectée à nos services depuis cette nuit.

J'avais quelques notions sur les différents corps et services qui constituaient la police nationale. La BRI, communément appelée l'antigang, était connue pour intervenir dans des affaires criminelles graves telles que les braquages à main armée ou les enlèvements avec séquestration.

– À six heures sept ce matin nous avons interpellé mademoiselle Lise Cerutti et son compagnon Fabrice Vergeot au domicile de ce dernier dans le cadre de l'enquête sur la disparition de votre fils, continua le commandant Perret en me fixant comme si elle épiait la moindre de mes réactions.

– Tout ceci est ridicule.

La phrase de Claude avait claqué tel un coup de fouet.

– Monsieur Cerutti, s'il vous plaît, avança le commandant.

– Non, laissez-moi parler. Pendant que vous ergotez sur la prétendue implication de ma fille, mon petit-fils est toujours introuvable, aux mains de Dieu sait qui.

Bruce se contorsionna sur sa chaise.

– Nous faisons notre maximum pour retrouver l'enfant.

– Ah oui ? Eh bien ce n'est pas l'impression que j'en ai, voyez-vous ! Il est évident que toute cette histoire n'est qu'un stratagème pour nuire à ma famille.

Le ton de sa voix était monté d'un cran mais cela n'impressionna pas le commandant Perret qui avait sûrement dû en voir bien d'autres.

Elle fixa Claude derrière ses verres épais puis passa la main dans l'un des tiroirs de son bureau.

– Bon, vous voulez sauter les étapes ? Ça me convient.

Elle sortit un dossier et en tira des clichés qu'elle garda en main pour que nous ne voyions pas de quoi il s'agissait.

– À midi cinquante-six, hier, dimanche 2 décembre, un véhicule Renault Kangoo est filmé par les caméras de sécurité tout en bas de la route de la Corniche-André-de-Joly, au croisement avec la rue Barla. Je vous passe le détail du trajet mais nous réussissons à tracer le véhicule par les autres caméras de la ville jusqu'à son arrivée au parking Marshall, situé près du boulevard Carabacel. Il y entre à treize heures dix-neuf.

En effet la photo montrait la voiture qui s'engageait dans la rampe souterraine d'entrée du parking.

– Le système de vidéosurveillance du parking ne filme que les entrées, sorties et les passages d'étages. Voici notre Kangoo qui ressort à treize heures vingt-sept.

Deuxième cliché sur le bureau.

– Et voici la voiture qui la suit, à treize heures trente-huit.

Perret nous tendit la dernière photo mais la garda en main.

– C'est bien la voiture de votre fille, monsieur Cerutti ? demanda-t-elle. Vous la reconnaissez ? Mercedes Classe A, modèle 2017, immatriculée…

Je collai mon œil sur la photo. En dépit du grain prononcé, on pouvait apercevoir une femme au volant. Des lunettes de soleil à la taille démesurée lui masquaient une partie du visage mais cette silhouette, cette chevelure…

– Ce n'est pas elle qui conduit, la coupa Claude. Ça peut être n'importe qui. N'importe qui !

Perret posa ses lunettes sur le bureau avant de remballer ses photos d'un air entendu. Pour elle comme pour moi, le doute n'était plus permis.

– Croyez bien que nous allons tout vérifier, monsieur Cerutti. Mais les divers éléments en notre possession justifient tout à fait la mise en garde à vue de votre fille. Encore une fois, notre seul but au moment où nous parlons est de retrouver l'enfant.

Les éléments en leur possession… Il y avait bien sûr cette information que nous avait lâchée Bruce. La chaussure de Maxime retrouvée dans la voiture de Lise.

Je me renfonçai dans mon siège et me pris la tête entre les mains.

Quelqu'un toqua à la porte et celle-ci s'ouvrit aussitôt.

Un homme fit son entrée. Sa chevelure poivre et sel contrastait avec sa silhouette athlétique. Perret nous le présenta avant qu'il ait le temps de le faire lui-même.

– Messieurs, le lieutenant Kowalsky, l'un de mes adjoints.

Il nous salua d'un coup de menton puis s'adressa à sa supérieure.

– Commandant, on va reprendre.

– Très bien. Maître Jenkins ? Mademoiselle Cerutti va être auditionnée à nouveau.

Bruce se leva. Il se baissa vers Claude et lui murmura quelque chose à l'oreille.

Puis il posa une main sur mon épaule au passage.

– Je vais faire le maximum.

Cerutti desserra à peine les dents.

– Merci Bruce.

Il suivit Kowalsky et son costume bleu disparut dans l'embrasure de la porte. Fournier leur emboîta le pas et referma derrière lui.

Perret rechaussa ses larges lunettes à monture écaillée qui ne lui allaient décidément pas. Elle joignit ses mains sur le bureau et nous regarda tour à tour.

– Un test salivaire a été effectué sur mademoiselle Cerutti à son arrivée, lâcha-t-elle en levant la main vers Claude pour tuer toute tentative de protestation ou d'invective dans l'œuf ; elle commençait à bien le cerner. C'est la procédure lorsque la gardée à vue présente des signes de consommation de stupéfiants.

– Qu'est-ce que vous racontez ?

Mon beau-père s'était levé d'un bond.

Je me levai à mon tour pour l'empêcher de faire un geste qu'il aurait à regretter.

Devant nous, le commandant demeurait un modèle de stoïcisme.

– Le comportement de mademoiselle Cerutti était suspect, continua-t-elle. Nous avons joint votre médecin de famille, le docteur… (elle chercha dans sa mémoire) Michel. Il nous a indiqué que votre fille avait suivi un long traitement à base d'anti-dépresseurs. Vous confirmez ?

Claude fit quelques pas dans la pièce, tel un fauve en cage. Pour ma part, je débarquais complètement quant à cette histoire de médicaments.

J'entendis mon beau-père souffler.

– Elle a été suivie après l'accident qu'elles ont subi, Estelle et elle, il y a deux ans. Un accident de voiture. Je ne sais pas si elle continue. Ma femme doit en savoir davantage.

L'accident.

Bien sûr que je m'en souvenais. Mais je pensais que Lise s'en était tirée comme Estelle, à plus ou moins bon compte. Il est vrai que c'était à partir de cette époque que leurs relations avaient commencé à se déliter sérieusement.

– Avez-vous remarqué des signes d'accoutumance de votre fille (Perret se tourna vers moi), de votre belle-sœur ? Un comportement étrange ? Un état de manque ?

– Nous ne voyons plus beaucoup Lise. Il vaudrait mieux demander à Fabrice Vergeot. Il vit avec elle.

– C'est en cours. Il est aussi dans nos locaux.

– Bordel ! J'en ai assez entendu !

Je me retournai et surpris le visage de Claude braqué sur Perret, les pupilles aiguisées comme des lames de rasoir. La grenade venait d'être dégoupillée.

– Monsieur Cerutti, je vous conseille de vous…

Il pointa l'index dans sa direction. Le pan de sa veste ondula comme s'il venait de sortir une arme.

– Non, c'est moi qui vous conseille, madame. Je vous conseille de faire votre métier. Ma fille, une kidnappeuse, une junkie ! Mais je crois rêver !

Perret se leva à son tour. Les lunettes ne me paraissaient plus si amusantes si l'on se référait à ce qu'il y avait derrière. Un faciès impassible et dur, coulé dans l'acier.

– Est-ce que par hasard vous menaceriez un officier de police judiciaire, monsieur Cerutti ? Parce que si c'est le cas…

Claude posa la main sur la poignée de la porte.

– Je vous exhorte juste à faire votre travail, payé par mes impôts soit dit en passant. Et à retrouver mon petit-fils. Sinon je m'en occuperai moi-même.

– Nous n'allons pas lâcher, monsieur Cerutti, et je n'ai jamais cédé à quelque chantage que ce soit. Vous ne me connaissez pas.

Claude ouvrit la porte et posa un pied sur le seuil avant de se retourner.

– Non, madame. C'est vous qui ne me connaissez pas.

Et la porte claqua en faisant trembler la cloison de préfabriqué.

Je restai pantois, oscillant entre l'incompréhension et la colère. Ce n'était pas du tout le moment de jouer les fiers-à-bras de la sorte.

– Excusez-le, nous sommes tous sous pression, parvins-je à articuler.

Perret chassa mes paroles d'un mouvement de la main.

– Vous n'y êtes pour rien. La réputation de votre beau-père l'avait déjà précédé. Je vais laisser tout ça de côté, le temps que nous retrouvions votre fils. Nous n'avons pas besoin de nous disperser.

Elle alla jusqu'à la fenêtre et l'ouvrit puis tira un paquet de Camel light de son sac.

Elle en alluma une et recracha la fumée à l'extérieur.

– J'espère juste qu'il ne fera pas de connerie, ajouta-t-elle.

Moi aussi.

– Et maintenant ? demandai-je.

– Votre belle-sœur va finir par craquer et nous expliquer les raisons de son geste. Différend familial, vengeance, coup de folie, que sais-je. Son avocat manœuvre habilement pour qu'elle nous livre toute la vérité.

– Et Fabrice Vergeot ? Vous le croyez impliqué ?

Elle écrasa la cigarette à moitié consumée sur le rebord de la fenêtre et la jeta dans un gobelet.

– Difficile à dire. Pas directement, en tout cas. Il est arrivé hier de Zurich à quinze heures quinze à l'aéroport de Nice. Pour le moment nous n'avons rien contre lui. Il n'a fait aucune histoire pour nous suivre. Il ne voulait pas abandonner sa compagne. Il est pour le moment placé sous le statut de témoin assisté.

Elle dut lire la détresse sur mon visage puisqu'elle ajouta dans la foulée :

– Rentrez chez vous, allez retrouver votre femme. Ne restez pas seul. Nous avons mis tous nos moyens dans cette affaire. Je vous tiens informé de la moindre évolution. Tenez, voici ma carte. Vous voulez que quelqu'un vous reconduise chez vous ?

– Merci, ça ira.

Elle se leva en même temps que moi et me précéda dans le couloir. Une policière l'y attendait et, après m'avoir salué et avoir demandé à un agent de me raccompagner, je les vis entrer dans le bureau voisin de celui dans lequel elle nous avait reçus.

Cinq minutes plus tard, j'arpentais le boulevard Dubouchage d'un pas monocorde lorsqu'un feulement mécanique me fit sursauter.

La X6 s'arrêta à ma hauteur. La vitre glissa.

– Montez, dit Claude. Je vous dépose à votre voiture.

Il se pencha pour m'ouvrir la portière.

– Vous pensez que j'ai eu tort avec la flic, n'est-ce pas ? me demanda-t-il une fois que j'eus bouclé ma ceinture.

– Vous ne l'avez pas ménagée, ce n'était peut-être pas le meilleur moment.

– Je marque mon territoire, Delcourt. C'est aussi simple que ça. J'ai fait ça toute ma vie.

La X6 tourna et s'arrêta à un feu rouge. J'aperçus ma voiture qui n'était guère plus qu'à une centaine de mètres.

– Je vais vous raconter une histoire, dit-il en coupant l'autoradio. Une histoire que peu de gens connaissent. Peut-être même pas Estelle. Et encore moins Lise.

Je laissai mes mains plaquées sur mes cuisses. Je ne l'avais jamais connu si disert et je me demandais bien où tout cela allait nous mener.

– Lorsque j'avais sept ou huit ans, mon père m'a amené avec lui un matin, chez des gens que je n'avais jamais vus auparavant, tous très élégants. Il m'avait mis mon habit du dimanche, avec les souliers vernis. Lui, il portait son plus beau complet, un bleu marine, croisé. Il a passé la matinée à signer des papiers et à écouter des discours soporifiques auxquels je ne comprenais rien. Puis, lorsque nous avons eu fini, il m'a emmené sur les collines, à l'est de la ville. De là-haut, nous avions une vue exceptionnelle sur les vergers et les champs qui couraient en contrebas. Et au loin, la mer. Rien d'autre que la mer. Je n'avais jamais rien vu de tel, croyez-moi.

Le feu passa au vert et il redémarra.

– Alors mon père m'a expliqué. Il m'a dit que tous ces champs étaient désormais à nous. Et que bientôt, là où la main de l'homme semblait n'avoir encore rien domestiqué, il y aurait des maisons avec des jardins. Beaucoup de maisons. C'est là que tout a commencé Delcourt, vous voyez ? Le premier lotissement à l'origine du succès de l'entreprise. C'était en 1952.

– Oui.

– Mais attendez, vous allez voir où je veux en venir. Lorsque nous sommes redescendus par le sentier, mon père a essayé de m'expliquer quelque chose. Il m'a demandé : « Quelle est pour toi la chose la plus importante dans la vie d'un homme ? » J'ai été surpris bien sûr. Est-ce qu'on posait cette question à un gamin de huit ans ? Alors j'ai dit la première chose qui me semblait la plus sincère. Je lui ai répondu « la famille ». Il m'a regardé et a passé sa main dans mes cheveux. Puis il m'a dit : « Tu as raison fils, tu as mille fois raison. Mais sais-tu ce qui est aussi très important ? »

Il repéra la Countryman et s'arrêta en double file juste à côté avant d'enclencher les feux clignotants. Puis il se tourna vers moi et ses yeux me transpercèrent comme des lances.

– Ce qui est important, m'a dit mon père ce jour-là, c'est la chose avec laquelle nous ne devons jamais transiger. Celle que l'on ne nous prendra jamais et que nous transmettrons. Comme un cadeau, le relais d'une vie. Vous voyez de quoi je veux parler Delcourt ?

– Eh bien…

– Le nom, cingla-t-il. Si votre nom veut dire quelque chose, les gens vous respecteront.

Il laissa cette phrase flotter dans l'air. Ses yeux ne me quittaient plus.

– Ils vous craindront, ajouta-t-il.

Il désigna la portière de sa main ouverte.

– Maintenant allez-y, j'ai à faire.

Mais tandis que je descendais du véhicule, ses doigts se refermèrent comme des serres sur mon poignet pour me retenir.

– Et rappelez-vous une chose. Maxime est votre fils bien sûr, mais il est encore bien plus que cela.

– Quoi donc ? demandai-je, partagé entre la curiosité et l'anxiété de cette ultime confidence.

– Ce gamin est l'héritier, Delcourt. L'héritier.

CHAPITRE 11

2018

Nice, boulevard Dubouchage,
lundi 3 décembre, 9 h 29

Lise Cerutti leva les yeux vers les personnes qui pénétrèrent dans la pièce.

Un policier tout d'abord, celui qui avait débarqué le matin même à l'appartement de Fabrice, accompagné d'une dizaine d'autres. Il s'était présenté à elle comme le lieutenant… Elle ne se souvenait plus de son nom, tout au plus qu'il avait une consonance russe.

Elle se souvenait en revanche de sa voix posée.

Il avait pris le temps de lui expliquer calmement pourquoi on la tirait du lit alors que le jour n'était même pas encore levé. Elle s'était demandé comment quelqu'un pouvait être si calme alors qu'il vous passait des menottes aux poignets.

Sa tête lui faisait un mal de chien, comme si on pressait ses tempes dans un étau. Elle avait réussi à se focaliser sur autre chose que le timbre de voix du flic. À décrypter ses paroles. Mais elle ne se souvenait pas avoir jamais eu autant de mal à comprendre quelqu'un.

– Vous m'écoutez, mademoiselle ? Où est l'enfant ? Où est-il ? lui avait dit le flic face à elle en faisant claquer ses doigts devant ses yeux comme pour tester ses réflexes oculaires tandis qu'un autre policier, une femme, la soutenait et lui demandait d'enfiler des vêtements.

Elle avait cherché Fabrice du regard mais il n'était plus dans la chambre. Elle l'entendait dans la pièce à côté qui criait que tout ceci était une folie, qu'elle n'avait rien à voir avec ça. Qu'il avait cherché Maxime toute la soirée lui aussi.

Cherché Maxime toute la soirée.

Cherché Maxime...

Un deuxième homme suivit derrière le policier.

Bruce.

Elle avait été heureuse de le voir arriver au commissariat ce matin. Un visage familier au milieu de tous les sentiments négatifs qui rendaient l'atmosphère de ce bureau irrespirable. Tant de mauvaises ondes tournoyaient dans cette pièce et lui serraient la gorge jusqu'à l'étouffer.

Les questions avaient fusé.

Elle ne les comprenait pas.

Elle avait encaissé la nouvelle de l'enlèvement de Maxime avec un certain aplomb. Comme si elle était irréelle. En même temps, toute cette situation ne l'était-elle pas ? Et sa tête, sa tête qui n'en finissait plus de menacer d'exploser.

Encore une question, toujours la même.

Où était-elle allée la veille à midi ?

Elle ne s'en souvenait pas. À l'appartement, en ville peut-être ?

Ils lui avaient montré une photo de sa voiture sortant d'un souterrain.

Était-elle au volant ? Sûrement, elle ne la prêtait jamais à personne.

La pression s'était accentuée. Les questions, encore les questions.

Le policier s'était assis sur le bord du bureau, il avait réduit son espace vital un peu plus.

Et elle s'était sentie partir. Déconnexion, tirer de rideau, plus personne aux commandes. Sa dernière vision avait été celle de la silhouette du lieutenant de police qui bondissait vers elle pour la rattraper tandis qu'elle s'affaissait sur la chaise.

Trou noir.

Désormais, la même scène se rejouait de façon implacable. Elle était de retour dans ce bureau, entourée des mêmes personnes, acculée par les mêmes questions, maltraitée par les mêmes regards. La tension était même montée d'un cran.

Bruce se pencha à son oreille. Elle sentit la fragrance boisée et fleurie de son parfum, le même après toutes ces années, associée à une légère odeur de cigarette. Il avait toujours très peu fumé, en société le plus souvent se rappela-t-elle ou bien quand il était trop stressé. Ce mélange exhuma des souvenirs enfouis. New York, une autre vie. Une autre elle.

– On va reprendre l'audition, lui dit-il en plaçant sa chaise un peu plus près de la sienne. Comment te sens-tu ?

– Je… Je ne sais pas. Bruce, qu'est-ce qui m'arrive ?

Il posa ses mains sur les siennes.

– Lise, écoute-moi. Je t'en supplie, écoute-moi. Si tu sais quoi que ce soit à propos de l'enlèvement de Maxime, tu dois le leur dire. Je comprends que tu sois sous pression, déphasée mais je t'en prie, ne leur cache rien. *Believe in me, okay ?*

Elle acquiesça.

La porte s'ouvrit à nouveau et la femme aux grosses lunettes fit son apparition. Elle la reconnut, c'était la chef. Elle était suivie d'une autre personne, une jeune femme affublée d'un uniforme de police beaucoup trop large pour sa fine carrure.

La chef s'installa face à elle, à côté du lieutenant à la voix posée et la jeune flic mal habillée alla prendre place face à un écran d'ordinateur.

– Bien reprenons, dit-elle. Mademoiselle Cerutti, vous vous sentez mieux ?

– Je… Je pense oui.

Elle retira sa main de celle de Bruce.

Le commandant Perret actionna un magnétophone numérique et le fit glisser sur le bureau. Dans le dos de Lise, le cliquetis d'un clavier d'ordinateur commença à résonner en cadence.

– Mademoiselle Cerutti, nous n'avons plus de temps à perdre. Je vais vous reposer encore les mêmes questions. Où est l'enfant ? Avec qui ?

Elle étala diverses photos devant Lise. Celle-ci se pencha pour les regarder. C'étaient celles qu'on lui avait déjà montrées tout à l'heure, avant qu'elle ne fasse un malaise.

La première présentait une Renault Kangoo blanche remontant la rampe de sortie d'un parking souterrain. Puis une autre avec une Mercedes Classe A, la sienne, qui quittait le même parking ainsi qu'une troisième où l'on voyait la voiture patienter à un feu rouge. Sur cette dernière, on distinguait un peu mieux la personne qui était au volant.

Lise plissa les yeux sur le cliché.

Elle porta la main à sa tempe. Chaque effort de concentration lui paraissait surhumain.

Ses lèvres s'animèrent d'un léger tressaillement.

Ces lunettes, ce tee-shirt, cette coiffure… Elle crut bien se voir au volant.

La dernière photographie affichait le coffre grand ouvert de la voiture. Il y avait une sorte de petit chevalet jaune en plastique avec le chiffre « 1 » écrit dessus, posé près d'une chaussure d'enfant, une Converse rouge.

– Mademoiselle Cerutti, continua le commandant Perret, j'aimerais que vous nous expliquiez ces clichés. Ils prouvent tous votre implication dans l'enlèvement de Maxime. Mais vous pouvez encore vous en tirer avec certaines circonstances atténuantes. En nous aidant. Vous comprenez, mademoiselle ?

Lise tourna son visage vers Bruce et le fixa de ses yeux paniqués.

– Oui je crois. Mais je vous jure, je ne me souviens de…

– Mademoiselle Cerutti ! On ne joue plus, là ! cingla Perret en se levant au-dessus du bureau et en frappant le plateau de la paume de sa main.

– Lise, murmura Bruce, pense à Estelle, s'il te plaît.

Lise détourna le regard, elle voulait être ailleurs, partir loin d'ici. Mais il lui semblait qu'elle était littéralement vissée à sa chaise, que rien ne pourrait jamais l'en détacher.

– Je ne me souviens pas ! De rien !

Le lieutenant Perret frappa encore le bureau, du poing cette fois.

– Le temps presse, mademoiselle Cerutti ! Où est l'enfant ? Qui est votre complice ? Qui conduisait la Kangoo ?

Son corps était tendu à se rompre. Elle fermait les yeux, elle essayait de se concentrer, de dégripper les rouages de sa mémoire qui s'échinaient à ne plus fonctionner.

– J'essaye, j'essaye je vous dis !

Des larmes commencèrent à couler le long de ses joues.

– Pense à ta sœur Lise, s'il te plaît.

– Je… Je…

– Mademoiselle Cerutti ?

Le lieutenant Kowalsky se leva et alla s'adosser au mur près de la porte. Perret avait toujours les deux mains posées à plat sur le bureau.

Elle essaya de se souvenir, de remonter le fil d'une mémoire meurtrie et confuse.

– Pense à ta sœur, répéta Bruce à mi-voix.

Un frémissement sur ses épaules. Oui, elle pensait à sa sœur, à tout ce qui s'était passé ces dernières années…

Elle releva alors les yeux. Des yeux baignés de tristesse, de doute et d'impuissance. Mais dans ses yeux quelque chose avait changé. Et Perret le remarqua tout de suite.

Juste avant que l'impensable ne se produise.

– Penser à ma sœur, dit Lise en fixant son avocat. Ma sœur ? Mais je la déteste voyons.

– Quoi ? fit Bruce.

Elle explosa d'une rage que personne n'avait vu venir.

– Je te dis que je la déteste ! Je la hais pour tout ce qu'elle m'a fait ! Pour tout ce qu'elle m'a pris !

Elle quitta sa chaise d'un bond.

– Lise !

– Je la déteste ! hurla-t-elle.

Bruce tenta une approche mais Kowalsky fut le plus rapide. Il contourna la chaise de l'avocat et en deux enjambées, fut sur la jeune femme.

– Calmez-vous !

– Laissez-moi, je me fous de son fils ! Je m'en fous ! Elle a pris le mien ! Elle a pris mon enfant ! Je la hais !

Deux policiers alertés par les cris firent irruption dans la pièce. Ils virent leur collègue bien mal embarqué, essayant d'immobiliser une folle furieuse dont le visage était couvert d'un déluge apocalyptique de boucles châtains et dont les membres gesticulaient dans tous les sens.

– Emmenez-la en cellule, ordonna Perret, qu'elle reprenne ses esprits. Bon sang, c'est pas vrai.

Bruce essayait de la calmer mais rien n'y fit.

Ses cris et ses invectives résonnèrent encore plusieurs minutes entre les murs du commissariat.

CHAPITRE 12

2018

Nice, boulevard Dubouchage,
lundi 3 décembre, 9 h 36

J'étais seul désormais.

Je tentai de joindre Estelle mais ce fut peine perdue une fois de plus.

Je posai le téléphone sur le siège passager et me pris la tête à deux mains. Je sentis le désespoir monter en moi comme une vague et tout emporter sur son passage.

Je devais réagir, m'occuper à quelque chose pour me sentir un peu utile.

Je n'avais aucune envie de regagner mon domicile vidé de tout ce qui comptait le plus à mes yeux. Et pourtant, que faire d'autre ? Forcer l'entrée de l'immeuble des Cerutti pour avoir une explication avec ma femme ? Au niveau de stress et d'anxiété où nous étions, je n'en tirerais que des cris et des larmes.

Je remis la voiture en route et repris la direction de notre maison presque à contrecœur.

En arrivant j'eus tout de même la bonne surprise de constater que les journalistes avaient quitté les lieux. Ainsi que la police.

Je remontai l'allée et, alors que mes pas me portaient tel un fantôme sur la pierre concassée, je remarquai les jouets de Maxime qui gisaient encore là, abandonnés à leur sort. Je me baissai pour les ramasser un à un. Deux voitures de course, le dragon Krokmou et sa grande figurine Iron Man. Ils me semblèrent peser une tonne, comme s'ils étaient ancrés dans le sol.

Puis je les déposai sur le perron près de la porte, en les alignant du mieux possible, Iron Man se tenant debout derrière les trois autres, tel un ange protecteur. Normal, il était « trop fort papa, 'Ron Man ». Et je sentis une main me broyer l'estomac.

Oui, ces jouets pesaient si lourd. Tout le poids du remords et de la tourmente. Mais en les rangeant ainsi, je ne sais pas pourquoi, je commençai à respirer un peu mieux.

Néanmoins quelque chose m'intrigua. Je me souvenais bien de Maxime jouant avec deux grandes figurines, Iron Man et Hulk. Mais il n'y avait plus aucune trace du géant vert.

Je revins sur mes pas en fouillant la pelouse des yeux puis l'allée gravillonnée jusqu'à l'entrée. Rien.

En relevant la tête mon regard fila vers la droite, par-dessus la haie de thuyas et j'aperçus miss Peters au loin, tout en haut de l'immense pelouse qui menait à sa propriété. Elle était assise à l'ombre d'un parasol qui aurait pu abriter une équipe de foot. Jelly était couché sur l'herbe à ses pieds.

Je lui fis un signe de la main, pensant qu'elle m'avait vu mais n'obtins aucune réponse. En y regardant de plus près, elle me donna l'impression d'être un peu trop enfoncée dans son fauteuil de jardin. Et l'inclinaison de sa tête m'apparut soudain assez inquiétante.

Je m'approchai de la haie d'arbustes.

– Miss Peters ?

Le chien remua une oreille puis leva la tête dans ma direction.

En revanche, aucune réaction de notre voisine.

Merde.

Je sortis dans la rue et courus jusqu'à sa villa. L'entrée n'était qu'à une trentaine de mètres de la nôtre, sur le même trottoir.

La grille était fermée. Elle n'était pas très haute mais les barreaux se terminaient par des pointes effilées qui n'incitaient guère à y risquer son entre-jambe. Et le reste de la clôture qui entourait le terrain était dans le même esprit.

Tout en haut de la pelouse, Jelly m'aperçut et sortit de sa léthargie pour descendre la pente comme une flèche. Il arriva près du portail en poussant des aboiements stridents comme à son habitude lorsque quelqu'un s'approchait un peu trop près de sa chasse gardée.

J'appelai miss Peters plusieurs fois mais rien n'y fit. Elle ne donnait toujours pas le moindre signe de vie.

Je refis le chemin inverse pour gagner le fond de notre jardin, là où se trouvait un abri que nous avions fait construire peu après la villa et qui nous servait à entreposer toutes sortes de choses : mobilier d'extérieur, matériel de plage… Le jardinier qui s'occupait de l'entretien de notre propriété y avait son espace réservé pour le stockage de ses outils et de ses sacs d'engrais et de désherbant. En hauteur, une échelle télescopique était fixée au mur à l'aide de deux crochets.

Je m'en emparai et revins près des thuyas au pas de charge.

Je dépliai l'échelle contre la haie avant de monter sur les premiers barreaux. Les arbres plièrent sous mon poids mais la masse feuillue était suffisamment compacte pour que j'atteigne son sommet sans que l'édifice s'écroule.

Quelques secondes plus tard, je me laissai basculer de l'autre côté et me réceptionnai sur le gazon anglais de notre voisine. Jelly avait suivi mon manège et m'y attendait déjà en sautillant comme s'il dansait sur des braises. Il émit quelques grognements sourds puis finit par se souvenir que je n'avais jamais été avare de caresses chaque fois que l'occasion m'en avait été donnée.

Je remontai la pelouse à grandes enjambées avec le chien qui gambadait à mes côtés. J'appelai à nouveau miss Peters, toujours sans succès.

Lorsque j'arrivai à son niveau, j'eus le réflexe de prendre son pouls à son poignet.

Sa tête se souleva dans un soubresaut et tout son corps sursauta comme si une guêpe venait de la piquer.

– *Jesus Christ !*

– Miss Peters c'est moi, Anthony, votre voisin.

– Oh !

Je lus dans ses yeux qu'elle me remettait.

– Je vous ai vue de loin, j'ai eu peur que vous n'ayez fait un malaise.

Je me sentais tout d'un coup bien stupide de débarquer ainsi chez elle comme un ouragan alors qu'elle s'était juste assoupie. Mais un train aurait pu passer à deux mètres d'elle sans la réveiller.

– Non, ça va Anthony, ça va. *Thank you.*

À sa droite, une table de jardin. J'y trouvai une carafe de ce qui avait tout l'air d'être du thé glacé maison mais aussi une boîte de médicaments au nom imprononçable.

Je remplis un verre que je lui tendis.

– Vous êtes sûre ?

Elle leva des yeux encore embrumés vers moi.

– *Yes, I am*, dit-elle en acceptant la boisson.

Je la regardai avaler la moitié de son verre d'une traite puis l'aidai à le reposer près de la carafe, la table se trouvant à une distance manifestement trop importante de son fauteuil.

– Mais, et vous ? Des nouvelles pour Maxime ? J'ai entendu les *news* à la télévision. Votre belle-sœur ? *I can't believe it.*

Moi non plus je n'y croyais pas. Et pourtant…

– L'enquête est en cours, dis-je laconiquement.

– La police m'a interrogée hier. J'ai été malheureusement bien incapable de leur dire quoi que ce soit. J'ai passé une partie de la journée sur les hauteurs de Cannes, chez une amie. Le dimanche nous jouons au bridge.

– Et Jelly ? Vous l'aviez emmené ? demandai-je en me souvenant que je n'avais pas entendu un seul aboiement de toute la journée.

– Oui. Mon amie adore les chiens, elle a deux cockers. Jelly a passé son temps à courir avec eux dans le jardin… Oh, Anthony, je suis désolée de vous parler de cela avec ce que vous vivez en ce moment. J'espère de tout cœur que vous allez retrouver Maxime. *I will pray for that to happen.*

J'acquiesçai et la saluai avant de prendre congé. Elle me remercia et m'indiqua où se trouvait le bouton d'ouverture du portail piéton.

Je redescendis l'allée, toujours escorté de mon garde du corps canin. Jelly me regarda refermer la grille puis détala ensuite vers le fond de la propriété.

De retour chez moi, je repliai l'échelle et allai la ranger dans l'abri. Mais en sortant du cabanon, une surprise m'attendait, fière de son effet et la langue encore pendante de l'effort qu'elle venait de fournir.

Jelly.

Il était planté là, devant moi, et me fixait de ses yeux jaunes.

Comment avait-il fait pour me suivre ? J'avais pourtant refermé le portillon derrière moi et je l'avais bien vu remonter vers le fond du jardin de miss Peters.

– Comment tu as réussi à arriver là, toi ? dis-je en avançant une main vers lui.

Il fit un bond de côté pour éviter la caresse et jappa en sautillant. Puis il disparut entre la haie de thuyas et l'abri de jardin.

Je le suivis.

L'intervalle entre la cloison et les arbustes était juste suffisant pour le passage d'un homme. Nous l'avions laissé ainsi pour que le jardinier puisse entretenir la haie sans problème. Jelly longea le cabanon puis, alors qu'il était presque arrivé à la limite de notre terrain, il bondit dans les thuyas et disparut.

Je pressai le pas pour m'accroupir à l'endroit où je venais de le voir se volatiliser. Ce que je découvris alors me laissa sans voix.

Une sorte de cavité avait été creusée dans la haie. Seules les premières branches avaient été laissées intactes pour donner l'illusion que la masse feuillue était toujours compacte. Il suffisait de les écarter pour constater que tout le reste avait été coupé ou arraché pour créer une ouverture suffisamment grande pour qu'un homme puisse s'y accroupir et y entrer. C'était quasiment indétectable, surtout avec l'abri de jardin posé devant.

Je me faufilai à l'intérieur.

Le massif n'était pas très épais et je pouvais déjà apercevoir le grillage qui y était accolé sur l'autre versant, dans le terrain de miss Peters. Il était soulevé sur une vingtaine de centimètres dans sa partie basse, vraisemblablement là où Jelly avait réussi à se glisser.

Mais en approchant je constatai que le grillage avait été en réalité cisaillé sur toute sa hauteur. On l'avait ensuite maintenu en place à l'aide de deux bouts de fil de fer tordus à la va-vite.

Je les retirai et, en poussant de la main, un bon mètre carré de grillage s'affaissa complètement.

Encore un pas et je me retrouvai dans le jardin de miss Peters.

Il me fallut quelques secondes pour bien comprendre la portée de ce que tout cela impliquait.

Le ravisseur de Maxime était passé par là.

L'évidence me coupa les jambes. Je baissai la tête et pris appui sur le haut de mes cuisses en essayant de retrouver mon souffle.

Mais alors que je baissais les yeux au sol, un éclat attira mon attention. Là, à moins d'un mètre de moi, quelque chose renvoyait les rayons du soleil dans l'herbe encore humide de l'arrosage automatique.

Un flash crépita dans mon esprit, une impression fugace de déjà-vu.

Je me penchai pour ramasser l'objet.

C'était un petit porte-clés qui avait la forme du bouclier de Captain America.

Celui de Maxime.

Je serrai le poing autour de cette nouvelle trouvaille. Le doute n'était désormais plus permis.

Le ravisseur avait sûrement attendu que miss Peters s'absente pour s'introduire dans sa propriété et emprunter le passage qui l'avait mené chez nous. Il avait ensuite kidnappé Maxime dans le jardin et était ressorti par le portillon pour gagner la Kangoo.

Et je n'avais rien vu, rien entendu.

Je repensai néanmoins au portail et aux grilles effilées qui entouraient la villa de miss Peters. Tout donnait sur la rue. Comment l'homme avait-il pu les franchir sans se faire remarquer en pleine journée ? Et pourquoi passer par là ? Notre entrée n'était qu'à une trentaine de mètres de celle de miss Peters et notre portail était bien plus simple à enjamber.

Alors, pourquoi vouloir à tout prix passer par la maison voisine ?

À moins que…

Je relevai les yeux vers la terrasse. Miss Peters n'avait pas bougé d'un centimètre et était désormais plongée dans la lecture contemplative et flegmatique de quelque revue people.

Je remontai vers elle d'un pas rapide.

– Vous avez oublié quelque chose ? me demanda-t-elle comme s'il était normal de me voir débouler une nouvelle fois en sueur dans sa propriété sans y avoir été invité.

– Miss Peters, c'est très important, dis-je presque à bout de souffle. Avez-vous ici une autre issue pour sortir de la propriété ? En plus de l'entrée principale ?

– Oh, oui, *of course*. Quand William était encore de ce monde, nous avions fait aménager une sortie sur l'arrière du parc. Je ne l'utilise plus du tout aujourd'hui. Mais c'est bien plus pratique pour sortir se balader que de passer par la rue. Il y a un portillon tout au fond du jardin, derrière le grand saule pleureur. On peut longer les sentiers et on arrive plus facilement au col de Villefranche, vous savez que…

Mais j'avais déjà décampé.

Je parcourus une trentaine de mètres et arrivai à la fameuse sortie.

En effet, c'était bien un portillon, réalisé dans le même style que le portail. Il y avait aussi un système d'ouverture de serrure électrique identique qui s'activait par un bouton placé près de la porte. Invisible de l'extérieur, mais quelqu'un qui avait déjà repéré les lieux pouvait passer le bras à travers la grille et le trouver sans problème.

Je sortis et fis quelques pas sur le sentier et bientôt les hautes herbes m'arrivèrent jusqu'aux genoux. Cette partie du parc n'était pas la plus fréquentée. Elle n'offrait aucun panorama à couper le souffle et se contentait juste de border l'arrière de notre lotissement.

Une traînée de bitume traçait son sillon au beau milieu des pins. Il s'agissait de la route qui contournait les habitations et redescendait ensuite vers le col de Villefranche. Nous ne l'empruntions presque jamais.

J'avançai jusqu'au milieu de la route et restai planté là, à tenter de sonder cette nature opaque et de comprendre les secrets qu'elle pouvait encore garder en son sein.

Les hypothèses et leurs inévitables contradictions se bousculaient dans ma tête.

Le ravisseur avait-il vraiment emprunté cette issue pour entrer chez miss Peters ? Et pour en sortir aussi peut-être ?

Mais dans ce cas, quel avait été le rôle de cette Kangoo ? Je me souvenais clairement des paroles du commandant de police et de Fournier hier. Ils avaient repéré le véhicule sur l'une des caméras à l'embranchement de la route qui menait à notre lotissement et de la route de la Corniche-André-de-Joly. Autant dire, à l'opposé d'ici.

Et pourtant cela flottait dans l'air, je le sentais.

Je rouvris la paume de ma main pour observer le porte-clés que je n'avais pas lâché.

Oui, j'en étais persuadé.

C'était ici que la disparition de mon fils s'était jouée.

CHAPITRE 13

2018

Nice, parc forestier du Mont-Boron,
lundi 3 décembre, 10 h 56

Je revins sur mes pas en courant comme un forcené, le téléphone vissé au creux de ma main. Je venais de laisser un message à Perret en lui demandant de me joindre de toute urgence.

Je trouvai miss Peters accoudée au portillon. Elle paraissait m'attendre.

– Vous avez trouvé ce que vous vouliez ? me demanda-t-elle.

– En un sens oui. J'ai une dernière question avant de vous laisser. Avez-vous un système d'alarme ?

– Dans la maison, oui, bien sûr.

– Et dans le jardin, au niveau de l'entrée et de ce portillon ?

– Non… me répondit-elle avec l'air contrit de celle qui donnait une mauvaise réponse. Cela a toujours été un quartier tranquille ici. Et puis avec

Jelly qui court partout, ça ne ferait que sonner en permanence.

– Très bien, merci.

Je rejoignis le portail principal (inutile que ma voisine me voie traverser la haie séparant nos deux terrains comme un voleur).

À peine eussé-je franchi la porte d'entrée de chez moi que mon téléphone vibra dans ma main.

Je décrochai tout de suite.

– Allô, oui ?

– Ici Perret, vous vous foutez de moi ?

– Pardon ?

– Si vous voulez foutre en l'air les recherches pour retrouver votre fils, dites-le tout de suite !

– Je… Je vous jure que je ne comprends rien à ce que vous me dites. Au contraire j'ai fait une découverte qui pourrait changer pas mal de choses…

Mais j'eus la désagréable impression qu'elle ne m'écoutait qu'à moitié, voire pas du tout.

– Allumez la télé, vous allez comprendre, continua-t-elle de son ton martial.

Je l'imaginais en train de repositionner ses affreuses lunettes sur son nez.

– Pardon ?

– Allumez la télé. Et juste une chose, nous faisons le maximum pour retrouver votre fils. Le MA-XI-MUM (elle insista sur chaque syllabe). Mais si vous croyez que nous avons le loisir de nous coltiner tous les cinglés de la terre, vous vous fourrez le doigt où je pense ! Nous avons déjà reçu des coups de fil par dizaines. Et que des farfelus ! Bordel, nous n'avons pas les effectifs du Pentagone !

Et elle me raccrocha au nez.

Je traversai le salon pour prendre la télécommande de la télévision d'une main moite tout en appréhendant ce que j'allais y trouver. Je mis la première chaîne d'infos qui se présenta dans la liste.

Je n'eus pas à attendre longtemps, seulement les quelques secondes d'un spot publicitaire puis le jingle d'ouverture du flash infos. Les premiers mots du présentateur furent pour moi. Ou plutôt pour Maxime. La nouvelle avait l'air de faire le tour de tous les plateaux.

Un bandeau rouge défilait en bas du téléviseur avec la mention « Breaking News » suivie de ce qui allait faire les gros titres de tous les supports médiatiques du pays : « Claude Cerutti offre un million d'euros à qui retrouvera son petit-fils. »

Et les premières images de mon beau-père envahirent l'écran.

Celles de son interview en direct depuis le siège du quotidien *Nice-Matin* où il s'était rendu après m'avoir quitté moins de deux heures auparavant.

« Il est évident que tout ceci n'est qu'un odieux stratagème destiné à salir ma réputation et celle de ma famille. Ma fille n'est en aucun cas responsable de l'enlèvement de son neveu et je le prouverai. Mais avant cela, ma première pensée va à mon petit-fils que je souhaite retrouver sain et sauf. Et pour cela… (il s'était arrêté et avait pris une grande inspiration, pour ménager son effet sans aucun doute) j'offre un million d'euros à qui pourra nous fournir des informations concrètes et suffisantes pour nous permettre de le retrouver. »

Le présentateur à ses côtés, un journaliste que je connaissais à l'époque de mes années dans la presse, avait manqué s'en étouffer.

Mais mon beau-père avait répété en s'avançant d'un pas vers la caméra et en levant un index : « Un million d'euros. »

Bon sang, pourquoi avait-il fait cette connerie ? Je savais que Perret avait raison, certaines personnes seraient prêtes à tout pour une telle somme et les effectifs de police ne pourraient pas suivre.

Bordel de merde !

Je frappai mon poing dans ma main en maudissant le caractère frondeur et incontrôlable de ce vieux con. Encore une fois il avait fait cavalier seul, n'en faisant qu'à sa tête. Je devais joindre Estelle pour avoir une discussion là-dessus mais aussi pour la mettre au courant de ma découverte. La présence de ce porte-clés prouvait que tout ne s'était pas déroulé de la façon dont nous le supposions depuis hier.

J'attrapai le smartphone et le pressai à mon oreille.

Contre toute attente, ma femme décrocha au bout de trois sonneries.

– Oui ?

– C'est moi, Anthony.

– Je sais. Ton numéro s'affiche encore, tu sais.

Elle avait la voix rauque comme si elle venait de se réveiller.

– Tu… Comment ça va ?

– D'après toi ?

Ce n'était pas la meilleure question à poser en effet.

– Tu as vu les infos ? Ton père ?

– Nous sommes devant la télé, ma mère et moi, oui.

– Estelle, écoute, il faut que l'on se voie. On doit faire front ensemble. On aura tout le temps de régler ce que tu veux entre nous quand on aura retrouvé Maxime.

Aucune réponse. Simplement le souffle régulier de sa respiration.

– Antho, ce n'est pas contre toi. J'ai… J'ai craqué. Je ne sais plus où j'en suis. Je ne veux plus mettre un pied à la maison pour le moment.

– Alors je viens ! Tu es où ? Chez tes parents ?

– Anthony…

– Chérie, je t'en supplie écoute-moi. Il se passe des choses. J'ai fait une découverte dans le jardin mais aussi à l'extérieur, dans le parc. J'ai trouvé le porte-clés de Maxime ! Celui qu'il avait hier ! Tu comprends ? Dans un passage creusé entre notre terrain et celui de miss Peters !

– Quoi ? Quelle découverte ? Qu'est-ce que c'est que cette histoire de porte-clés et de passage, Anthony ? Et évidemment qu'il se passe des choses !

Notre fils a été enlevé ! Par ma sœur ! Ma propre sœur !

Sa voix avait le son d'un miroir sur lequel on venait de donner un coup de poing.

– Calme-toi, s'il te plaît. Je connais la situation. J'étais au commissariat ce matin. Avec ton père et Bruce. Le commandant chargé de l'enquête nous a briefés. Mais il y a autre chose. Je pense que les flics ne savent pas tout.

Nouvelle pause.

– Je ne comprends rien à ce que tu me dis. Très bien, viens. Je suis à la Tour.

Ainsi était appelé l'immeuble particulier que les Cerutti occupaient en plein centre-ville de Nice. Il abritait en son sommet le gigantesque duplex de Claude et Michèle mais aussi les deux appartements qui avaient été aménagés pour Lise et Estelle dès leur adolescence. Les deux premiers étages de l'immeuble étaient composés de bureaux et de salles de réunion. Le cœur névralgique de l'empire Cerutti.

Je raccrochai et me ruai à l'extérieur.

La grille du portail coulissa tandis que j'enclenchais la marche arrière de la Countryman.

Dire que j'étais soulagé aurait été une sacrée hyperbole. Néanmoins, le fait qu'Estelle ait accepté de me voir m'avait délesté d'un poids.

À deux, nous serions plus forts.

Je manœuvrai pour sortir du jardin.

Sur ma droite, la voie principale qui descendait jusqu'à la route de la Corniche-André-de-Joly. Et de l'autre côté, la route forestière qui traversait notre lotissement avant de le contourner et de s'enfoncer dans l'arrière du parc.

Je restai interdit quelques secondes, la main posée sur le levier de vitesses dans l'attente de passer la première.

Les images du grillage découpé, du sentier perdu au milieu des hautes herbes et du petit porte-clés ricochaient dans ma tête.

Bordel.

Je ne pouvais pas abandonner cette piste ainsi. Je devais en avoir le cœur net.

J'enfonçai la pédale de l'accélérateur et pris la direction de la route forestière.

CHAPITRE 14

2018

Nice, rue du Congrès,
lundi 3 décembre, 11 h 09

Estelle s'engagea dans l'escalier de service. Elle n'avait aucune envie de prendre l'ascenseur pour accentuer encore cette sensation de confinement qui ne la quittait plus.

Elle gravit les marches quatre à quatre et composa le code pour déverrouiller la porte palière.

Le cinquième étage était une vitrine de la réussite sociale des Cerutti.

L'entrée s'ouvrait sur une double salle de réception gigantesque. On y retrouvait le traditionnel sol de marbre blanc veiné de cuivre, des murs habillés de gris taupe et de blanc crème ainsi que de larges baies vitrées à travers lesquelles le regard s'envolait au-dessus de la ville pour se noyer dans le bleu de l'horizon.

Elle traversa la pièce au petit trot et s'enfonça dans la cuisine. Elle s'arrêta devant la porte vitrée qui terminait l'angle de la pièce et composa un nouveau code sur un clavier lumineux.

Un bip résonna.

Elle pénétra dans l'une des pièces préférées de son père, aménagée elle aussi à grands frais : la cave. Dans une trentaine de mètres carrés, Claude Cerutti entreposait de façon méticuleuse des centaines de bouteilles de vin, dont bon nombre de grands crus quasiment introuvables et à la valeur marchande délirante. Elle se saisit d'une bouteille au hasard et ressortit de la pièce.

De retour dans la cuisine, elle avala le premier verre presque d'un seul trait, avant d'incliner à nouveau le goulot. Pour le moment, l'alcool lui permettait d'atténuer ses angoisses les plus fortes. *Quelques minutes de gagnées*, se disait-elle. Avant de devoir à nouveau lutter pour ne pas devenir folle. Mais elle ne voulait pas reproduire l'erreur de la veille où, prostrée devant les chaînes infos jusqu'à la moitié de la nuit, elle avait attendu un appel des services de police, d'Anthony ou de n'importe qui d'autre, qui l'informe que Maxime avait été retrouvé et que toute cette horreur était terminée.

À quatre heures du matin, elle avait fini par fouiller dans l'armoire à pharmacie de sa mère et avaler un comprimé qui l'avait assommée jusqu'au petit matin. La seule façon de mettre un terme à la douleur qui lui cisaillait les organes et d'arrêter la folie macabre de son imagination.

Mais la machinerie s'était de nouveau mise en route dès le début de matinée. Le summum ayant été atteint lors de l'allocution télévisée de son père. Encore une fois il avait pris sa décision en parfait égoïste, sans consulter personne. Au risque de mettre la vie de son petit-fils encore plus en danger qu'elle ne l'était déjà.

Lorsque son portable avait sonné, Estelle avait regardé l'écran et s'était empressée de prendre l'appel.

Le fait de reparler à Anthony lui avait fait du bien. Elle savait qu'il avait raison dans sa façon d'aborder les choses. Il avait beaucoup plus de résilience qu'il ne le laissait entrevoir de prime abord. Beaucoup plus qu'elle, aussi.

La veille, elle avait agi comme toujours, en se souciant peu des émotions des autres. Seule lui avait importé sa propre douleur, cette angoisse si terrible et étouffante qu'elle n'avait même pas su sous quel angle l'aborder.

Alors elle avait fui. Fui dans le giron de son père.

Mais à l'heure où le malheur la rattrapait dans toute son arrogance, elle savait qu'elle n'avait qu'une seule solution. Faire front avec son mari.

Essayer de retrouver le tandem qu'ils avaient été.

Pour le meilleur. Car le pire, ils y étaient déjà.

L'un des discours de son père lui revint en mémoire. Celui qu'il ne se lassait jamais de prononcer lorsqu'il la sentait affectée ou démoralisée.

« Il n'y a rien qui puisse t'abattre. C'est juste un état d'esprit à avoir, ma chérie. Savoir toujours se hisser au niveau supérieur, augmenter sa capacité de résistance d'un cran, à chaque fois. Il n'y a rien qui puisse t'abattre. Tu l'as en toi. Depuis toujours. Tu comprends Estelle ? Rien ne peut t'abattre. »

Oui, elle comprenait aujourd'hui.

Elle comprenait qu'elle ne serait jamais comme lui.

Elle ne dominerait jamais la douleur. Pas celle-ci en tout cas. Pas le fait d'être ainsi amputée de la chair de sa chair. Qui pouvait y arriver ?

Tous les enseignements paternels prodigués tout au long de sa jeunesse lui parurent d'un coup bien vains et ridicules. Tout comme le socle familial que ses parents s'étaient évertués à construire année après année. Un socle censé supporter le poids de deux sœurs et mettre leur vie sur orbite. Oui, mais un socle d'argile.

Lise.

À une époque, elles avaient été complices, comme seules de vraies sœurs savaient l'être. Les deux faces d'une même pièce.

Alors, pourquoi tout avait-il volé en éclats ? Pourquoi sa sœur avait-elle décidé de lui faire vivre le pire des cauchemars ?

La voix douce et mutine de Lise se matérialisa à ses oreilles.

Estelle pouvait même la voir, là, devant elle. Avec le même sourire irrésistible que celui qui filait sur ses lèvres lorsqu'on avait quelque chose à lui reprocher.

– *Pourquoi tu as caché les poupées de ta sœur, Lise ?*

– *Pour rire, maman !*

– *Pourquoi n'es-tu pas allée en cours aujourd'hui ?*

– *Je ne me sentais vraiment pas bien, je dois être malade.*

Lise avait toujours eu le don de faire passer les plus grosses couleuvres dans l'un de ses beaux sourires.

– *Pourquoi as-tu pris l'enfant de ta sœur, Lise ?*

– *Pour qu'elle ait mal.*

Estelle réprima un haut-le-cœur.

C'était pourtant la pire des évidences. Sa sœur avait voulu la faire souffrir. Et y était parvenue. Elle avait beau chercher les raisons qui pouvaient justifier une telle horreur, elle n'en trouvait pas de valables. Même si…

Au fil des ans, leurs vies avaient pris des directions diamétralement opposées.

Estelle avait suivi le sentier familial balisé par les exigences et les rêves de son père. À elle l'éducation internationale dans les meilleures écoles privées, le cabinet d'avocat d'affaires, les relations et les mondanités. À elle de porter le futur du Groupe Cerutti sur ses fines épaules. Elle n'était pas dupe, elle connaissait son père par cœur. Le moment viendrait du passage de témoin. Claude l'y préparait depuis longtemps, peut-être même depuis toujours. Une vie sculptée dans la roche la plus dure.

« Il n'y a rien qui puisse t'abattre, ma chérie, tu es la plus forte. »

Lise avait su rester loin de tout cela.

Elle avait su rester libre.

Libre de virevolter au gré du vent de l'insouciance, libre de s'affranchir des contraintes. Mais libre aussi de se fourvoyer dans ses choix.

Estelle avait tenté de lui en faire prendre conscience deux ans auparavant alors qu'elle les ramenait toutes les deux à la Tour au volant de la Range Rover de son père. En essayant de se livrer à elle, comme lorsqu'elles étaient des sœurs inséparables.

Mais tout avait foiré.

– J'ai quand même le droit de te dire que tu faisais une connerie, non ?

– De toute façon, c'est fini, on a rompu. Tu es satisfaite ? Papa aussi ?

– Arrête avec ça. Tu sais bien qu'on ne souhaite que ton bonheur.

– Ah oui ? En me dominant sans cesse ? En me dictant mes choix de vie ?

– Mais qu'est-ce que tu racontes ? Qui parle de te dominer ?

– Toi et papa ! Mais tu ne vois donc rien ? Tu fais chier, Estelle ! Tu fais chier à être comme ça !

Oui, tout avait bien foiré, se dit-elle, amère.

Un flash crépita dans ses souvenirs. La dispute dans la voiture, les cris, le claquement des gouttes de pluie sur le pare-brise semblable à des coups de fouet.

Et le pin maritime, gigantesque. Qui grossissait au fur et à mesure que la Range dérapait et avalait les derniers mètres d'asphalte détrempé qui les séparaient. Avant que son ombre entière ne couvre le pare-brise.

Et que tout explose.

L'accident avait signé la fin de leurs années de complicité.

Lise avait passé plusieurs jours à l'hôpital, puis s'était évaporée peu après sa sortie, sans un mot, sans une lettre. Estelle ne reçut plus que d'épisodiques nouvelles de sa sœur, essentiellement par le biais de leur mère qui pouvait encore suivre sa plus jeune fille à la trace de ses relevés American Express.

Lise avait parcouru le monde, puis avait semblé trouver un point d'attache avec ce galeriste qui officiait entre la Suisse et la Côte d'Azur. Cela faisait près d'un an qu'ils étaient ensemble désormais.

Estelle croyait que sa sœur avait enfin trouvé son équilibre.

Mais le temps était un terreau vivifiant pour la haine. Il la couvait, la sculptait, l'aiguisait. Jusqu'à ce qu'elle soit enfin prête à frapper et à crucifier des vies tout entières.

La diode de son téléphone clignotait sur la table basse face à elle.

Elle le prit et vit qu'elle avait manqué un appel.

Bruce.

Elle déverrouilla le téléphone et écouta le message sur son répondeur.

Quelques secondes plus tard, elle reposait le téléphone sur le plateau de verre.

Puis elle prit sa tête entre ses mains et elle se mit à pleurer.

CHAPITRE 15

2018

Nice, rue Rossini,
lundi 3 décembre, 12 h 04

Joseph-Marie avait garé son imposante Mercedes CLS juste au bout de la rue. Un coup de chance car, à cette heure-là, en plein centre-ville, c'était plutôt parking en sous-sol obligatoire. Mais il n'aimait pas les parkings. Il ne les avait jamais aimés. Trop confinés.

La rythmique du *Big Gun* d'AC/DC tambourinait dans l'habitacle. Il retira ses lunettes de soleil et enclencha l'allume-cigare avant de se caler une cigarette à la commissure des lèvres.

Bzzzzzz… La vitre électrique glissa de quelques centimètres. Papier et tabac rougirent de concert et la fumée exhalée s'enfuit par le seul interstice disponible.

Son regard fila un peu plus bas, de l'autre côté de la rue, sur la double porte de bois brun. Les plaques de cuivre doré s'alignaient de part et d'autre de l'entrée. Médecins, notaires, avocats, cet immeuble bourgeois soignait sa réputation et celle du quartier. Pas étonnant que Fabrice Vergeot en ait fait sa garçonnière azuréenne.

Le même Fabrice que celui qui était en train d'être interrogé par la police.

Il tira une nouvelle taffe.

Il se remémora l'appel de Claude la veille. Cette voix, qu'il connaissait depuis toujours, en temps normal sûre et directive et qui cette fois lui avait paru hésitante, marquée. Un esquif perdu en pleine mer et pris dans des rouleaux de quinze mètres, c'était l'image que leur rapide conversation lui avait inspirée. Surtout cette dernière phrase, avant que la communication ne s'achève : « Jo, tu dois le retrouver. »

Le petit-fils Cerutti enlevé.

Bordel, les types qui avaient fait ça n'avaient pas les couilles à l'envers. Il allait se faire un malin plaisir de les retrouver et de leur refaire les deux rotules à coups de calibre .38. Ensuite il les traînerait dans un patelin de l'arrière-pays, là où une jolie fosse septique remplie d'un mélange de soude caustique et de chaux les attendrait.

À l'ancienne.

Quant à la fille Cerutti, Lise, la petite Lisette comme l'appelait le vieux, les flics pouvaient bien croire à son implication, lui savait que c'était impossible. Il la connaissait depuis toujours, il l'avait vue naître. Elle n'aurait jamais commis cette folie. Pas contre sa sœur. Et encore moins contre son père.

Non, elle avait été manipulée, c'était sûr.

Et qui était le mieux placé pour cela si ce n'était son tocard de petit ami, endetté jusqu'au cou ? Encore un qu'il n'avait jamais pu encadrer avec sa gueule de sniffeur de blanche. Il lui avait suffi de demander un renvoi d'ascenseur à une vieille connaissance bien placée dans le milieu bancaire niçois pour avoir une belle vision de la situation financière de Fabrice Vergeot et des hypothèques qu'il collectionnait comme des perles. C'était bien simple, ce type dépensait deux fois plus que ce que ses foutues galeries lui rapportaient. Tôt ou tard, il aurait besoin de cash pour continuer à financer son train de vie fastueux, ses apparts sur la Côte et en Suisse et ses allers-retours entre Londres et Monaco.

Le cash. Le nerf de la guerre.

Tôt ce matin, Joseph-Marie avait contacté Claude. Après avoir passé une bonne partie de la nuit à réfléchir et à se rappeler au bon souvenir de quelques amitiés oubliées.

– Envoie la monnaie le premier, lui avait-il dit. Tu mets un gros paquet pour qu'on te ramène le pitchoun. Tu peux sortir combien ? Une brique ?

– Jo, tu n'es pas sérieux. Les flics vont être débordés. Je vais leur pourrir le boulot.

– Écoute-moi, bordel, les lascars qui ont fait ça, ce ne sont pas des lapins de six semaines. Ils ne sont pas passés par hasard devant la baraque de ta fille et n'ont pas décidé d'y aller comme ça, avec leur bite et leur couteau. Une équipe a été montée, ils avaient un plan et tout était prévu. Millimétré.

Mais ça laisse des traces, ça, Claude. Ça fait parler dans le milieu. Et si tu mets un paquet de blé pour avoir des infos, je peux te jurer que des choses vont remonter. J'ai déjà lancé des lignes.

Il avait entendu la respiration lourde et contrariée de Cerutti à l'autre bout du combiné. Claude n'avait jamais aimé ce genre de deals.

Mais finalement, il avait accepté.

– D'accord Jo, d'accord. On va la jouer comme tu dis.

Joseph-Marie sortit de la voiture et envoya valser le mégot d'un geste nerveux de l'index avant de prendre son pardessus, plié sur le cuir de la banquette arrière. Il traversa le macadam en trois enjambées. Dans son dos, les rétroviseurs de la Mercedes se rabattirent sur la carrosserie en clignotant.

Alors que ses Berluti claquaient sur le trottoir, il repensa à sa vie, à ce qu'elle aurait été si le vieux Joseph Cerutti n'avait pas été là pour lui et sa mère au décès de son père. Il pensa à Claude. Un ami, un grand frère.

Toucher à cette famille, c'était l'atteindre, lui, en plein cœur.

Un sourire étira l'une de ses fossettes.

Il se souvenait du dernier qui avait essayé de se mêler de leurs affaires. Ce journaliste qui avait accumulé un sacré dossier sur Claude. De quoi faire remonter à la surface quelques secrets dont personne n'avait envie de se souvenir. Enfin, d'après les rumeurs. Mais l'emmerdant avec les rumeurs, c'était qu'elles avaient vite tendance à devenir des vérités si on ne leur tordait pas le cou tout de suite.

Il avait donc fallu agir. Et lui proposer un bon deal. Du genre impossible à refuser.

Il marcha jusqu'à la porte de l'immeuble et sonna à la plaque de notaires. La serrure électrique bourdonna et il poussa la porte.

Le hall était joliment décoré, tomettes marbrées au sol, deux plantes vertes de part et d'autre de la porte, de grandes boîtes aux lettres en bois verni et un parfum d'ambiance légèrement sucré.

Il s'engouffra dans l'escalier. Jamais d'ascenseur.

Il arriva au quatrième, face à la porte d'entrée de l'appartement de Fabrice Vergeot. Une porte en bois massif, lustrée comme une belle pièce d'argenterie. Si on lui avait demandé de parier, il aurait volontiers misé sur le fait que les flics étaient repartis de l'appartement en la claquant juste derrière eux, sans la verrouiller à double tour. Aucun scellé n'avait été posé, ils n'avaient pas dû y trouver grand-chose non plus.

Il sortit une matraque rétractable de la poche intérieure de son pardessus. Un coup de poignet et l'engin s'allongea d'une quarantaine de centimètres. À l'une des extrémités il avait vissé au préalable un embout en pied-de-biche. Il l'enfonça dans l'interstice entre le chambranle et la porte, au niveau du pêne de la serrure, et commença à faire levier.

Deux coups d'épaule plus tard et il était à l'intérieur.

CHAPITRE 16

2015

La Colle-sur-Loup,
chemin du Pigeonnier,
lundi 15 juin, 10 h 47

Jacques leva les yeux.

L'immense portail en fer forgé se dressait devant lui, il devait bien atteindre les trois mètres de hauteur. L'ouvrage avait su résister aux assauts du temps de fort belle manière. Mais plus que son état, c'est la complexité de sa confection qui impressionnait. L'artisan qui l'avait réalisé avait reproduit à la perfection des rosiers grimpants qui enserraient les barreaux de la grille. On y distinguait des roses écloses ou encore bourgeonnantes, toutes forgées et polies à même le métal.

Il fit un pas de recul pour mieux l'apprécier dans son entièreté. Même après trois décennies, l'entrée de la propriété des Armand produisait toujours son effet.

Cela le démangeait depuis plusieurs jours et il avait fini par céder.

À force de ressasser les hypothèses que ce dossier avait allumées comme des feux de Bengale, la tentation de jeter un coup d'œil aux alentours de la villa avait été trop forte. Il n'avait jamais été un enquêteur de bureau. Il avait besoin de sentir les choses, de poser une image sur des suppositions.

Et les lieux avaient leur mémoire. Quelquefois, il suffisait de tendre l'oreille pour qu'ils s'épanchent auprès de vous, même près de trente ans après.

Il avança vers la grille. Une épaisse chaîne était cadenassée autour des deux montants, tel un serpent étouffant sa proie. Il remarqua des traces au niveau de la partie basse du portail. Des éraflures, un léger renfoncement sur les deux plaques de tôle dont les ornements avaient de toute évidence souffert.

À travers la grille, il aperçut l'intérieur du domaine. La route remontait entre deux rangées de platanes et s'enfonçait dans un bois dense. Impossible d'apercevoir l'imposante demeure en pierres de taille que les articles de presse de l'époque avaient tant décrite.

Il poussa sur le portail. La grille ne broncha pas. La chaîne et le cadenas étaient d'un autre temps, dévorés par la rouille. Il soupesa ce dernier. C'était un gros modèle qui pesait son poids.

Il plongea le regard à travers les interstices et aperçut, en contrebas, les deux bras d'acier du mécanisme à vérins d'ouverture automatique. Quatre lettres, FAAC, étaient encore lisibles en dépit de l'usure et de la saleté qui s'y était accumulée.

Les deux moteurs étaient en sale état. Le capot de protection métallique s'était tordu et avait sauté sur l'un des bras. Il avait dû être soumis à une sacrée pression.

Il recula, sortit son calepin et y griffonna quelques notes.

Il releva une dernière fois le nez vers la villa puis descendit le chemin privé pour retrouver la route départementale où il avait laissé sa voiture, garée près du bar-tabac. De l'autre côté du bitume, l'établissement montrait sa façade jaunie sur deux étages. L'enseigne « Nice-Matin » accrochée au-dessus de sa devanture devait bien dater des années Giscard. Un parking mitoyen avait été transformé en terrasse et trois parasols Miko étaient plantés dans des tables de jardin blanches.

Jacques traversa la route et s'installa à la première table. Il avait soif et surtout envie de se poser pour réfléchir.

Il relut ses notes en attendant le serveur et s'attarda sur les lettres FAAC. C'était la marque du système d'ouverture du portail. Du bon matériel, utilisé en général pour motoriser des barrières de supermarchés ou de lieux publics, et qui ne rendait pas l'âme facilement. Portail motorisé, se répéta-t-il. Qui devait se refermer de façon automatique, donc. Alors pourquoi le rapport des deux policiers mentionnait-il qu'il était grand ouvert lorsqu'ils étaient arrivés sur les lieux ? Qui leur avait ouvert ? Les Armand étaient déjà morts.

– Pour monsieur, ce sera ?

Le serveur, un homme fâché avec son rasoir, la quarantaine baba cool, venait d'arriver à ses côtés.

– Un thé. Ce que vous avez. Merci.

– C'est parti.

Jacques le regarda s'éloigner et disparaître à l'intérieur.

Il se replongea dans ses pensées. Un homme passa devant lui et entra à son tour dans le bar. Il en ressortit une minute plus tard en faisant tourner un paquet de Marlboro entre ses mains. Le serveur suivit.

– Et voilà pour monsieur.

– Merci, combien je vous dois ?

– C'est deux cinquante.

Jacques lui tendit deux pièces.

– Dites-moi, reprit le serveur, vous êtes agent immobilier ?

– Ah non, pas du tout. Vous êtes bien le premier à penser ça.

– Désolé, c'est juste que je vous ai vu regarder l'entrée de la grande villa pendant une bonne dizaine de minutes, alors…

Belleville reposa la tasse sur sa sous-tasse sans y avoir trempé ses lèvres.

– Vous avez beaucoup d'agences qui viennent pour la voir ?

– De temps en temps, oui. Chacun essaye de savoir qui est le propriétaire depuis toutes ces années. La baraque doit plus être bien fraîche mais alors le terrain, mon vieux, je vous laisse imaginer le prix. Y'en a pour des millions !

– Hum, je veux bien vous croire.

– Pareil pour ici, dit-il en désignant le bar dans son dos, j'aimerais convaincre ma sœur de vendre, voyez-vous. Depuis la mort du paternel, c'est plus de factures et de soucis qu'autre chose. Mais bon, c'est une sentimentale.

– Et vous ne pensez pas que ce qui s'est passé ici il y a près de trente ans en rebuterait plus d'un ?

– Vous plaisantez ? Je peux (il désigna du doigt la chaise face à Jacques) ?

– Bien sûr.

Le serveur s'assit et continua sur le ton de la confidence :

– Les gens n'en ont rien à fiche de l'histoire de la famille Armand. D'ailleurs plus personne ne s'en souvient. Un promoteur achèterait le terrain et y planterait deux ou trois villas grand luxe. Ou un de ces immeubles comme on voit dans les films, vous savez, hypersécurisés avec des appartements pour stars de la jet-set. Avec Saint-Paul-de-Vence à deux pas, des millions, je vous dis.

Jacques avisa le client aux Marlboro par-dessus l'épaule du serveur. Sur le trottoir d'en face, il ouvrit son paquet et jeta le papier cellophane par terre avant de s'allumer une cigarette.

– Ce n'est pas près d'arriver, reprit le quarantenaire, un brin défaitiste. On ne saura jamais à qui la baraque appartient, à mon avis. Y'a des rumeurs comme quoi la mairie devrait la récupérer dès l'année prochaine, après un délai de trente ans sans héritiers. Mais bon, personne n'en sait vraiment rien en fait. Tout comme on ne saura jamais qui a flingué la famille.

– Vous pensez ?

– Je pense, oui.

L'œil de Jacques s'alluma.

– Vous avez l'air bien convaincu. Vous savez quelque chose sur ce qui s'est passé cette nuit-là ?

– J'avais huit ou neuf ans à l'époque. On habitait l'étage avec mes parents et ma sœur (il montra du doigt le premier niveau au-dessus du bar). On a entendu des voitures rouler à toute blinde. Des « gros bolides » comme disait mon père. C'est vrai que ça devait être de sacrés bestiaux avec le bruit qu'ils faisaient.

Jacques prit une gorgée de thé pour se laisser le temps de ne pas paraître trop intrigué. En lui-même, il bouillonnait.

– Comment ça ? Vous voulez dire qu'il y a eu comme une course ? Entre deux voitures puissantes ?

Le serveur secoua la tête.

– Non, non, on en a clairement entendu deux mais elles étaient assez éloignées. De combien de temps, impossible à vous dire. Dix minutes ? Vingt ? La première est vraiment passée à fond la caisse. Ma sœur et moi, on était déjà au lit et je me souviens que j'ai entendu ma mère râler. Elle avait toujours peur en voiture, il faut dire.

– C’est intéressant. Et la deuxième arrivait aussi vite ?

– C’est ce qu’a dit mon père à la police.

– Vous avez été interrogés par les enquêteurs ?

– Oui, un policier est venu le jour d’après. Un type très classe, en costume-cravate. Il a noté ce que mon père avait à dire et l’a remercié de son aide. On ne l’a plus jamais revu par la suite.

Incroyable, se dit l’ancien gendarme en s’adossant à sa chaise et en avalant une gorgée de son breuvage.

Le dossier qu’il possédait ne faisait aucune mention de cette histoire. Le témoignage du propriétaire du bar était complètement passé à l’as.

Et personne n’avait jamais recherché qui était au volant de ces deux bagnoles.

CHAPITRE 17

2015

Nice, rue Nathanya,
lundi 15 juin, 15 h 56

Jacques ne cessait de ressasser les paroles du patron du bar-tabac depuis la fin de la matinée.

Une telle information, si elle était avérée, aurait dû être la pierre angulaire du dossier.

Il ne pouvait concevoir que l'un des responsables de l'enquête de l'époque n'ait pas consigné un tel fait dans son rapport.

À moins qu'il n'ait eu une bonne raison de s'abstenir ?

Il caressait sa moustache tandis que le début d'une idée commençait à germer dans son esprit. Une idée qu'il n'aurait pas dû avoir, tant la responsable de l'association d'aide aux victimes lui avait martelé que son rôle ne pouvait se résumer qu'à un examen approfondi des éléments du dossier. Une règle qu'il avait néanmoins déjà enfreinte pas plus tard que ce matin, en cédant à la tentation de se rendre sur les lieux du drame.

Mais pour vérifier les dires de cet homme, qui n'était qu'un enfant au moment des faits, il n'avait pas trente-six solutions. Il devait sortir des pages du dossier et entrer en contact avec les protagonistes encore vivants de cette affaire.

Alors seulement il serait en mesure d'apporter sa pierre à l'édifice.

Une preuve qui permettrait à l'enquête d'être rouverte.

Il alla chercher son PC portable. Un modèle vieillissant et encombrant, aussi épais qu'un Petit Robert. Il s'en servait uniquement pour taper quelques courriers et faire des recherches sur Internet.

Il ouvrit l'écran et alluma l'ordinateur. Le logo Microsoft Windows XP illumina l'écran noir au bout de quelques longues secondes. La machine se mit à souffler comme un petit aspirateur.

Jacques se rendit sur le site des Pages Blanches et y entra les noms qui étaient mentionnés dans le dossier, à commencer par ceux des deux policiers arrivés les premiers sur la scène du crime.

Il trouva quelques Tanzi habitant à Nice, quai des États-Unis notamment, mais aucun Jean-Paul. Il pouvait bien les appeler un par un pour tenter de le retrouver mais il préféra entrer le nom du deuxième flic présent ce soir-là. Bingo, il y avait bien un Marco Aparicio qui habitait avenue Sainte-Marguerite, dans les quartiers ouest. Jacques s'empara de son téléphone portable et y pianota les dix chiffres qu'il lut sur son écran d'ordinateur.

Une voix travaillée à la Gitane l'accueillit de façon assez abrupte.

Jacques évita de dévoiler les véritables raisons de son appel, ou tout du moins de prononcer le nom d'Armand au téléphone, et prétexta une prise de renseignements sur d'anciens dossiers. À soixante-treize ans, il y avait de fortes chances pour qu'Aparicio ne résiste pas à l'envie de reparler un peu boutique.

– Passe dans une heure. Je sors le Ricard, fut l'unique réponse de l'ancien brigadier.

Marco Aparicio accueillit Jacques sur le pas de la porte et, de même qu'au téléphone, le tutoiement fut tout de suite de rigueur.

Sur la table basse du salon, deux verres patientaient à côté d'une coupelle de biscuits apéritifs, une bouteille de pastis déjà ouverte et une carafe d'eau avec ses glaçons.

– Je ne te cache pas que ça fait plaisir que quelqu'un pense à moi. C'est vrai, quoi, on passe trente-huit ans de sa vie en service et dès qu'on quitte la maison, c'est tout juste si on se souvient de votre nom.

Jacques acquiesça. Il ne pouvait pas nier que la police ou la gendarmerie faisaient partie de ces sacerdoces qui ne vous quittaient jamais. Enfin, à leur époque tout du moins. Aujourd'hui les conditions de travail s'étaient tellement dégradées que la chanson n'était plus vraiment la même.

– Tu me dis quand, hein ? lança Marco qui avait déjà rempli le verre de Jacques d'un bon tiers de pastis.

– Oui, oui, holà c'est bon là, merci.

– Le pastis, c'est comme le café, ça se boit serré, disait mon père. Ce n'était pas le dernier à aller au biberon, je peux te le dire !

Jacques regarda la grande étagère sur sa droite. Quelques livres, des photos de famille, deux assiettes décoratives ornées de l'Aiglon niçois et un maillot de football rouge et noir qui avait été mis sous verre.

– Tu vas au stade ? Voir les matches ? demanda Aparicio qui avait suivi son regard.

– Ah, non, je ne suis pas très football en fait.

– Dommage. Eh alors, qu'est-ce qui t'amène au juste ?

– J'essaye d'éclaircir certains points obscurs sur des dossiers anciens.

– Tu bosses avec quel service ?

– Je suis à la retraite, bénévole pour une association d'aide aux familles de victimes de crimes non élucidés. L'AAFV.

– J'en ai entendu parler. Les vétérans ! C'est bien, c'est très bien. Si j'avais un peu plus de temps libre, je m'y mettrais moi aussi.

Aparicio balaya l'air de sa main. Il termina son verre cul sec et se pencha sur la table basse pour se resservir et prendre une poignée de biscuits.

– En fait, c'est une affaire bien précise qui m'amène ici, continua Belleville.

Aparicio fit glisser deux glaçons dans le breuvage jaune. Il leva un œil vers Jacques pour lui signifier qu'il l'écoutait.

– La famille Armand.

L'ancien policier se figea. Belleville eut le sentiment de voir un animal pris dans les phares d'une voiture. La mine enjouée avait tiré le rideau sur un faciès marqué par la surprise.

– Il y a un problème ? demanda Jacques en essayant de sonder au mieux le comportement de son hôte.

– Non, non, grinça celui-ci. Enfin, personne ne peut oublier ça. Je revois encore le cadavre de la mère en bas de l'escalier. C'est la première chose qu'on a vue en passant la porte. Mais le pire était à venir.

Il attrapa son verre et en but deux gorgées.

Jacques sortit le Moleskine de sa veste. Il décida de commencer en douceur, pas besoin de balancer l'information de la seconde voiture sans savoir d'abord où il allait avec ce type.

– J'ai deux ou trois questions qui me taraudent depuis que j'ai remis le nez dans ce dossier. Tu te souviens de quand vous êtes arrivés sur les lieux ? Le portail était grand ouvert ? C'est ce que vous avez consigné dans votre rapport.

Aparicio le regarda d'un air défait. Puis il termina son verre cul sec.

– Tu veux savoir si le portail était ouvert ?

– C’est ça oui.

– C’est la meilleure celle-là !

Il partit dans un franc éclat de rire qui surprit Jacques. Trente secondes auparavant il donnait encore l’impression d’avoir vu un fantôme.

– J’ai dit quelque chose de drôle ?

– Non, non c’est juste que je ne croyais pas que tu allais me demander ça.

– Et qu’est-ce que j’aurais dû te demander ?

L’ancien policier s’enfonça dans son fauteuil et son visage redevint plus sombre.

– Je pensais que tu voulais qu’on parle de Jean-Paul.

– Jean-Paul ?

– Tanzi. Jean-Paul Tanzi.

– Ton ancien équipier ? Celui qui était avec toi ce soir-là ? Que veux-tu dire ?

– Il est mort, le voilà le rapport. Trois mois après cette histoire. Et je suis certain qu’on l’a buté pour ça.

Jacques se contorsionna sur son fauteuil.

– Attends, explique-moi. C’est quoi cette histoire ?

Aparicio libéra une profonde expiration puis reprit la parole de sa voix caverneuse.

– Jean-Paul était un bon flic. On était dans le même groupe depuis presque deux ans quand le meurtre des Armand a eu lieu. Je me souviens, ce jour-là, il n’arrêtait pas de me parler de la gonzesse qu’il avait emballée la veille. Une brunette de vingt-cinq piges qu’il avait dû impressionner en la baratinant avec son parler de flic. Jean-Paul, ça avait toujours été son souci. Les gonzesses, il ne savait pas dire non. Des coups de canif dans le contrat de mariage, il en a mis un paquet ! Y'avait le turf aussi, les jeux. Mais tout a changé après l'affaire Armand.

– C'est-à-dire ?

– Deux ou trois semaines après, je sais plus exactement, il a commencé à m'en parler. Il m'a dit, je m'en souviens encore, avec sa gueule un peu mystérieuse : « Je suis sur un gros plan, Marco. Un truc énorme. Je vais me refaire. » Je lui ai demandé ce que c'était et il a encore fait le type qui voulait garder ses secrets pour lui. Il était comme ça, Jean-Paul, il t'en disait juste un peu pour te faire saliver mais il gardait tout le croustillant pour lui.

Tout en continuant à parler, il se pencha vers la bouteille.

– Je te ressers ?

– Ça ira, merci

Aparicio remplit son propre verre et Jacques eut l'impression qu'il ne mettait presque plus d'eau. Juste deux glaçons dans de l'alcool sec.

– Quatre ou cinq jours avant sa mort, on en a reparlé, continua-t-il comme si rien ne s'était passé. J'avais déjà remarqué un changement dans son attitude ; il était plus agressif. Il m'a avoué qu'il s'était planté, que son coup avait foiré et qu'il devait toujours un sacré paquet de blé à des mecs qu'il ne valait mieux pas mener en bateau. Je lui ai demandé ce que c'était que ce coup. Il m'a rappelé un truc qui s'était passé ce soir-là, une bagnole qu'il avait vue. Une Merco.

– Une Mercedes ? Une voiture des Armand ?

– Non, non. Chez les Armand, il y avait une Porsche et une Range si mes souvenirs sont bons. Quand on est repartis de la baraque, il a voulu s'arrêter pisser un peu plus bas, au bord d'un parking. Enfin, il disait qu'il voulait pisser mais après ce qu'on venait de voir, je pense qu'il a aussi rendu son jambon-beurre. Enfin, je l'ai attendu le temps qu'il revienne.

– Et ?

Il reprit une nouvelle gorgée.

– Quand il est revenu, il a longé les voitures qui étaient parquées là. Et il a bloqué sur l'une des caisses. Une Mercedes noire si je me souviens. Il s'est même collé à la vitre pour essayer de voir à l'intérieur. Un peu plus tard, sur le trajet du retour, je lui ai demandé ce qu'il avait vu. Il m'a juste répondu que c'était un modèle très haut de gamme, une sportive comme on en voit quand on va se balader vers Monaco ou Saint-Trop'. Jean-Paul, les belles caisses, il aimait ça. Son père lui avait transmis le virus, il était chef d'atelier dans une grosse concession automobile de luxe au Cannet. Il bossait sur des bagnoles hors de prix, celles qui étaient vendues aux mecs pleins de pognon comme les Russes ou les émirs qui venaient l'été sur la Côte. Il était même passé deux ou trois fois à la télé dans des reportages. Jean-Paul nous soûlait à chaque fois avec ça tant il était fier.

– Et quelques jours avant de mourir, il t'a dit que son « coup » avait un rapport avec cette voiture ?

– Ouais. Mais je n'en sais pas plus. En un sens tant mieux. Car deux semaines plus tard, à un feu rouge aux environs de l'aéroport, un type à moto s'arrêtait à côté de sa bagnole et lui mettait un pruneau de .44 en pleine tête.

– Bon sang, souffla Jacques. Je crois bien que je me souviens de cette histoire.

– Pour sûr, ça avait fait du bruit à l'époque.

– Vous avez réussi à savoir qui avait fait le coup ?

– On a mis le temps. Au début, on a cherché dans le milieu des paris, des bookmakers, des salles de jeux et des putes. Tout ce que Jean-Paul fréquentait. Mais rien. Ce sont les douilles de magnum qui ont fini par parler. Quelques mois auparavant, des munitions semblables avaient été utilisées lors d'un braquo. Une bijouterie de luxe à Cannes. Le proprio était resté sur le carreau.

– Tu veux parler de la série de braquages au début des années 1980 ?

– Oui. Le gang Mariani. Tu te rappelles ?

– Un peu oui. Mais on les a tous coffrés, non ?

– Pas pour la mort de Jean-Paul en tout cas. Les mecs se sont fait gauler vers 1987 ou 1988. Ils ont tous pris dix ou quinze piges de ballon. On n'a jamais retrouvé le magnum ni pu savoir qui avait tiré. Mais c'est clair que c'était l'un d'eux.

Ils avaient tous le profil. Ces types, ce n'étaient pas des marioles. C'étaient des putains de tueurs.

Jacques écarquilla les yeux puis se laissa glisser en arrière, contre le dossier du canapé. Il posa le calepin à ses côtés et se massa les tempes quelques secondes.

Face à lui, Aparicio se leva du fauteuil et prit appui d'une main sur l'étagère à sa gauche.

– Faut que j'aille faire pleurer le colosse. Mais vas-y, ressers-toi.

– Merci.

Il n'en fit rien. Il voulait rester maître de lui-même et surtout de ses capacités cérébrales. Le brouillard dans lequel cette affaire étouffait depuis plusieurs décennies commençait enfin à un peu se dissiper.

Les deux voitures entendues ce soir-là pouvaient donc être la Porsche de Patrick Armand et cette Mercedes. Un puissant modèle de sport.

L'un des policiers l'avait reconnue.

Et il en était mort.

Tué par le gang Mariani ? C'étaient donc eux qui avaient fumé toute la famille Armand ?

Il perçut le bruit du jet d'urine ricochant sur l'eau de la cuvette des WC. Son hôte n'avait même pas pris soin de fermer la porte. Vint ensuite celui de la chasse d'eau puis Marco Aparicio réapparut dans le salon, les deux mains occupées par sa boucle de ceinture.

– Enfin, voilà, fit-il. Toute une époque.

Il se laissa tomber dans le fauteuil et reprit une poignée de biscuits apéritifs. Jacques se jura de ne plus y toucher.

– Et pour le portail alors ?

– Ah oui, le portail. Eh bien il était ouvert, que veux-tu que je te dise ? Ouvert en grand. Tout simplement car nous n'étions pas arrivés les premiers en réalité.

– Quoi ? Qui était là ?

– Lanville et le légiste.

– Lanville ? André Lanville ? L'ancien préfet ? Qu'est-ce qu'il faisait là ?

Aparicio s'essuya la bouche avec une serviette.

– Il faisait encore partie de la maison à l'époque. Je crois qu'il est passé préfet vers 1990. Et, oui, il est arrivé quelques minutes avant nous. Le légiste avait même déjà commencé à sortir les corps. Horrible.

Jacques avait les neurones en fusion. Encore un nom qui sortait du chapeau comme par magie et qui n'apparaissait nulle part dans le dossier qu'on lui avait fourni.

– C'est lui qui a conduit l'enquête par la suite ? Je n'ai vu aucun rapport signé de son nom.

– Non, non, Lanville était à l'antigang. Il dirigeait l'antenne de Nice depuis sa création en 1978 ou 1979. L'enquête, c'est la PJ qui l'a menée. Classique. Lanville était juste le type qui avait sonné l'alerte. Il a bien dû faire un papier là-dessus mais bon… En 1986, rien n'était encore informatisé.

Ça ne m'étonnerait pas qu'au bout de trente piges, le dossier qu'on t'a filé ne soit pas bien complet.

Jacques faisait rebondir la gomme de son crayon sur la couverture du Moleskine.

– Il est toujours en vie ? demanda-t-il au bout de quelques secondes.

– Qui ? Lanville ? Non, il est mort au début des années 2000. Le crabe, je crois.

Jacques nota l'information en soufflant. Interroger Lanville n'aurait pas été du luxe. Il devrait reprendre tout ça à tête reposée.

Mais il manquait une dernière chose.

– Donc Lanville et le légiste étaient déjà là. Mais alors, pourquoi écrire dans votre rapport que vous étiez arrivés les premiers ? Plutôt bizarre, non ?

– Qu'est-ce qui est bizarre ?

– Eh bien, de toi à moi, le rapport, vous l'avez un peu bidonné, non ? Quelqu'un vous a demandé de le faire ?

Il venait d'abattre un joker, il le savait. C'était quitte ou double.

Aparicio croisa les bras sur sa poitrine.

– Je n'aime pas trop ce genre d'accusations. Surtout chez moi.

– Je n'accuse personne. J'essaye juste de retracer le déroulement de cette soirée. Et de comprendre pourquoi ce crime est resté impuni depuis plus de trente ans.

– Qu'est-ce que ça peut foutre que des gars de la maison soient arrivés cinq minutes avant nous ?

On n'a pas bâclé le boulot si c'est ce que tu veux dire, ajouta Aparicio d'un ton sec. Ni moi, ni Jean-Paul. Alors, viens pas nous coller ça au cul trente ans après. Surtout que Jean-Paul est plus là. Les morts, c'est sacré, bordel !

– Je n'ai aucune envie de vous mettre en porte-à-faux.

– Ouais, ben on ne dirait pas, dit Aparicio en remplissant à nouveau son verre. Il n'y a plus de code d'honneur chez les gendarmes ? Ou seulement entre bidasses, c'est ça ?

Il laissa échapper un rire mécanique, presque forcé, et avala son verre d'un trait.

Jacques jugea préférable de plier bagage séance tenante.

Il se leva calmement sous le regard de l'ancien policier qui le fixait comme s'il était une pièce de gibier.

– Merci pour la discussion, dit Jacques de son ton le plus sobre.

– C'est ça, oui.

Aparicio se leva à son tour et le raccompagna jusqu'à la porte d'entrée.

Dans le couloir, Belleville appela l'ascenseur. La dernière remarque que lui adressa Aparicio fut suivie d'un claquement de porte à en faire trembler les murs :

– Tu devrais plutôt laisser les morts et le passé là où ils sont. Qui en a encore quelque chose à foutre des Armand aujourd'hui ? Hein, qui ?

CHAPITRE 18

2018

Nice, parc forestier du Mont-Boron,
lundi 3 décembre, 12 h 12

Je garai la Countryman sur un parking dont les deux seules places étaient délimitées par des rondins de bois à moitié ensevelis dans la terre.

Des deux côtés de la route, la forêt régnait en maître. Seules les coupes circulaires visibles en partie basse des troncs d'arbre indiquaient que la main de l'homme passait de temps à autre pour effectuer un élagage nécessaire.

Avant de m'aventurer plus avant, je donnai un dernier coup d'œil par-dessus mon épaule. Les limites de la propriété de miss Peters étaient encore visibles ainsi que la porte dérobée que j'avais empruntée tout à l'heure. En estimant la distance qui la reliait au petit parking et en constatant à nouveau combien l'endroit paraissait isolé de toute agitation, je me fis la sombre réflexion que j'étais sur la bonne voie.

Je suivis la route forestière pendant quelques minutes et, au détour d'un virage serré, je remarquai soudain que le bitume était de bien meilleure qualité sur cette portion. Sa teinte n'avait pas encore viré au gris fade et délavé.

L'unique villa de cette zone apparut sur ma droite, dans sa robe d'un blanc éclatant. Mais sur une seule face seulement. Un échafaudage était dressé sur tout le reste de la façade, signe que l'on procédait au ravalement.

Deux plots de signalisation avaient été posés au milieu de la route, face à l'entrée de la propriété. Ils indiquaient la présence d'une énorme tache blanche dont le bitume s'était gorgé. Manifestement, les peintres avaient eu un souci. Des traces de pneus blanchis étaient visibles sur plusieurs mètres après les plots.

Je continuai jusqu'à la fin de la route qui débouchait sur le croisement du col de Villefranche-sur-Mer. Ici, toutes les directions étaient possibles. Revenir vers Nice, descendre vers le bord de mer en passant par la petite commune de Villefranche ou bien remonter vers les hauteurs du village d'Èze. Cela faisait une bien meilleure porte de sortie pour qui voulait disparaître rapidement. En dépit de ce constat, je devais bien reconnaître que mes piètres investigations s'arrêtaient là.

Je repris mon chemin en sens inverse, traînant mes interrogations et mon malheur comme une âme en peine.

En face de la villa, un homme d'une soixantaine d'années à l'embonpoint manifeste était occupé à dérouler une rallonge électrique depuis l'intérieur du garage pour alimenter un nettoyeur haute pression qu'il avait posé près de l'un des plots. Il était déjà en sueur avant même d'avoir commencé son nettoyage.

Je hochai la tête en guise de politesse et il me dévisagea sans répondre.

Que faire désormais, hormis rejoindre Estelle à la Tour comme convenu ? Je pouvais aussi appeler Perret pour savoir si…

– Excusez-moi, monsieur ?

Je me retournai. L'homme au Kärcher se hâtait dans ma direction.

– Oui ?

Il dut reprendre son souffle.

– Vous êtes bien le père du gamin qui a disparu ? Je vous ai vu à la télé ce matin.

– En effet oui.

– C'est terrible cette histoire. Dans notre quartier en plus. On pense être à l'abri dans ce genre d'endroit mais en fait, c'est peut-être même pire qu'ailleurs. Les ordures qui ont fait ça ne méritent que la corde. Vous avez des nouvelles ? J'ai vu qu'ils avaient arrêté votre belle-sœur aussi. C'est bizarre mais je ne vois pas une femme derrière tout ça.

– L'enquête de police suit son cours, répliquai-je avec la ferme intention de ne pas m'attarder. Merci de votre intérêt.

– C'est normal, on est quasiment voisins même si on ne se voit jamais.

J'acquiesçai avec un sourire forcé.

– Et vous savez s'ils ont retrouvé la voiture bleue ? ajouta-t-il.

– Pardon ? Quelle voiture bleue ?

– Eh bien celle qui est responsable de tout ce merdier.

Il désigna la trace de peinture sur la route.

– Je ne suis pas sûr de vous suivre.

– Je vous explique. Hier, aux alentours de midi, nous étions en train de monter l'échafaudage pour commencer les travaux de la façade. Mon fils Pierrick était venu pour l'occasion, pour me filer un coup de main. Il déchargeait les bidons d'enduit de son 4 × 4 et il les alignait devant le portail juste là, le temps qu'on les rentre. C'est sûr, ce n'était pas bien malin de les laisser sur la route mais personne ne passe jamais ici normalement. Surtout un dimanche. Et puis, plus de trois cents mètres carrés de façade à faire en double couche, je peux vous dire qu'on en avait. Bref, on a entendu les pneus crisser à l'entrée du virage là-bas (il me le montra du doigt). Le type devait arriver vite, il ne connaissait pas la route et comme l'épingle est presque à quatre-vingt-dix degrés, il s'est fait surprendre. Il a dû donner un coup de volant pour rattraper sa voiture au sortir du virage et il a dérapé vers le côté opposé. Il a emporté deux des bidons avec lui. Ils ont explosé sous le choc, la peinture a giclé partout, même sur le 4 × 4 neuf de Pierrick. On est allés le laver à la station Esso du col ensuite. Et aujourd'hui j'essaye de rattraper le bitume.

– Aux alentours de midi… Une voiture qui arrivait vite…

– Vous comprenez maintenant ? Hier, quand on a vu l'hélico et tout le barnum qui se passait dans le quartier et surtout l'alerte enlèvement sur TF1, on y a repensé avec ma femme.

– Vous avez appelé la police ?

– Pas besoin, ils sont venus frapper à notre porte sur les coups de dix-neuf heures. Deux hommes en uniforme. Je leur ai raconté l'histoire mais je ne sais pas s'ils m'ont cru. Ils m'ont demandé plusieurs fois si la voiture n'était pas une camionnette blanche. Mais non, non, je leur ai dit. Elle était bleue, on a bien vu le toit et le capot avec mon fils de là où on était. Et surtout, le type ne s'est pas arrêté, il a remis les gaz tout de suite après le choc.

J'étais en sueur.

– Je vous remercie de l'information, articulai-je, je vais tâcher de voir ça avec la police.

– De rien, j'espère que vous retrouverez votre gosse.

Je regagnai la Countryman en courant et appelai le commandant Perret une fois dans l'habitacle.

Elle décrocha dès la première sonnerie.

– Perret, j'écoute.

– Commandant, c'est Anthony Delcourt. J'ai des informations importantes à vous communiquer.

– Ça tombe bien, j'allais vous appeler. Mais je vous écoute, allez-y.

Je l'avais quittée plus qu'énervée un peu plus d'une heure auparavant mais elle semblait avoir mis cela de côté. On pouvait dire qu'elle avait le chic pour me déstabiliser.

Je lui fis le résumé de mes découvertes, du grillage découpé jusqu'aux bidons de peinture en passant par le porte-clés. Et cette fameuse voiture bleue.

– Et donc ? me dit-elle à la fin de mon monologue.

– Et donc ? Quoi et donc ? Eh bien je pense qu'il y avait une deuxième voiture, nom d'un chien !

Respiration lourde à l'autre bout de la ligne.

– Monsieur Delcourt… Anthony, je sais que vous pensez bien faire et surtout que vous vivez des moments extrêmement pénibles mais par pitié, laissez-nous faire notre travail. Vous comprenez ? Nous avons déjà votre beau-père en électron libre.

– Je… Oui, mais vous m'avez écouté ?

– Nous sommes à cent pour cent sur cette affaire, lâcha-t-elle d'un ton plus ferme. Retrouver votre enfant est notre priorité. Nos équipes ont tout ratissé, absolument tout.

– Je ne veux pas dire qu'ils ont mal…

– Laissez-moi vous poser une question. Votre belle-sœur a-t-elle fait une fausse couche récemment ? Ou bien il y a quelques années ?

– Hein ? Une fausse couche ? Lise ? Je ne crois pas non. Pourquoi me demandez-vous ça ?

– Disons que le brouillard se dissipe peu à peu de notre côté.

– Elle vous a dit où était mon fils ?

– Non, pas encore. Mais son implication dans l'enlèvement ne fait plus de doute. Elle a déjà craqué et d'ici peu, nous saurons qui est ce complice à la Kangoo blanche. Ce type est désormais l'homme le plus recherché de France.

Un bruit de fond, des voix, quelqu'un l'appelait.

– Et la voiture bleue ? demandai-je.

– Ce voisin a bien été entendu par les policiers hier soir ?

– C'est ce qu'il m'a dit oui.

– Alors c'est que cela suit son cours. Je vais quand même donner vos informations au lieutenant Kowalsky. Mais priorité à la Kangoo pour le moment. Je suis désolée, je dois y aller, embraya-t-elle. Je vous tiens au courant au plus vite.

Et elle raccrocha.

Je demeurai un instant pensif, interloqué qu'elle n'ait pas accordé plus de crédit aux informations que je lui avais données.

En mettant le contact je repensai aux traces blanches laissées par les pneus de la voiture sur la route.

Cette fameuse voiture bleue si pressée.

CHAPITRE 19

2018

Nice, rue du Congrès,
lundi 3 décembre, 12 h 15

Le son feutré de la machinerie de l'ascenseur tira Estelle de ses pensées.

Elle se leva et se dirigea vers l'entrée, juste à temps pour apercevoir l'ombre de son père glisser sur la rosace de marbre qui brillait sous les spots du hall. Il s'engagea dans le corridor en direction de son bureau.

Elle surgit à cet instant, de l'une des portes menant au séjour, et se mit en travers de sa route.

– Estelle, chérie, je suis heureux de te voir sur pied, lui dit-il d'un ton protecteur.

Elle plongea ses yeux dans les siens. Tant de fois elle y avait trouvé la fierté d'être sa fille, ce sentiment qui la remuait jusqu'aux tripes. Toute leur relation était bâtie sur ce rapport fusionnel et excessif qu'elle n'avait jamais su refréner.

Mais aujourd'hui, la fille était devenue une mère.

Et cela faisait toute la différence.

– Tu peux m'expliquer ? demanda-t-elle d'un ton sec.

– Expliquer quoi ? Que j'essaye de sauver ton fils ? Il n'y a rien à expliquer.

Sa voix monta dans des intonations qu'elle-même ne connaissait pas.

– Tu plaisantes j'espère ? Tu proposes un million d'euros à qui retrouvera Maxime ! Sans m'en parler ? Tu es devenu fou ?

– J'agis pour son bien, rétorqua-t-il. Je propose un marché que personne ne peut refuser. Tu peux laisser faire la police, on y sera encore à Noël. J'agis pour Maxime, pour ta sœur, pour notre famille et notre nom.

Évidemment.

Le discours ne changerait jamais. Tel un disque qui tournait depuis des décennies sur la même platine et qui arrivait désormais en bout de piste.

Ce nom. Cette fierté.

Cette croix.

Elle explosa.

– Notre nom ! Notre foutu nom ! Tu n'as que ça à la bouche ! Toute ta vie a toujours tourné autour de ça ! Alors qu'on ne sait rien de rien, tu fonces bille en tête pour protéger Lise ! Juste pour épargner ta foutue réputation ! Ta putain de foutue réputation !

Elle s'arrêta. Sa poitrine se souleva pour reprendre un peu de souffle. Mais voyant qu'il allait parler, elle embraya derechef.

– Mais c'est elle ! C'est elle qui a kidnappé Maxime, ton petit-fils ! Ma sœur ! Ils ont des preuves ! Bruce vient de me laisser un message. Elle a complètement pété un câble pendant son audition. Elle leur a dit que j'avais tué son enfant ! Tu te rends compte ? Mais de quoi parle-t-elle bon sang ? De quel enfant parle-t-elle ?

– Je ne sais pas, répondit Cerutti d'un ton ferme.

– Et moi je ne sais pas si je peux encore te faire confiance ! Voilà où nous en sommes.

Elle s'était rarement laissée aller à une telle colère. Mais en un instant, son vernis de jeune femme posée et réfléchie venait de se craqueler et de voler en éclats, laissant transparaître une fougue devant laquelle aucune tempérance ne pouvait s'imposer.

– Et que crois-tu ? continua-t-elle. Tout ton argent ne servira qu'à une chose. À rameuter tous les tarés du coin, les escrocs, les mythomanes qui prétendront tous avoir vu un gamin blond de quatre ans près de chez eux pour peu que tu leur agites encore quelques billets sous le nez. La police n'a pas besoin de ça ! Parce qu'à l'heure actuelle, on ne sait toujours pas où il est ! Depuis plus d'une journée !

Un sanglot la rattrapa. Deux fines barrières humides scintillèrent à l'orée de ses cils et soulignèrent des cernes déjà bien marqués. Elle les fit disparaître d'un frottement de l'index.

Claude hésita puis s'approcha d'elle. Il voulut la prendre dans ses bras. Comme quand elle était enfant, que l'épaule paternelle était encore un refuge salvateur.

– Ma chérie, dit-il, tout va bien se passer. Fais-moi confiance.

Mais elle refusa son étreinte et passa près de lui en l'évitant, de la même manière qu'elle aurait traversé un épais nuage de fumée qui l'aurait aveuglée depuis trop longtemps.

Il se retourna.

Elle ne lui offrit que son dos s'éloignant vers l'ascenseur.

Au bout de quelques secondes, la gueule métallique s'ouvrit de nouveau et elle s'y engouffra.

La peur du confinement l'avait quittée.

Et les portes se refermèrent sur un dernier regard lourd de reproches.

Cerutti resta interdit quelques secondes.

Ses yeux ne quittaient plus le vernis beige des deux vantaux de l'ascenseur qui venait d'avaler sa fille.

– Bon, finit-il par dire.

Il se retourna et l'ombre de sa femme lui apparut dans l'embrasure du salon. Elle le regardait sans broncher, sûrement depuis plusieurs minutes.

Il fut frappé par sa silhouette droite et élancée, quasi identique à celle qu'il avait connue il y avait plus de quarante ans. En dépit de la torture psychologique qu'elle subissait depuis que cette histoire infernale avait commencé, elle continuait à faire face, envers et contre tout. Elle ne plierait pas.

Elle avança d'un pas.

– Tu es satisfait ? Tu as eu ce que tu voulais ?

– Tu écoutes aux portes, maintenant ?

– Je n'avais pas vraiment besoin de prêter l'oreille pour vous entendre, vois-tu.

– Ce n'est pas le moment pour un deuxième sermon Michèle, j'ai à faire.

Il s'engagea vers elle pour passer dans le couloir. Quand il fut à sa hauteur, elle le retint par le bras.

– Quand vas-tu comprendre ? demanda-t-elle.

– Quoi ?

– Qu'elle ne t'appartient pas.

Une étincelle crépita dans l'iris de Claude.

– Tu crois que je ne le sais pas ? J'essaye juste d'agir au mieux pour elle. Et pour Maxime.

Mais il sentit bien que son discours ne prenait plus. En tout cas, pas avec elle. Pas avec plus de quarante années de vie commune derrière eux.

– Tu m'as mise hors de moi tu sais. C'était donc si difficile de nous dire ce que tu préparais ? Cette… Cette récompense ? Et que caches-tu donc encore dans ta manche ? Une autre annonce fracassante ? Tu penses que tout cela n'est qu'un habile et odieux stratagème fomenté par des criminels qui te visent, toi ? Ou ton entreprise ? Ta précieuse et si chère entreprise ? Ouvre les yeux, s'il te plaît !

Les mâchoires de Claude se contractèrent un peu plus mais il ne bougea pas d'un poil.

Michèle baissa le regard avant de retirer la main de son avant-bras.

Puis elle se détourna de lui et alla prendre l'un des cadres photo qui étaient posés sur le buffet près d'eux.

C'était le plus imposant, un encadrement de cuivre finement martelé qui reflétait particulièrement bien la lumière artificielle de leur intérieur.

Deux modèles y prenaient la pose. Deux jeunes filles, adolescentes, épaule contre épaule, sourires d'apparat sur fond de Méditerranée. Un cliché pris sur une plage de Saint-Tropez, il y avait plus de quinze ans.

– J'ai toujours voulu la faire mettre en peinture. Tu te souviens ? lui demanda-t-elle.

Il ne dit rien.

– Il y a tellement de belles couleurs. Le blond et le bleu, le vert et le châtain. Et la luminosité du soleil.

Sa voix tremblait.

– Arrête.

– Elles ont toujours été si différentes, souffla-t-elle avec résignation. Le feu et la glace.

Une larme roula sur sa joue. Elle n'avait pas encore épuisé toutes ses réserves lacrymales.

– Nous avons échoué, reprit-elle. Et pourtant j'ai toujours fait de mon mieux. Je les ai aimées et je les aime au-delà du possible. Je n'en ai jamais privilégié une par rapport à l'autre. JAMAIS ! Mais regarde où nous en sommes. Elles se détestent !

Cerutti prit sa main dans la sienne.

– Tu n'as rien à te reprocher.

– Elles se détestent ! Regarde ce que Lise a fait ! Et cette histoire d'enfant mort ! Claude, que lui arrive-t-il ?

– Michèle…

Elle secoua la tête.

– Nous sommes fautifs. Tous les deux. Les parents sont toujours fautifs. Tu le sais.

Bien sûr qu'il le savait, lui, l'homme d'affaires à qui rien n'avait jamais résisté.

Lui qui avait traversé sa vie telle une comète gagnant sans cesse en volume et en puissance. Faisant fi de tous les obstacles, de toutes les limites, ne se résignant jamais devant rien.

Mais toute trajectoire pouvait être brisée.

Il ne pensait simplement pas que cela arriverait de cette façon. Il ne l'avait pas prévu.

Ils restèrent ainsi quelques secondes, prisonniers de leurs pensées et de leurs regrets. Le silence les enveloppa, laissant juste percevoir, de temps à autre, la respiration contrariée de Michèle.

Ce fut elle qui le brisa.

– Que comptes-tu faire maintenant ?

– J'ai appelé Jo. Hier soir.

Elle soupira. Un souffle si léger qu'il en fut presque imperceptible.

– Je suppose que je n'ai rien à dire.

Il sentit l'anxiété croître en elle. Comme à chaque fois qu'il entrebâillait pour elle la porte de son univers.

– Ne t'inquiète pas. Il va faire ce qu'il faut.

– Comme il y a trois ans, avec ce journaliste, dit-elle, amère.

– Tu aurais préféré que je ne fasse rien ? Que je le laisse sortir son fameux scoop ? Proposer cette somme d'argent était l'unique solution. Mais aujourd'hui, on parle de l'enlèvement de notre petit-fils ! Joseph-Marie est comme mon frère. Il ira sûrement plus vite que la police. Et même si je ne lui avais rien demandé, il serait parti en croisade.

– Claude…

Il plongea ses yeux dans les siens.

– Je te demande de me laisser gérer cela de mon côté. Tu dis qu'Estelle ne m'appartient pas. Je le sais bien, nom d'un chien. Mais quel père serais-je si je ne prenais pas mes responsabilités dans un moment pareil ? Qu'aurait fait le mien à ma place ?

– Ton père n'a rien à voir avec ça.

– Il aurait retourné la terre entière, continua Cerutti comme s'il ne l'avait pas entendue. Et c'est bien ce que je vais faire. J'ai des moyens que la plupart des gens n'ont pas. Laissez-moi les utiliser.

Une courte pause, puis il ajouta d'un air grave :

– Je suis prêt à mourir pour elle et pour Maxime s'il le faut. Là, tout de suite, devant toi. Et tu sais d'où je viens, Michèle. Tu sais que ce ne sont pas des paroles en l'air. Je ferai ce que je dois faire. Parce que je suis son père.

– Et moi sa mère ! dit-elle en lui serrant la main un peu plus fort.

Il l'attira contre lui et passa son autre main dans son dos.

– Je sais, je sais.

– Et Lise ? demanda-t-elle.

Claude cilla.

Les paroles d'Estelle vinrent se ficher dans son cerveau comme un pic à glace.

« C'est elle, papa ! C'est elle ! »

Il ressentit cette douleur aiguë, vive, qui ne le quittait plus depuis le début de cette histoire. À chaque fois qu'il entrevoyait les prémices d'une solution, une alternative vers laquelle se tourner, la douleur se réveillait. Pour lui rappeler qu'envers et contre tout, il ne restait qu'un homme.

Faillible.

– C'est un autre problème, souffla-t-il.

Il serra les poings.

Lui aussi avait eu Bruce au téléphone. Et le jeune avocat était tout sauf optimiste. Sa cliente était passée pour une folle, une enragée. Et il n'avait rien pu y faire.

Cerutti expira longuement.

Qu'allait-il bien pouvoir faire pour tirer sa plus jeune fille de là ?

La vérité, c'est que pour la première fois de sa vie, il n'en avait aucune idée.

La mélodie de l'interphone retentit à cet instant.

Tandis qu'il se dirigeait vers la double porte de l'ascenseur, sa femme passa un mouchoir sous ses yeux pour sécher ses larmes.

– Oui ? dit-il en activant l'écran tactile encastré dans le mur.

Le visage de Sandra Girard, la jeune femme qui assurait l'accueil dans le hall d'entrée de l'immeuble, apparut sur la dalle rétroéclairée.

– Monsieur Cerutti, on… On a déposé un paquet…

Sa voix trahissait une gêne certaine. Pas étonnant pour quelqu'un qui avait trouvé son espace de travail investi par tout ce que Nice semblait compter de policiers. Sans parler des équipes de tournage des chaînes d'information et des correspondants des divers organes de presse de tout le pays. Et même de l'étranger puisqu'un journaliste italien avait tenté de l'interviewer peu après que Claude Cerutti avait fait son annonce fracassante.

Mais cette voix-là était dévorée par le stress.

– Un colis ? demanda Claude avec une pointe de nervosité. Le livreur est encore là ?

– Non… Il est passé devant la porte automatique et dès qu'elle s'est ouverte, il a posé la boîte sur le sol. Je ne l'ai vu que quelques secondes.

– J'arrive, trancha Cerutti.

Il pressa le bouton d'appel de l'ascenseur situé au-dessous de l'écran.

– Claude ? Que se passe-t-il ?

– Reste là Michèle.

Mais elle avait déjà calé ses pas dans les siens.

Avant de pénétrer dans la cabine, il fit un détour par le secrétaire en acacia qui meublait le hall d'entrée. Il attrapa le coupe-papier dont il se servait quotidiennement et qui était toujours posé sur un plateau de cuivre en compagnie du courrier du jour. C'était un instrument à la lame effilée, tout en étain, que Michèle lui avait offert il y avait plus de vingt ans lors d'un voyage en Turquie. Elle l'avait même fait graver à ses initiales.

Ils s'engouffrèrent dans l'ascenseur et déboulèrent au rez-de-chaussée quelques secondes plus tard.

La pauvre Sandra les attendait devant le grand comptoir d'accueil, les jambes encore flageolantes.

Elle tendit le doigt vers un colis de la taille d'une boîte à chaussure qui était posé sur le carré de marbre orné du logo du Groupe Cerutti.

Claude s'approcha du paquet.

– Attends ! dit Michèle. Et si c'était une bombe ?

– Ne sois pas ridicule.

D'un geste de la main il lui intima de rester en retrait.

Il marcha jusqu'à la boîte et s'agenouilla.

C'était bien un carton à chaussures. Scotché sur toute sa longueur.

Il le souleva de quelques centimètres pour le soupeser et le trouva étonnamment léger. Un mécanisme explosif aurait été bien plus lourd, se dit-il.

À l'aide du coupe-papier, il trancha le scotch et en retira une partie pour libérer le couvercle.

Puis il ouvrit la boîte.

Il vit tout de suite la clé et, à l'effet qu'elle produisit sur lui, elle occulta tout le reste. C'était une de ces énormes clés en fer forgé avec un anneau aux dimensions disproportionnées et finement décoré. Sur le haut du cercle, une date avait été gravée : 29 avril 1984.

Cerutti sentit son pouls accélérer. Il prit l'objet en main et se releva pour aller l'examiner à la lumière du jour.

– Mais… Ce n'est pas possible, murmura-t-il entre ses dents.

Le cri d'effroi qui monta dans son dos lui glaça le sang.

Il fit volte-face pour découvrir Michèle, le visage déformé par la douleur. Elle chancela mais trouva le bras de Sandra comme appui pour ne pas s'effondrer.

Claude se hâta vers elles et aperçut ce que sa femme avait extrait de la boîte.

Une feuille de papier mais aussi un vêtement sur lequel la clé reposait et qui n'avait pas attiré son attention de prime abord.

En le regardant mieux, il comprit son erreur.

C'était un sweat-shirt d'enfant.

Orné d'une tête de pirate de dessin animé.

CHAPITRE 20

2018

Nice, rue Rossini,
lundi 3 décembre, 12 h 38

L'entrée de l'appartement donnait le ton.

Des cadres alignés avec soin garnissaient les murs. Une sérigraphie signée d'un certain Nicholson, qui ne devait pas avoir grand-chose à voir avec l'acteur, une photo en noir et blanc d'Hendrix mettant le feu à sa Stratocaster ainsi qu'un cliché de Marlon Brando brandissant son oscar en 1954 pour *Jules César* (c'était marqué dessus).

Joseph-Marie ne s'attarda pas et traversa le couloir. Celui-ci débouchait sur un espace ouvert gigantesque. Une cuisine étincelante, un salon qui mariait le noble et le moderne, magnifié par l'exposition de nombreuses peintures et statuettes.

Un intérieur qui aurait eu sa place en une de *Art & Décoration*, n'était-ce le joyeux bordel que la police y avait laissé. Livres et papiers éparpillés à même le sol, tiroirs ouverts, objets déplacés, renversés… La perquisition du matin avait laissé des traces.

Jo traversa le salon jusqu'à l'unique porte qui, selon toute vraisemblance, conduisait au coin nuit. D'après sa propre expérience, la chambre était la meilleure place pour cacher quelque secret. C'était bien dans la nature humaine, on aimait conserver à proximité les choses de valeur. Le coffre-fort vissé au fond de la penderie était un grand classique indémodable.

Il fit rapidement le tour de la pièce, regarda sous le lit, dans la penderie, sur les étagères et les tables de chevet. Mais comme dans le salon, toutes les affaires avaient déjà été bien remuées. Le bureau ne présentait plus que quelques stylos et des câbles emmêlés livrés à eux-mêmes, là où devait se trouver l'ordinateur de Fabrice Vergeot. Les flics l'avaient aussi embarqué pour le passer à la moulinette. Logique.

Une salle de bains était attenante à la chambre. Douche à l'italienne, double vasque en marbre noir surmontée d'un miroir qui couvrait toute la largeur du mur, elle était dans la lignée du reste de l'appartement.

Le regard de Jo s'arrêta sur l'armoire dans l'angle de la pièce.

Il l'ouvrit et en détailla le contenu.

Des produits d'hygiène et de beauté classiques, pour homme et femme, mais aussi beaucoup de médicaments (Flunitrazépam, Tranxène, Xanax…).

Une feuille de papier était pliée dans l'une des boîtes. Il alluma la lumière juste au-dessus du miroir pour la lire. C'était une ordonnance au nom de Lise Cerutti qui reprenait peu ou prou la liste des médocs qui étaient alignés face à lui. Il réfléchit quelques secondes puis la mit dans sa poche et referma l'armoire.

Son portable vibra dans la poche de son pardessus. Il ouvrit le clapet et consulta l'écran. Un SMS de Claude. Les choses s'emballaient, c'était prévisible.

Il rangea le téléphone et posa la main sur l'interrupteur pour éteindre la lumière avant de partir. Mais une chose capta son regard. Les néons au-dessus du miroir étaient camouflés derrière un demi-tube en verre dépoli.

Une tache noire se dessinait à l'une des extrémités.

L'ombre d'un petit objet qui avait été glissé derrière et que seule la lumière avait démasqué.

Il colla son visage contre le mur et cligna d'un œil. Il y avait bien quelque chose, posé sur le rebord interne du verre et qui avait échappé de façon étonnante à la fouille policière.

Il le fit glisser vers lui avec l'index et regarda ce qui se trouvait désormais dans le creux de sa main.

C'était une clé USB.

À peine eut-il retrouvé le cuir de sa Mercedes qu'il inséra la clé dans la prise de l'écran tactile. C'était un combiné haut de gamme avec GPS dernier cri connecté à Google Maps, tout un tas d'applications téléchargeables pour avoir les infos, la météo et une fournée de conneries dont il n'avait absolument pas besoin. Il avait juste demandé au commercial du concessionnaire qu'on lui installe un chargeur de CD dans la boîte à gants pour qu'il puisse continuer à écouter sa vieille musique.

Mais pour une fois, il devait reconnaître que la technologie allait lui faire gagner un temps précieux.

Deux icônes en forme de dossiers apparurent à l'écran : « Pics » et « Mov ».

Il appuya de l'index sur la première.

Une série de photos en vignettes s'afficha. Une bonne vingtaine, à vue de nez. Il toucha la première et elle s'agrandit pour occuper tout l'écran. On y voyait la porte d'entrée d'un immeuble avec les quelques mètres de trottoir qui l'entouraient. Une belle porte *a priori*, un peu dans l'esprit de celle de l'immeuble de Fabrice. Il releva le nez vers le pare-brise. Non, ce n'était pas celle-là. Sur la photo on voyait l'un des commerces juste à côté, une boutique qui vendait des articles pour enfants.

Il appuya sur la flèche en surbrillance à droite de l'écran et la photo suivante apparut. La même. À l'exception près que la porte était désormais ouverte et qu'on apercevait un homme dans l'embrasure. Costume à rayures coupé droit, chevelure poivre et sel et serviette en cuir à la main.

Photo suivante.

L'homme arpentait désormais le trottoir la tête baissée. Une jeune femme apparaissait à son tour à la porte.

Lise.

Il passa au cliché suivant.

Non, ce n'était pas elle, il la voyait mieux désormais. Mais quelque chose dans sa silhouette l'avait trompé. Il fit défiler les photos les unes après les autres et comme une animation de dessin animé, la scène prit vie sous ses yeux. La jeune femme marchait dans les pas de l'homme, à deux ou trois mètres de lui.

Qu'est-ce que c'était que ces conneries ?

Il revint à l'écran principal et ouvrit le dossier « Mov ». Il contenait deux fichiers.

Il appuya sur le premier.

Un film se lança.

Une chambre d'hôtel à la décoration moderne. On avait manifestement posé la caméra pour cadrer au mieux le lit. Quelques secondes passèrent et un homme entra dans le champ. Il le reconnut d'emblée, c'était le même type que sur les photos. À ceci près qu'il s'était débarrassé de son costume et de tout ce qu'il y avait en dessous. Il s'assit sur le lit et ne tarda pas à être rejoint par une jeune femme, celle que Jo venait de confondre avec Lise.

Et il fut heureux que ce ne soit pas elle tant elle mit de cœur à avaler le sexe de l'homme qui grognait de plaisir en lui caressant la tête d'une main.

Il arrêta la vidéo et lança la suivante.

Même chambre que précédemment mais on variait les plaisirs : cette fois, le vieux tamponnait la fille en levrette. Toujours en éructant les mêmes râles de cochon.

Ce film était-il la suite du précédent ? Difficile à dire. La chambre semblait bien être la même et l'angle de prise de vue était identique. Jo le passa en accéléré jusqu'à la fin mais n'apprit rien de plus, la vidéo ne durait que trois minutes.

Il alluma une cigarette et bascula contre l'appui-tête.

Qui pouvaient donc être ce type et cette fille ?

Son instinct soufflait aussi fort qu'un coup de mistral. De toute évidence, cette histoire puait le chantage et l'extorsion. Il ne voyait pas Fabrice Vergeot mouiller là-dedans, il ne le pensait pas si couillu. Et pourtant.

Il ouvrit la vitre et recracha la fumée à l'extérieur.

Soudain, une idée lui vint.

Il refit défiler les photos jusqu'à en trouver une où l'enseigne du magasin pour enfant était bien visible.

« Les P'tits Nous ».

Il retourna à l'écran principal et chercha l'application Pages Jaunes. Il ne l'avait jamais utilisée auparavant mais il dut bien reconnaître que ce n'était pas si difficile, hormis le fait de devoir pianoter sur cet étroit clavier tactile avec ses gros doigts. Il entra le nom du magasin suivi de l'un des codes postaux de la ville de Nice.

La machine ne moulina qu'une seconde avant de lui fournir l'adresse.

Les P'tits Nous, au 8 de la rue Cassini.

C'était l'une des artères principales du quartier du port qui remontait vers la place Garibaldi.

Jo remit la cigarette à ses lèvres, son regard toujours braqué sur l'écran. Ses doigts jouaient du piano sur le cuir du volant de la berline.

Cette adresse ne lui était pas inconnue. Où l'avait-il déjà vue auparavant ?

Il fourra la main dans sa poche et en ressortit l'ordonnance trouvée dans l'appartement de Fabrice.

Il la déplia.

Un sourire s'étira sur son visage.

Et lorsqu'il fit démarrer la Mercedes et que le moteur rugit de toute sa puissance à la première accélération, ce sourire ne l'avait toujours pas quitté.

CHAPITRE 21

2018

Nice, col de Villefranche-sur-Mer,
lundi 3 décembre, 12 h 49

Les traces de peinture laissées par les pneus s'étaient estompées au bout de quelques dizaines de mètres. Lorsque j'arrivai au carrefour du col de Villefranche, le peu qu'il restait sur la chaussée avait été effacé par le trafic routier du milieu de journée.

Je mis le clignotant et me rangeai sur le bas-côté, à cheval sur le trottoir. Je me trouvais presque pathétique d'avoir pensé que cette idée aurait pu me mener quelque part.

Le désarroi m'étreignit de toute sa force. Ce constat amer d'impuissance stagnait dans mon esprit comme une flaque d'eau croupie.

En fermant les yeux, le visage de Maxime m'apparut, otage de toutes ces pensées noires qui ne me quittaient plus. Je l'imaginais seul, en pleurs, perdu… Ou pire.

Je sentis une pression sur ma cage thoracique.

Comment avions-nous pu en arriver là ?

Je me remémorai chaque seconde des derniers instants que nous avions passés ensemble, à jouer dans le jardin comme si le reste de notre vie nous appartenait encore.

Et l'image de ce bonheur si simple et si fragile n'en fut que plus difficile à supporter.

De rage, je frappai le volant du plat de la main. Un coup de klaxon retentit et une femme qui passait à pied près de la voiture sursauta.

Il fallait que j'arrive à me calmer. Perdre mes moyens ne servirait à rien.

Je sortis de la Countryman et fis quelques pas sur le trottoir jusqu'au feu de stationnement qui régentait la circulation du carrefour. Le trafic était dense et régulier. L'endroit ressemblait à un petit village avec ses commerces en bordure de route : une supérette, un restaurant de fruits de mer, une pizzeria mais aussi une station-service.

Ce croisement offrait tout un choix de destinations : Nice, Villefranche-sur-Mer, les hauteurs du plateau d'Èze, Beaulieu…

Le ravisseur était passé par ici, j'en étais persuadé. Je le sentais jusque dans mes tripes.

Je levai les yeux pour tenter d'apercevoir une caméra de surveillance mais je n'en vis aucune. Je n'avais pas encore totalement abandonné l'idée de convaincre Perret. Repérer une voiture aux roues et au pare-chocs maculés de peinture blanche ne serait pas compliqué. Ils pourraient la tracer comme ils l'avaient fait pour la Kangoo.

Je revins à la voiture en sortant mon téléphone de ma poche mais celui-ci se mit à sonner à cet instant.

Le nom de mon beau-père s'affichait sur l'écran.

– Claude ?

– Anthony…

À l'inflexion qu'il donna à mon prénom, je perçus tout de suite que quelque chose de grave venait d'arriver.

– Que se passe-t-il ?

– Vous devriez venir, nous sommes tous là et…

En arrière-plan, un cri déchira la fin de sa phrase. Et je reconnus sans peine à qui appartenait cette voix brisée.

– Nom de Dieu, Claude, que se passe-t-il ?

Un sentiment de panique m'envahit.

J'entendais toujours ma femme qui criait le prénom de notre fils comme une démente avant que la voix de Michèle n'arrive en renfort et que Cerutti ne se décide à s'isoler.

– La police est là, Anthony. Nous… Nous avons reçu un colis.

La voix de mon beau-père s'était voilée. J'avais l'impression qu'il pleurait.

– Un colis… Qu'y a-t-il dedans ?

Il souffla.

– Ils veulent dix millions, Anthony. Dix millions contre la vie du petit. Avant ce soir minuit.

– Dix millions…

Je faillis m'écrouler sur le sol tant la nouvelle me fit l'effet d'un coup de poing à l'estomac. Heureusement, je me rattrapai d'une main au dossier d'un banc qui était tout proche.

Cerutti continua d'un ton monocorde, en mode pilote automatique :

– Je vais avoir du mal à sortir cette somme. Pas en si peu de temps.

– Non, non, non ! Où était le mot ? Dans le colis ? Qu'a dit la police ?

Mon beau-père souffla et se racla la gorge.

– Oui, il y avait une lettre. Mais il y avait aussi autre chose.

– Quoi ?

– Dans le carton, il y avait… ses vêtements.

Mes jambes ne me portaient plus. Je m'assis sur le banc.

– Non, non, non… répétai-je en boucle.

– Anthony, où êtes-vous ? Vous voulez que j'envoie quelqu'un vous chercher ?

Je marmonnai quelque chose de vaguement intelligible et laissai le téléphone me glisser des mains.

Je me recroquevillai sur le banc, plié en deux.

La voix de mon beau-père filtrait encore du haut-parleur mais elle était loin, si loin désormais. Tout comme la perception que j'avais de mon environnement. Il n'y avait plus rien, seulement le marasme psychologique dans lequel je sombrais. J'essayai de museler mes pensées sans succès.

Elles filaient sans retenue, de même que les larmes sur mes joues.

Ils l'avaient déshabillé. Mon enfant.

Et peut-être pire…

La douleur était intenable. J'avais l'impression qu'on me perforait l'abdomen avec une pointe. L'air me manquait. J'avais envie de disparaître, que tout cela cesse, que mon imagination macabre se mette en pause quelques minutes.

Juste quelques petites minutes, par pitié.

Je réussis, au prix d'un effort que je ne pensais plus être en mesure de fournir, à ramasser mon téléphone et à me mettre debout.

Je claudiquai jusqu'à la Countryman. Claude avait raison, je devais les rejoindre à la Tour. Je n'étais plus d'aucune utilité ici.

Je m'installai au volant. Je m'insérai dans la file et, à peine quelques mètres plus loin, stoppai déjà au feu rouge. Face à moi, le rideau des voitures qui filaient sur la départementale. Et un peu plus loin, sur le bord de la voie, la station-service où les véhicules s'entassaient en attente d'une pompe disponible ou pour accéder aux boxes de lavage.

Feu vert.

J'entrai sur la voie principale, clignotant sur la gauche pour prendre la direction du centre-ville de Nice. Je longeai la station-service. L'enseigne lumineuse Esso se refléta sur mon pare-brise.

« La peinture a giclé partout sur le 4 × 4… On est allés le laver à la station Esso… »

Ce fut comme un éclair qui explosa dans ma tête. Une illumination.

Je donnai un coup de volant sur la droite pour attraper l'entrée de la station-service en priant pour qu'aucun scooter n'ait eu la mauvaise idée de se coller dans mon angle mort. Les pneus crissèrent sur l'asphalte et quelques coups de klaxon leur firent écho.

J'abandonnai ma voiture sur le premier emplacement libre et je bondis de l'habitacle pour courir vers la boutique de la station-service.

CHAPITRE 22

2018

Nice, col de Villefranche-sur-Mer,
lundi 3 décembre 2018, 13 h 11

L'employé de corvée de caisse était un jeune qui ne devait pas dépasser les vingt-deux ou vingt-trois ans. Il avait noué ses cheveux blonds en une sorte de catogan déstructuré et avait l'air d'être un amateur de toutes sortes de thérapies par les plantes.

J'attendis qu'il termine d'encaisser un client.

– Ma question va vous surprendre, dis-je alors qu'il me demandait mon numéro de pompe, mais avez-vous des caméras de sécurité qui surveillent l'extérieur, et notamment la station de lavage ?

Il se frotta le nez avant de me répondre.

– Des caméras ? Oui on en a deux. Pourquoi ?

– Je recherche une voiture qui a pu s'arrêter ici hier sur les coups de midi. Elle avait des traces de peinture à nettoyer. Elle a dû utiliser vos rouleaux de lavage.

– Vous êtes de la police ?

Mes lèvres grillèrent la politesse à ma réflexion.

– Oui.

– Vous n'avez pas trop l'air d'un flic. Vous avez une carte ou un badge ? Et il ne vous faut pas un mandat pour ça ? Ou une commission rogatoire ?

C'était bien ma veine de tomber sur un fan de *New York, Unité spéciale*.

– Bien sûr.

– Parce que si le patron apprend que je fais rentrer n'importe qui dans le bureau…

– C'est tout à fait normal, dis-je en fouillant la poche de mon jean.

Derrière moi, une personne entra pour venir payer son essence. Mais elle s'arrêta d'abord face à l'étagère des boissons fraîches.

– Et voilà.

Je posai sur le comptoir tout ce que ma poche contenait de liquide, soit quatre billets de vingt et trois pièces de deux euros.

Le jeune me regarda avec effarement, ne sachant pas s'il devait rire ou me prendre pour un cinglé.

– C'est tout ce que j'ai sur moi. Mais c'est vital, vous comprenez ? Vital. Mon fils de quatre ans a disparu et le temps presse. Vous avez peut-être vu ou entendu l'alerte enlèvement depuis hier soir. Ce type l'a enlevé. Je suis certain qu'il s'est arrêté ici.

Ses pupilles oscillèrent comme des pendules entre l'argent et moi.

Dans mon dos, je perçus le bruit de ventouse que fit la porte vitrée de la station-service. Un autre client venait d'entrer.

L'employé de caisse me jeta un dernier regard suspicieux que je pris pour une fin de non-recevoir. Puis, dans un geste à la rapidité surprenante, il rafla l'argent et le fourra dans sa poche.

– Mettez-vous sur le côté, me dit-il.

Je m'exécutai et attendis qu'il s'occupe des deux autres personnes.

Une fois qu'il eut terminé, il gagna la porte de service qui se trouvait derrière son comptoir et m'appela. J'entrai avec lui dans un endroit exigu au possible qui devait faire office tout autant de débarras et d'espace de stockage que de bureau. Il y en avait partout. Des cartons estampillés aux logos de marques de boissons, de chips et de biscuits. Ils étaient empilés sur toute la hauteur des murs. Au sein de ce fourbi, on devinait une petite table sur laquelle un vieil écran d'ordinateur et son clavier surnageaient au milieu d'un amoncellement de papiers, factures et tickets de caisse.

Le jeune s'assit, fit un peu de place en repoussant quelques feuilles (ce faisant, une souris d'ordinateur apparut comme par enchantement) puis alluma le PC. Il entra un code pour activer sa session, navigua dans un logiciel qui m'était inconnu puis dans ce qui semblait être une sorte de gestionnaire de fichiers et, enfin, se retourna vers moi.

– Ce sont des caméras IP. Le boss a fait installer ça il y a un an. C'est moins cher que l'ancien système et ça envoie tout sur le cloud. Je crois que ça les garde un mois en mémoire. Je vous ai ouvert le logiciel. Il y a deux dossiers, un pour chaque caméra. Dans chacun, les fichiers vidéo sont en .mov et se terminent tous par la date du jour auquel ils correspondent.

– OK, fis-je en lorgnant l'écran par-dessus son épaule.

– Vous avez cinq minutes, dit-il en me montrant sa main ouverte.

Il se leva et me frôla pour ressortir de la pièce. Puis il referma la porte derrière lui.

Je m'assis sur le tabouret et ouvris le premier dossier.

Je repérai rapidement le fichier intitulé camguard1_securit06_03122018.mov.

Je cliquai dessus pour l'ouvrir.

La fenêtre du lecteur vidéo apparut et un petit sablier moulina quelques secondes avant qu'une image ne s'affiche.

Je lançai la lecture et la vidéo démarra.

La caméra était placée en hauteur, à l'opposé de l'entrée de la station. J'avais pleine vue sur les quatre pompes, l'entrée de la boutique ainsi que les rouleaux de lavage situés tout à droite. La qualité d'image n'était pas exceptionnelle mais me sembla suffisante.

Par chance, la date et l'heure étaient incrustées en bas de l'écran.

Je fis glisser le curseur pour arriver à midi. Je maintins ensuite l'avance rapide pour faire défiler l'image en accéléré en me concentrant sur la station de lavage. À chaque fois qu'une voiture s'insérait dans le box, je remettais la vidéo en mode lecture pour observer le conducteur et surtout son véhicule.

Mais sur la quinzaine que je vis défiler, aucun ne présentait de traces suspectes sur la carrosserie. Je poussai le visionnage un peu plus loin et soudain, à treize heures neuf, un 4 × 4 BMW gris métallisé s'installa entre les rouleaux. L'une de ses portières arrière dégoulinait de peinture blanche. Mon sang ne fit qu'un tour. Un homme assez jeune descendit du véhicule et alla payer le lavage à la borne. Je me rapprochai de l'écran pour tenter de l'identifier mais il ne me disait rien. Alors que j'allais relever son numéro de plaque, la portière côté passager s'ouvrit à son tour. Et je reconnus d'emblée la personne qui descendit du véhicule. Je venais de lui parler une heure auparavant. C'était le voisin aux bidons de peinture. Le conducteur devait être son fils, le fameux Pierrick.

Merde !

J'ouvris le second fichier.

Changement de perspective, la caméra se trouvait au-dessus de la boutique et filmait depuis l'angle opposé. Elle offrait une meilleure vue sur les pompes mais cette fois, le box des rouleaux de lavage était en arrière-plan, beaucoup plus éloigné et coupé en deux en haut de l'écran. Juste à côté de celui-ci, j'en devinais un deuxième que je n'avais pas vu sur la première vidéo. Il permettait de laver sa voiture au pistolet haute pression. C'était une alternative généralement utilisée par les motards.

Je remis en avance rapide et dus attendre midi quarante-huit pour trouver ce que je cherchais. Une Renault Mégane bleu marine venait d'entrer dans le box. Et il me semblait bien que la couleur de la moitié gauche de son pare-chocs et de son capot n'était pas d'origine.

Un homme descendit du véhicule.

Je me collai à l'écran.

Casquette vissée sur le crâne et lunettes de soleil type aviateur, il était vêtu d'une veste sombre et d'un jean noir.

D'un pas rapide, il alla glisser une pièce dans la borne.

Putain, moins vite !

Impossible de discerner le moindre trait de son visage. La caméra était beaucoup trop éloignée et aucun zoom ne viendrait à ma rescousse. Je plissai les yeux pour tenter de relever un détail, n'importe quoi qui me permettrait de l'identifier mais c'était peine perdue. Sa silhouette et sa façon de se déplacer me donnèrent un sentiment de déjà-vu mais je me demandais si mon esprit n'entretenait pas lui-même cette propension à imaginer tout ce qui pouvait abonder dans son sens.

En moins de trente secondes, l'affaire était entendue, il avait entièrement nettoyé la carrosserie et les pneus de la voiture. Sur le sol, une flaque laiteuse coulait jusqu'à la grille d'évacuation. L'homme retourna ranger le pistolet haute pression au petit trot.

Je remis sur pause et tentai de déchiffrer la plaque d'immatriculation. Un seul chiffre me posa un problème. Était-ce un 9 ou un 8 ? J'attrapai un bout de papier et un stylo qui traînait sur la table et, dans le doute, je notai les différentes combinaisons : DB378XY ou DB379XY.

Ma main tremblait. L'idée de savoir mon fils dans cette voiture (où l'avait-il mis, dans le coffre ?) était insoutenable. Et j'étais là, devant ce putain d'écran, à ne rien pouvoir faire de plus que de noter un foutu numéro.

Avant que la voiture ne sorte du champ de la caméra, j'eus le temps d'apercevoir une dernière chose sur la lunette arrière. Je revins en arrière d'une petite seconde et mis sur pause. Il y avait des autocollants sur la partie gauche de la vitre. J'en comptai trois. Des rectangles jaunes avec une inscription que je n'arrivai pas à déchiffrer. Mais je n'en eus pas besoin. Je connaissais ce type de sticker. Il s'agissait de ceux que l'on vous collait sur la voiture lorsque vous preniez le ferry en direction de la Corse ou de la Sardaigne. Le nom de la compagnie était écrit dessus (Corsica ou Sardinia Ferries), suivi de l'année à laquelle vous aviez voyagé.

On frappa fort à la porte.

– Ça fait cinq minutes ! aboya le jeune.

Putain.

Je remis la vidéo en lecture pour voir la Mégane quitter l'écran.

Puis je me levai du tabouret et quittai la pièce.

CHAPITRE 23

2015

Nice, rue Nathanya,
mercredi 17 juin, 17 h 06

« Alors Martine, je vous repose la question. Je vous rappelle que vous jouez pour la très coquette somme de 7 500 euros et pour accéder à la super finale qui vous permettra de concourir pour le méga voyage à Honolulu. Pour cela, choisissez les deux boules qui… »

La sonnerie terriblement rétro du téléphone portable retentit.

Jacques éteignit la télévision et se leva du canapé en soufflant pour aller mettre la main sur son Nokia. Le téléphone était enseveli sous des feuilles de papier, des carnets et des notes qui recouvraient toute la table du salon.

– Oui ?

– Monsieur Belleville ? Carine Lerda à l'appareil.

La responsable de l'association AAFV. Manifestement, elle avait troqué sa voix sucrée contre une version beaucoup plus acérée.

– J'ai reçu un coup de téléphone ce matin même d'un certain Marco Aparicio. J'imagine que ce nom vous est familier.

– En effet.

– Monsieur Aparicio m'a demandé si l'enquête sur l'homicide de la famille Armand avait été rouverte. Question à laquelle j'ai répondu par la négative. Il m'a alors informée qu'il vous avait accordé un long entretien avant-hier. Entretien pendant lequel vous l'aviez interrogé sur de nombreux points de l'enquête.

– C'est exact. Je voulais sa version des faits.

Un soupir à l'autre bout de la ligne.

– Ce monsieur m'a dit que vous l'avez implicitement accusé d'avoir bâclé son travail lors de l'enquête initiale. Et que vous sous-entendiez qu'il pouvait être pour quelque chose dans le drame survenu il y a trente ans.

– Il s'agit d'un dossier dans lequel les zones d'ombre sont trop nombreuses et je voulais simplement recueillir son témoignage. Et non, je ne l'ai accusé de rien.

– Vous aviez déjà son rapport écrit dans le dossier que je vous ai adressé.

– Dans ce genre d'affaires, les langues ont tendance à se délier au fil des ans, je ne vous l'apprends pas.

– Monsieur Belleville, là n'est pas la question. Vous avez agi comme un enquêteur assermenté que vous n'êtes pas. Je dois dire que je ne m'attendais pas à cela venant d'un ancien capitaine de gendarmerie. Je vous avais pourtant clairement expliqué votre travail. Vous ne devez pas sortir du cadre des documents dont nous disposons. Vous êtes bénévole pour une association loi 1901 qui ne peut exercer son activité qu'en bonne entente avec les cabinets des différentes magistratures. Les dossiers des affaires que nous étudions nous sont remis car nous effectuons un travail sérieux. Que se passera-t-il si, demain, le cabinet du procureur de Nice apprend que l'un de nos bénévoles joue au cow-boy sur le terrain ?

– Je comprends, oui.

– Je l'espère. Car dans le cas contraire, je serais contrainte de mettre un terme à notre collaboration.

– Vous souhaitez donc que je continue ?

– Pas pour le moment. Je pense qu'il serait préférable que vous me fassiez un rapport écrit de vos premières constatations, que nous puissions déjà voir ce qu'il est possible d'en tirer.

– Très bien, ce sera fait.

Il la salua et raccrocha. Il mit quelques instants à se remobiliser.

Il ne pensait pas qu'Aparicio irait se plaindre de sa venue.

Quel pouvait être son but ? Avait-il lui aussi des choses à cacher ?

Quant à la responsable de l'AAFV, il comprenait sa réaction, bien sûr. Il aurait pu en effet se contenter d'une lecture approfondie des documents qu'on lui avait confiés. Relever les points dignes d'intérêt, les approximations, les contradictions. Tout était aussi visible que le nez au milieu de la figure. Toute la genèse de ce dossier puait l'amateurisme et le travail bâclé. Et tant pis si cet alcoolique d'Aparicio l'avait pris pour lui.

Néanmoins, il pouvait invoquer toutes les raisons du monde, il savait bien, au fond, pourquoi il avait agi de la sorte. Il l'avait sentie renaître, cette petite flamme qui avait longtemps couvé en lui. C'était comme si tout son corps s'était embrasé d'un seul coup pour retrouver un peu d'envie et d'allant. Il n'avait plus ressenti cela depuis tellement longtemps.

Depuis le décès d'Anne-Marie en fait.

Il se leva et fit quelques pas dans le salon.

Son regard glissa sur les murs de l'appartement, sur cette décoration fanée qu'il avait laissé se dégrader au fil des années, vers ce petit couloir sombre qui ne le menait plus nulle part sinon vers un océan de souvenirs dans lesquels il avait de plus en plus de mal à naviguer.

L'un d'eux lui revint en mémoire. Sophie avait cinq ans, elle courait derrière les animaux du Castel-des-Deux-Rois, le parc juste au-dessus de chez eux où il l'emmenait presque tous les dimanches quand Anne-Marie devait rester corriger ses copies à la maison. Après, ils mangeaient un cornet glacé à la petite buvette et ils discutaient des chèvres et des bouquetins qu'ils avaient vus, de leur attitude, de leur pelage, de leur vie dans le parc. Et il s'émerveillait de son enfant, de chaque geste, de chaque parole et se laissait bercer par son rire.

Comme tous les parents.

Il se demandait ce qu'elle ferait plus tard, quelle serait sa vie de femme adulte, elle qui aimait tant la nature et les animaux. Peut-être deviendrait-elle vétérinaire ?

Mais non, elle avait choisi la vie parisienne et travaillait dans le milieu de la banque. À moins que ça ne soit les assurances ou la finance ? Il se rendit compte qu'il ne le savait même pas vraiment et en ressentit une grande peine.

Combien ne donnerait-il pas pour revenir à cette époque ? Celle des balades et des cornets glacés. Quand il y repensait, il la voyait dénuée de toute contrainte.

Tellement simple.

Il ouvrit un tiroir du buffet et en sortit un paquet de cigarettes. Il alla sur le balcon pour en allumer une et tira la première taffe tout en se demandant quelle attitude adopter désormais. Mettre ses constatations par écrit ? Très bien, et après ? Tout ce qu'il avait pu apprendre d'intéressant sur cette histoire provenait de deux rencontres qu'il n'aurait pas dû faire. Qui irait vérifier à nouveau les dires du patron du bar ou de l'ancien policier Aparicio ? Il faudrait déjà que le cabinet du procureur décide de rouvrir l'enquête, qu'une équipe d'enquêteurs y soit dédiée, un budget débloqué. Une décennie pouvait encore passer ainsi.

« Qui en a encore quelque chose à foutre, des Armand ? »

Ce cinglé d'Aparicio n'avait peut-être pas tort.

Sa main se resserra sur la rambarde en fer du balcon.

Lui, Jacques Belleville, en avait quelque chose à faire. Il n'avait aucune envie de stocker le visage des petits jumeaux dans un coin de sa pensée et de les laisser devenir un énième souvenir périssable.

Il tira une dernière taffe avant d'écraser le reste de la cigarette dans le cendrier et de rentrer.

Par où continuer ? Le gang Mariani…

Il ouvrit son ordinateur portable et lança le navigateur internet.

Il n'était pas un grand habitué des recherches sur Internet mais il devait bien essayer de commencer quelque part. Il entra le nom « Mariani » sur Google, associé à « Nice » et à « braquage » et cliqua sur la petite loupe.

Une succession de liens mais aussi d'images apparut devant ses yeux. Beaucoup avaient trait à des événements récents : un vol à main armée qui avait mal tourné à Nice deux ans auparavant et au cours duquel le commerçant avait dû se défendre pour sauver sa peau, un autre braquage dont on venait à peine d'appréhender les principaux suspects… À la toute fin de la première page, il trouva un lien vers le site du journal *Nice-Matin* qui lui sembla être le bon. Il cliqua dessus.

La page s'ouvrit sur un article datant de l'année 2009 mais que le serveur du site n'avait pas encore effacé de sa mémoire : « Histoires de grand banditisme azuréen : les frères Mariani. » Jacques survola les lignes en quelques minutes. L'article se voulait plutôt divertissant et généraliste. Il appartenait à ce genre de séries historiques estivales dont raffolaient les titres de presse. Chaque semaine, un nouveau portrait de l'une des plus grandes figures de la pègre azuréenne des années 1930 à nos jours était ainsi offert aux lecteurs. Le genre de papier qu'on aimait à lire l'été en prenant son café du matin.

Jacques n'y apprit pas grand-chose qu'il ne connaissait déjà. Le gang Mariani avait défrayé la chronique au début des années 1980 pour une série de huit braquages dont un, le plus violent, s'était soldé en 1985 par la mort d'un bijoutier ainsi que par des échanges de coups de feu avec la police en pleine rue.

Bien évidemment, il n'y avait aucune allusion à Patrick Armand dans l'article. Il regarda les photos insérées çà et là au fil du texte. Sur l'une, on voyait les deux frères, Ange et Michel, assis sur le bord du capot d'une Peugeot en pantalons pattes d'eph. Il y avait aussi les photos d'identité judiciaire de leurs deux complices, l'air beaucoup plus jeunes. Pas le genre de types avec qui vous aviez envie de rigoler en effet.

L'article était signé par un journaliste dont le nom semblait familier à Jacques en tant qu'abonné historique du quotidien.

Georges Viglietti.

Juste au-dessous, on trouvait même son adresse e-mail : g.viglietti@nicematin.fr.

Pourquoi pas ? se dit Belleville. Il y avait fort à parier qu'elle serait encore en service. Il ouvrit l'application de son téléphone et rédigea un court message qu'il envoya dans la foulée.

Il en était à se demander vers quelle recherche s'orienter désormais lorsque la sonnerie du Nokia se fit entendre à nouveau.

CHAPITRE 24

2015

Nice, boulevard de Cimiez,
mercredi 17 juin, 19 h 33

Du haut de sa colline, le quartier résidentiel de Cimiez toisait la ville de toute sa superbe. Premier chef-lieu des Alpes-Maritimes à l'époque gallo-romaine, Cemenelum, comme on l'appelait alors en référence aux hautes cimes de ses arbres, avait traversé les âges avec grâce et raffinement tout en gardant trace des jalons de son histoire.

Jacques arriva au pied de l'immeuble où il avait rendez-vous. Le palais Victoria était une propriété de cinq étages, bâtie dans le respect d'une élégance désormais oubliée, entourée de pins maritimes et de cyprès.

Tout en sonnant à l'interphone qui jouxtait le grand portail d'aluminium, il se remémora l'appel téléphonique reçu deux heures auparavant.

– Monsieur Belleville bonjour, Philippe Berthier à l'appareil. Je n'ai pas l'honneur de vous connaître mais sachez que je n'ai entendu que des louanges sur votre travail.

Philippe Berthier.

Jacques connaissait ce nom. Et pour cause, il revenait à de nombreuses reprises dans le dossier Armand. Berthier avait été le bras droit de l'homme d'affaires pendant plus d'une décennie.

– Je termine à l'instant une conversation très intéressante avec madame Carine Lerda, de l'AAFV. Une charmante femme s'il en est. Elle m'a communiqué vos coordonnées, j'espère que cela ne vous gêne en rien.

– Pas de problème.

– Alors c'est parfait. J'aimerais vous rencontrer, monsieur Belleville. Vous vous doutez de quoi j'aurais à vous parler. Je n'ai plus vraiment l'âge des sorties en ville, alors je vous propose de me retrouver à mon domicile de Cimiez. Au jour et à l'heure qui vous conviendront.

Ça tombait très bien, Jacques était lui aussi plutôt d'un naturel flexible sur les horaires.

Ils étaient donc convenus de se retrouver le soir même.

En sortant de l'ascenseur, il aperçut le vieil homme qui l'attendait sur le seuil de son appartement. C'était une grande stature que l'âge n'avait pas encore réussi à voûter. En pantalon à pinces prince-de-galles, chemise blanche et foulard de soie uni noué en demi-ruche, il ne faisait pas ses soixante-dix-neuf ans. Sa moustache lui donnait un faux air de Sean Connery.

– Cher monsieur, soyez le bienvenu, dit-il en tendant la main à son invité.

Il s'écarta pour le laisser entrer et referma la porte derrière lui.

Jacques découvrit un vestibule surchargé de meubles qui devait faire la taille de son salon. Une commode en bois d'ébène aux portes encadrées de filets de bronze portait un immense saladier rempli de feuilles séchées. Un grand miroir, au cadre de bois doré et marqueté avec finesse, renvoyait le reflet des visiteurs juste après leur entrée. Des cadres photos étaient alignés sur un guéridon en acajou, à côté d'un buste de femme au teint blanc comme de la craie. Une odeur d'agrumes flottait dans l'air.

– Passons au salon je vous prie, dit Berthier en tendant la main vers la double porte qui leur faisait face.

Jacques lui emboîta le pas.

Le salon avait des allures de musée avec sa collection de statuettes alignées sur plusieurs commodes et magnifiées par ce lustre de cristal qui tombait de plus de quatre mètres de hauteur et renvoyait la lumière du soleil dans des éclats bleutés.

– Je vous en prie, asseyons-nous ici, proposa Berthier en désignant deux banquettes en velours rouge qui se faisaient face.

Jacques prit place. Face à lui, à travers la baie vitrée, la vue était à couper le souffle. La ville déployait sa toile immense avant de se fondre dans la mer.

Berthier s'assit en face de lui en prenant appui sur les deux bras du fauteuil.

– Nous voilà installés. Parfait. Vous devez vous demander pourquoi cet appel et cette invitation, j'imagine ?

– J'en ai une vague idée mais je vous écoute.

Berthier rajusta le col de sa chemise sur son foulard avant de continuer.

– J'ai eu madame Lerda au téléphone, je vous l'ai dit tout à l'heure. Un coup de fil de courtoisie pour savoir si elle et ses « vétérans » avaient avancé sur le dossier de la mort de la famille Armand.

– Vous saviez donc qu'ils travaillaient sur ce dossier ? Ils vous avaient déjà contacté ?

Un sourire fila sur les lèvres du vieil homme et fit frémir sa moustache.

– En réalité non. Il se trouve que c'est moi qui les ai appelés le premier.

– Je ne suis pas sûr de vous suivre.

– L'AAFV est, comme son nom l'indique, une association dévolue au soutien des familles de victimes. Ils tentent d'alléger le fardeau d'enfants ou, pire, de parents, pour qui la vie a plongé un beau jour dans le pire des Enfers. Et comme si la perte d'un être cher ne suffisait pas, il y a la double peine : vivre en sachant le coupable dans la nature.

Pour ces gens, monsieur Belleville, le temps qui passe est le pire des poisons. Ce n'est pas à un ancien gendarme émérite que je vais l'apprendre.

Jacques acquiesça.

– Pour moi aussi, les années qui passent réduisent inexorablement la probabilité de voir un jour l'assassin de la famille Armand derrière les barreaux. Ou tout du moins de savoir ce qui s'est exactement passé lors de cette nuit fatidique. Car je ne me fais pas d'illusions. Après trente ans, cet homme est peut-être mort.

Jacques s'en voulut de ne pas y avoir pensé plus tôt. Qui avait pu mandater l'association ? D'après ce qu'il en avait lu dans le dossier, Patrick Armand n'avait plus de famille connue. Et les parents de Rachele Romani étaient tous deux décédés dans les années 1990. La réponse se trouvait donc sous ses yeux. Philippe Berthier.

– Vous étiez proche des Armand ? demanda Jacques tout en tirant son Moleskine de sa poche.

Philippe Berthier émit un petit rire.

– Oh ça oui. Nous ne nous sommes pas quittés pendant près de quinze ans. Travailler seize heures par jour auprès de la même personne, cela crée des liens. Et Patrick était le genre d'homme auquel il était difficile de ne pas s'attacher. Je l'ai toujours considéré comme un jeune frère. J'ai même été son témoin de mariage. Sa mort brutale m'a dévasté. Et je ne parle même pas de Rachele ou des enfants.

J'ai longtemps essayé de ne plus y penser. Des petits de deux ans, vous rendez-vous compte ?

– C'est terrible, en effet.

– J'ai noué au fil du temps un nombre important de contacts au sein des forces de police dans l'espoir de faire avancer les choses. Mais rien n'y a fait. Le dossier n'a jamais été rouvert, aucun nouvel élément n'est jamais apparu. Dans les années 1990, j'ai même fait appel à deux enquêteurs privés. Mais ces gens-là n'étaient pas sérieux. J'y ai laissé quelques dizaines de milliers de francs et surtout beaucoup de mes illusions. Je n'ai plus jamais retenté l'expérience. À tort, peut-être. Dieu seul le sait. Mais quand j'ai entendu parler de cette association qui tentait de faire rouvrir des dossiers oubliés avec l'aide de policiers à la retraite, alors je me suis dit que c'était peut-être ma chance.

– Et vous avez appelé Carine Lerda.

– Elle m'a tout de suite assuré de son soutien, quand bien même je n'étais pas directement affilié à la famille Armand. Je ne vous cache pas que j'y suis allé de ma petite contribution au fonctionnement de l'association.

– Cela va de soi.

– Madame Lerda m'avait promis de me faire des comptes rendus de façon régulière. Les huit premiers mois passèrent dans l'attente d'une réponse positive du bureau du procureur pour nous autoriser à avoir en notre possession une copie de l'intégralité du dossier d'enquête. Je crois que l'avocat de l'association a déposé quatre demandes avant d'obtenir le début d'une réponse. Eh oui, nous sommes en France, pays de la sacro-sainte lourdeur administrative. Lorsqu'elle a enfin pu s'atteler à son étude, madame Lerda m'a assuré de me tenir informé de toute évolution. Mais les bonnes nouvelles tardaient à venir. Et à mon âge, la patience n'est plus une vertu.

Il rit et lissa sa moustache de l'index. Puis son mince sourire s'effaça de son faciès usé.

– Je misais beaucoup sur votre travail. Un ancien capitaine de gendarmerie que lui avait recommandé un haut gradé, m'avait-elle dit. Mais son appel a douché tous mes espoirs. J'ai insisté pour avoir vos coordonnées. Je voulais vous parler de vive voix.

– Écoutez, je peux comprendre que vous soyez déçu…

Philippe Berthier leva un index osseux.

– Laissez-moi finir, ajouta-t-il. Je ne vous juge pas, bien au contraire. Savez-vous ce que j'ai pensé à cet instant précis ? J'ai pensé : voilà un homme qui s'investit au point de retourner asticoter les enquêteurs de l'époque. C'est un signe, monsieur Belleville.

– Un signe ?

– Oui. Un signe que cette histoire peut enfin trouver son épilogue. Grâce à vous mon ami. Vous avez secoué le cocotier, comme on dit trivialement !

– Je ne sais pas si j'ai secoué quelque chose. Ce que je sais en revanche, c'est que les approximations dans la façon dont cette affaire a été traitée sont nombreuses. Eh oui, je n'ai pas résisté à l'appel du terrain.

– Dites-m'en plus.

– Eh bien…

Des éclats de voix se firent entendre.

Jacques tourna la tête, ils provenaient d'une pièce adjacente. Un homme criait, vraisemblablement dans le cadre d'une dispute, mais l'on ne percevait que sa voix.

– C'est mon fils, indiqua Philippe Berthier. Il est dans une mauvaise passe en ce moment, en plein divorce, alors je l'héberge quelque temps.

L'ancien gendarme hocha du menton et revint à sa conversation avec le vieil homme. Mais l'une des portes à sa gauche s'ouvrit et le fils Berthier pénétra dans le salon. Téléphone portable vissé à l'oreille, il traversa la pièce à grandes enjambées sans même adresser un regard à son père et à son invité.

– Je te dis que tu n'auras rien ! Tu comprends ça, oui ou merde ? Et tu peux bien appeler les flics ou qui tu veux ! Moi aussi j'ai des relations ! Pauvre conne !

Il écrasa son pouce sur l'écran pour raccrocher et resta interdit quelques secondes au beau milieu du salon. Jacques eut l'impression de voir un taureau sur le point d'entrer dans l'arène et de tout mettre à sac.

Enfin il se retourna et les aperçut. Il avait le teint pourpre et l'œil noir.

– Tu pourrais te faire plus discret, surtout lorsque je reçois, dit son père d'un ton réprobateur.

– Pardon, je pensais que tu étais dans ta chambre. Je me suis un peu emporté.

– Il n'y a pas de mal, dit Jacques en se levant et en lui tendant la main. Jacques Belleville, enchanté.

– Christian Berthier, de même. (Puis, se tournant vers son père :) Je vous laisse discuter, on m'attend. Toutes mes excuses encore.

Et il disparut par la porte par laquelle il était entré.

– Désolé de cette intrusion, poursuivit Philippe Berthier une fois que son fils eut quitté la pièce. Christian est un brave garçon mais parfois un peu sanguin. Entre son divorce et son restaurant qu'il a ouvert l'année dernière, il est soumis à beaucoup de stress ces derniers temps.

– Je comprends, dit Jacques.

– Son restaurant est sur le port de Saint-Laurent. La Havanita, vous connaissez ?

– Je ne sors plus beaucoup.

– Voilà qui nous fait un point commun, mon ami, lâcha Berthier en riant. Mais revenons-en à nos moutons. Où en étions-nous ? Ah oui, je souhaitais que vous m'expliquiez ce que vous aviez découvert.

– Pour résumer, je ne crois pas aux conclusions du rapport de l'époque. À savoir un braquage qui aurait mal tourné.

– Je n'y ai jamais cru non plus, souffla Berthier.

– Ah oui ?

– Bien sûr. Patrick était un tel féru d'électronique et de sécurité. Un maniaque de la protection, rien n'était plus important à ses yeux que de protéger Rachele et les enfants. J'ai toujours pensé que la seule manière pour le tueur de s'introduire dans la maison, c'était d'y avoir été invité. Mais cela reste une intuition personnelle.

– Donc un proche, un ami ? Une connaissance ?

– Peut-être. Une des relations qu'il s'était faite sur la Côte d'Azur et avec qui il aurait eu maille à partir. De toute façon, tout a commencé à aller de travers quand il a quitté Paris pour venir ici.

– Racontez-moi.

– Oh mais c'est très simple. Comme dans toute bonne histoire dramatique, il y a une jolie femme dans l'équation.

– Rachele Romani, précisa Jacques.

Philippe Berthier fit un geste de la main pour lui signifier qu'il allait y venir.

– Patrick était un Parisien pur jus, frais émoulu d'HEC quand je l'ai rencontré. Il venait de créer son entreprise d'import-export de matériel audiovisuel et cela marchait déjà très fort. Ensuite il y eut l'informatique, les premiers *personal computers*. Nous étions au début des années 1970, la demande était forte et l'entreprise ne cessait de croître.

– Quel était votre rôle ?

– Homme à tout faire, joker, porte-parole, confesseur, choisissez ce qui vous plaît. Comme il fallait bien me donner un titre, j'ai été son directeur du développement.

Jacques sourit.

– Et le rôle de sa femme dans tout cela ?

– Il l'a rencontrée à l'été 1979, si mes souvenirs sont exacts. Il en est tombé fou amoureux au premier regard. Pire que ça, cette fille l'obsédait. Il faut dire qu'elle était d'une beauté rare. Les premiers mois de leur histoire, il faisait la navette tous les week-ends entre Paris et Monaco, où Rachele habitait. Mais lorsqu'il revenait au bureau en semaine, il était comme un drogué en manque. Ils se sont mariés en 1980 et deux mois après, il m'a annoncé qu'il souhaitait délocaliser une partie de notre activité à Nice.

– Vous pensiez que c'était une erreur ?

– En vérité, non. Car l'entreprise se diversifiait. Patrick croyait fermement au succès du Minitel par exemple. Je l'entends encore me dire qu'il fallait foncer car c'était l'État français qui était derrière et qu'il ne regarderait pas à la dépense. Nous avons lancé plusieurs services dès 1982 et 1983, essentiellement en messagerie rose. Mon Dieu, quand j'y repense (il sourit). La manne semblait juteuse. En réalité, elle fut inépuisable. En 1983, le chiffre d'affaires annuel du Groupe Armand avait plus que doublé et en 1984, Patrick était multimillionnaire. Mais c'est aussi à cette époque que les ennuis ont commencé.

– En quel sens ?

– Depuis son arrivée sur la Côte d'Azur, le couple Armand menait grand train. Rachele était un ancien top-modèle, je vous le rappelle. Son heure de gloire n'était pas si lointaine. Elle continuait à évoluer dans un milieu très jet-set. Et Patrick s'est vite accoutumé aux soirées bien arrosées sur des yachts privés qui se terminent au petit matin. Il a commencé à beaucoup boire, à se disperser. C'était un garçon tellement posé et terre à terre lorsque je l'ai connu… J'ai tenté plusieurs fois de le mettre en garde, de le faire redescendre de son nuage. Mais rien n'y faisait. Il s'est mis à courir beaucoup trop de lièvres à la fois, à lancer des projets à droite et à gauche, dans l'immobilier, le sport, le monde de la nuit et les jeux. Il n'arrêtait pas. Même lorsque Rachele est tombée enceinte en 1983. Je savais que la sortie de piste arriverait tôt ou tard. J'espérais juste pouvoir le rattraper à temps. J'étais loin d'imaginer…

Les mots ne voulurent plus sortir. Philippe Berthier était visiblement ému à l'évocation de ses souvenirs. Jacques pensait le laisser reprendre un peu ses esprits. Il fut surpris de voir l'octogénaire se lever de son fauteuil de façon assez vive.

– Venez, dit-il, allons dans mon bureau.

Ils empruntèrent un couloir qui desservait cinq autres pièces, une cuisine et quatre chambres, dont la dernière était tapissée de livres du sol au plafond. En son centre trônait un bureau à cylindre de style Louis XV.

Berthier marcha jusqu'à l'une des étagères qui exposait des dizaines de photographies encadrées, en noir et blanc, en couleur, des portraits, des photos de soirées et d'événements. Sur certaines, on le trouvait rajeuni de quelques décennies, la chevelure aussi noire que son smoking.

– Tenez, dit-il en se saisissant d'un cadre, voici Rachele et Patrick en 1980. Celle-ci a été prise au Monaco Country Club. Rachele avait une grande passion pour le tennis. Elle connaissait très bien Björn Borg d'ailleurs.

Il la tendit à Belleville qui prit le cadre d'argent entre ses mains. Rachele Romani, en robe blanche estivale, y entourait Patrick Armand de ses bras et abandonnait sa tête sur son épaule. Jacques fut frappé par son regard. Ses yeux bleus éclipsaient tout le reste.

– Ils paraissent très amoureux sur cette photo, dit-il.

– Oh ils l'étaient, je vous l'assure, dit Berthier. Mais c'était une relation tellement passionnelle et autodestructrice.

– Ils avaient des problèmes de couple ?

– Ils ont eu des hauts et des bas, oui. Mais qui n'en a pas ?

Jacques acquiesça et lui rendit le cadre. Il contempla à son tour cette exposition de souvenirs. L'une des photographies montrait le jeune homme d'affaires adossé à une Rolls Royce Phantom. En chemise cintrée ouverte sur son poitrail bronzé sur lequel brillait une chaîne en or, il dépareillait un peu par rapport à l'image du véhicule.

– Celle-ci a été prise devant le Casino de Beaulieu en 1983, ajouta Berthier en suivant le regard de Belleville. Patrick en était devenu copropriétaire quelques mois auparavant.

– Impressionnant, dit Jacques.

Un autre cliché capta alors son attention. Patrick Armand et deux autres hommes y prenaient la pose en levant chacun une flûte de champagne vers l'objectif. Ils se tenaient devant une immense grille en fer forgé à la décoration sophistiquée. Elle lui fit penser au portail de la villa des Armand, mais on devinait un hall d'entrée derrière, avec une porte vitrée. Sûrement celui d'un hôtel de luxe ou d'un immeuble.

– Et celle-ci ? demanda-t-il.

– Ah… C'est l'une des dernières activités dans laquelle se sera lancé Patrick. L'immobilier. Vous le voyez ici avec deux de ses associés de l'époque.

– Claude Cerutti, ajouta Jacques en reconnaissant l'homme aux côtés d'Armand sur la photo.

En revanche, il n'avait aucune idée de qui pouvait être le troisième. Comme s'il avait lu dans ses pensées, Berthier continua :

– Claude Cerutti et Patrick Armand se sont connus au début des années 1980. Patrick voulait se lancer sur les marchés des jeux et de l'immobilier. À quoi servirait d'être sur la Côte d'Azur, sinon ? Cerutti était l'un des actionnaires du Casino de Beaulieu. C'est comme ça qu'ils sont entrés en relation. Le troisième homme que vous voyez, c'est Randall Jenkins, un Américain, l'un des grands amis de Cerutti. Cette photo, c'est moi qui l'ai prise. On est en avril 1984, ils posent devant leur toute première collaboration, Les Jardins de Perséphone, un immeuble construit près de l'avenue Jean-Médecin, en plein centre-ville. Des appartements spacieux avec de grandes baies vitrées, chauffage à convection, climatisation, double vitrage insonorisé, entièrement câblé. Le top du top pour l'époque. Et surtout, avec un magnifique jardin luxuriant au sein même de la copropriété. C'est d'ailleurs de là que vient le nom de l'immeuble. Savez-vous qui était la déesse Perséphone, monsieur Belleville ?

– J'ai bien peur que non.

– Perséphone était la fille de Zeus et de Déméter, déesse de l'agriculture et des moissons. Elle fut enlevée par Hadès qui l'emmena aux Enfers pour en faire sa reine. Mais comme Déméter n'accepta pas cette situation, il fut décidé par Zeus que Perséphone passerait les mois sombres de l'année aux Enfers et reviendrait ensuite sur terre pour le printemps et l'été. Et pendant cette période, elle se montrerait très généreuse envers les humains en leur apportant la fertilité de la terre et la floraison des fleurs.

– Je comprends mieux le nom de la propriété, en effet.

– C'est Rachele qui l'a trouvé. Sous ses airs de jeune femme à la mode, elle n'en était pas moins quelqu'un de très érudit, vous savez. Et c'était une passionnée de fleurs. Les roses, surtout. Le jardin de leur villa était riche d'une vingtaine d'espèces de rosiers différents. Au printemps, c'était tout simplement somptueux.

– J'ai remarqué que le portail de leur villa était aussi un hommage à ces fleurs.

Berthier éclata de rire.

– Ah le portail ! Oui bien sûr ! Encore une preuve de l'amour fou que Patrick portait à sa femme. Cerutti avait eu l'idée de demander à un artiste assez connu à l'époque, un Argentin me semble-t-il, de réaliser le portail de l'entrée des Jardins de Perséphone. Ce fut quelque chose de grandiose, d'exceptionnel. Si vous passez devant, arrêtez-vous cinq minutes. Il faut le voir pour le croire. Bien évidemment, Rachele est tombée totalement amoureuse de l'œuvre. Alors, que pensez-vous qu'a fait Patrick ? Il a demandé à l'artiste d'en faire une copie exacte mais aux dimensions de l'entrée de leur villa. Je vous laisse imaginer le prix que cela lui a coûté.

Jacques hocha la tête. Il se souvenait parfaitement de ce portail magnifique, couvert de fleurs pour l'éternité.

Ils discutèrent encore de quelques clichés puis reprirent la direction du vestibule.

– Tout à l'heure, vous me disiez que vous pensiez que Patrick Armand pouvait s'être fait des ennemis sur la Côte d'Azur.

– C’est ce que je pense, oui.

– Est-ce que les noms d’Ange et Michel Mariani vous disent quelque chose ?

– Mariani vous dites ? Je ne vois pas, non.

– Deux frères corses.

Philippe Berthier fit encore un effort de concentration mais qui resta infructueux.

– De même, vous ne vous souviendriez pas d’une personne qui, dans l’entourage de Patrick Armand, conduisait une Mercedes noire ? Une grosse cylindrée.

Cette fois-ci, l’octogénaire partit dans un éclat de rire.

– Une Mercedes noire ? Dans l’entourage de Patrick ? Mais mon pauvre ami, vous n’y pensez pas ! Autant demander s’il y a du sable au Sahara !

Évidemment, pensa Jacques.

– Mais attendez, dit Berthier, j’ai quelque chose qui pourrait vous être utile.

Jacques le vit repartir en direction du bureau puis revenir quelques secondes plus tard. Il tenait un carton à bout de bras.

– Voilà peut-être tout ce qu’il reste de Patrick Armand, dit Berthier. En octobre 1987, lorsque nous en avons eu fini avec la cession des actifs du Groupe, j’ai été le dernier à quitter les bureaux de Nice. J’ai vidé entièrement le sien et j’ai conservé quelques-unes de ses affaires personnelles. Je n’ai pas eu le cœur à les jeter et personne ne me les a jamais demandées.

– Que contient ce carton ?

– Des documents de travail, des objets qu'il gardait sur son bureau, son agenda, quelques photos… Je n'ai jamais vraiment regardé pour tout vous dire. J'ai conservé certains clichés en souvenir. Tout le reste appartient à leur histoire.

Une lueur espiègle traversa le regard de Philippe Berthier.

– Je vous les remets, monsieur Belleville. Je suis sûr que vous allez faire la lumière sur cette terrible histoire, même si vous devez vous passer de l'AAFV. Car vous n'êtes pas homme à renoncer, n'est-ce pas ? Je l'ai senti toute de suite. Votre venue est un signe. Tenez, vous savez ce que Cicéron disait ?

Jacques pinça les lèvres pour signifier qu'il n'en savait rien.

– Certains signes précèdent certains événements.

CHAPITRE 25

2018

Nice, rue Cassini,
lundi 3 décembre, 13 h 42

Joseph-Marie parcourut du regard toutes les plaques de laiton qui ornaient le montant de la porte d'entrée de l'immeuble.

Puis il revint sur la troisième qui était aussi la plus grande et décrivait un joyeux bordel.

Docteur Antonin Clavé
Ancien assistant des Hôpitaux de Paris
Chef de Clinique des Universités
Psychiatrie, coaching de vie, sexothérapie
Maître praticien PNL, hypnothérapie
Sur rendez-vous
3e étage

Il avait reconnu sans peine l'imposante double porte qu'il avait vue sur les photos. Et, à quelques mètres en amont de la rue, le magasin pour enfants Les P'tits Nous.

Il avait su que l'adresse de cette boutique ne lui était pas inconnue lorsqu'elle lui était apparue sur l'écran tactile de sa Mercedes. Et pour cause : c'était, à un chiffre près, celle qu'il avait lue quelques minutes auparavant sur l'ordonnance trouvée dans l'armoire à pharmacie de Fabrice Vergeot.

Les P'tits Nous étaient au numéro 8, le médecin au 6.

L'ordonnance était établie au nom de Lise.

Elle suivait donc une thérapie auprès de ce psy ? Il n'en avait jamais entendu parler. Il était vrai qu'il ne l'avait plus revue depuis des lustres. Et dès qu'il était question de ses filles, Claude n'était pas très bavard. Il cadenassait tout, surtout les informations sensibles.

Il appuya sur le bouton d'ouverture de la porte et fila tout droit vers l'escalier.

Lise…

Son cœur avait manqué exploser dans sa poitrine lorsqu'il avait cru la reconnaître. Il n'aurait pas supporté de la voir sur cette vidéo, en train de baiser et d'être filmée dans une chambre d'hôtel avec un homme de deux fois son âge comme la dernière des traînées.

Il la revoyait débouler comme une bille de flipper dans le couloir lorsqu'il passait rendre visite à Claude. C'était toujours tard, en soirée, pour déguster un single malt aussi vieux que leur amitié, bien calés au fond de l'un des Chesterfield de son bureau.

Les filles étaient censées être couchées depuis longtemps. En théorie. Car si quelqu'un avait le malheur de dire à Lise que Jo arrivait, elle était capable de veiller toute la nuit pour ne pas le manquer. Elle l'adorait. Allez savoir pourquoi, tellement il n'avait jamais su trop y faire avec les gosses. Il n'était même pas fichu de se rappeler la date d'un anniversaire.

Mais ça, Lise n'en avait jamais rien eu à faire. Du haut de ses dix ans, elle semblait fascinée par ce personnage mystérieux que son père traitait différemment de tous les autres.

La petite Lisette.

« Tu devras les protéger, Joseph-Marie. »

La voix du vieux résonna à ses oreilles comme s'il se trouvait à ses côtés.

Il n'avait jamais oublié cette conversation. Elle datait de plus de vingt ans mais il s'en souvenait comme si elle avait eu lieu la veille.

C'était le 23 novembre 1998, le jour de sa sortie de taule.

Un lundi, avec un ciel aussi lourd qu'un cercueil de plomb.

Joseph Cerutti avait patienté là, de l'autre côté de la chaussée défoncée qui longeait la maison d'arrêt. Toujours la même silhouette plantée sur sa canne. Il l'avait fait monter dans la DS, rutilante malgré sa vingtaine d'années de bons et loyaux services, et l'avait amené boire un verre dans cette brasserie très chic près du port de Nice. Elle n'existe plus aujourd'hui, ils ont construit une salle Fit Lane à la place.

Ils étaient entrés dans ce monde oublié, le vieux avait donné son pardessus, son feutre et un billet plié en quatre dans le creux de sa main à un garçon de salle. Puis ils étaient allés s'asseoir à une table réservée, près de la baie vitrée.

– Deux anisettes Alain, merci, avait dit Cerutti au serveur qui s'approchait.

Joseph-Marie n'avait pas trop su quoi lui dire, il s'était contenté de regarder la Citroën qui patientait juste en face, le long du trottoir, avec le chauffeur à son bord qui parcourait les pages sport du *Nice-Matin*.

Puis Joseph Cerutti avait brisé la glace.

– Alors Joseph-Marie, comment vas-tu ?

– Comme un mec qui a passé dix ans entre quatre murs.

– Oui, bien sûr.

Cerutti l'avait regardé fixement, comme s'il avait été aussi transparent que du verre et qu'il avait pu voir à travers lui. Puis il avait ajouté, presque en aparté :

– L'enfermement, ça change les hommes. Quelquefois en bien, trop souvent en mal.

Le serveur était revenu poser les consommations sur la table, accompagnées de deux coupelles garnies d'olives noires et de biscuits apéritifs.

– Sers-toi, avait dit Cerutti en poussant les plats vers lui.

Il en avait pris une bonne poignée et avait vidé l'anisette presque d'un seul trait.

Le vieux l'avait regardé manger, comme s'il avait un enfant de six ans face à lui.

– Je suis heureux de te revoir.

Jo avait avalé sa bouchée et levé les yeux vers lui.

– Et bien évidemment, pour ce que tu as fait…

– J'ai raccroché, les braquages, c'est fini pour moi.

La mâchoire du vieux s'était contractée.

– Je ne parle pas de ça, tu le sais bien.

– Pour le reste, je ne regrette rien. Je l'ai fait pour…

Cerutti avait levé un index.

– Je te l'ai toujours dit, Joseph-Marie. Tu te souviens ? Quand nous allions chasser. La mort appelle la mort. C'est inévitable.

– Je l'ai fait pour protéger Claude. Ce flic était un pourri mais surtout un accro aux jeux et aux putes. Ces mecs-là ne ferment jamais leur gueule bien longtemps. Vous lui auriez donné le pognon qu'il voulait, il en aurait demandé plus, encore et toujours.

Pour la première fois depuis leurs retrouvailles, il avait soutenu le regard du vieux.

– Il fallait que quelqu'un s'en occupe, continua-t-il. Pour que le souvenir de cette nuit-là soit définitivement enterré.

Le regard de Cerutti s'était perdu dans les plis de la nappe blanche. Jo savait qu'il avait raison. Mais il savait aussi que jamais le vieux ne le lui concéderait. Pas lorsque la vie d'un homme avait été prise.

– Tu as toujours eu ça en toi, cette rage, avait soupiré Cerutti au bout de quelques secondes. Je n'ai jamais trop compris d'où cela pouvait bien te venir. Ton père était le plus doux des hommes.

Jo avait à nouveau baissé les yeux.

– Et ta mère… Ta mère était une sainte. Ma très chère Fabienne… Paix à son âme. Je t'ai toujours considéré comme mon deuxième fils, tu le sais ?

– Oui.

Le vieux avait arboré un sourire lumineux.

– Alors aujourd'hui, je veux te demander quelque chose.

– Tout ce que vous voulez.

Cerutti avait bu une gorgée d'anisette avant de poursuivre.

– Pendant ton absence, l'entreprise s'est développée et a pris un tournant que même moi je n'aurais jamais pu prévoir. Et surtout pas su réaliser. Le Groupe Cerutti, puisque c'est comme ça qu'on l'appelle désormais (un nouveau sourire avait étiré sa fine moustache), est devenu un petit empire. Depuis qu'il est rentré d'Amérique, Claude en a pris les rênes et c'est tant mieux. Je n'aurais pas su gérer tout ça.

– Pourquoi dites-vous cela ? Vous avez été maire de Nice pendant quoi ? Plus de vingt ans. Diriger une ville ou une grosse société, quelle différence ?

– Le monde que j'ai connu n'existe plus. Elle est là, la différence. Te rends-tu compte que, dans les années 1950 et 1960, j'ai conclu des marchés avec une poignée de main ? Une simple poignée de main. Et crois-moi, personne n'aurait jamais eu l'idée de revenir sur sa parole. Sa réputation aurait été faite sinon, et pas qu'un peu. Mais aujourd'hui, dans les affaires, que vaut encore la parole d'un homme ?

– Pas grand-chose, j'imagine.

– Nous sommes d'accord, avait dit Cerutti dans un clin d'œil. Aujourd'hui, plus qu'hier, les gens sont prêts à tout pour leur place au soleil. À tout.

Joseph-Marie avait acquiescé d'un coup de menton. Il attendait la suite.

– Claude est impétueux, il veut tout et tout de suite, quitte à bousculer l'ordre établi et à se faire des ennemis. Enfin, tu le connais, on ne le refera pas. Pour l'instant, la réussite le grise, il ne s'en rend pas compte. Mais tôt ou tard…

– Vous voulez que je garde un œil sur lui, c'est ça ?

– À force de ne pas s'embarrasser de manières, avait continué Cerutti d'un ton inquiet, il finira par se faire l'ennemi de trop. Celui qui ne voudra pas baisser pavillon devant lui. Et qui n'hésitera pas à s'en prendre à lui. Ou pire, aux deux petites. Les gens de ce milieu, celui des affaires, ce sont les mêmes que ceux que tu as fréquentés. Ils portent juste de plus beaux costumes, c'est tout. C'est bien pour cela que je te le demande. Je sais que toi aussi, à ta façon, tu vois venir les ennuis de loin. Alors garde toujours un œil sur la famille, tu m'entends ? Sur Estelle et sur ma petite Lisette, surtout. Tu devras les protéger, Joseph-Marie. J'ai ta parole ?

– Vous l'avez.

– Alors tu l'as, ta seconde vie.

Il arriva au troisième étage.

Face à lui, la porte du cabinet du médecin. Elle reprenait peu ou prou la même plaque de présentation que celle affichée dans la rue.

Joseph-Marie avait mis des années à comprendre la réelle finalité du discours du vieux. Protéger Claude et sa famille était certes l'une de ses obsessions. L'intuition que quelque chose de dramatique arriverait un jour avait toujours couvé en lui comme un cancer, surtout depuis cette nuit de 1986.

En un sens, il n'avait pas eu tort au vu de ce qui se passait aujourd'hui.

Mais en lui demandant de veiller sur ce qu'il avait de plus cher au monde, ne l'avait-il pas aussi responsabilisé au point de lui ôter toute envie de retourner à ses vieux démons ? D'arrêter les conneries une bonne fois pour toutes ?

Bien sûr que si.

Il l'avait mis lui aussi à l'abri.

Une seconde vie. Pour son deuxième fils.

C'était bien son genre de tour de passe-passe, à ce vieux renard.

Mais aujourd'hui, le vieux n'était plus là. Aujourd'hui, il n'y avait plus que la douleur et l'effroi engendrés par la disparition d'un enfant et l'implication d'une sœur.

Il enfonça le bouton de la sonnette de la porte.

Désormais Joseph-Marie le savait.

Il savait que si n'importe qui avait fait du mal à Lise ou à l'enfant, il tuerait à nouveau.

CHAPITRE 26

2018

Nice, rue du Congrès,
lundi 3 décembre, 13 h 57

Je reconnus d'emblée la dégaine de baroudeur du lieutenant Kowalsky lorsque je quittai l'ascenseur pour entrer dans le grand salon des Cerutti.

Il faisait les cent pas dans le vestibule, le portable vissé à l'oreille.

Dans son dos, trois hommes que je ne connaissais pas. Deux d'entre eux arboraient un brassard de police au biceps et le troisième, qui avait aussi l'air d'être le plus âgé avec ses cheveux poivre et sel et sa barbe fournie, était en train de pianoter sur un ordinateur portable encastré dans une épaisse mallette. Il était relié au téléphone du salon et à un boîtier ressemblant à un modem internet.

Michèle et Estelle étaient enfoncées dans un sofa, l'une contre l'autre, l'inquiétude greffée à même la peau.

Lorsqu'elle m'aperçut, ma femme se leva d'un trait et accourut vers moi.

– Antho, tu es là !

Je la serrai contre moi. Elle passa ses mains dans mon dos et je sentis ses doigts se crisper sur ma chemise.

– Le colis… C'est horrible… Horrible !

Son front épousa mon épaule et je l'entendis encore murmurer le même mot d'une voix étranglée.

– Je sais, ma puce, je sais.

Nos regards se trouvèrent. Je ne croyais pas lui avoir déjà vu un faciès aussi marqué. Comme si l'anxiété rongeait peu à peu chaque parcelle de son corps après s'être entièrement repue de son âme.

– Ils veulent dix millions. D'ici ce soir !

– Que dit la police ?

Justement, Kowalsky avait terminé sa conversation et s'avançait vers nous d'un pas si décidé qu'il me rassura presque. Il frotta son menton mal rasé avant de nous parler.

– On a installé un système d'écoute et de localisation sur toutes les lignes de l'appartement, dit-il en pointant la table du doigt.

– Vous pensez qu'il va appeler ici ?

– Il faudra bien qu'il vous contacte pour la remise de l'argent. Le mot ne spécifiait rien à ce sujet. Il peut avoir vos numéros de portable mais on va tabler sur la plus grande probabilité, celle du téléphone fixe. On trouve les numéros de l'entreprise Cerutti partout sur le Net. S'il appelle le standard de l'immeuble, la ligne sera renvoyée ici et on sera bons.

– Vous pouvez le localiser comme ça ? D'ici, avec vos ordis ?

– Non, malheureusement. Nous travaillons avec les opérateurs de téléphonie. Si on leur fournit un numéro de téléphone, ils nous disent avec précision quels sont les relais où il a borné. Ça peut nous fournir un périmètre de recherche bien précis.

– Et s'il appelle en numéro masqué ?

– C'est pareil. L'opérateur nous fournira le numéro à l'origine de l'appel. Ne vous inquiétez pas, on a déjà obtenu les autorisations du bureau du proc pour aller plus vite.

Je ne savais pas si cela devait me rassurer mais il avait l'air sûr de lui et je m'en contentai.

Néanmoins, il y avait une chose que je souhaitais voir.

– Où est le mot qui a été envoyé ?

Il désapprouva d'un signe de tête.

– Il est déjà en route pour notre labo scientifique. Mais je peux vous le résumer. Une simple feuille blanche avec deux lignes tapées à l'ordinateur : *Dix millions pour l'enfant. Parking Lingostière, minuit.* Nos techniciens vont traquer la moindre empreinte.

– Vous nous dites la même chose depuis hier, reprend Estelle. Mais nous n'avançons pas. Et ma sœur ? Où en êtes-vous avec elle ? Ce n'est pas possible qu'elle ne vous donne aucune information, quand même !

Kowalsky approuva la réflexion d'un hochement de tête, comme s'il trouvait lui aussi que l'enquête n'avançait pas assez vite. Ou peut-être abondait-il simplement dans notre sens pour ne pas avoir à gérer notre exaspération en plus de tout le reste.

– Nous l'avons auditionnée presque toute la matinée et, en effet, ça n'a pas encore abouti (il regarda Estelle d'un air gêné). Si elle ne souhaite pas collaborer, nous ne pouvons rien faire pour elle. Le procureur décidera de l'opportunité d'une mise en examen et d'un maintien en détention à l'issue du délai légal de garde à vue. J'ose espérer que votre avocat, l'Américain, arrivera à ses fins. Mais j'ai de plus en plus de doutes. On voit ça assez souvent vous savez, la personne commet un acte sous le coup d'une colère intense, d'une pulsion. Et ensuite la peur, le remords ou encore l'ampleur du traumatisme la font entrer dans un état de mutisme absolu.

Un souffle plaintif s'échappa à ma droite. Je tournai la tête et mon regard attrapa celui de Michèle qui nous avait rejoints sans un bruit. Dire qu'elle me parut épuisée était un euphémisme. Ses lèvres s'étirèrent dans un demi-sourire qu'elle aurait sûrement voulu apaisant et plein d'espérance. Mais il ne me renvoya que l'image de sa peur et de sa souffrance.

– À ce stade, continua Kowalsky, c'est sur son complice que nous devons nous focaliser. C'est lui qui a l'enfant. Et votre sœur ne connaît peut-être même pas son identité réelle.

– Quoi, comment ça ?

– Elle a dû engager quelqu'un. Un homme ou bien une équipe. Même si tout laisse à penser qu'il agit seul pour le moment. En tout cas, ce genre de type donne rarement sa véritable identité à son commanditaire.

– Et donc ? demanda Estelle. Comment l'appréhender si même elle ne sait pas qui il est ?

– Les sorties d'argent sur sa Visa Infinite montrent des retraits importants effectués il y a un peu moins de deux semaines. Quatre fois cinq mille euros. Nous sommes en train de vérifier les caméras de surveillance des guichets bancaires. Peut-être que le type était avec elle et que nous parviendrons alors à avoir une photo. Et désormais, nous avons la rançon. Il ne laissera pas passer l'occasion de prendre le maximum d'argent.

Je sentis le corps d'Estelle se raidir. Cette information me causa un petit électrochoc. Lise avait retiré une forte somme d'argent quelques jours auparavant. Voilà un détail que nous ne connaissions pas.

– Vingt mille euros, souffla Estelle. Vingt mille euros pour faire enlever mon enfant…

J'attrapai sa main et la serrai.

– Je pense que la situation lui a complètement échappé, continua Kowalsky. Que dans sa folie, elle ne pensait pas être attrapée si tôt. L'homme enlève l'enfant puis la retrouve au parking pour prendre le reste de l'argent. À cet instant, ils décident d'emmener le petit quelque part. Nous avons suivi la Kangoo jusqu'aux limites des caméras de la ville. Ensuite elle s'est évanouie. Quant à Lise Cerutti, elle est rentrée tout de suite à l'appartement de Fabrice Vergeot. Si le petit avait été là-bas, nous l'aurions trouvé. J'en déduis que c'est donc le type à la Kangoo qui l'a gardé en l'emmenant Dieu sait où et en attendant les ordres de votre sœur. Ordres qui évidemment ne sont jamais arrivés.

Michèle posa la main contre le mur. La tête semblait lui tourner. Estelle la rejoignit et la raccompagna vers le premier fauteuil.

Kowalsky les regarda s'éloigner avant de poursuivre :

– Lorsque votre beau-père a proposé le million, le type s'est dit que c'était sa chance. Jackpot. Ces gars ne font jamais dans la demi-mesure. Pourquoi se contenter d'une brique quand on peut en demander dix ?

– Je ne pense pas que mon beau-père pourra sortir cette somme d'ici ce soir.

Le lieutenant haussa les épaules.

– Peu importe. Nous allons lui faire croire que si. Et nous serrerons cet enfoiré lors de la remise de l'argent.

– Vous pensez vraiment que nous devons rentrer dans ce jeu-là ? Comment être sûrs qu'il nous rendra Maxime ?

– Vous voyez le type près de l'ordinateur ? Il s'appelle Nicolas Mougeot. C'est un gars à qui nous faisons appel dans ce genre d'opérations. Il a été négociateur au sein du Raid pendant près de dix ans. Quand le ravisseur appellera, et croyez-moi il appellera, il ne laissera pas filer son argent, Nicolas s'en chargera. Le but est de créer le contexte le plus favorable possible lors de la remise. Pour attraper ce type si toutefois nous ne l'avons pas eu avant.

J'avais peine à imaginer tout ce qui nous attendait.

– Ne vous inquiétez pas, ajouta Kowalsky. Ce soir, tout sera fini. Et vous serez réunis, vous et votre fils. Vous avez ma parole.

J'aurais aimé partager son optimisme mais j'en étais loin. Je profitai de l'instant pour lui parler de ce que j'avais découvert un peu plus tôt.

Il parut interloqué. Mais je ne le sentis pas pour autant mettre en doute ce que je venais de lui annoncer.

– Quelqu'un qui se serait introduit chez vous en passant par le terrain de votre voisine ? Une deuxième voiture ? Comment avez-vous trouvé ça ?

Je lui résumai l'histoire du porte-clés et du véhicule qui avait heurté les bidons de peinture.

– J'ai aussi pu relever le numéro de plaque de la voiture.

– Nom d'un chien, vous êtes plutôt doué. Faites-moi voir ça.

Je lui tendis le Post-it sur lequel j'avais griffonné les chiffres en lui expliquant que l'un d'eux prêtait à confusion.

– Ce n'est pas grave, on va tout vérifier. Paul !

L'un des policiers se retourna et arriva au petit trot. Kowalsky lui tendit le papier.

– Tu me passes ça au fichier national des immat' et fissa. Ça urge.

L'homme acquiesça et prit le Post-it. Il repartit et je le vis dégainer son téléphone.

– Ça pourrait accréditer la thèse d'une équipe, ajouta Kowalsky. Avec une autre bagnole en couverture, au cas où le premier type aurait des emmerdes. Ce serait en effet plus crédible que de penser que le ravisseur a agi tout seul. Généralement, ces coups-là se préparent bien en amont. Et vous dites que ce voisin en a parlé à des agents hier ? Putain, cette histoire de voiture bleue n'est jamais remontée jusqu'à nous.

– Le commandant Perret n'avait pas l'air d'y accorder trop d'importance. Elle ne m'a presque pas écouté quand je l'ai appelée tout à l'heure.

Il se frotta à nouveau le menton et sembla hésiter à me livrer le fond de sa pensée.

– Claire est un excellent flic, l'un des meilleurs avec qui j'aie travaillé. Mais c'est aussi une vraie tête de lard quand elle le veut et elle n'a pas digéré le cavalier seul de votre beau-père avec son million d'euros. Vous savez que nous en sommes à près de cinq cents appels sur tous les commissariats de la ville ? Et bien sûr, que du farfelu, rien de constructif. À chaque fois, un agent perd quelques minutes pour traiter le cas.

Je hochai la tête.

– Elle m'a aussi posé une question étonnante. Elle m'a demandé si Lise avait déjà été enceinte.

Un voile tomba sur le visage du lieutenant.

– En effet, je ne voulais pas aborder le sujet devant votre femme. Ça ne sert à rien, surtout en ce moment. Mais ce matin, la deuxième audition de votre belle-sœur s'est terminée de façon assez tendue.

Il me raconta la scène et la façon dont Lise avait complètement perdu pied.

– Nom de Dieu.

– Nous devons appuyer là-dessus. Savoir à quel moment les relations familiales ont commencé à se détériorer n'est pas si important en soi. Mais cela peut constituer un levier puissant. Comprendre le pourquoi du comment pourrait amener votre belle-sœur à se confesser plus rapidement.

J'acquiesçai une nouvelle fois. Il n'avait pas tort. Et cette histoire d'enfant ? Était-elle vraie ? Et personne n'était donc au courant ?

Le portable de Kowalsky sonna.

Il fit quelques pas pour se mettre à l'écart, puis il répondit et raccrocha quasiment dans la foulée.

– Je dois retourner au commissariat, me dit-il.

Il fit un signe de la main pour me saluer et retourna près de ses collègues.

Il leur glissa deux recommandations avant de s'engouffrer dans la cabine d'ascenseur.

J'étais encore groggy par la conversation que nous venions d'avoir. Les secrets, les bassesses, les non-dits… Tout ce que cette famille avait engendré, façonné depuis des décennies.

Le visage de Maxime m'apparut au milieu de ce fatras de pensées noires, telle une petite lumière. Il fallait être forts, pensai-je. Encore plus forts que nous ne l'avions été jusque-là. Augmenter d'un cran, aurait dit Claude. Je serrai les poings et tentai de refouler les larmes. Une seule s'échappa et roula sur ma joue.

Face à moi, Estelle venait d'apporter un verre d'eau à sa mère. Puis elle alla ouvrir la grande baie vitrée pour faire quelques pas sur la terrasse et allumer une cigarette. Elle fuma en silence, les bras croisés sur sa poitrine, sa main droite ne se déplaçant que pour porter la cigarette à ses lèvres. Sa silhouette me semblait si évanescente dans le reflet de la vitre.

Être forts.

Pouvions-nous y arriver ?

« Un cran de plus. »

En pensant à mon beau-père, où était-il ? Je ne l'avais pas encore vu depuis mon arrivée à l'appartement.

Et j'avais une question à lui poser.

CHAPITRE 27

2018

Nice, rue Cassini,
lundi 3 décembre, 14 h 01

Le docteur Antonin Clavé, cinquante-neuf ans, ne s'attendait pas vraiment à ce que sa journée prenne une telle tournure.

Lorsqu'il s'était levé ce matin-là, il avait avalé un rapide café (noir, sucré, avec un nuage de lait) dans la cuisine en compagnie de sa femme Mathilde. Elle se levait toujours de bonne heure pour faire ses exercices de Pilates en regardant le téléshopping. Ils avaient discuté de tout et de rien (enfin, de rien surtout, trente ans de mariage obligent) puis il avait enfilé son blazer et pris sa serviette de cuir sous le bras avant de descendre au garage retrouver l'intérieur épuré de sa Volvo.

En se rendant à son cabinet, il avait pensé au planning de sa journée. Rien de bien folichon hormis son rendez-vous de quinze heures avec Magali Marsault, une femme qui allait vers son deuxième divorce. La crise de la quarantaine l'avait cueillie au vol comme un crapaud gobait une mouche. De ce fait, elle remettait aussi en question beaucoup de ses anciens principes, notamment celui de ne pas prendre en considération les hommes bien plus âgés qu'elle pour une session de rattrapage.

Dire que le docteur Clavé attendait cette séance était un euphémisme. Il en avait même eu une érection sous la douche ce matin, qu'il avait vite fait passer en quelques mouvements de poignet.

Mais désormais, la thérapie de Magali Marsault était bien le cadet de ses soucis.

Il était plus préoccupé par l'homme qui venait de faire irruption dans son bureau.

La petite soixantaine, crâne rasé de frais, belle carrure et fringues de luxe. Il avait l'œil noir et la mâchoire crispée tel un squale en recherche de sang frais. Une tête à vous filer des cauchemars pour des semaines.

– Pardonnez-moi, monsieur, mais je ne reçois que sur rendez-vous.

Clavé sentait bien qu'il ne s'en tirerait pas à si bon compte. L'homme n'avait pas dit un mot et avait pris place sur le fauteuil face à lui, de l'autre côté du bureau.

– J'ai une patiente qui arrive dans moins de quinze minutes. Il ne faut jamais faire attendre ces dames, avait-il ajouté dans un rire forcé pour se donner un peu de contenance.

Face à lui, l'inconnu se contentait de faire le tour du propriétaire du regard, se fichant manifestement de ce que pouvait bien dire le thérapeute. Il s'appuyait contre le dossier de sa chaise à la manière d'un client qui attend sa consommation à la terrasse d'un café.

– Joli, ton bureau, lâcha-t-il enfin.

Il leva sa main droite, juste dans l'axe du visage d'Antonin Clavé. Une main gantée de cuir noir et où seuls l'annulaire et l'auriculaire étaient repliés.

– J'ai trois questions à te poser. Si tu me réponds rapidement et que tu ne me caches rien, je peux être parti dans cinq minutes. Sinon, il faudra bien faire durer le plaisir.

– Quoi ? Mais, je ne comprends pas…

– Trois questions, répéta Joseph-Marie.

– Mais qui êtes-vous, bon sang ? dit le médecin en reprenant un peu d'aplomb.

Il se leva de son fauteuil et s'appuya des deux mains sur le bureau.

– Première question : ta femme sait-elle que tu baises une fille de la moitié de ton âge dans une chambre d'hôtel ? Parce que dans le cas contraire, j'ai une jolie vidéo à lui montrer.

Jo avait repéré l'alliance à la main gauche du thérapeute et ne se priva pas d'ouvrir les hostilités de manière frontale. La déstabilisation, il ne connaissait que ça, depuis toujours. Et encore une fois, la suite des événements lui donna raison.

De l'autre côté de la table, l'agitation avait cessé. À la seule évocation de cette vidéo, Antonin Clavé s'était figé, tel un jouet électronique auquel on venait d'enlever les piles. Puis il était retombé sur son fauteuil comme une masse inerte.

Un canard shooté en plein vol.

– Je… Je…

– Deuxième question : qu'as-tu fait à Lise Cerutti ?

– Mais… Pardon ?

– Et enfin : où est l'enfant ?

Cette fois, ce fut l'effet inverse. L'évocation de Maxime le fit sortir de sa léthargie.

– Quoi ? Mais comment ? Quel enfant ? Le petit Cerutti qui a disparu ? Mais voyons, je n'ai rien à voir là-dedans ! Rien !

Joseph-Marie se leva de son fauteuil et s'écarta de deux pas du bureau. Il feignit de prendre la direction de la porte d'entrée et, l'espace d'un instant, les palpitations cardiaques du thérapeute reprirent un rythme normal.

Ce fut un laps de temps suffisant pour que Jo tire la matraque rétractable de sa poche et la déplie d'un coup de poignet. La seconde suivante, son bras s'abattait sur le plateau verni du bureau comme le couperet de la guillotine sur la nuque du condamné.

Au bruit qui résonna dans la pièce vint s'ajouter le cri du thérapeute qui bascula dans son fauteuil en mettant ses mains en protection sur son visage.

– J’ai dit que j’attendais des réponses ! hurla Joseph-Marie.

– Non, non, non, s’il vous plaît ! J’ai fait tout ce qu’il m’a demandé ! Tout !

– Ah oui ? Eh bien tu vas m’expliquer ça.

– Je savais que tout ça me retomberait dessus, je le savais !

Pas sûr que les larmoiements fassent effet sur Jo mais il reprit tout de même sa place dans le fauteuil face au médecin.

Il posa la matraque sur le bureau.

Lorsque le métal tinta sur le bois, Antonin Clavé s’anima d’un soubresaut, comme s’il venait de prendre une petite décharge électrique. Il retira ses lunettes et se passa un mouchoir en tissu sur le front.

– Raconte, dit Joseph-Marie.

– Vous me promettez de ne rien dire à ma femme ?

Jo avança la main pour reprendre la matraque.

– C’est bon, c’est bon, j’ai compris, dit le médecin en remettant ses lunettes. Je vais tout vous dire. J’ai commencé à suivre Lise Cerutti il y a plus d’un an. Elle souffrait de troubles dépressifs chroniques. Elle était en plein dans ce que nous appelons « la phase de chaos ».

– Développe.

– Une situation dans laquelle l’esprit a épuisé toutes ses ressources naturelles pour faire face à un événement catastrophique. Et désormais il n’y arrive plus. Le chaos et le désordre s’installent et engendrent l'instabilité psychologique. Cet état est toujours induit par un élément déclencheur plus ou moins facile à identifier chez le patient. En l'occurrence, chez Lise Cerutti, tout partait d'un accident de voiture survenu quelques mois auparavant.

– Elle était paumée en fait, c'est ce que tu me dis. Depuis l'accident ?

Clavé se réajusta sur son fauteuil.

– C'est assez chichement résumé. Mais l'accident a en effet joué ce rôle de catalyseur.

– L'accident, murmura Jo.

Il se souvenait très bien de cet événement.

C'était en décembre 2016.

Lise était revenue de New York pour passer les fêtes de fin d'année en France. Cela faisait quelques mois qu'elle voyageait au gré de ses envies après avoir annoncé à son père que le poste qu'elle occupait au sein du Groupe Cerutti ne lui convenait plus (ou plutôt ne lui avait jamais convenu).

Estelle était venue la chercher à l'aéroport avec la Range Rover familiale. On n'avait jamais trop su ce qui s'était réellement passé. Toujours est-il qu'au détour d'un virage, Estelle avait voulu éviter une voiture arrivant en sens inverse et perdu le contrôle du véhicule. La Range avait dérapé sur la chaussée détrempée et filé vers le bas-côté pour finir sa course dans un tronc d'arbre. Plus de peur que de mal heureusement, Estelle n'était restée qu'un jour ou deux en observation à l'hôpital et Lise peut-être un peu plus. Mais la vie avait fini par reprendre son cours normal.

Du moins, c'est ce qu'il avait toujours cru.

Car maintenant qu'il s'en souvenait, c'était à cette époque que Lise avait renforcé la distance avec le reste de la famille. Quelques semaines après l'accident, elle avait disparu de la circulation pendant plus d'une année avant de réapparaître au bras de Fabrice Vergeot.

– Avec qui venait-elle aux séances ?

– Elle était toujours seule.

– Elle parlait de son mec ?

– Oui, quelquefois. Fabrice, je crois, ils avaient l'air de bien s'entendre.

– OK, bon on active un peu maintenant. C'est quoi l'histoire avec la fille de l'hôtel ? Et le rapport avec Lise ?

Clavé posa ses deux coudes sur le bureau et se prit la tête entre les mains. Ses épaules s'animèrent de légers tremblements. Il pleurait.

– Je… Je n'avais jamais trompé Mathilde avant, jamais… C'est vrai qu'on a eu nos hauts et nos bas. Mais jamais, pas une fois en trente-quatre ans de mariage !

– Abrège.

Le médecin renifla et releva la tête vers Jo.

– C'était il y a quelques mois, en début d'année. Aux alentours de mars si je me souviens bien. Cette jeune femme avait pris rendez-vous pour une séance en fin de journée. Pour des problèmes de couple.

Elle était très apprêtée, très sexy. Beaucoup plus que… Enfin, les personnes qui consultent ne sont jamais dans des périodes de leur vie où elles se sentent bien, vous voyez ?

Joseph-Marie opina du menton.

– Son nom ?

– Elle m'a dit s'appeler Célia. Et elle avait un nom à consonance italienne. Je peux vous le retrouver si vous voulez.

– C'est sûrement un faux. Explique-moi plutôt ce qui s'est passé après la séance.

– Eh bien…

– Laisse-moi deviner… Elle t'a proposé d'aller boire un verre. Et comme c'était plus pratique, pourquoi ne pas aller au bar d'un hôtel pas très loin ? J'ai tort ?

Antonin Clavé baissa les yeux.

– Non.

– Et ensuite ?

– Eh bien, on a pris une chambre et…

– Je m'en tape, de vos galipettes. Tu m'as dit tout à l'heure que tu avais fait tout ce qu'il t'avait demandé. *Il*, c'est qui ? Et que voulait-il que tu fasses ?

Le médecin souffla et déboutonna le col de sa chemise.

– Dès le lendemain, j'ai reçu un appel. Un numéro masqué. C'était une voix d'homme mais assez métallique, comme s'il parlait dans un de ces appareils pour modifier le son. Il m'a dit de regarder mes mails et qu'il me recontacterait. J'y ai trouvé un court extrait de la vidéo. Cette… Cette garce avait caché son portable pour nous filmer.

– Et le type ?

– Il m'a rappelé le matin où Lise Cerutti avait sa séance.

– Qu'a-t-il demandé ?

– D'aller à rebours du traitement. De l'enfoncer encore plus dans sa phase chaotique et d'accentuer ses troubles. Et de forcer les doses d'antidépresseurs sur ses ordonnances en faisant attention à ce que les pharmaciens ne remarquent rien.

Le poing de Jo se resserra sur l'accoudoir du fauteuil.

– Sinon il balançait la vidéo à ta femme ou, pire, sur Internet. C'est ça hein ? Et toi tu as accepté. Comme la grosse merde que tu es.

– Je n'avais pas le choix ! Je risquais de perdre ma femme ! Et d'être radié de l'ordre des…

Jo bondit du fauteuil et la gifle partit dans la même seconde.

Sa main claqua comme un coup de fouet sur la joue du médecin dont les lunettes volèrent à travers la pièce.

Antonin Clavé ne répondit rien, ne cria même pas. Si cela devait être sa sentence, il sembla la trouver justifiée. En revanche, lorsque Jo l'attrapa par le col, il essaya de se débattre.

– Espèce de sac à merde, je me demande ce qui me retient de te briser le cou, là tout de suite !

Ouvre-moi ton putain d'ordinateur ! T'as intérêt à me retrouver cet e-mail.

Le thérapeute obtempéra. Le temps que le logo à la pomme croquée apparaisse sur son écran, Jo continuait à poser ses questions.

– La dernière fois qu'il t'a contacté, c'était quand ?

Le thérapeute déglutit avant de répondre.

– Il y a environ deux semaines, il m'a appelé la veille de la séance de Lise Cerutti pour me demander de laisser son sac à main dans la salle d'accueil du cabinet.

– Pendant que tu étais avec Lise dans cette pièce ? Pour quoi faire ? Quelqu'un est venu le récupérer ?

– C'est ce que je me suis dit. Mais je n'ai rien vu, j'avais fermé la porte de mon bureau comme il me l'avait demandé. Quand nous en avons eu fini, le sac était toujours à l'endroit où je l'avais posé.

– Et elle ne s'est rendu compte de rien ?

– Non, elle a dû penser qu'elle l'y avait oublié. Après une séance, les patients sont toujours un peu vaseux.

– Pourquoi son sac ?

– Je vous jure qu'il ne m'a rien dit d'autre.

Jo réfléchit quelques secondes tout en tapotant l'accoudoir de sa chaise de l'index.

Que pouvait donc chercher le type dans le sac à main de Lise ? Ses papiers d'identité ? Son téléphone ? Et il aurait monté tout ce cirque avec ce médecin uniquement pour cela ? Lui piquer son sac et la faire se sentir mal ? Non, il devait y avoir autre chose.

Il fixa à nouveau le thérapeute de son regard le plus lourd.

– C'est quoi, le traitement que tu lui faisais suivre ? De l'hypnose ?

– Je suis hypnothérapeute, entre autres, oui.

– Et donc ? Pourquoi toi ? Tu lui as mis quoi dans le crâne, à Lise ? Tu lui as fait faire quoi ? Enlever le gosse ?

– Non, non… Ce n'est pas si simple. On ne peut pas influencer les gens comme ça, ce n'est pas comme à la télévision. Le patient est en réalité plongé dans un état de relaxation intense. On tente de guider son inconscient, de l'amener à trouver lui-même les réponses aux questions qui le hantent ou à s'en débarrasser. Surtout celles dont il a à peine conscience. Le cerveau est bien trop complexe pour que l'on puisse manipuler quelqu'un. Il y a des verrous, des sécurités. Je ne peux pas hypnotiser une personne et lui faire faire quelque chose dont elle serait complètement incapable dans la vie réelle. Comme aller tuer quelqu'un ou enlever un enfant. C'est tout bonnement impossible !

Joseph-Marie resta interdit quelques secondes.

– Je ne suis pas sûr de comprendre. Le type au téléphone, il voulait juste que Lise se sente mal dans sa peau ? La laisser dans son chaos, comme tu dis.

– Oui, entre autres.

L’œil de Jo cilla.

– Crache le morceau.

– Au bout de quelques séances, sa demande a un peu changé. Il voulait qu’elle se sente mal… et qu’elle en veuille à sa sœur. Qu’elle la haïsse, même.

– Quoi ? Pourquoi devait-elle lui en vouloir à ce point ?

– Pour ce qui était arrivé par sa faute. Enfin, l’homme voulait que ce soit perçu comme ça, que Lise la tienne pour seule et unique responsable. Qu’il n’y ait aucun doute dans son esprit sur ce point.

– Bordel, de quoi tu parles ?

– Je parle de l’accident de voiture. C’était Estelle Cerutti qui était au volant.

– Et ?

– Lise était enceinte. Elle a perdu son enfant dans l’accident.

CHAPITRE 28

2018

Nice, rue du Congrès,
lundi 3 décembre, 14 h 08

Le regard froid de Claude Cerutti n'avait pas dévié de la clé.

Elle était là, posée sur son bureau, juste à côté du verre de vodka qu'il s'était servi dix minutes auparavant et qu'il n'avait presque pas touché.

Ce bout de métal accaparait toutes ses pensées.

Le trouver dans cette boîte à chaussures, en compagnie des affaires de son petit-fils et de la lettre de demande de rançon, avait été un choc auquel il ne s'attendait pas.

Lorsque Michèle avait crié, il était déjà en train de camoufler la clé dans la poche de sa veste.

Un geste instinctif qu'il n'avait même pas eu le sentiment d'exécuter.

Mais pour le moment, il valait mieux qu'il soit seul à essayer de tirer cette histoire au clair.

Après avoir laissé sa femme et sa fille en compagnie des forces de police, il s'était hâté jusqu'à son bureau et la grande vitrine qui occupait la moitié d'un pan de mur.

Cinq décennies de trophées, de photos et de souvenirs y étaient exposées à la lumière scintillante des spots encastrés dans l'épaisseur des étagères. Juste à côté, réalisée dans la même essence de bois exotique, une imposante bibliothèque parachevait le décor.

Cerutti avait ouvert l'une des portes et enlevé les quelques livres qui étaient alignés là plus par souci de décoration qu'autre chose. Au fond de la cavité, on distinguait une plaque métallique qui semblait simplement collée au mur. Elle était ornée d'une petite vitre fumée, pas plus grande qu'une boîte d'allumettes.

Il avait posé son pouce bien à plat sur le carré sombre. Une lumière rouge avait clignoté deux fois en transparence en même temps qu'un bip s'était fait entendre. La porte métallique s'était déverrouillée.

Claude avait ouvert le coffre en grand. Sa main avait tâtonné à l'intérieur avant d'en ressortir alourdie du poids d'un revolver Smith & Wesson. Une arme de poing qu'il conservait ici depuis des années, de couleur inox, au canon assez court et à la crosse moulée en caoutchouc noir. Il l'avait prise en main comme pour la soupeser puis l'avait reposée au fond du coffre.

Il avait ensuite déplacé quelques liasses de billets pour s'emparer du coffret qui était dissimulé juste derrière et le poser sur la table. Avant de l'ouvrir, il l'avait détaillé du regard. Sa robe noire en bakélite renvoyait les reflets bleutés de la lumière de sa lampe de bureau.

Il s'était surpris à souffler un bon coup pour expulser ce trop-plein d'anxiété qui lui comprimait la cage thoracique. Si la boîte était vide, il aurait un problème de plus à régler. Et urgent. Personne n'avait pu s'introduire dans son bureau par effraction, il en était persuadé. Donc, si le coffret ne contenait plus ce qui y avait été caché il y avait plusieurs années, cela impliquerait forcément quelqu'un de son entourage. De là à dire que cela scellerait la culpabilité de Lise de façon définitive, il n'y avait qu'un pas.

Il avait fait sauter le loquet de sécurité d'une main peu assurée.

Puis il avait ouvert la boîte.

Et il avait senti son cœur exploser dans sa poitrine.

La clé était bien là. *Sa* clé. Avec la photo juste à côté. Telles qu'il les avait disposées il y avait bien longtemps.

Il avait aligné les deux clés l'une à côté de l'autre.

Elles étaient en tout point identiques.

Même allure, même taille, même date gravée sur l'arceau. Seuls différaient quelques menus détails inhérents au travail artisanal de leur confection.

L'évidence s'était alors imposée à lui de toute sa force et l'avait conforté dans ce pressentiment viscéral qui ne l'avait jamais quitté depuis le début de toute cette histoire. C'était bien lui qui était visé. Et on avait voulu le lui faire savoir.

Désormais il devait agir. Mais surtout réfléchir vite et bien.

Qui pouvait donc être derrière tout cela et tirer les ficelles dans l'ombre ?

Il avala deux gorgées de Grey Goose pour calmer ses nerfs. Et remettre le train de sa réflexion sur de bons rails.

Il pensa à la seule personne avec qui il pouvait évoquer la situation.

Cinq secondes plus tard, il avait son portable collé à l'oreille.

– Jo, c'est moi. Tu as du nouveau ?

– J'avance, Claude. J'ai eu ton texto tout à l'heure, pour les dix briques. C'était à prévoir.

– Peut-être mais je n'ai pas cette somme en cash. C'est du délire. Enfin, j'ai peut-être une solution, je vais voir ça d'ici deux heures.

– Écoute, l'important, c'est de gagner du temps. Les flics trouveront un moyen pour bidonner la remise. Mais je compte bien mettre la main sur notre gus avant eux.

– Tu as avancé ?

– Plutôt, oui. Lisette a été piégée, c'est sûr.

– Piégée ? Comment ça ?

– Elle suivait une thérapie chez un de ces médecins à la noix, un spécialiste de l’hypnose. Quelqu’un a fait chanter le type pour qu’il lui mette le cerveau à l’envers et pour la monter contre sa sœur. Il a aussi augmenté ses doses de médocs. Bref, tout était planifié pour la rendre vulnérable et en arriver là où on en est aujourd’hui. Reste à savoir qui est vraiment derrière tout ça.

– Tu as une piste ?

– Ça se pourrait.

– Très bien, très bien.

– Claude, ça va ?

Un silence.

– Jo, dans le colis avec la demande de rançon et les habits du petit, il y avait autre chose.

– Quoi ?

– Une clé.

– Une clé ? Une clé de quoi ?

– La clé des Jardins de Perséphone. L’immeuble que nous avons construit avec Patrick Armand.

– Bordel, oui je me souviens.

– À l’époque, l’artiste qui avait réalisé la grande porte d’entrée en fer forgé nous avait aussi remis des trophées en forme de clé, à tous les associés. Pour marquer l’événement lors de l’inauguration. Patrick en avait eu une aussi.

– Tu penses que l’enlèvement du petit a un rapport avec Armand ? Trente ans après ?

– Je ne sais pas. Mais on veut me le faire croire. Sinon, pourquoi cette fichue clé se trouverait-elle dans la boîte qui contenait les habits de mon petit-fils ?

– Quel merdier…

– Jo, écoute-moi bien, si c'est effectivement le cas, tu sais ce que ça signifie.

– Oui.

– Quelqu'un sait.

– Claude, ne tire pas des plans sur la comète. Tous ceux qui étaient impliqués sont morts aujourd'hui.

– Il faut croire que non.

– Et qui pouvait avoir la clé d'Armand ? Qui aurait eu accès à ses affaires après sa mort ?

– Il y a eu ce journaliste, il y a trois ans.

– Claude, je m'en étais occupé. Et tu sais comment il a fini.

– Oui, oui, je sais. Mais il a pu parler à quelqu'un.

– Ça me paraît peu probable.

Cerutti s'affaissa dans son fauteuil. Il se massa les tempes, là où une douleur lancinante avait fait son nid depuis plusieurs minutes.

– Cela ne peut être que Berthier, l'ancien associé de Patrick, dit-il enfin.

– Philippe Berthier ? Je me souviens de lui. Il ne doit plus être bien jeune.

– C'est lui qui a géré la cession des actifs de l'entreprise. Toutes les activités ont été revendues à la découpe à différents groupes. Je ne vois que lui qui pouvait mettre la main sur cette clé. Patrick devait la conserver quelque part dans son bureau.

– Claude, je ne sais pas ce que tu as en tête. Mais ne fais pas de conneries, d'accord ? J'ai encore une piste à vérifier. Je t'appelle ensuite.

– Très bien Jo. Je t'attends.

Il raccrocha et resta encore interdit quelques instants, réfléchissant.

Son regard glissa sur les deux clés. Deux sœurs posées côte à côte, deux jumelles. Tout un symbole, pensa-t-il.

Puis il s'arrêta sur la photo.

Il aurait voulu être fort, capable de ne pas la contempler. Mais elle l'aspira comme l'œil d'une tornade dans laquelle des fragments du passé tourbillonnaient à n'en plus finir. Son cœur se serra.

La porte du bureau s'ouvrit à cet instant.

CHAPITRE 29

2018

Nice, parvis de l'Europe,
lundi 3 décembre, 14 h 35

Stéphanie Rol.

Ce nom n'avait cessé de tourner et de retourner dans la tête de Jo lorsqu'il avait répondu à l'appel téléphonique de Claude.

Quelques minutes auparavant, il pénétrait dans le lobby à la décoration tendance lounge de l'hôtel que lui avait indiqué le psy avant de recevoir une dernière gifle en guise d'adieu.

C'était un quatre étoiles qui battait pavillon d'un grand groupe international et Jo comptait bien sur la pleine et entière coopération de leur logiciel de réservation.

Il s'était avancé d'un pas vif jusqu'au desk de la réception et, comme on ne changeait pas une méthode qui avait maintes fois fait ses preuves, il y était allé au culot.

– Monsieur, bonjour, bienvenue chez Novotel, avait dit la jeune réceptionniste en se parant de son sourire le plus commercial.

– Opération de police mademoiselle, commandant Jocelyn Beaumont, où est votre responsable ?

Il avait fait mine de sortir son porte-cartes de l'intérieur de son pardessus, mais en avait surtout profité pour dégager le pan de sa veste de telle sorte que la fille ne puisse pas louper le holster du calibre .38 qu'il portait à la ceinture.

– Je… euh, il est parti en pause déjeuner.

– Alors, ça sera à vous de m'aider, Laetitia, avait-il répondu en lisant son prénom sur son badge. Vous allez m'aider, Laetitia ? Je peux compter sur vous ?

– Oui… Bien sûr.

– Le 16 mars de cette année. Une jeune femme a fait une réservation pour une nuit chez vous. Une chambre pour deux.

L'e-mail que lui avait montré le psy datait du 17. Le médecin était formel, il l'avait reçu le lendemain de sa partie de jambes en l'air. Quant au fait que la fille ait réservé avant, c'était une simple déduction. Elle avait dû ficeler son traquenard au mieux et ce genre d'établissement n'avait pas vraiment les allures d'un hôtel de passe où vous pouviez vous pointer les poches remplies de Durex et prendre une piaule à l'heure. De même, il fallait *a minima* l'empreinte d'une carte bancaire pour entériner une réservation.

Il ne restait plus qu'à prier pour que la fille n'ait pas utilisé la carte de quelqu'un d'autre.

– Ça risque de faire du monde, avait répondu Laetitia.

– Eh bien, nous verrons.

La jeune femme avait pianoté sur son ordinateur.

– Nous avons eu seize réservations pour une seule nuit en chambre double ce jour-là.

– Combien de noms correspondent à des femmes ?

– Écoutez, il me faudrait quand même l'aval de mon manager.

Jo avait posé ses deux mains à plat sur le comptoir et n'avait plus quitté la jeune réceptionniste du regard. Jusqu'à ce qu'il perçoive sa gêne.

– Laetitia, nous y sommes presque, avait-il dit d'un ton libérateur. Et vous avez très bien joué votre rôle jusqu'ici. Donnez-moi cette liste de noms et dans la seconde je suis dehors à continuer mon enquête. Ne me les donnez pas et cela sera considéré comme une obstruction.

Il n'avait pas obtenu la liste dans la seconde mais vraiment pas loin.

Lorsqu'il était remonté dans sa voiture, il avait aussitôt allumé l'écran tactile et s'était connecté à Google. Il avait entré le premier nom que lui avait donné la réceptionniste.

Mauvaise pioche, le profil Facebook correspondant présentait toute une flopée de vidéos de fitness et de recettes de cuisine light mais indiquait surtout que la jeune femme partageait sa vie entre la Lorraine et le Portugal.

Nouvelle recherche avec le deuxième nom.

Une série de photos apparut et il sut qu'il avait tapé juste.

Il cliqua sur l'une d'elles pour être sûr. Une nouvelle page s'ouvrit sur un site de casting pour mannequins et acteurs. La photo s'afficha en plus grand et il reconnut de façon certaine la jeune femme qu'il avait vue sur les clichés volés de la clé USB.

Elle s'appelait Stéphanie Rol.

CHAPITRE 30

2015

Nice, rue Nathanya,
mercredi 17 juin, 22 h 46

Dès son retour chez lui, Jacques avait éparpillé avec empressement le contenu du carton remis par Berthier sur la table. Les affaires personnelles de Patrick Armand, celles qu'il conservait au plus près de lui, dans son bureau.

Quelle vérité allaient-elles donc bien pouvoir révéler ?

Il n'avait cependant pas pu retenir un petit soupir de déception une fois le premier inventaire réalisé. Deux cadres photos, un trophée de tir sportif, un coupe-papier, deux stylos de marque Dupont, un briquet en argent, une imposante clé en fer forgé et un agenda à la couverture de cuir élimée.

Rien d'extraordinaire à première vue.

Jacques porta son attention sur les deux cadres.

Sous le verre du premier était glissé un portrait de Rachele, magnifique comme sur chacun des clichés que l'ancien gendarme avait pu voir d'elle. Le second datait du début des années 1970, peut-être même de la fin des années 1960. La coupe du costume de Patrick Armand et son air plus juvénile ne laissaient aucun doute. Il était installé derrière un grand bureau en verre et s'y appuyait des deux mains. Son sourire conquérant défiait l'objectif et semblait lancer un avertissement au monde.

Un souvenir des débuts de son ascension fulgurante et une photo de la femme de sa vie, la mère de ses enfants. Quoi de plus normal sur le bureau d'un riche PDG ?

Il les mit de côté et prit le trophée en main.

Une plaque de verre épaisse sur laquelle était sérigraphié un tireur épaulant son arme. La mention « Grand Prix Azur 1982 – 3e place – Fédération française de tir » était gravée sur la plaque.

Armand était donc un bon tireur. Rien d'étonnant à cela, il était une époque, pas si lointaine, où le tir sportif, le ball-trap, servait de facilitateur des rencontres professionnelles au même titre que le golf. On discutait toujours mieux contrat et collaboration en buvant une coupe de Moët après avoir explosé quelques pigeons d'argile.

Jacques jeta ensuite un rapide coup d'œil aux deux stylos et au briquet et, enfin, à la grande clé. Elle pesait vraiment son poids. Il la fit tourner entre ses doigts pour l'observer. Elle lui rappela le portail des Armand. Une date était gravée sur l'arceau, le 29 avril 1984. C'était justement le mois et l'année que Berthier avait mentionnés à propos de cette photo où l'on voyait Patrick Armand et ses deux associés devant leur nouvel immeuble. La clé devait être un souvenir de cette réalisation.

Il la posa à côté des stylos et ouvrit l'agenda.

En feuilletant les premières pages, celles du mois de janvier, il comprit tout de suite que ce serait un travail de fourmi. L'écriture de l'homme d'affaires était presque illisible dans bon nombre de cas, pire qu'une ordonnance de médecin. Sans parler des abréviations seulement compréhensibles de leur auteur.

Au bout de trois quarts d'heure de lecture, il reposa l'agenda sur la table et se massa les tempes. Il regarda les quelques notes qu'il avait griffonnées sur le Moleskine. Elles tenaient sur moins d'une demi-page.

Un sourire las fila sur son visage.

Il se leva pour se dégourdir les jambes.

Le paquet de cigarettes était posé sur le bahut face à lui, comme une invitation à prolonger sa pause sur le balcon.

Ting !

Le PC portable qu'il avait laissé en veille sur un coin de la table venait de se manifester.

Jacques appuya sur la barre espace pour allumer l'écran. Le navigateur internet était encore ouvert sur la page du moteur de recherche. Dans le coin supérieur droit, la petite icône indiquait qu'il avait reçu un message.

Il cliqua dessus et le message s'afficha sur l'écran.

De : g.viglietti@nicematin.fr
À : jacquesbelleville@gmail.com
Objet : Re : Demande d'informations sur le gang Mariani

Monsieur,

J'ai bien reçu votre message. Je suis tout à fait disposé à échanger avec vous sur les frères Mariani. Je donne une conférence ce lundi 22 juin au Centre universitaire méditerranéen de quinze heures à dix-sept heures. Peut-être pourriez-vous m'y retrouver et nous irons ensuite discuter de cela autour d'un café ?
Bien à vous,
Georges C. Viglietti

Jacques rédigea une réponse rapide pour remercier son interlocuteur et accepter l'invitation avant de fermer le capot de l'ordinateur.

Il s'appuya contre le dossier de sa chaise et croisa les bras sur son torse. Voilà qui était plutôt une bonne nouvelle. Ce journaliste pouvait peut-être éclairer certaines zones d'ombre.

Il regarda à nouveau le paquet de cigarettes mais choisit de différer sa pause de quelques minutes pour ranger les affaires de Patrick Armand dans le carton.

Mais en ramenant la boîte vers lui, il fit basculer les deux cadres hors de la table. La vitre de l'un d'eux se brisa sur le sol.

Jacques pesta contre lui-même et se baissa pour nettoyer les dégâts.

Le cadre endommagé était celui du portrait de Rachele et il se sentit étonnamment agacé d'avoir cassé celui-ci et pas l'autre. Il les reposa sur la table puis alla chercher une balayette et une pelle. Une fois les éclats de verre enlevés du sol, il voulut aussi retirer le reste de la vitre brisée. Il démonta le cadre pour prendre la photo. Mais une fois le dos de feutrine enlevé, il constata qu'il y avait un autre cliché inséré et caché à l'intérieur.

Il le souleva avec l'ongle et l'observa.

Une femme et un enfant se tenaient côte à côte dans un jardin, peut-être un parc. Une mère et son fils visiblement. Cheveux bruns, grands yeux de même couleur, le nez aquilin et le teint hâlé ; l'air de ressemblance était bien là. Le garçon était assez longiligne, d'un physique très sec. Jacques lui donna entre sept et huit ans à tout casser. Il retourna le cliché et arriva à lire la bande d'informations photographiques qui n'était pas encore effacée.

Kodak Na H 1 04.77
Avril 1977

Qui étaient donc cette femme et cet enfant ? Une sœur et un neveu ?

Non, le dossier d'Armand ne mentionnait pas de sœur.

Une ex-épouse et un fils ?

Des gens à qui il tenait assurément mais dont il souhaitait conserver l'identité et le souvenir à l'abri des regards. Pour les protéger ? De qui et de quoi ?

Encore un flot de questions supplémentaires. Il faudrait qu'il en parle avec Berthier, la photo de cette femme lui dirait peut-être quelque chose. Il la glissa dans son carnet de notes et rangea les affaires dans le carton.

Une dizaine de minutes plus tard, après avoir fumé sa cigarette, il se laissa glisser sur le sofa. La fatigue le rattrapait et son mal de dos aussi. Mais il y avait également cette sensation dans la poitrine, cette chose qui l'oppressait et qui couvait tel un mal latent.

Il la sentait depuis un moment, qui s'insinuait dans son organisme de façon sournoise, sans oser se déclarer complètement.

Il se força à ne plus y penser et sombra dans un profond sommeil.

CHAPITRE 31

2015

Nice, promenade des Anglais,
lundi 22 juin, 17 h 16

Le Centre universitaire méditerranéen était un élégant bâtiment élevé face à la mer sur la promenade des Anglais. Un pilier de la vie culturelle niçoise depuis sa création dans les années 1930.

Jacques était entré dans la salle dès le début de la conférence et s'était installé au dernier rang.

Pendant près d'une heure, devant un parterre d'une cinquantaine de personnes, Georges Viglietti était revenu sur une carrière de cinq décennies, entièrement dévolue au journalisme d'investigation judiciaire et qui l'avait amené, sinon aux quatre coins de la planète, tout du moins à voyager intensément. Dix ans plus tôt, à l'aube d'une retraite bien méritée, il avait décidé de poser ses bagages sur la Côte d'Azur, terre natale de son épouse, pour ne plus la quitter.

Mais le virus du journalisme était impossible à soigner et il avait continué à collaborer de façon épisodique avec bon nombre de magazines et de quotidiens qui lui réservaient toujours une place de premier choix. À soixante-dix ans passés, il restait un éminent spécialiste des grandes affaires criminelles françaises, une référence dans ce domaine. Jacques se souvenait de quelques-uns des papiers qu'il avait signés dans le quotidien niçois ces dernières années. Des rétrospectives pour la plupart, mais toujours de qualité.

À la fin de la conférence, il attendit que les quelques personnes qui s'attroupaient autour du journaliste aient fini de lui poser leurs questions.

Lorsque Georges Viglietti fut enfin libre, il s'avança vers lui.

– Bonjour monsieur Viglietti. Jacques Belleville.

– Oh oui, mon mystérieux rendez-vous. Ravi de vous rencontrer.

– Merci d'accepter de me consacrer quelques minutes.

– Avec plaisir.

Le journaliste remballa ses affaires en les fourrant pêle-mêle dans une serviette en cuir qui n'avait pas l'air d'en être à son premier tour de piste elle non plus.

Ils sortirent du bâtiment et se dirigèrent vers le salon de thé qui faisait l'angle de la rue.

– Vous souhaitiez donc des renseignements sur la bande des frères Mariani, dit Viglietti alors qu'ils venaient de prendre place à une table en terrasse et de commander un cappuccino et un thé vert.

– C’est exact. Je me documente sur une affaire dans laquelle ils pourraient avoir joué un rôle.

– Allons donc ! Une affaire dans laquelle leur implication n’aurait pas encore été reconnue ? Cette bande de coyotes était vraiment incroyable.

Jacques hésita. Il n’aimait jamais étaler toutes ses cartes sur la table dès le début de partie. Mais quelque chose dans l’attitude et le ton de voix du journaliste l’incita à jouer franc jeu. Il lui expliqua comment il avait accepté de travailler pour l’association AAFV et les découvertes qu’il avait faites dans l’affaire Armand qui l’avaient mené sur les traces du gang Mariani.

– C’est intéressant en effet. J’avais un peu suivi cette affaire terrible à l’époque. J’étais à Paris où je travaillais essentiellement pour *Match*, mais je me souviens que ce crime avait fait grand bruit.

– Une famille décimée, le père, la mère et les deux enfants d’à peine deux ans. Voilà qui avait de quoi choquer l’opinion.

Le serveur posa les tasses sur leur petite table. Viglietti arracha l’extrémité de la dosette de sucre et la vida dans la sienne.

– Et vous avez découvert qu’une autre voiture était présente ce soir-là et que l’un des deux policiers, qui s’était vanté d’avoir débusqué quelque chose, a ensuite été assassiné. Par l’un des membres de la bande, ajouta-t-il en buvant une gorgée. Dites donc, vous n’avez pas chômé !

Jacques acquiesça.

– Ceux qui avaient enquêté sur le meurtre du policier à l'époque en étaient arrivés aux mêmes conclusions, sans pouvoir prouver qui avait tenu l'arme. Concernant le cas Armand, j'ai surtout l'impression que ce dossier a été bâclé.

– Comme tant d'autres à l'époque. Les techniques et les règles d'investigation scientifique n'en étaient qu'à leurs balbutiements. Regardez un peu l'affaire du petit Grégory Villemin, un véritable scandale de l'instruction. Les enquêteurs n'avaient même pas été foutus de geler la scène de crime. Au bout de deux heures, elle était plus fréquentée que l'entrée d'un centre commercial un jour de soldes. On ne voit plus ça de nos jours, fort heureusement.

Jacques sortit son carnet et son crayon qu'il posa juste à côté de sa tasse de thé.

– Et j'imagine, continua le journaliste, que vous pensez que ce sont les mêmes qui ont tué la famille.

– C'est une idée.

– Ça me paraît peu concevable, objecta Viglietti alors qu'il remuait sa cuillère dans le café.

– Pourquoi donc ?

– Les Mariani et leur bande étaient les plus belles crapules du monde, de vrais salauds, des cow-boys sans foi ni loi. Ils étaient tout ce que vous pouvez imaginer. Mais s'il y a bien une chose qu'ils n'auraient jamais faite, c'est buter des gosses.

– Comme pouvez-vous en être sûr ?

– Au fil du temps, on apprend à connaître les gens. Le gang Mariani, j'ai peut-être écrit vingt papiers dessus, je les ai suivis depuis le début des années 1980 jusqu'à leur arrestation. Alors je ne dis pas que je les connais bien, mais j'ai essayé de les analyser au mieux. De plus, ils étaient corses. Et dans la bande, il y avait aussi Léo Mattei qui venait d'une famille avec une flopée de sœurs et qui avait déjà un fils à l'époque si je me souviens bien. Les Corses, ils ne touchent pas aux gosses. Jamais.

– Je comprends, dit Jacques. En même temps le lien existe. Je ne crois pas à la coïncidence pour le meurtre de ce policier. De près ou de loin, l'un des types a joué un rôle. La balistique ne ment pas, les douilles de magnum provenaient de la même arme.

– Vous savez, les flingues, dans le milieu, ça allait et ça venait. Comme les nanas.

Il rit avant de prendre une gorgée de café.

Belleville cogitait. Pour l'instant, il n'avançait pas d'un poil.

– Et le quatrième de la bande, qui était-ce ? demanda-t-il.

– Un Niçois, un gars du coin. Joseph-Marie Bouscat. « Le neveu », comme les flics l'appelaient.

– Le neveu ? Pourquoi ?

– C'est drôle, je pensais que ce nom vous parlerait, en tant que Niçois. Mais je dois avoir passé trop de temps à m'épuiser le cerveau sur ces histoires. Ils l'appelaient le neveu car il avait été élevé par le vieux Cerutti, l'ancien maire de Nice.

La tasse de Jacques faillit lui échapper des mains.

– Attendez, vous voulez dire qu'il existe un lien entre la famille Cerutti et un membre du gang Mariani ?

– Ah ça oui, et pas qu'un peu. C'est une histoire qui remonte à la Seconde Guerre. Et qui s'est toujours écrite dans le sang. À la fin de l'année 1942, Joseph Cerutti réussit à s'évader du camp où il était détenu prisonnier, en Prusse-Orientale si ma mémoire est bonne. Il rentre au pays et c'est là qu'il fait la connaissance du père Bouscat qui est déjà très actif dans les FFI[1]. Il accueille Cerutti chez lui à Berre-les-Alpes et ensemble ils vont jouer un grand rôle dans la Résistance de la région. Jusqu'à ce fameux 29 août 1944.

– L'insurrection de Nice ? hasarda Jacques dont les souvenirs d'histoire étaient loin.

– Presque. Nice se soulève le 28. Les combats ont lieu toute la journée jusqu'à la nuit tombée. La Résistance parvient à pousser l'ennemi hors de la ville. Les Boches savent de toute façon que la guerre est perdue. Mais certains remontent vers l'arrière-pays avec le goût du sang et de la vengeance plein la gueule. C'est le 29 qu'a lieu la rafle de Berre-les-Alpes. Ils fusillent sept personnes suspectées d'appartenir à la Résistance, dont Hélène Cerutti, la femme de Joseph.

– Bon sang mais…

– Elle parvient à sauver son fils de six mois avant de se faire attraper. Elle le cache dans une armoire.

1. FFI : Forces françaises de l'intérieur.

– Son fils ? Claude Cerutti ?

Viglietti acquiesça.

– Quelle histoire, souffla Jacques.

– Le destin mon ami, que voulez-vous y faire ? Joseph Cerutti et Émile Bouscat arrivèrent au village avec trois autres hommes alors que les fusils des Allemands fumaient encore. L'affrontement dura plusieurs minutes. Terrible. De la place centrale jusque dans les ruelles du village. À la fin, tous les Boches étaient morts. À eux cinq ils avaient réussi à éliminer une douzaine de soldats. Comble du cynisme, c'est de cette histoire que naquit le mythe Cerutti. Le grand résistant, l'homme qui avait payé son engagement du prix du sang. Mais qui avait rendu coup pour coup. Une image qui, associée à sa formidable réussite professionnelle, lui a permis de régner sur Nice pendant près de vingt-cinq ans.

– Et vous disiez qu'il avait élevé Joseph-Marie Bouscat ?

– Façon de parler. Lorsque le père Bouscat a passé l'arme à gauche au début des années 1960, le petit Joseph-Marie devait avoir trois ou quatre ans. Fabienne Bouscat ne pouvait faire face seule, elle n'avait jamais eu d'emploi. Alors Cerutti l'a embauchée dans l'une de ses sociétés. Quant au gamin, il l'a toujours considéré comme son deuxième fils. Ou comme un neveu, comme disaient les flics.

– Et les relations de Joseph-Marie avec Claude ? Ils sont proches ?

Georges Viglietti ne put refréner un éclat de rire.

– Un peu oui ! Jo Bouscat et lui sont comme des frères en dépit de leur différence d'âge. Vous n'aviez pas suivi le procès de la bande Mariani ? C'était en 1989. Tout avait été passé au crible, leur vie, leurs relations dans le Milieu, les braquages… Tout. À l'époque, le nom de Cerutti avait cependant été assez épargné, Jo Bouscat n'avait rien lâché sur la famille. Et le vieux Joseph n'était plus maire depuis quelques années. Il avait commencé à se mettre en retrait de tout ce qui touchait à la politique.

Jacques se renfonça dans sa chaise en passant une main sur sa barbe.

– Ça vous donne à réfléchir ? demanda le journaliste en souriant.

– J'ai rencontré il y a quelques jours Philippe Berthier qui était le bras droit de Patrick Armand. Il m'a appris qu'Armand et Claude Cerutti étaient associés sur des opérations immobilières mais aussi dans la gestion du Casino de Beaulieu-sur-Mer. Et très proches apparemment.

– Donc vous vous dites : un conflit qui s'envenime et Cerutti demande à son ami d'enfance de liquider les Armand. Ma foi, pourquoi pas. Ça serait sacrément couillu…

– Je me demande surtout à partir de quel moment les coïncidences peuvent être requalifiées en évidences, lâcha Jacques en quasi-aparté.

Il n'avait pas vu l'index levé de Viglietti, tel un avocat qui allait opposer une objection.

– Mais je n’en démords pas. Des gosses de deux ans, c’est rude. Même pour des lascars comme Jo Bouscat ou les Mariani. Surtout pour un différend professionnel. Que vous a appris de plus ce Berthier sur la relation entre Claude Cerutti et Patrick Armand ?

– Il m’a donné les dernières affaires personnelles de Patrick Armand, pensant que j’y trouverais des indices. Il était ravi que quelqu’un s’intéresse de nouveau à ce dossier. Il veut que l’on découvre qui est derrière tout ça.

– Vous y avez trouvé des choses intéressantes ?

– Pas vraiment. Enfin, si. Une photo qui était dissimulée. Celle d’une femme et d’un enfant.

– Une famille que l’on cache ? Une maîtresse et un fils non reconnu ? C’est tellement courant. Si vous le souhaitez, j’ai pas mal de contacts. Dans la presse évidemment mais aussi chez bon nombre de photographes professionnels. On peut peut-être encore retracer la provenance d’un cliché argentique.

Jacques retira l’élastique du carnet de notes et l’ouvrit à l’endroit où il avait glissé la photo.

– La voici.

– Voyons cela, dit Viglietti en la ramenant vers lui. Il observa le cliché en arborant une moue soucieuse. Puis il regarda au dos et, comme Jacques l’avait fait auparavant, s’attarda sur la ligne d’identification.

– Elle date de 1977. Ça ne va pas être simple. Enfin, je vais voir ce que je peux faire.

Il sortit son téléphone portable et photographia le recto et le verso du cliché avant de le rendre à Jacques.

– En tout cas, votre histoire m'intéresse. Il y a quelques années de cela, j'avais participé à la rédaction d'un dossier qui dénonçait des malversations financières dans bon nombre d'opérations immobilières azuréennes. Terrains acquis illégalement, pots-de-vin pour les permis de construire, pressions lors des votes d'assignation des plans d'urbanisme… La liste était longue. Et devinez qui apparaissait en filigrane à chaque fois ?

– Claude Cerutti.

– Tout juste, dit Viglietti en mimant un revolver avec son pouce et son index. À l'époque, le dossier n'avait été qu'une tempête dans un verre d'eau. Pour Cerutti en tout cas. Mais si vous parvenez à lui trouver une implication dans un quadruple meurtre, alors là mon ami, je suis votre homme pour tout déballer sur le devant de la scène ! Comme on disait chez nous dans le temps, ça, c'est du scoop !

CHAPITRE 32

2018

Nice, rue du Congrès,
lundi 3 décembre, 14 h 39

Mon beau-père était installé dans son fauteuil de cuir. Une pièce de musée, increvable, qui avait accompagné son père pendant ses quatre mandats à la mairie de Nice. L'allégorie était plutôt évidente. Dans son dos, les toits des immeubles s'étendaient jusqu'à la mer.

Il se redressa en me voyant débouler ainsi dans son antre. Manifestement, je l'avais cueilli au dépourvu. Je lui trouvai d'emblée une expression que je ne lui connaissais que très peu, mélange de fatigue extrême et d'une lassitude tout aussi grande.

– Ah, Delcourt…

– J'ai frappé mais vous ne me répondiez pas, dis-je pour prendre le pas sur une première réprimande.

– Oui, je réfléchissais.

– Il faut que nous parlions.

– Je vous écoute.

– Vous saviez que Lise avait fait une fausse couche lors de son admission à l'hôpital après l'accident de voiture d'il y a deux ans ?

– Bordel, qui vous a dit ça ?

– C'est donc vrai ?

– Pas le moins du monde, voyons !

– Je vous préviens, je ne quitterai pas cette pièce sans avoir de réponse !

– Eh bien vous l'avez.

– Ne me mentez pas, Claude. Pas aujourd'hui, pas avec ce que nous subissons depuis vingt-quatre heures !

L'intensité de notre conversation montait de façon inexorable.

– Delcourt, je vous interdis de me parler sur ce ton, chez moi…

– Non, Claude. Tous vos petits jeux ne prennent plus désormais. Vous avez fait ça toute votre vie, la course en tête, le cavalier seul. Sans vous préoccuper une seule seconde de ce qui pouvait impacter votre environnement. Oh, je ne doute pas que vous ayez toujours été convaincu du bien-fondé de vos actes ! Pour la famille ! Mais regardez où en est la famille aujourd'hui ! Alors, soit vous me donnez les réponses que j'attends, soit je sors d'ici et nous en parlerons avec Estelle et Michèle. Je n'ai pas l'impression qu'elles soient toutes les deux bien au courant de cette histoire de fausse couche, je me trompe ?

Il ne broncha pas. Mais son regard en disait long. Glacé et inflexible, il ne céderait pas.

Néanmoins ma résolution s'était forgée dès l'instant où j'avais posé le pied sur le plancher verni de son bureau. Il s'était passé quelque chose il y a deux ans. Quelque chose qui avait poussé Lise à agir comme elle l'avait fait. Et lui, son père, le savait.

– Si nous arrivons à comprendre ses motivations, ajoutai-je, nous pourrons la faire plier. Et elle nous en dira peut-être plus sur ce ravisseur. Vous comprenez ? On doit tout tenter pour remonter la piste de ce type ! Tout !

Pas de réponse. Il se contenta de ranger machinalement son bureau. Deux grandes clés étaient posées face à lui. Il en prit une qu'il rangea dans un coffret en même temps qu'une photo.

J'attendis encore une poignée de secondes, ma question flottait toujours dans l'air. Il referma le couvercle du coffret. Il ne me regardait même plus.

Je fis demi-tour vers la porte. Mais, alors que j'allais passer le seuil, sa voix monta depuis l'extrémité de la pièce, comme provenant du fin fond d'une grotte.

– Et vous auriez fait quoi ?

Je me retournai.

– Pardon ?

– Vous auriez fait quoi à ma place ?

– Dites-moi d'abord de quoi on parle.

Il soupira et repoussa le coffret dans l'angle du bureau.

– Fermez la porte et approchez.

Je m'exécutai et pris place dans l'un des fauteuils face à lui.

Il se massa le front et cligna des yeux, comme si la luminosité le gênait. La pièce était pourtant plongée dans une atmosphère typique de ces clubs anglais où l'on souffrait davantage de la discrétion des jeux de lumière que de leur éclat.

– Qu'auriez-vous fait, Delcourt, si votre fille vous avait fait jurer de ne rien dire ?

– Je ne suis pas sûr de vous suivre.

– Lorsqu'elles sont arrivées à l'hôpital, Lise et Estelle n'ont pas été placées dans les mêmes services. Estelle n'avait que quelques contusions bénignes mais pour Lise, qui était à la place du passager, c'était beaucoup plus sérieux. Elle souffrait d'un traumatisme crânien qui avait engendré une perte de connaissance.

– Je me souviens qu'elle est restée plusieurs jours en observation. Mais que les médecins vous avaient assuré qu'il n'y aurait aucune séquelle. C'est ce que m'avait dit Michèle.

Un sourire désabusé étira les lèvres de mon beau-père. Il se leva et alla prendre la bouteille de vodka qui était posée sur le minibar, ainsi qu'un second verre.

– Pas de séquelles, souffla-t-il en revenant s'asseoir. Physiques, ça c'est sûr.

Il remplit les deux verres et en poussa un vers moi.

– J'étais au chevet de ma fille lorsqu'elle s'est réveillée. C'était un dimanche soir, le lendemain de l'accident. Michèle l'avait veillée toute la nuit et était rentrée épuisée à la Tour avec Estelle. Lorsque Lise a ouvert un œil, elle a mis un peu de temps avant de comprendre où elle se trouvait. Elle ne se souvenait de rien. Ou plutôt, elle ne se souvenait que d'une seule chose. Le bébé, le bébé m'a-t-elle demandé. J'ai mis du temps à saisir, elle était tellement confuse. Mais quand j'ai rencontré son médecin dans le couloir, il m'a tout expliqué. Traumatisme abdominal avec fractures. Dû à la pression de la ceinture et sûrement au second choc qu'avait encaissé la voiture en se retournant sur le toit. Cela ne lui a laissé aucune chance de garder l'enfant.

– Bon sang, soufflai-je.

– Lise n'était enceinte que de sept semaines. Le fœtus n'était encore qu'au stade embryonnaire alors je me suis dit que… Enfin bref, on essaye de se persuader comme on peut.

L'émotion dans sa voix était palpable.

– Mais pourquoi l'avoir caché ? À Michèle ? À Estelle ?

– Lorsque je suis retourné dans sa chambre, Lise m'a fait jurer de ne rien dire. Elle m'a confié que cette épreuve serait encore plus dure à supporter si elle devait composer avec la compassion d'une mère et les remords d'une sœur. Elle m'a fait promettre de n'en parler à personne. Jamais. Et jusqu'à ce jour, j'ai tenu cette promesse.

– Claude, elle était en état de choc, elle ne savait pas ce qu'elle disait. Elle avait besoin d'un soutien psychologique !

– Je le sais bien ! Mais je pensais que les choses sortiraient d'elles-mêmes un peu plus tard. Je pensais lui laisser du temps. À sa sortie, elle est restée plusieurs jours à la maison avec nous, tout semblait aller mieux. Ensuite elle nous a annoncé sa décision de partir quelque temps, de voyager. Je pensais qu'elle avait besoin de ça, vous comprenez ? Que c'était sa façon à elle de panser ses plaies. Je ne pouvais pas savoir.

– Cela n'a fait qu'aiguiser son mal-être et son envie de vengeance.

– Nom de Dieu, Delcourt, ce n'est pas si simple !

Son poing s'abattit sur le plateau du bureau. Nos deux verres tressautèrent et quelques gouttes d'alcool éclaboussèrent le bois.

– Vous croyez vraiment que ma fille est devenue folle du jour au lendemain ? Qu'elle a décidé de kidnapper le fils de sa sœur ! Foutaises ! Je n'y crois pas ! Nous sommes une famille !

Il me pointa du doigt.

– Claude…

– Elle est manipulée ! Et je le prouverai !

– Admettons, admettons, dis-je pour temporiser. Mais ce n'est même plus la question. Nous avons jusqu'à minuit. Une poignée d'heures. Et le seul lien avec le ravisseur, pour le moment, c'est Lise.

– Le seul lien… répéta-t-il d'un air hagard.

Je surpris encore son regard qui filait vers cette étrange clé, la seconde, celle qu'il avait laissée sur son sous-main. Qu'avait-elle de si spécial ?

Je commençais à penser qu'il n'avait plus les idées claires.

Je me levai de mon fauteuil.

– Il faut absolument qu'elle nous parle. Je vais appeler Bruce. C'est son avocat, il la connaît bien. Et il est en contact direct avec elle. Il est le seul qui puisse nous aider à lui faire recouvrer un peu de lucidité.

– Non, attendez !

Il quitta son fauteuil d'un bond et prit appui des deux mains sur la table.

– Qu'y a-t-il ?

– Ne commettez pas d'impair avec Bruce.

– Pourquoi ?

Mais en même temps que je prononçai ce dernier mot, je compris.

– C'était lui le père, souffla Cerutti.

CHAPITRE 33

2018

Nice, rue du Congrès,
lundi 3 décembre, 15 h 38

À peine eus-je quitté le bureau de Claude que je perçus une certaine agitation monter du salon.

Je pressai le pas dans le couloir et en compris bientôt l'origine.

Le téléphone sonnait.

– C'est un appel redirigé par le standard, dit le négociateur en bondissant sur son ordinateur. Un numéro de mobile.

Il fit une manipulation rapide sur le clavier de sa machine avant de s'emparer du combiné téléphonique.

Estelle et Michèle s'étaient levées du canapé dans un élan commun. Elles n'étaient qu'à deux enjambées de la table. Elles se figèrent dès que le haut-parleur de la base du téléphone commença à crachoter.

Un frisson glacé me lécha la colonne vertébrale et m'empêcha de faire un pas de plus.

– Allô ?

– Ce soir minuit, sur le parking du centre commercial Carrefour Lingostière. Il y aura une benne à ordures marquée d'une croix blanche près de l'entrée principale. Vous jetterez le sac avec l'argent à l'intérieur. Ensuite vous vous rendrez à la deuxième entrée du centre. L'enfant sera rendu à minuit quinze précise. Si vous ou les flics tentez quoi que ce soit de stupide, on le bute. Si le compte du blé n'y est pas, on le bute.

Une tirade déclamée d'un ton monocorde.

Glaçant.

La voix était non identifiable, modifiée par un appareil qui lui donnait une résonance métallique très désagréable et la rendait plus impressionnante encore.

– Nous voulons une preuve que l'enfant va bien.

Le négociateur lui avait répondu d'un ton tout aussi posé. Je n'en réalisai que plus la nécessité de sa présence. Ni Estelle ni moi n'aurions pu garder un sang-froid suffisant pour affronter une telle conversation avec l'homme qui détenait notre fils.

– Une seule arnaque de votre part et le gosse bouffera les rosiers par les racines. Vous me comprenez bien ?

– Sans preuve formelle de sa bonne santé, vous n'aurez rien.

– Vous avez reçu la clé, ça doit vous rappeler quelque chose. Vous savez que nous ne plaisantons pas. L'argent, ce soir. Ou bien on crève le gamin. Je suis sérieux !

– Vous pensez que nous ne vous prenons pas au sérieux ?

– Alors filez-moi ce putain de fric !

– Vous avez toute mon attention et je m'engage à ce que la négociation aille à son terme. Mais vous devez faire un geste.

– Je vais buter le gosse, je te dis !

– Non vous ne le ferez pas. Et vous le savez.

Un silence, peut-être le plus long de ma vie.

Estelle, les larmes aux yeux, se mordait la main pour ne pas hurler.

Enfin, la voix résonna à nouveau.

– Ce soir minuit. Le parking du Carrefour.

Et on raccrocha.

Je relâchai ma respiration et me dégonflai comme une baudruche. J'avais l'impression d'avoir reçu une volée de coups de poing à l'estomac.

Mais ce fut bien pire pour Estelle qui s'effondra comme un château de cartes. Elle se retrouva à genoux, la tête rentrée entre les épaules, essayant d'endiguer les spasmes qui brouillaient sa respiration. Un deuxième policier qui n'était pas loin l'aida à se relever le temps que j'arrive.

Je passai un bras autour de sa taille.

– Ça va Antho, ça va. Je vais bien, me dit-elle en s'éloignant pour aller retrouver son sac à main posé sur la table basse.

Elle en sortit une cigarette d'une main tremblante, l'alluma dans la foulée et se dirigea vers la terrasse. J'entendis le négociateur passer un appel au commandant Perret. Toute la conversation que j'avais eue avec Kowalsky me revint alors en mémoire. Il avait vu juste. Le type que Lise avait embauché profitait de son arrestation pour faire cavalier seul.

En me retournant j'aperçus Claude. Il était resté à l'écart, à l'entrée du salon. Son visage était livide, plus blanc qu'un linceul. Michèle se leva pour aller vers lui mais après nous avoir fixés du regard d'une manière qui me sembla plus qu'étrange, il fit volte-face et disparut dans le couloir.

– Claude ! appela ma belle-mère.

Ses talons résonnèrent sur le marbre jusqu'à ce qu'elle quitte la pièce à son tour.

La baie vitrée couina lorsque je l'ouvris et une bourrasque s'engouffra à l'intérieur. Je rejoignis Estelle sur la terrasse.

– Ça va aller, dis-je bêtement.

– Ah oui, tu penses ? Tu te fous de moi ?

– Arrête, voyons, pas du tout.

– Tu as entendu ce type, sa façon de parler, son attitude ? C'est un malade ! Rien ne nous dit qu'il nous rendra Maxime. Il n'a même pas voulu nous donner une preuve qu'il était encore en vie !

– Il ne l'a pas tué Estelle. Il veut son fric.

– Ben voyons, tu en es si sûr que ça ?

– C'est ce que je ferais, à sa place.

– Ah très bien ! Je suis soulagée que tu comprennes si bien le taré qui a fait ça ! On est sauvés, alléluia !

– Estelle, s'il te plaît.

J'avançai ma main mais elle la repoussa d'un geste brusque.

– Il lui a enlevé ses habits ! Ses habits Anthony !

– Je le sais bien, bordel ! Tu crois que ça ne me ronge pas à chaque seconde qui passe ? Que je me sens zen ? Il n'y a pas un instant où je ne repense pas à la journée d'hier ! Au moment où je l'ai laissé jouer seul ! Mais bon sang, nous devons essayer de garder la tête froide. Sinon nous allons tous devenir fous !

Elle tira sur sa clope sans m'adresser un regard. Sa main tremblait comme une feuille. Je repensai à la conversation que j'avais eue avec Claude et aux révélations qui s'étaient ensuivies. Lise restait la clé de cette histoire.

– Écoute, je comptais appeler Bruce. Il est la personne la plus proche de Lise actuellement. Lui seul peut trouver les mots pour qu'elle se décide à lâcher quelques infos.

– Je l'ai eu ce matin au téléphone. Il m'a dit qu'elle avait craqué lors de l'audition, qu'il ne l'avait pas reconnue.

– Ça vaut le coup d'essayer, encore et encore non ?

– Sûrement, oui, me concéda-t-elle.

Le filtre de sa cigarette commençait à noircir. Je la lui enlevai des mains et l'écrasai dans une des jardinières à mes côtés.

– Viens, rentrons.

De retour à l'intérieur, les policiers nous informèrent que le commandant Perret et Kowalsky étaient en route avec leur équipe. Nous n'avions qu'à les attendre ici et ils nous donneraient les instructions pour la remise de rançon.

– Mon père n'a pas la somme voulue, souffla Estelle.

– Vous verrez cela avec le commandant, madame. Ne vous inquiétez pas, nous avons des protocoles pour ce genre de cas.

Claude fit irruption dans le salon. Il portait une veste qu'il n'avait pas tout à l'heure.

– Je reviens d'ici une heure, dit-il.

Il fila jusqu'à l'ascenseur et s'y engouffra. Michèle suivit bientôt. C'était à son tour d'être encore plus blanche que le marbre sous ses pieds. Elle s'appuya de la main contre le mur et se traîna jusqu'au canapé.

Avant de s'y effondrer.

CHAPITRE 34

2018

Saint-Laurent-du-Var,
boulevard Jean-Ossola,
lundi 3 décembre, 16 h 26

Jo écrasa le mégot de sa cigarette du bout de sa chaussure. Il leva les yeux sur les bâtiments qui se dressaient devant lui, sur le trottoir opposé.

Trois barres grisâtres de six étages, quelques blocs de plus dans un quartier bétonné à l'extrême. Ils avaient été édifiés dans une architecture commune aux années 1960, en arc de cercle autour d'une esplanade pensée pour la vie en communauté avec ses bancs, son parc pour enfants et ses espaces verts. Enfin, dans l'esprit de l'architecte sûrement. Car cinquante ans plus tard, la communauté avait du plomb dans l'aile. Les bancs et les installations du parc étaient tagués d'inscriptions obscènes ou simplement incompréhensibles et les arbres n'abritaient plus grand monde hormis quelques jeunes en train de faire tourner leurs joints.

Il arriva à l'entrée du deuxième immeuble et profita de ce qu'une dame âgée en sortait avec son cabas à roulettes pour lui tenir la porte et s'engouffrer dans le hall juste après. Il jeta un coup d'œil aux boîtes aux lettres en passant et avisa le nom de Stéphanie Rol suivi de la mention « 4e étage ». Deux gamins glandaient sur les premières marches et lui jetèrent un regard en coin alors qu'il posait un pied dans la cage d'escalier.

Il avait trouvé l'adresse de la jeune femme assez facilement. Sa recherche Google l'avait conduit au profil Facebook de Stéphanie Rol qui regorgeait de photos et de vidéos visibles de tous. Tout en se demandant comment on pouvait aimer à ce point exposer sa vie en long et en large à des inconnus, il avait remarqué la mention qui ouvrait le compte : « Travaille à Institut de beauté Isabell'A. » Un coup de fil plus tard, il prétextait être un agent parisien qui avait besoin de l'adresse de mademoiselle Rol pour lui envoyer un courrier d'invitation à un casting. Là encore, plus c'était gros et mieux ça passait. La personne au bout du fil se félicita que « ça décolle enfin pour Steph » et le renseigna de bon cœur.

Le palier comptait quatre portes. Jo fit le tour des sonnettes. Deux ne présentaient aucun nom, le troisième, indéchiffrable, avait été écrit au feutre indélébile noir à même le mur. Il trouva le nom de Rol en dernier, c'était le seul à avoir été tapé à l'ordinateur et collé proprement. Joseph-Marie allait jouer du pied-de-biche mais un bruit provenant de l'intérieur filtra à travers les jointures usées de la porte.

Ses sens restèrent aux aguets quelques secondes.

Puis il enfonça le bouton de la sonnette.

Le visage fuselé d'un homme d'une cinquantaine d'années, les cheveux en bataille et déjà plus sel que poivre, apparut dans l'entrebâillement. Il portait une chemise mal repassée et un jean à la coupe un peu large.

– Oui ?

– Police, monsieur, commissaire Letellier, dit Joseph-Marie avec aplomb. Je souhaiterais voir mademoiselle Rol.

Encore une chose que seules la rue ou la prison pouvaient vous apprendre. Si vous paraissiez toujours le plus convaincu, c'était que vous l'étiez.

– Oh, la police. Je… Entrez, entrez, dit l'homme en ouvrant la porte en grand.

En seulement quelques secondes, Jo se fit une idée assez précise de la jeune femme que devait être Stéphanie Rol. Pas beaucoup de moyens mais un goût certain pour l'ordre et le rangement. En témoignait cet intérieur cosy où chaque chose était bien à sa place : les livres et les DVD dans une petite bibliothèque près de la télévision, la table basse avec un cendrier posé en son centre et deux sous-verre juste à côté, les photos souvenirs des pays qu'elle avait visités, encadrées et bien alignées sur une commode. Et ça sentait le propre.

L'homme le précéda jusque dans le coin salon sans rien dire puis il se retourna brusquement.

– Je suis son oncle, Maurice Rol. Vous voulez voir Stéphanie, dites-vous ? Je ne savais pas si je devais vous appeler ou attendre encore un peu.

Jo cilla.

– Stéphanie devait venir déjeuner chez nous aujourd'hui, continua l'oncle. Ma femme et moi habitons à Drap. Mais elle n'est pas venue et ne nous a donné aucune nouvelle. J'ai beau appeler sur son mobile, elle ne décroche pas. N'y tenant plus, je suis venu ici. Et j'étais à deux doigts d'appeler la police.

– Ce n'est pas son genre, de disparaître ainsi ? Ne serait-ce que pour quelques heures ?

– Jamais de la vie. Stéphanie est très organisée. Quand elle dit quelque chose, elle s'y tient.

Jo acquiesça. Voilà qui ne sentait pas vraiment bon. Cette fille avait filé un coup de main au ravisseur pour soudoyer le psy de Lise et ensuite, une fois le boulot effectué, il y avait fort à parier que le type s'était mis en mode nettoyeur. Bordel, il n'avait pas traîné.

– Je peux vous demander pourquoi vous souhaitez lui parler ? demanda Maurice Rol.

– Enquête de police. C'est confidentiel. Connaissez-vous bien les fréquentations de votre nièce ?

– Pas vraiment. Stéphanie reste très discrète sur sa vie.

– Ses parents, où sont-ils ?

– Sa mère est morte à sa naissance. Et mon frère nous a quittés il y a deux ans.

– Je vois. Des amis, des petits amis ?

– Sûrement oui, mais je n'en connais aucun. Elle vivait à Paris il y a quelques années et y suivait des cours de théâtre. Puis elle est revenue dans la région en 2012. Elle a continué à faire de la comédie dans des petites salles et des festivals régionaux. Elle travaille dans un salon d'esthétique à côté pour vivre. Mais je sais que c'est difficile pour elle d'un point de vue financier. Surtout depuis deux ans.

– Pourquoi depuis deux ans ? Depuis la mort de son père ?

– Non, non, malheureusement. Hervé n'avait pas beaucoup de moyens lui non plus. Il ne pouvait presque rien donner à sa fille. Et puis il y a eu la maladie… Tout ce qu'il possédait a été englouti. Stéphanie s'est toujours débrouillée seule. Mais je sais que pendant deux ou trois ans, elle a été en couple avec un homme qui avait les moyens, un restaurateur. Ils ont beaucoup voyagé ensemble, ils sont allés plusieurs fois en Corse, Stéphanie adore les plages là-bas, en Italie et même en Angleterre. Elle nous envoie une carte postale à chaque fois qu'elle voyage.

Tout en continuant à écouter les paroles de l'oncle, Jo fit quelques pas jusqu'à l'espace cuisine qui, comme dans bon nombre d'intérieurs modernes et étriqués, était entièrement ouvert sur le séjour. Le réfrigérateur en était la pièce maîtresse. Un de ces frigos américains de couleur inox, immense et qui mangeait à lui seul les deux tiers de l'espace disponible avec son compartiment congélateur. Les deux portes de l'appareil étaient entièrement recouvertes de photos, de prospectus pour des salles de gym, des cours de théâtre, des livraisons de pizzas, des soirées en boîte de nuit. Il y en avait partout, fixés à l'aide de magnets.

Il les parcourut du regard.

Des souvenirs de vacances assez classiques se superposaient : paysages de bord de mer, couchers de soleil, monuments historiques… Puis un selfie pris en compagnie d'un homme. Le type avait l'air plus âgé qu'elle, d'une bonne dizaine d'années si l'on en jugeait par ses tempes et sa barbe déjà grisonnantes. À ses côtés, la jeune femme tout sourire arborait des lunettes de soleil XXL.

Jo se remémora les photos de la clé USB et se fit la même réflexion pour la deuxième fois.

Elle ressemblait beaucoup à Lise.

Il détailla encore les clichés et les prospectus et s'arrêta sur un flyer qui était en partie masqué par d'autres papiers.

Il le dégagea avec son index. C'était une invitation pour une soirée donnée dans un restaurant cubain, sur le port de Saint-Laurent-du-Var, à deux pas d'ici.

L'œil de Jo s'arrêta sur la date, le 14 mai 2018.

Un pressentiment monta en lui comme un ouragan.

Il retourna le prospectus. Le verso présentait le programme de la soirée : cocktail, concert live d'un groupe pur jus, Los Muchachos de la Muerte, vernissage d'une collection d'œuvres d'art, dîner dansant…

Un vernissage…

Il trouva le nom de la galerie d'art un peu plus bas.

Bordel de merde…

Sa poigne se resserra. Il avait dégoupillé l'information en lisant ce bout de papier glacé et elle venait de lui exploser à la figure.

Il se rapprocha de Maurice Rol et lui mit le flyer sous le nez.

– Le type plein aux as dont vous me parliez, c'est son restaurant ?

– Oui, c'est bien ça. Nous y avions mangé une fois ou deux à l'époque.

Jo plia le flyer en deux et le fourra dans la poche de son pardessus.

– Vous allez entamer des recherches ? demanda l'oncle. Ouvrir une enquête ?

– Pour le moment, nous allons voir si elle réapparaît d'ici ce soir ou demain, répondit Joseph-Marie en se dirigeant vers la porte d'entrée.

Mais il savait bien qu'il y avait peu de chances que cela se produise.

En revanche, ce dont il était sûr, c'est qu'il n'avait jamais été aussi proche de celui qui tirait les ficelles de toute cette histoire.

Il avait fallu qu'il trouve ce prospectus pour que la lumière se fasse et qu'il entrevoie le bout du tunnel.

Il y était presque, il le sentait.

CHAPITRE 35

2018

Nice, rue du Congrès,
lundi 3 décembre, 16 h 47

Michèle avait repris connaissance avec l'aide d'Estelle mais aussi de l'un des policiers qui était allé lui chercher un verre d'eau.

– Je me sens déjà mieux, dit-elle en passant une main dans ses cheveux.

De mon côté, je réfléchissais.

Le départ de Claude ne m'aurait pas paru aussi énigmatique s'il ne s'était pas accompagné d'une expression sur son visage et d'une attitude que je ne lui connaissais pas. Lors de l'appel du ravisseur, il était resté en retrait, figé, attentiste. Cela ne lui ressemblait pas du tout. Le Claude Cerutti que je connaissais aurait bondi tel un fauve pour empoigner le téléphone et affronter lui-même le ravisseur.

Où était-il donc encore allé ? Trouver l'argent manquant ? Allait-il sortir de sa manche un de ces as dont il avait le secret ? Ou bien cela avait-il un rapport avec Lise ? Il avait peut-être eu des nouvelles de Bruce et souhaitait encore une fois faire cavalier seul.

Je devais savoir.

– Michèle, où est Claude ? demandai-je.

Elle me regarda à peine et j'eus le net sentiment qu'elle souhaitait éluder cette question.

– Il a eu une idée pour accélérer la sortie de l'argent. Je n'en sais pas plus.

Son regard s'évapora pour aller se river à un point fixe imaginaire, perdu derrière la baie vitrée. Une chose que j'avais apprise en près de dix ans passés auprès de cette famille était que Michèle Cerutti ne possédait pas les talents de dissimulation et de persuasion de son mari.

Et à l'instant présent, elle mentait. J'étais prêt à en mettre ma main au feu.

Elle cachait quelque chose.

Pour couvrir son mari ?

Nos regards se croisèrent et j'y trouvai le même sentiment d'angoisse larvée que celui que j'avais deviné chez mon beau-père lorsque je l'avais retrouvé dans son bureau.

Qu'est-ce qui pouvait les terroriser à ce point ?

J'en revenais toujours à l'appel du ravisseur. Je tentai de reconstituer la conversation dans ma tête, telle la pellicule d'un film que l'on rembobine.

Le type avait l'air énervé au bout du fil. Et le négociateur avait parfaitement tenu son rôle. Il avait rassuré cet enfoiré qui avait peur que nous ne le prenions pas au sérieux.

Alors qu'il tient notre enfant.

Mais en même temps, il ne nous avait donné aucune preuve de la bonne santé de Maxime. Pas le moindre indice. Rien.

En revanche nous ne devions pas douter de lui, parce que…

« Vous avez reçu la clé. »

La phrase sonna à mes oreilles comme si je l'entendais à nouveau.

Nous avions la clé. C'était bien ce qu'il avait dit, j'en étais sûr et certain.

L'image de Claude assis derrière son imposant bureau me revint en mémoire.

La clé…

Le temps de quitter le salon au pas de charge et je me retrouvai dans le couloir face à la porte du bureau de mon beau-père. J'abaissai la poignée et me ruai au fond de la pièce.

La grande clé était bien là, posée sur le bureau à l'extrémité du sous-main en cuir. Cet objet que Claude n'avait pas quitté du regard pendant que nous discutions. Il semblait même beaucoup plus absorbé par sa contemplation que par l'histoire de la fausse couche de sa fille.

Elle était assez lourde, réalisée en fer forgé et entièrement travaillée à la main. Un très bel ouvrage d'artisan. Les lignes de fer couraient sur toute la longueur pour ensuite s'entremêler et dessiner l'arceau comme l'auraient fait les branches d'un rosier grimpant. Une date était gravée sur un petit espace laissé vierge. Le 29 avril 1984.

Je m'assis dans le fauteuil et tentai de me remettre les idées en place.

Il y avait une signification, c'était évident. Mais laquelle ? Cette date ? Ce n'était ni la date de naissance d'Estelle, ni celle de Lise. Alors quoi ?

Je me souvins de mon entrée tout à l'heure. Mon beau-père était occupé à ranger des affaires dans une sorte de coffret noir. Il y avait même mis une deuxième clé, identique à celle-ci.

Je balayai le bureau du regard.

Le coffret était à l'autre bout du plateau, là où Claude l'avait déplacé tout à l'heure.

Je le ramenai vers moi et fis sauter le rabat de sécurité d'un coup sec avant d'ouvrir le réceptacle.

La deuxième clé était bien là, posée sur la doublure en velours.

Il y avait une photo juste à côté. Je me souvenais avoir vu Claude l'y glisser elle aussi. C'était un cliché qui devait bien dater de quelques décennies. Les bordures étaient légèrement jaunies et la pellicule de protection avait craquelé à deux endroits.

Une jeune femme d'une trentaine d'années y prenait la pose devant la grille d'entrée d'une cour d'immeuble. Son allure mariait à merveille la simplicité et l'apprêt. Un sourire radieux et une coiffure que n'aurait pas reniée Farrah Fawcett. Et ses yeux… J'eus d'emblée le sentiment très net que cette fille-là savait comment accaparer l'objectif d'une caméra. De sa main gauche, elle guidait une poussette double pouvant accueillir deux enfants. Était-elle maman de jumeaux ? Son regard si bleu et si limpide finit par transpercer le cliché et me mettre mal à l'aise.

Un détail m'intrigua. Les barreaux en fer forgé de la grille derrière elle semblaient reproduire le même motif que la clé. C'était même sûr, pensai-je alors que je plissais les yeux pour mieux les distinguer.

La clé correspondait donc à cette grille. Mais quel rapport cela pouvait-il avoir avec l'enlèvement de Maxime ?

Nom de Dieu, c'était un sacré mystère. Claude avait pris soin de conserver ces objets comme s'ils étaient des bijoux hors de prix. La photo de cette femme devait être bien plus qu'un souvenir auquel il était attaché. Et tout cela ressortait aujourd'hui. Ce ne pouvait être une coïncidence.

Quel sombre secret pouvait-elle donc renfermer ?

En faisant tourner la photo entre mes doigts, je m'aperçus qu'il y avait une note manuscrite au dos. « Les Jardins de Perséphone, 29 avril 1984 », dis-je à haute voix en la tenant face à moi.

C'était la même date que celle qui était gravée sur la clé. En revanche, je n'avais aucune idée de ce qu'étaient les Jardins de Perséphone.

Je m'apprêtais à remettre la photo et la clé en place lorsque la porte s'ouvrit.

Estelle se tenait sur le seuil.

– Tu es là ? Je te cherche depuis dix minutes, on t'a vu partir comme un dératé. Le commandant Perret va arriver. Mais… tu fouilles dans les affaires de mon père ?

Je pris la décision en une fraction de seconde. Tout s'enchaînait beaucoup trop vite et nous n'avions plus de temps à gaspiller. Nous en avions déjà beaucoup trop perdu.

– Entre, dis-je. Je dois te parler.

CHAPITRE 36

2018

Nice, boulevard de Cimiez,
lundi 3 décembre, 17 h 07

Claude Cerutti avait garé son véhicule sur le parking de l'ancien Hôtel Régina, ce palace construit au début du siècle dernier pour assurer la villégiature de la reine Victoria sur la Côte d'Azur, puis reconverti en immeuble d'habitations lorsque le krach boursier de 1929 le priva de sa richissime clientèle.

De là, il apercevait l'immeuble où résidait Philippe Berthier. Il occupait cet appartement depuis plus de quarante ans et, Claude en était persuadé, il ne l'aurait quitté pour rien au monde. Pas facile de retrouver un deux cent cinquante mètres carrés en dernier étage dans le Nice de 2018 pour y stocker sa précieuse collection d'œuvres d'art.

Berthier.

C'était donc lui qui était à l'origine de tout ça : l'enlèvement de Maxime, la demande de rançon et l'envoi de la clé. Claude ne le jugeait pourtant pas capable de commettre pareille folie. Mais les références aux Jardins de Perséphone ne trompaient pas.

Ses yeux se posèrent sur le siège passager et la robe argentée du revolver.

Il revit le regard décomposé de Michèle lorsqu'elle l'avait rejoint dans son bureau au moment même où il sortait l'arme du coffre-fort.

– Claude ? Mais… Qu'est-ce que tu fais ?

– Je dois y aller.

– Mais aller où ? Avec un revolver ? Tu as entendu cet homme au téléphone ? Ils veulent l'argent ce soir. Que vas-tu faire ? Braquer une banque ? Tu es devenu fou ?

– Ne sois pas ridicule.

– Mais alors ?

Il s'était approché d'elle. Il avait plongé son regard au plus profond du sien. Ces yeux dans lesquels il avait toujours puisé la force d'avancer, de bâtir un empire. Ces yeux qu'il avait fait pleurer plus que de raison, aussi. Il n'avait jamais voulu que le passé les rattrape ainsi, avec toute cette fureur.

– C'est Berthier, souffla-t-il.

– Comment ? Mais qu'est-ce que tu racontes ?

– C'est lui, c'est Philippe Berthier qui est derrière tout ça.

Il lui avait montré la clé sur le bureau et lui avait expliqué qu'il l'avait trouvée dans le colis et qu'il l'avait cachée à tout le monde. Y compris à elle.

Michèle avait esquissé un mouvement de recul.

– Tu as entendu le type. Nous avons la clé, donc nous savons. Ce n'est pas un hasard Michèle, rien n'est un hasard dans cette histoire. J'ai appelé Jo. Il dit qu'il a la preuve que Lise a été manipulée. Je ne sais pas comment Berthier s'y est pris mais je compte bien le découvrir. Maintenant.

– Claude, je n'arrive pas à y croire.

– Écoute-moi bien, je t'en prie. Tu ne dois rien dire, d'accord ? Surtout pas à Estelle ou à la police. Tu comprends ? Il reste encore une chance pour que Jo et moi puissions régler ça par nous-mêmes. Mais si quelqu'un l'apprend… Tu sais ce qui se passera. Toute notre vie, Michèle, tout ce que nous avons construit, tout volera en éclats.

– Oh Claude !

– Jure-moi que tu ne diras rien, s'il te plaît.

Elle ne l'avait pas regardé, c'était trop pénible.

– Je te le jure.

Cerutti avait déposé un baiser sur son front et gagné la porte. Mais avant qu'il n'ait définitivement quitté la pièce, la voix à peine audible de sa femme l'avait rattrapé.

– Il l'avait toujours dit, tu sais. Ton père. Que cette nuit-là nous rattraperait tôt ou tard.

Claude s'était arrêté sur le seuil. Sa main avait trouvé le chambranle comme une bouée de sauvetage. Il ne s'était jamais senti aussi las, les épaules encore plus lourdes que si on les avait lestées de deux sacs de ciment. Il n'avait offert à celle qui avait partagé sa vie que le tableau d'un homme voûté sur son passé et ses erreurs.

Il referma la portière de la X6. Une rafale de vent glacée lui répondit, comme un signe des cieux que le temps allait bientôt passer à l'orage. Dans sa poche, il sentait le poids du Smith & Wesson et de toutes les conséquences qu'impliquerait son utilisation.

Il remonta le boulevard de Cimiez et arriva à la grille d'entrée de l'immeuble. Le nom de Berthier était bien là, en première place sur l'interphone comme un honneur dû à son propriétaire. Il allait sonner lorsqu'il sentit son téléphone vibrer dans sa poche.

Jo.

– Claude, j'ai du nouveau. J'ai retrouvé la trace de la fille qu'ils ont utilisée pour leur combine avec Lise. Mais la gamine a disparu.

– Merde.

– Mais attends le meilleur, accroche-toi bien. Cette petite était en couple avec un type qui tient un restaurant cubain sur le port de Saint-Laurent, La Havanita, ça te parle ?

– Il me semble, oui…

– Tu m'étonnes. Vous y êtes tous allés en mai de cette année, pour un vernissage organisé par la galerie de Fabrice Vergeot. Toi, Michèle et les filles. Tu te souviens ?

Cerutti fit un effort de concentration.

– Oui, oui Jo, je me rappelle. Et alors ?

– Claude, le type en question, le patron du restaurant… C'est Christian Berthier. Je viens de vérifier sur Internet. C'est le fils de Philippe. Il a été maqué pendant trois ans avec la gamine dont je te parle. Bordel de merde, c'est bien un Berthier qui est derrière tout ça. Mais ce n'est pas celui auquel on pensait. Et peut-être que Fabrice Vergeot trempe là-dedans aussi.

Cerutti encaissa la nouvelle sans sourciller.

– Claude ?

– Continue Jo, ne lâche rien, il faut trouver le fils Berthier. C'est sûrement lui qui a le petit.

– *Porca petan*, un peu que je vais le choper, ce fumier.

Claude raccrocha. L'appel de son ami était tombé à point nommé, il lui avait remis un peu de baume au cœur. Encore une fois, Jo ne flancherait pas, il irait jusqu'au bout. Il lui apportait par la même occasion quelques munitions pour traiter le cas Philippe Berthier et entérinait définitivement son implication dans l'affaire. Trop vieux pour agir, il se serait tourné vers son fils pour accomplir la sale besogne. Mais la clé, ce lien avec Patrick Armand… Tout ça ne pouvait pas venir du jeune Berthier, c'était forcément son père qui l'avait renseigné.

Il enfonça le bouton de la sonnette.

Le haut-parleur grésilla avant de délivrer un son clair.

– Oui ? Qui est là ?

– C'est moi.

Trois secondes s'écoulèrent. Aucun des deux hommes ne dit rien, comme si chacun prenait la mesure de l'instant. Puis Cerutti ajouta :

– Claude.

– Monte, répondit Berthier sobrement.

Le portillon piéton se déverrouilla et Cerutti entra dans la copropriété. Il emprunta un chemin gravillonné qui longeait un magnifique parc. Il y avait là des arbres et des plantes exotiques entretenues pour créer un cadre de vie unique et apaisant.

Un jardin luxuriant.

Comment ne pas penser à elle en cet instant ?

Il la revit à cette table de restaurant, sur le port de Beaulieu un jour d'été 1981, en train de partir dans l'un de ces grands éclats de rire qui la rendaient encore plus belle que de coutume. Elle venait de leur expliquer, avec son accent italien, qui était Perséphone. La déesse de la fertilité, fille de Zeus, enlevée et mariée de force à Hadès et condamnée à passer la moitié de son temps aux Enfers pour ne remonter qu'au printemps, apporter aux hommes fécondité et abondance.

– C'est la déesse qui permet aux plus beaux jardins de fleurir, avait-elle ajouté. Pourquoi ne pas mettre quelques fleurs dans votre grand immeuble, messieurs ? Des roses bien sûr !

Patrick était juste à sa droite. Il avait ri lui aussi, mais plutôt de l'idée que venait d'énoncer sa femme et qu'il n'avait pas trouvée si judicieuse. Il était davantage convaincu de marquer les esprits par un nom qui en imposerait à des pâtés de maisons à la ronde. L'Empereur, L'Imperator ou d'autres du même acabit qui trahissaient sa passion pour l'époque napoléonienne.

– Il faut frapper un grand coup, Claude, l'immeuble le plus moderne de la Côte d'Azur, de France même ! avait-il dit en tapant sur l'épaule de son associé avant de lui resservir un verre de Margaux.

Claude avait acquiescé en riant de bon cœur lui aussi. Mais déjà il était ailleurs. En face de lui, Michèle et Rachele discutaient et le soleil les accompagnait dans leur complicité naissante. Un jardin, avait-il pensé. Un jardin flamboyant. Au cœur de la copropriété. Voilà qui était peu banal en plein centre-ville. Et qui ferait parler bien davantage qu'un nom de général ou de nouvelles normes techniques de construction dont tout le monde se foutait. C'était en réalité une idée magnifique.

Il avait souri à Rachele. Elle aussi avait souri. Ils avaient trinqué.

L'immeuble était sorti de terre trois ans plus tard, premier fruit d'une collaboration entre les groupes Cerutti et Armand qui s'annonçait sous les meilleurs auspices. Le jardin avait été créé, avec beaucoup de fleurs, d'arbres et de senteurs exotiques. Une immense double porte d'entrée en fer forgé avait été réalisée par un artiste réputé que Cerutti avait fait venir d'Amérique du Sud et qui était un hommage à l'art floral mais aussi à Rachele et à sa passion pour les roses.

Un immeuble à nul autre pareil, une œuvre dont on avait parlé partout, dans la presse et même à la télévision.

Les Jardins de Perséphone.

Vingt-trois appartements de très haut standing à cinq minutes de la mer. Un premier succès qui devait en appeler tellement d'autres.

Il pénétra dans le hall de l'immeuble et marcha droit jusqu'à l'ascenseur.

Tandis que la grille métallique se repliait, il pensait toujours à Rachele.

Rachele qui aimait la poésie, les jardins et les fleurs.

Rachele qui était descendue aux Enfers et n'en était jamais remontée.

CHAPITRE 37

2018

Nice, boulevard de Cimiez,
lundi 3 décembre, 17 h 28

La porte était entrouverte.

Claude jeta un coup d'œil dans l'embrasure. La lumière était tamisée. Il imagina Berthier camouflé dans un angle mort à l'attendre avec une arme. Cela lui paraissait peu probable mais il devait se méfier. Il posa une main sur la porte et plongea l'autre dans la poche qui contenait le revolver.

Il entra.

Le vestibule était sombre mais il distinguait quand même les contours du mobilier ainsi que le grand miroir qui lui renvoyait le reflet de son ombre. La lumière filtrait de la double porte face à lui en même temps qu'un air d'opéra.

Il posa la main sur la poignée et la tourna doucement.

La serrure couina.

– Entre voyons ! C'est ouvert.

À la portée de sa voix, il devina que Berthier n'était pas tout près, peut-être à l'autre bout de la pièce. Il ouvrit la porte en grand et libéra la lumière jusque dans le couloir.

– Eh bien Claude, je t'ai connu moins timide, entre donc. J'ai laissé la porte ouverte exprès pour ne pas avoir à revenir. Passé une certaine heure, je m'économise.

Il était au fond du salon, près du piano à queue, assis sur un fauteuil inclinable avec une couverture sur les jambes. À ses côtés, un livre de Max Gallo était ouvert sur une petite table. La musique provenait des enceintes d'une chaîne stéréo posée sur la bibliothèque.

Claude avança mais resta à bonne distance. Il lut l'interrogation sur le visage du vieil homme.

– Que me vaut l'honneur de ta visite ? Cela fait combien d'années que nous ne nous sommes pas vus tous les deux ? Vingt-cinq ? Trente ?

Cerutti planta ses yeux de loup dans les siens. Froids, dénués de tout sentiment. Quand il fut bien sûr d'avoir toute l'attention de Berthier et d'avoir produit sur lui l'effet escompté, il demanda :

– Où est-il, Philippe ?

– Pardon ? Où est qui ?

– Mon petit-fils.

Philippe Berthier secoua la tête.

– Je ne comprends pas. Ton petit-fils qui a été kidnappé ? Tu penses qu'il est ici ? Que c'est moi qui le retiens ?

– Je vais te poser la question encore une fois…

– Et ma réponse sera la même. Voyons, tu es devenu fou ? Regarde-moi nom d'une pipe, je mets dix minutes à me lever pour aller aux toilettes. Tu crois que je garde ton gosse ici ? Mais vas-y, fouille tout, ne te gêne pas.

– Peut-être pas toi directement mais ton fils.

Philippe Berthier s'anima sur son fauteuil comme s'il venait de prendre une décharge électrique.

– Qu'est-ce que tu dis ? Quel rapport avec Christian ?

Claude contourna la banquette et se retrouva face à lui. Il dominait le vieillard de toute sa stature.

– Tu as très bien compris. J'ai des preuves. Elles impliquent l'une des amies de ton fils.

– Je ne te crois pas.

– Une fille qui est introuvable elle aussi.

– Quoi ?

L'octogénaire enleva sa couverture et se redressa dans le fauteuil avant de se mettre debout. Il passa à côté de Claude et déplaça son arthrose jusqu'à un guéridon sur lequel était posé un téléphone sans fil.

Cerutti entendit les bips caractéristiques des touches que l'on enfonçait pour composer un numéro.

– Qu'est-ce que tu fais ? Tu appelles qui ?

– J'appelle Christian, je ne crois pas un traître mot de ce que tu es en train de me dire.

Claude ne répondit rien. Il voyait la pâleur s'emparer du visage de l'octogénaire au fur et à mesure que le doute s'insinuait dans son esprit. À la lumière de l'abat-jour qui éclairait l'angle de la pièce, il avait l'air d'un squelette.

– Ça sonne, dit Philippe.

Son angoisse ne semblait pas feinte. Elle transpirait dans son regard et dans sa voix lorsqu'il laissa un message sur le répondeur de son fils.

À moins que ce ne soit une ruse.

– Messagerie, crut bon d'ajouter Berthier en raccrochant.

– Rappelle-le.

– Claude, voyons, tout ceci est d'un ridicule.

– Philippe !

Berthier finit par s'emporter à son tour.

– Non, ça suffit ! De quel droit oses-tu débarquer ici et nous accuser ainsi ! Pour qui te prends-tu ?

Claude serra les dents. Il sortit le revolver de sa poche et le garda en main le long de sa cuisse.

Berthier posa les yeux sur l'arme.

– Ma parole, tu es devenu fou.

– Ça ne peut venir que de toi, Philippe. Tu as gardé les affaires de Patrick après sa mort n'est-ce pas ? Qui aurait pu m'envoyer cette foutue clé à part toi ? Que cherchais-tu ? À me rappeler le bon vieux temps ? Réponds-moi, nom de Dieu !

Il agita le revolver devant Berthier. Celui-ci eut le réflexe de se protéger le visage du bras. Lorsqu'il réalisa qu'aucun coup de feu n'était parti, il s'appuya sur la chaise face à lui. Il n'avait pas l'air bien.

– Je ne sais pas de quoi tu parles, Claude. Par pitié, je n'en ai aucune idée. Je te le jure ! Et qu'est-ce que c'est que cette histoire de clé ?

Cerutti n'en démordait pas.

– Comment est-ce possible ? Tu es le seul encore en vie qui connaisse de près mes liens avec Patrick Armand ! Et aujourd'hui on enlève mon petit-fils, on m'envoie ses habits par colis avec à l'intérieur la clé des Jardins de Perséphone, l'immeuble que nous avions construit avec Patrick ! Tu vas me faire gober que ce sont des foutues coïncidences, peut-être ?

Berthier tira une chaise et s'assit avec peine. Il se prit la tête entre les mains.

Cerutti s'essuya le front du revers de sa manche. Il transpirait. Ce sentiment d'impuissance qui ne le lâchait plus depuis deux jours surgissait à nouveau, jusqu'à l'en étouffer. Rien ne se passait comme il l'avait imaginé. Philippe paraissait sincère et réellement accablé. Se pouvait-il que le fils ait agi sans le consentement du père ? Pour quelle raison ? Claude n'en voyait qu'une, mais qui n'avait aucun rapport avec Armand. Dans ce cas, pourquoi lui envoyer la clé ?

Il rangea le revolver dans sa veste. Son téléphone sonna à cet instant. Il regarda qui était l'appelant, hésita une demi-seconde puis coupa la ligne. Ensuite il mit l'appareil en mode silencieux avant de l'enfoncer dans sa poche.

Son regard revint sur Berthier.

Claude décida alors de tempérer son approche et prit un ton délibérément moins accusateur.

– Écoute-moi, est-ce qu'il y aurait une raison pour laquelle ton fils se serait mis dans cette histoire ? Il a des problèmes d'argent ?

Berthier ne répondit pas. Il enfouit son visage dans ses mains.

– Philippe, tu dois me le dire. Je dois savoir.

– Il n'aurait jamais fait ça, dit l'octogénaire d'une voix d'outre-tombe.

Berthier releva le visage vers lui. Des larmes roulaient sur ses joues en suivant les sillons de ses rides.

– Il a des dettes, articula-t-il avec peine.

– Des dettes ? De jeu ? Il joue, c'est ça ?

Le vieil homme s'essuya les yeux et se força à reprendre un peu de contenance.

– Non, il a fréquenté des gens peu recommandables. Et il leur a emprunté de l'argent pour monter son restaurant il y a trois ans, juste après son divorce. Les banques ne le suivaient plus, il y a été obligé. Même si je lui avais dit maintes et maintes fois de ne pas s'embarquer là-dedans. Maintenant l'établissement marche mal, il n'arrive pas à rembourser.

– Et toi, tu ne peux pas l'aider ?

– Pas sur ces montants. C'est trop lourd pour moi. C'est un restaurant cubain sur deux étages sur le port de Saint-Laurent qui fait aussi boîte de nuit.

Claude s'abstint de dire qu'il y était déjà allé.

– J'ai perdu gros moi aussi il y a quelques années sur des placements hasardeux. Je n'ai presque plus de liquidités.

– On parle de quelles sommes ?

– Un peu plus de trois millions. On en a déjà remboursé un. J'ai vendu quelques pièces de collection, celles qui avaient le plus de valeur. Maintenant je n'ai plus rien, que de la petite monnaie. J'ai même pensé un temps vendre cet appartement. Mais je n'arrive pas à m'y résoudre, c'est tout ce qu'il me reste. Et à quarante ans passés, Christian devrait bien arriver à se débrouiller par lui-même pour une fois.

– Oh mais sois rassuré, on dirait qu'il a trouvé une excellente idée.

Berthier se leva et avança vers Cerutti. Il planta son regard dans le sien.

– Jamais il n'aurait fait ça à ton petit-fils ! Tu m'entends ? Jamais. Je connais mon fils.

Un sourire de dépit orna les lèvres de Claude.

– On ne connaît jamais les gens, Philippe. Jamais. Pas même ses propres enfants.

Et il savait de quoi il parlait, malheureusement.

– Demande-toi juste ce que ton fils serait prêt à faire pour dix millions d'euros, ajouta-t-il.

– C'est la somme qu'on te demande ? reprit Berthier d'une voix blanche.

Claude acquiesça d'un coup de menton puis reprit la direction du vestibule.

– Je te laisse une heure pour lui mettre la main dessus, lança-t-il par-dessus son épaule. Tout cela peut encore se terminer sans trop de casse. Parce que si je dois le trouver moi-même, prie pour qu'il n'ait pas touché à un cheveu de Maxime.

Berthier se laissa retomber sur sa chaise.

Alors que Claude regagnait la double porte, l'octogénaire se frappa la cuisse du plat de la main.

– Attends !

Cerutti se retourna.

– Quoi ? Tu as une idée maintenant ?

– C'est cette histoire de clé. Tu as raison, il se peut que ce soit moi qui l'aie eue.

– Développe.

– J'ai effectivement récupéré les affaires de Patrick après son décès. Je les ai gardées près de trente ans sans y toucher et pour tout t'avouer, je ne me souviens même pas de ce qu'il y avait dans le lot. Je n'avais pris que quelques photos en souvenir, tout le reste a fini au fond d'une boîte. Mais cette boîte, je ne l'ai plus aujourd'hui.

– Que veux-tu dire ? Où est-elle ?

– Il y a trois ans, j'ai reçu la visite d'un ancien gendarme. Il travaillait pour le compte d'une association d'aide aux victimes qui se chargeait de faire rouvrir de vieux dossiers d'affaires criminelles non élucidées. Il avait repris l'enquête sur la mort de Patrick et sa famille et de mémoire, il avait pas mal avancé. Nous nous étions rencontrés et je lui avais remis ce carton pour son enquête. La clé devait s'y trouver.

– Et ce gendarme, tu l'as revu ?

– Il m'a tenu informé de ses avancées quelque temps, oui. Ensuite je n'ai plus eu aucune nouvelle. Mais attends deux secondes.

Berthier se leva et marcha jusqu'à un secrétaire dont il ouvrit le premier tiroir. Il en sortit un carnet dont il feuilleta quelques pages à la lumière de l'abat-jour. Puis il griffonna les coordonnées sur une feuille volante qui se trouvait près du téléphone.

– Voilà, dit Berthier en tendant le papier à Cerutti. Il s'appelle Jacques Belleville.

– Tout cela n'y change rien, Philippe. Tu as une heure. Pas la peine de me raccompagner, je connais le chemin.

Il tourna les talons et regagna le vestibule. Berthier entendit la lourde porte blindée claquer derrière lui.

L'octogénaire resta interdit quelques minutes, à tenter de digérer au mieux l'entrevue surréaliste qu'il venait de vivre. Les battements de son cœur pulsaient à un rythme qu'il n'avait pas connu depuis longtemps.

Il parvint à regagner un peu de sérénité et décida d'appeler à nouveau son fils. Lorsqu'il pourrait enfin le joindre, il aurait la confirmation que tout ceci n'était qu'une infâme méprise. Christian était tout de même un bon garçon en dépit des erreurs qu'il avait pu commettre tout au long de sa vie.

Il n'était ni un assassin, ni un kidnappeur d'enfant. Il ne l'avait pas élevé comme ça.

« Demande-toi juste ce que ton fils serait prêt à faire pour dix millions d'euros. »

Le poison du doute s'était bel et bien insinué dans son esprit…

Il décrocha le combiné de téléphone et recomposa le numéro d'une main fébrile.

On sonna à la porte.

Philippe Berthier leva la tête en direction de l'entrée de l'appartement. Une deuxième visite, à cette heure-ci ? À moins que ce ne soit Cerutti qui revienne ? Il traversa le salon en gardant le combiné sans fil en main. La ligne sonnait toujours.

Mais en arrivant dans le vestibule, il perçut une mélodie qui émanait du palier.

Une sonnerie de téléphone portable.

Christian ! Dieu soit loué, pensa-t-il.

Il enfonça la touche de fin d'appel de son combiné et la mélodie cessa instantanément de l'autre côté de la porte.

Ils allaient pouvoir s'expliquer et dissiper tout ce foutu malentendu, ce serait encore mieux qu'au téléphone. Ensuite il n'aurait plus qu'à rappeler Claude et à mettre les choses au clair. Il exigerait même des excuses.

Il ouvrit la porte en grand.

CHAPITRE 38

2018

Nice, rue du Congrès,
lundi 3 décembre, 17 h 32

– Elle était enceinte ?

Estelle se tenait face à moi sur l'un des fauteuils qui jouxtaient le bureau de Claude. Je lui avais tout déballé. Ma conversation avec son père et les secrets qui en avaient découlé, ma trouvaille dans son bureau et mon impression viscérale que cette clé et cette photo étaient liées à l'enlèvement de Maxime.

Mais elle restait pour le moment focalisée sur une seule et unique information.

Celle qui venait de poser une pierre de plus au mur de son malheur.

– J'ai tué l'enfant de ma sœur. Et voilà pourquoi elle a fait enlever mon fils, deux ans plus tard.

Ses mains tremblaient. Je me rapprochai d'elle et les enserrai dans les miennes.

– Tu n'as rien à te reprocher. C'était un accident. Comment pouvais-tu savoir ?

Elle m'adressa un regard vif avant de se lever promptement.

– C'est faux, Anthony. Nous nous sommes disputées ce jour-là, dans la voiture. Une très grosse engueulade. Et c'est ce qui a causé l'accident. Je me suis énervée, j'ai laissé la voiture se déporter quelques centimètres de trop et je n'ai pas vu l'autre véhicule qui arrivait en sens inverse. Au dernier moment, j'ai donné un grand coup de volant pour l'éviter.

C'était précisément cela que j'appelais un accident.

– Je ne savais pas pour son bébé, continua-t-elle, mais j'ai des choses à me reprocher. Des choses que je regrette depuis longtemps.

– Comment ça ?

Elle se leva et alla se planter face à la bibliothèque, les mains posées sur les hanches et la tête basse.

– À l'époque, mon père avait appris qu'il y avait quelque chose entre Lise et Bruce. Il ne fallait pas être grand clerc pour comprendre pourquoi ma sœur vivait à New York depuis plusieurs mois. Bruce avait quitté son précédent cabinet d'avocats et s'y était installé aussi. Il s'était mis en tête de relancer l'un des anciens projets immobiliers de son père aux États-Unis. Enfin bref, toujours est-il que mon père voyait leur union d'un mauvais œil.

– Pourquoi ? Il a toujours traité Bruce comme un fils, surtout après la mort de son père. J'ai toujours pensé qu'ils avaient des relations excellentes.

– Tu n'as jamais vraiment compris la psychologie de mon père, n'est-ce pas ? La famille est un cercle sacré qu'il veut préserver à tout prix. Bruce avait d'excellentes relations avec mon père en tant que fils de Randall Jenkins. Mais il ne l'avait jamais envisagé en tant que gendre. Et il n'était pas prêt à le faire.

– Dis donc, me voilà flatté d'un seul coup. Moi qui ai pu entrer dans le cercle et y rester.

Elle me jeta un regard en coin.

– Je ne lui avais pas laissé le choix, ajouta-t-elle.

J'esquissai un sourire.

– En ce qui concerne Bruce, il m'avait demandé de parler à Lise, continua-t-elle, la gorge serrée. Pour la convaincre de rompre.

– Bon sang, Estelle, il t'a fait faire le sale boulot ?

– Il savait très bien qu'elle faisait tout pour échapper au poids de la famille. Elle avait d'abord décidé de démissionner du Groupe Cerutti puis elle avait choisi de quitter la France. Mon père se disait qu'il devait essayer de préserver le peu de relation qu'il restait entre eux deux.

– Justement. Pourquoi ne pas la laisser vivre sa vie ? Faire ses choix et ses erreurs ?

– Antho, Bruce a toujours été un dragueur, un coureur de filles. Nous étions à peine mariés tous les deux qu'il continuait à me glisser des allusions sur le beau couple que nous aurions pu former lui et moi. Il aime l'argent, il aime les belles choses, mais surtout il aime posséder… Le pouvoir, encore et encore.

L'image du Bruce fatigué et en surpoids que j'avais vu ce matin me revint. Le play-boy narcissique décrit par ma femme avait quand même du plomb dans l'aile.

– Les gens peuvent changer, osai-je.

– Non, tu te trompes. Il a toujours agi pour se rapprocher de mon père. Être lié à notre famille, c'était tout ce qui comptait pour lui finalement. Peu importait comment.

– Tu ne m'avais jamais parlé du fait qu'il te draguait ouvertement.

– J'étais encore bien capable de le rembarrer toute seule.

Je ne doutais pas un seul instant de la véracité de cette assertion.

– Tu comprends à présent pourquoi Lise devait savoir ?

J'essayais de comprendre, oui. Mais je n'y arrivais qu'en partie.

– Et que s'est-il passé ?

– J'ai repris contact avec elle et nous avons progressivement renoué le dialogue. J'en étais heureuse, tu sais, j'ai toujours aimé Lise en dépit de toutes nos divergences. Envers et contre tout, nous restons du même sang. Cela m'a fait du bien de rétablir un semblant de relation avec elle et de sentir que notre complicité d'antan n'était pas totalement morte.

– Tu aurais dû t'en tenir à ça.

Elle baissa les yeux vers le sol.

– J'ai bien failli. Mais nous en sommes évidemment venues à évoquer le sujet de Bruce. Elle m'a dit qu'elle était heureuse mais que cela ne l'empêchait pas de se poser beaucoup de questions sur leur relation. Il passait tout son temps à travailler, à essayer de trouver des investisseurs pour son projet. Il était stressé, irrité. Elle ne le voyait quasiment pas alors qu'elle était venue vivre à New York pour lui.

– Et je suppose que tu n'as rien fait pour la rassurer ?

– Je lui ai tenu exactement le même discours qu'à toi.

– Évidemment.

– Tu trouves que je suis une garce, c'est ça ? À l'époque, je pensais agir pour le mieux. Mais je le regrette. Je le regrette amèrement, même sans penser à l'enlèvement de Maxime. Je n'aurais jamais dû me laisser embarquer là-dedans par mon père. J'avais le sentiment d'avancer pour une cause. Notre cause. Notre famille. Mais regarde où nous en sommes aujourd'hui…

– Cette cause a toujours été celle de ton père. Pas la tienne. Pourquoi ne m'en as-tu pas parlé ?

– J'y ai pensé. J'aurais bien eu besoin d'une épaule sur laquelle m'appuyer, moi aussi. Mais à l'époque tu étais en train de quitter le journalisme, de te poser mille questions sur ce que tu allais bien pouvoir faire ensuite. Tu rentrais chaque soir encore plus abattu que le précédent. Ce n'était déjà pas facile de trouver un moment pour se parler de ce qui nous concernait directement. Alors, ma sœur et Bruce…

Elle avait raison. Je pouvais ajouter cet épisode à la longue liste de choses que nous avions passées sous silence ces dernières années. Tout ce que nous ne disions plus par peur, par paresse ou tout simplement parce que nous ne pensions pas l'autre susceptible de nous comprendre et de nous aider. Tout ce qui avait conduit notre couple là où il en était avant le drame de la disparition de notre enfant.

Maxime.

Je retournai au bureau pour regarder à nouveau les clés et la photographie.

Comme si elle avait saisi mon envie de ne pas baisser les bras, Estelle s'approcha elle aussi.

– Est-ce que ça te dit quelque chose ? dis-je en lui mettant les objets sous le nez.

– Tu penses que cela a un rapport avec l'enlèvement parce que mon père les a sortis tout à l'heure ?

– Il y a ce que le ravisseur a dit aussi. « Vous avez la clé. »

Elle regarda les deux clés quelques secondes puis fit de même avec la photo.

Une expression fila sur son visage, que je ne pus décrypter. De l'étonnement, de l'incrédulité ? Elle retourna la photo, lut l'inscription au verso, puis se pencha à nouveau sur le visage de la jeune femme.

– Je n'en sais rien, Antho, je ne connais pas cette femme. Ni même ce nom, Les Jardins de Perséphone. C'est un cliché qui a plus de trente ans. Seul mon père doit savoir. Attends…

Elle tira son téléphone de la poche de son jean.

– Je vais l'appeler tout de suite. Toi, va chercher ma mère. Tu m'as dit que tu l'avais trouvée étrange tout à l'heure. Elle sait sûrement de quoi il retourne.

Je n'en attendais certes pas moins de celle qui partageait ma vie depuis dix ans mais un tel entrain me revigora. Je me ruai hors de la pièce.

Lorsque je revins avec ma belle-mère au bras une poignée de secondes plus tard, Estelle parlait au téléphone mais je dus vite tempérer mes espérances. Elle raccrocha et secoua la tête en signe de dénégation.

– Deux appels. Il ne répond pas. Il a même coupé la ligne la première fois. J'ai quand même laissé un message.

– OK, dis-je en tirant l'un des fauteuils pour que Michèle puisse y prendre place.

– Anthony, vous allez me dire ce qui se passe ? Pourquoi êtes-vous tous les deux dans le bureau de Claude ?

J'attrapai l'une des clés et la photo et les apportai à Michèle qui pâlit à leur vue.

– Je suis désolé mais le temps presse. J'ai surpris Claude avec cette clé et cette photo tout à l'heure. Je suis persuadé qu'elles ont un lien avec la disparition de Maxime.

– Je ne vous suis pas.

Tout comme son regard qui s'évertuait encore à me fuir.

– Maman, s'il te plaît ! cingla Estelle. Regarde cette clé et cette photo et dis-nous de quoi il retourne. Qui est cette femme ? Est-ce que cela a un rapport avec l'enlèvement ? Et pourquoi papa s'est-il encore volatilisé, nom de Dieu ?

Michèle prit la photo. Elle la contempla quelques instants, sans la retourner.

Dans la pièce, nos respirations étaient en suspens. L'attitude de ma belle-mère ne laissait rien deviner, seulement un léger trouble qu'elle arrivait encore à museler.

Elle me rendit la photo. Mais à l'effort qu'elle déploya pour faire ce simple geste, j'eus l'impression que ce petit bout de papier devait peser une tonne entre ses doigts.

– Qu'est-ce que vous nous cachez, toi et papa ?

Estelle s'était rapprochée à son tour et faisait face à Michèle. Lorsque le regard de la mère se posa sur sa fille, j'y perçus quelque chose. Une infinie tristesse qui semblait venir de très loin. Ma belle-mère était sur un fil, c'était flagrant. Elle avait beau faire barrage à ses émotions, la digue ne demandait qu'à céder.

– Claude a eu une idée et il est allé la vérifier, dit-elle laconiquement.

– Une idée ? Tu ne crois pas que le moment est mal choisi pour rester évasive comme ça ?

Michèle encaissa la réflexion de la même manière qu'elle aurait reçu une gifle.

Elle déglutit et continua.

– Il pense que, peut-être, l'enlèvement de Maxime est lié à un drame que nous avons vécu il y a plus de trente ans.

Elle désigna la photo de l'index et me regarda fixement, comme si elle s'adressait désormais à moi plus qu'à sa fille.

– Elle s'appelait Rachele Romani. Elle était la femme de Patrick Armand, une relation de travail de Claude dans les années 1980. Ils sont malheureusement décédés tous les deux en 1986.

Estelle ne put retenir un geste d'étonnement.

– Mais pourquoi papa a-t-il sa photo ?

– Claude a gardé tellement de souvenirs de cette époque. Nous… Nous étions tous très liés. Ce drame nous a beaucoup marqués.

Je réattaquai juste derrière.

– Pardon Michèle, mais en quoi cela peut-il avoir un lien avec l'enlèvement ? Le ravisseur a dit que nous avions la clé, que nous devions comprendre. Mais comprendre quoi ?

Je sentis que cette question avait fait mouche. Son regard alterna de droite à gauche, entre Estelle et moi.

Puis, comme si c'était sa seule échappatoire possible, elle leva les yeux au ciel. Quand elle nous regarda à nouveau, elle pleurait.

– Je suis désolée ma chérie, tellement désolée. Je ne l'ai appris que tout à l'heure, quand ton père est parti.

– Quoi ? Que t'a-t-il dit ?

– La clé était dans le colis qui contenait les affaires de Maxime.

– Comment ? Et vous n'avez rien dit ?

Estelle avait du mal à tenir en place sur son fauteuil. Elle finit par se lever et par aller faire quelques pas en rond près de la porte, tel un fauve en cage.

J'étais moi aussi soufflé par cette dernière révélation. Et ulcéré. Claude avait caché un indice capital à la police.

– Je n'arrive pas à y croire ! Que cela vienne de papa, passe encore ! Mais toi !

– Bon, essayons de tous nous calmer, dis-je. Michèle, vous savez donc où Claude est allé ?

Elle ne nous regardait même plus.

– Il pense que c'est l'un des anciens associés de Patrick Armand qui est peut-être derrière tout ça. Philippe Berthier. Il est allé le voir. Et il a emporté son arme.

– Nom de Dieu…

– Mais quelle raison aurait ce Berthier d'enlever mon fils ? cingla Estelle, toujours à fleur de peau. Pour se venger de papa ? Mais de quoi ? Quel est le putain de rapport avec la photo de cette femme ? C'était qui ? Sa maîtresse ? C'est une affaire de cul, c'est ça ?

Les épaules de Michèle s'affaissèrent un peu plus.

– Elle et son mari sont décédés en 1986 comme je te l'ai dit, reprit-elle d'une voix blanche. Ils ont été assassinés avec leurs deux enfants dans leur maison près de Saint-Paul-de-Vence. Ce drame a marqué notre vie plus que tu ne peux l'imaginer. Mais nous avons fait front. Jusqu'à il y a trois ans. Un journaliste a pris contact avec Claude pour lui dire qu'il avait des preuves et qu'il comptait sortir un article à charge contre lui. Je pense que l'histoire part de là. Ce journaliste a aussi dû se confier à Philippe Berthier.

– Des preuves ? Mais des preuves de quoi ?

– Que ton père était l'auteur du massacre.

CHAPITRE 39

2015

Nice, avenue Jean-Médecin,
jeudi 19 novembre, 10 h 49

Jacques poussa la porte vitrée et quitta l'immeuble. L'agitation de la rue l'étreignit tandis qu'un froid mordant s'immisçait sous sa parka. Il cala l'enveloppe qu'il avait en main sous son bras puis remonta la fermeture Éclair de sa veste jusqu'au haut de son col.

Il fit quelques pas sur le trottoir, profitant de cet instant pour observer le ballet des badauds autour de lui. Des mères de famille, les mains chargées des sacs de provisions hebdomadaires, des hommes en costume-cravate qui hâtaient le pas un peu plus que les autres, des jeunes accoudés à un banc qui discutaient en fumant une cigarette et en faisant de grands gestes.

Lorsqu'il arriva au niveau du centre commercial Nice-Étoile, il fit une pause pour reprendre son souffle et observer les agents communaux en train d'installer les premières décorations de Noël.

Il se souvint combien Anne-Marie aimait cette période de l'année, l'esprit de communion et de partage qu'elle répandait au sein des familles. Elle se mettait toujours en quatre pour prodiguer à chacun la petite attention qui le toucherait le plus, elle savait apporter la note de magie qui transformait un repas de famille en un vrai moment dont chacun se souviendrait avec plaisir. Il trouvait un certain apaisement à la voir ainsi s'investir dans ces préparatifs. Car lui n'y avait toujours vu qu'une banale fête commerciale, une de plus, avec ses interminables files d'attente et ses jouets en rupture de stock.

Peut-être ne l'avait-il jamais abordée de la bonne façon.

Peut-être aurait-il dû un peu plus y croire.

Un minimum de foi n'avait jamais fait de mal. Juste une lumière dans le noir, un repère auquel se raccrocher quand tout le reste s'était délité autour de vous.

Un peu de magie.

Il traversa la chaussée pour aller s'attabler au Grand Café de Lyon, la seule enseigne qu'il reconnaissait encore dans l'avenue. Il s'assit à une petite table excentrée et commanda un thé avec une rondelle de citron.

De là, il avait vue sur l'activité de la rue et sur toute cette vie qui bruissait autour de lui. À l'image de ces rames de tramway flambant neuves et garnies de monde qui glissaient sur l'avenue.

Il pouvait la respirer, presque la toucher.

Son téléphone vibra dans sa poche. Il regarda l'écran avant de décrocher, c'était un numéro inconnu.

– Allô ?

– Jacques Belleville ? Viglietti à l'appareil.

– Tiens donc, voilà un nom que je ne pensais plus entendre, dit Jacques de son ton le plus goguenard.

Mais son ricanement se mua en une quinte de toux. Il s'empressa de prendre deux gorgées de thé chaud.

– Je sais, je sais, j'aurais dû vous donner quelques nouvelles. Mais j'ai dû partir en Argentine au pied levé pour rendre service à un ancien confrère et j'y suis resté plusieurs semaines. Et en revenant, tout le boulot accumulé m'est tombé dessus. Qui a parlé de retraite ? Je n'ai jamais autant bossé. Bref. J'ai quand même trouvé le temps d'avancer sur notre histoire. J'ai eu des nouvelles il y a trois jours.

– Ah ?

– Vous en êtes où, avec l'association machin-chose ? Celle de l'aide aux victimes ?

– Je leur ai transmis mon rapport juste après notre dernière entrevue, il y a près de cinq mois. Depuis, je n'ai quasiment pas de nouvelles. J'imagine qu'ils essayent de faire rouvrir le dossier. Ou pas.

– Vous n'avez pas continué votre enquête en solo ? Vous me sembliez bien parti.

– J'ai eu quelques pépins de santé pour tout vous dire et j'ai levé le pied. J'ai rappelé Philippe Berthier pour avoir des informations sur la photo de la femme et de l'enfant mais il ne les a pas reconnus.

– Justement…

Le pic d'excitation dans la voix de Viglietti n'échappa pas à Jacques.

– J'ai fait tourner cette photo auprès de quelques amis journalistes avant de partir en Argentine. Des vieux de la vieille. Et l'un d'eux m'a rappelé. Il a retrouvé la femme.

– Nom d'un chien, s'écria Belleville qui s'étouffa à nouveau. Où est-elle ? Loin d'ici ?

– Pas trop non. Vous pouvez même lui apporter des fleurs si vous voulez. Elle est enterrée au cimetière Saint-Pierre à Aix-en-Provence.

– Bon sang !

– Elle s'appelait Sylvie André. Elle est décédée en 1989. Son nom vous dit quelque chose ?

– Pas le moins du monde.

– Le collègue qui m'a rencardé s'en souvenait bien. Il avait suivi son affaire au tribunal pour *La Provence*. Un mari violent et jaloux, alcoolo sur les bords et même bien au centre. Une dispute qui dégénère et la femme prend plusieurs coups de fer à repasser encore chaud en pleine tronche.

– Il l'a tuée comme ça ?

– Il y a de sacrés enculés, pas vrai ? Ils avaient un gosse, celui de la photo je suppose. Apparemment il a tout vu, il a tenté de s'interposer pour sauver sa mère, en vain. Le père l'a dérouillé lui aussi. Il était à peine majeur à l'époque. Je cherche encore à savoir ce qu'il a pu devenir. Mais devinez d'où je vous appelle ?

– Aucune idée.

– Je suis sur le trottoir en face des Baumettes.

– La prison marseillaise ?

– Tout juste Auguste ! Je rends visite à notre ami le roi du repassage. Il a pris trente piges en 1990 pour le meurtre de sa femme.

– Vous allez l'interroger sur ses rapports avec Armand ?

– Exactement. J'ai contacté l'avocat qui l'avait défendu il y a plus de vingt ans, c'est un ponte du barreau marseillais. Le type n'exerce plus mais son cabinet m'envoie l'un de ses associés. Ça ne m'étonnerait pas que je recueille quelques nouvelles munitions pour monter notre dossier. Ensuite j'irai mettre la pression sur Cerutti.

Le sang de Jacques ne fit qu'un tour.

– Non, attendez, qu'est-ce que vous dites ?

– Vous m'avez bien compris. Je vais donner un bon coup de pied dans la fourmilière pour voir ce qui en ressort, à l'ancienne. Généralement les gens s'excitent un peu.

– Et pourquoi s'exciterait-il ? Nous n'avons que des suppositions le concernant.

– Tsss tsss… Pas si sûr.

Les doigts de Jacques se crispèrent sur la coque en plastique de son téléphone.

– Est-ce que vous avez déjà tapé le nom de Claude Cerutti sur Google ? continua Viglietti.

– J'ai fait quelques recherches, oui.

– Lorsque je fais ce genre d'investigations, je fouille toujours à droite et à gauche. En l'occurrence sur Internet, je regarde les onglets photos et vidéos. Dans le cas de Cerutti, une vidéo m'a intrigué. Elle est sur le site de l'INA qui répertorie tous les documents d'archives de la télévision française. Vous savez ce qui m'a attiré l'œil ? La date de cette vidéo. Elle correspond à un reportage diffusé sur Antenne 2, le 10 novembre 1986.

– Un mois avant la tuerie, précisa Jacques.

– Exactement.

– Et qu'y a-t-il dans ce reportage ?

– C'est une ode à Son Altesse Sérénissime Claude Cerutti. On présente son ascension dans le monde des affaires lorsqu'il a repris le groupe de son père initialement spécialisé dans l'immobilier pour l'ouvrir à un tas d'autres activités lucratives. C'est un docu assez court, quatre ou cinq minutes, un peu comme ceux que l'on voyait sur Tapie à l'époque. On nous montre ce à quoi carburait Cerutti, et ce n'était pas qu'à la Wonder. Belles villas, belles bagnoles, emploi du temps de ministre. Il y a un passage dédié à cet immeuble très haut de gamme qu'il avait construit avec Armand deux ans plus tôt et qui était le fleuron de l'époque. Mais le clou du spectacle arrive en toute fin de reportage. On y voit Cerutti aller prendre possession de son nouveau jouet chez Mercedes, un monstre avec plus de trois cents chevaux sous le capot. Un homme est interviewé lors de la remise de la bagnole pour dire tout le bien qu'il pense de l'engin qui a été importé d'Allemagne. Coup de bol pour nous, ils ont incrusté son nom en bas de l'écran. C'était le chef d'atelier d'une grosse concession près de Cannes. Vous savez comment s'appelle ce type ? Je vous le donne en mille.

Jacques passa en revue dans sa tête tous les éléments dont il se souvenait. Il était convaincu qu'on lui avait déjà parlé de ça, d'un chef d'atelier et d'un reportage télé. Tout s'illumina quand Viglietti lui lâcha le nom.

– René Tanzi.

– Nom d'un chien, le père du flic ?

– Tout juste. Alors voilà mon idée. Le fils Tanzi a été appelé ce soir-là sur les lieux du crime pour faire son boulot de flic. Supposons qu'il ait vu le reportage, celui où son père apparaît quelques secondes. Supposons ensuite qu'il croise la Mercedes ultra rare de Cerutti par un heureux hasard. Il connaît lui aussi les voitures, c'est un amateur d'après ce que vous disiez.

– En effet. Aparicio m'avait même parlé de ces reportages où le père apparaissait. Lorsqu'ils se sont arrêtés sur le parking, il a repéré la voiture.

– Forcément, il l'a reconnue. Il a peut-être repensé au reportage et aux liens professionnels entre Cerutti et Armand. Le même Armand qui baigne dans son sang avec toute sa famille à deux cents mètres de là, dans sa villa. Comme vous le disiez, cela fait beaucoup de coïncidences. Reste une question : pourquoi Cerutti aurait-il abandonné son véhicule ?

– Une panne ?

– Sur un bolide de ce prix-là ? Non, il doit y avoir autre chose. Mais en tout cas, dans l'esprit de notre flic ripou, cela commence à gamberger. Plus il y pense et plus il s'en persuade. Claude Cerutti n'était pas loin. Peut-être même est-ce lui qui a buté toute la famille. C'est même sûr. Et si ce n'est pas le cas, tant pis, il sera toujours prêt à payer un gros paquet de blé pour qu'on taise sa présence sur les lieux d'un quadruple homicide qui a emporté son associé avec toute sa famille.

– Il décide alors de le faire chanter, poursuivit Jacques.

– Comme un rossignol. Et il nous fournira par la même occasion la pièce ultime qui manquait au puzzle : la balle de magnum qu'il se mange en pleine poire quelques semaines après et qui le relie, de fait, au gang Mariani. Et donc à Jo Bouscat. La boucle est bouclée.

– C'est cohérent.

– Vous voyez, monsieur Belleville, vos fâcheuses coïncidences se sont toutes muées en évidences.

– Donc vous supposez que c'est Claude Cerutti qui est à l'origine de la tuerie ?

– Difficile de penser qu'il n'est pas impliqué là-dedans. Vous me parliez d'affaire bâclée, d'incohérences dans l'enquête et d'un rapport bien enterré.

Ceci pourrait expliquer cela. Les Cerutti père et fils ont toujours eu le bras plutôt long.

– Et vous allez le confronter ? Vous ne pensez pas que l'on devrait s'en remettre aux autorités ?

– Vous plaisantez ? Quelles preuves matérielles avons-nous ? Aucune. Des témoignages, des recoupements d'informations, des déductions. On aurait trouvé une bande de vidéosurveillance avec sa tronche dessus, on pourrait en reparler. Mais là, c'est parole contre parole. Non, je vous le dis, le seul moyen que nous avons de ferrer le poisson, c'est de l'assommer d'un grand coup sur la tête. Je vais en parler avec l'avocat. Peut-être y a-t-il aussi un lien entre Cerutti et André que nous ignorons. Ensuite j'irai trouver Cerutti et je verrai déjà comment il réagit à tout ça.

– Mal, j'imagine.

– Nous verrons ! Je commence déjà à jeter les bases de mon article. Au pire, je lui donnerai un droit de réponse par la suite.

Jacques l'écoutait religieusement. Il n'était pas sûr que la solution préconisée par Viglietti soit la meilleure, loin de là. Mais après tout, si l'ancien journaliste voulait sortir un dernier gros scoop, il ne ferait rien pour l'en empêcher. Qui sait, cela permettrait peut-être à l'AAFV d'en remettre une couche auprès du bureau du procureur une fois que l'article serait sorti de presse.

Il sentait aussi que cette histoire sur laquelle il s'était tant investi ces derniers mois ne lui appartenait déjà plus. Elle était derrière lui désormais, il l'avait laissée filer. Notamment car il avait d'autres préoccupations.

Il jeta un coup d'œil à l'enveloppe qui était posée près de sa tasse. Et toute l'attention qu'il avait accordée à son interlocuteur s'évapora. Son esprit s'évada loin de l'affaire Armand, loin des convictions de Georges Viglietti, loin des décorations de Noël. Il n'avait plus qu'une chose en tête désormais.

– Je vous souhaite bonne chance alors, dit Jacques en toussant à nouveau.

– Je vous tiens au courant bien évidemment. À moins que vous ne voyiez tout ça en une de *Nice-Matin* un de ces quatre ! On les aura mon vieux ! Encore merci d'avoir eu la bonne idée de me rencarder là-dessus, j'ai l'impression de retrouver mes trente ans !

Et Viglietti raccrocha sur un généreux éclat de rire.

Jacques posa le téléphone sur la table. Son index tapota la coque de plastique tandis qu'il réfléchissait à ce qu'il allait faire désormais.

Il regarda à nouveau l'enveloppe. L'inscription imprimée sur le coin droit l'agressa dans sa réflexion. Laboratoire d'imagerie médicale.

Il pensa à Anne-Marie.

Puis il reprit le téléphone et composa le seul numéro qu'il connaissait par cœur.

La ligne décrocha presque aussitôt. Il ne s'y attendait pas et en fut pris au dépourvu un instant.

Il pensait juste laisser un message sur la boîte vocale, comme à chaque fois.

Mais il fallait croire que quelque chose, quelque part, l'avait décidée à prendre cet appel.

– Allô Sophie, c'est ton père, dit-il.

Juste un peu de magie.

CHAPITRE 40

2018

Nice, rue du Congrès,
lundi 3 décembre, 18 h 32

Estelle appuya si fort sur l'écran de son téléphone que je crus bien que son pouce allait passer à travers la vitre.

Elle venait de rappeler Claude pour la énième fois, toujours avec le même insuccès.

– Il ne répond pas, putain.

Michèle se leva et alla la rejoindre.

– Ma chérie, je sais que son attitude l'accable mais vous devez lui faire confiance. Si c'est effectivement Philippe Berthier qui se cache derrière tout cela, ton père peut arriver à jouer son jeu et à le retourner contre lui.

Je ne pouvais occulter la probabilité qu'elle ait raison. Si l'enlèvement de Maxime n'avait été motivé que par une vengeance à l'égard de mon beau-père, il serait peut-être le seul à pouvoir nous faire sortir de ce cauchemar. La police ne ferait qu'envenimer un conflit vieux de trente ans qu'elle ne maîtrisait pas et qu'elle ne comprendrait jamais, en tout cas pas dans le laps de temps dont nous disposions jusqu'à minuit.

Claude, en revanche, avait peut-être saisi la finalité de toute cette histoire.

Mais encore une fois il avait décidé de faire cavalier seul. En un sens, il n'avait pas dérogé à la ligne de conduite qui était la sienne depuis le début. Depuis qu'il avait proposé un million d'euros pour retrouver Maxime.

Un acte que nous avions tous jugé d'une inconscience folle.

Mais j'étais désormais presque convaincu que cette initiative nous avait permis de gagner du temps. En proposant cette somme, il avait entrebâillé la porte au ravisseur qui s'y était engouffré dans la foulée en demandant dix fois plus. Et en lui adressant un message clair : tout était lié à la mort de ce Patrick Armand et de sa famille.

« Cela a marqué notre vie plus que tu ne peux l'imaginer. »

Les mots de Michèle étaient encore frais dans ma tête. Mais j'avais la désagréable impression qu'elle ne nous avait pas tout dit.

On toqua à la porte et nos trois visages se braquèrent dans la même direction.

Estelle était la plus proche, elle alla ouvrir. L'un des deux policiers était sur le seuil.

– Le commandant Perret vient d'arriver, nous dit-il avant de s'effacer dans le couloir.

Nous y étions. Que devions-nous faire ? Laisser une chance à Claude ou bien tout dévoiler à la police ?

Michèle se leva. Estelle regardait sa mère, les lèvres serrées.

Nul besoin de parler, ses yeux trahissaient la multitude de sentiments qu'elle tentait de dompter.

Elle sortit de la pièce sans rien dire et je lui emboîtai le pas.

Dans le salon nous attendaient le commandant Perret et Kowalsky, accompagnés de deux brigadiers en uniforme. Le commandant écoutait d'un air grave le rapport du négociateur.

Elle passa un casque audio relié à l'un des ordinateurs pour écouter l'enregistrement de la conversation. Ce faisant, elle en profita aussi pour dicter quelques consignes à ses subalternes qui hochaient la tête à chaque fin de phrase et acquiesçaient d'un « Bien, commandant ».

Lorsqu'elle nous aperçut, elle fit un geste de la main pour nous signifier de patienter encore quelques instants.

Kowalsky, en revanche, nous rejoignit de son pas sportif. Il avait les traits tirés et transpirait fortement si j'en croyais les auréoles sur sa chemise.

– Comment allez-vous ? demanda-t-il en regardant Estelle.

– Nous tenons le coup, souffla ma femme.

Il hocha le menton.

– J'ai eu des nouvelles de votre plaque d'immatriculation, ajouta-t-il en sortant de sa poche de chemise un papier plié en deux. L'un des numéros ne correspondait à rien, en revanche l'autre nous a donné le nom suivant : Stéphanie Apostolo qui habite dans la cité des Moulins, à Nice Ouest. La quarantaine, célibataire, jamais mariée, pas d'enfant. Je l'ai fait mettre sous surveillance. Sa voiture est une Fiat Punto grise. C'est le véhicule que vous avez vu ?

– Non, non. C'était une Renault Mégane bleue, un ancien modèle d'il y a sept ou huit ans. Elle avait des stickers Corsica Ferries collés sur le pare-brise arrière.

Le lieutenant se frotta le menton en grognant.

– Sûrement une plaque volée. C'est classique. Ils la piquent sur une bagnole au hasard et la montent sur une autre le temps de faire leur coup. Rien ne dit que la Mégane n'a pas été volée elle aussi.

– Merde, dis-je entre mes dents.

– Je peux lancer une recherche pour savoir si quelqu'un n'a pas déclaré un véhicule similaire volé dans les derniers jours mais je ne vous cache pas que cela ne nous avancera à rien. Au mieux elle est déjà abandonnée sur un terrain vague et si notre homme n'est pas trop con, il y aura foutu le feu pour effacer ses traces. Mieux vaut se concentrer sur la remise de rançon de ce soir.

Mon rodéo mené tambour battant à la station-service n'avait donc servi à rien. Encore une piste à foutre aux oubliettes.

À mes côtés, Estelle n'avait même pas entendu l'explication de Kowalsky. Elle patientait le poing serré et l'œil fixe sans perdre Perret du regard. Dès que le commandant eut retiré son casque, elle fila droit dans sa direction sans me laisser le temps de réagir.

Je m'empressai de la rattraper.

– Qu'est-ce que tu fais ? dis-je tout bas en la retenant par le bras.

– Laisse-moi faire, je n'en peux plus. Il faut que ça cesse. Je vais tout leur dire.

– Estelle, écoute…

– Que voulez-vous nous dire ?

Perret nous avait rejoints.

– Commandant Claire Perret, dit-elle en avançant une main à l'attention de ma femme. Je n'ai pas encore eu l'occasion de vous rencontrer.

– En effet, dit Estelle en lui serrant la main.

– Vous souhaitiez m'informer de quelque chose ?

Je la pris par le bras pour l'assurer de ma présence à ses côtés mais aussi pour l'inciter à bien réfléchir à ce qu'elle allait dévoiler. J'étais tiraillé entre l'idée de les mettre au courant et le fait de laisser une dernière chance à Claude. Ou tout du moins, d'attendre qu'il réponde au téléphone et nous dise ce qu'il en était.

Mais ma femme était lancée comme une balle.

– Nous pensons que l'une des anciennes relations de mon père pourrait être impliquée dans l'enlèvement. Il s'appelle Philippe Berthier.

– Qu'est-ce qui vous fait dire cela ?

– Une phrase que le ravisseur a prononcée. Il a parlé d'une clé que nous étions censés avoir.

Perret arbora une moue dubitative et repositionna ses lunettes.

– Une clé ?

– Oui, réécoutez la bande. Il nous le dit à la fin. Nous avons la clé, donc nous devons savoir qu'il ne plaisante pas. Mes parents y ont repensé car ils ont reçu un colis par la poste il y a plusieurs semaines. Il contenait une clé ouvragée qui les renvoyait à la construction d'un immeuble dans les années 1980, à laquelle mon père et ce Berthier avaient participé. Et leur association ne s'était apparemment pas bien terminée. Ce n'est peut-être rien mais j'ai du mal à y voir une simple coïncidence.

Elle avait mis dans son discours toute la persuasion dont elle était capable, en dépit de la fatigue mentale et physique qui l'accablait depuis hier. Mais pas la moindre trace d'hésitation dans sa diction ou même dans son regard.

Perret réfléchit quelques instants puis appela Kowalsky.

– Jérôme, fais une recherche sur ce Philippe Berthier, un ancien associé de Cerutti. Réunis ton groupe pour vous rendre chez lui et l'auditionner.

– À l'époque, il habitait boulevard de Cimiez, près de l'Hôtel Régina.

La voix de Michèle était montée dans notre dos tel un souffle glacé.

Kowalsky la regarda et acquiesça, signe qu'il avait enregistré l'information.

Il s'éloigna pour aller retrouver ses hommes.

– Bon, on s'en occupe dit Perret. Concernant la remise de la rançon, voilà comment cela va se passer. L'opération est prévue ce soir à minuit sur le parking du centre commercial Carrefour Lingostière en périphérie de la ville. J'ai déjà deux équipes sur place qui préparent le terrain. Les agents seront en planque dans le décor et l'un d'eux ira déposer le sac dans la fameuse benne.

– Mais si le ravisseur s'aperçoit que ce n'est pas nous ? objecta Estelle.

– Notre agent sera grimé au maximum pour ne pas être identifiable. De plus il fera nuit. Mais c'est un risque que nous devrons prendre.

– J'irai, dis-je.

– Monsieur Delcourt, il y a des risques et…

– Je vous ai dit que j'irais déposer ce sac. Il est hors de question que ce soit quelqu'un d'autre.

Perret allait objecter une nouvelle fois mais le négociateur quitta son siège et s'interposa dans notre échange.

– On vous équipera en conséquence. Un micro hautes fréquences ainsi qu'une oreillette pour que nous soyons constamment en contact avec vous.

Vous déposerez le sac et vous ferez demi-tour dans la foulée. Un traceur sera caché dedans pour que nous ne le perdions pas de vue un seul instant. Et vous serez en permanence couvert par nos équipes.

– Très bien, dis-je en expirant longuement pour évacuer autant de stress que possible.

Mais il aurait tout aussi bien pu me demander de me jeter sous les roues d'un train, si j'avais eu la certitude que cela pouvait ramener mon fils, j'aurais accepté sans sourciller.

– Maintenant, il faut que nous voyions comment procéder pour l'argent, continua-t-il. Avez-vous pu réunir une partie de la somme ? Nous pouvons toujours bourrer le sac de faux billets dans le fond mais nous courons un risque au cas où il déciderait de le vider pour vérifier.

J'allais avouer que nous étions toujours en attente de l'argent et que, selon toute vraisemblance, nous n'aurions pas l'intégralité de la somme lorsque j'entendis le bruit caractéristique de la machinerie de l'ascenseur.

Les deux portes métalliques s'ouvrirent et mon beau-père fit son entrée dans le hall. Il s'arrêta, la stature encore plus droite qu'à l'accoutumée, détailla toutes les personnes présentes, puis, s'arrêtant sur le visage du commandant Perret, il jeta à terre le sac de sport qu'il avait en main.

– Voilà, dit-il, vos dix millions.

Michèle alla le rejoindre et lui parla tout bas. Il acquiesça puis son regard croisa celui de sa fille.

– Voyons cela, dit Perret.

L'un des brigadiers alla ramasser le sac et le posa sur la table du salon. Le commandant l'ouvrit et en inspecta l'intérieur. Elle retira quelques liasses qu'elle aligna sur la table.

Soudain le négociateur l'appela près de lui.

– Commandant ?

Elle le rejoignit et il pointa l'écran de son PC avec son index. Perret leva une main et claqua deux fois des doigts.

– Jérôme !

Kowalsky quitta ses collègues et arriva au petit trot. Le commandant lui glissa un mot à l'oreille et il me sembla le voir s'ébrouer comme s'il devait courir un cent mètres. Il fit volte-face, attrapa sa veste qu'il avait laissée sur le dossier d'une chaise et harangua son équipe.

– Les gars, on bouge !

Il traversa le salon comme une flèche, bientôt imité par ses deux collègues. Quelques secondes de plus et l'ascenseur les avalait sous nos yeux médusés.

Je me tournai vers Perret.

– Nom de Dieu mais qu'est-ce qui se passe ?

– Ce Philippe Berthier, demanda-t-elle en fixant le couple Cerutti, vous m'avez bien dit qu'il habitait à Cimiez, près de l'Hôtel Régina, n'est-ce pas ?

Michèle allait répondre mais Claude l'attrapa par le poignet.

– Oui, c'est exact, répondit-il.

Perret hocha deux fois la tête.

– Bien, bien, ajouta-t-elle.

Estelle explosa.

– Vous allez nous dire ce qui se passe, à la fin ?

– Nous avons reçu les infos de l'opérateur téléphonique. Le téléphone du ravisseur a borné deux fois sur une antenne relais SFR située avenue Général-d'Estienne. C'est à moins de deux cents mètres à vol d'oiseau du Régina.

CHAPITRE 41

2018

Port de Saint-Laurent-du-Var,
lundi 3 décembre, 19 h 23

Joseph-Marie avait eu beau retourner toutes les possibilités, il avait bien fallu qu'il se rende à l'évidence. Le fils Berthier ne possédait aucune adresse connue.

Pas d'appartement en ville, pas de petite maison excentrée à la campagne. Il avait d'abord fait appel à l'une de ses connaissances qui avait ses entrées dans le Saint des saints de l'administration française, la caisse de trésorerie des Alpes-Maritimes.

Les impôts.

Les informations qu'il avait reçues avaient de quoi décevoir. Christian Berthier ne payait aucune taxe foncière ou d'habitation depuis plus de quatre ans et son divorce d'avec une certaine Sophie Pérez, sa deuxième épouse. Jo avait trouvé les coordonnées de cette femme et avait tenté un appel téléphonique. À l'évocation de son ex-mari, la conversation avait tourné court. Non, elle ne savait pas comment le joindre, elle n'avait gardé aucune de ses anciennes coordonnées et de toute manière, « ce fils de pute pouvait bien crever en enfer, il ne méritait que ça ».

Retour à la case départ.

Ou plutôt, à la case restaurant.

La Havanita était le seul endroit qui reliait encore Christian Berthier à la société civile.

Du parking où il avait garé sa voiture, Jo apercevait la façade brune de l'établissement, en contrebas près de la plage. Les deux étages étaient éclairés par de larges baies vitrées ouvertes sur la Méditerranée et le toit-terrasse avait tout l'air d'avoir été aménagé avec des espaces verts.

Le vent agitait les cimes des arbustes qui dépassaient des murets.

Joseph-Marie descendit l'escalier qui menait au bord de mer. Un chemin balisé par des rondins de bois traversait le sable pour conduire à l'entrée du restaurant. L'enseigne néon « La Havanita » lui rappela celle des drive-in que l'on voyait dans les vieux films américains. Elle était éteinte néanmoins. Et le restaurant paraissait lui aussi plongé dans la plus complète apathie. Aucune lumière, aucune musique et encore moins de va-et-vient de clients.

Une feuille aux allures de document administratif était collée sur la vitre de l'entrée principale. Le papier ne tenait plus que par deux bouts de scotch racornis. Il y était stipulé que le préfet des Alpes-Maritimes avait ordonné la fermeture de l'établissement le 15 octobre pour enquête de police, et ce pour une durée reconductible de six mois.

Voilà une décision qui n'avait pas dû arranger les finances du fils Berthier, pensa Joseph-Marie. Il mit ses mains en visière au-dessus de ses yeux et se colla à la vitre pour observer l'intérieur du restaurant. À la lumière que la lune infusait dans l'obscurité prégnante, il devina que les chaises étaient retournées sur les tables et que des draps blancs avaient été jetés à la hâte sur quelques éléments de mobilier.

Jo décida de faire le tour du restaurant et remarqua une entrée secondaire située sur le côté. Il y avait deux bennes à ordures un peu plus loin et tout un tas de mégots écrasés dans une jardinière dont les fleurs avaient fini par crever. La porte de service était en PVC bas de gamme, usée par le temps et le manque d'attention. Il regarda la serrure, c'était un modèle basique à un seul point de fermeture. La poignée était tellement lâche qu'elle faillit lui rester dans la main.

Mais la porte était bien verrouillée.

Il regarda autour de lui. La ruelle était déserte. Seul un couple se baladait main dans la main au bord de l'eau façon Joe Dassin, à une cinquantaine de mètres de sa position. Il s'assura une dernière fois qu'ils ne regardaient pas dans sa direction avant de se jeter de tout son poids, épaule en avant, contre la porte. Il sentit qu'elle vibrait sur ses gonds. Il réitéra l'opération une deuxième fois, puis une troisième encore plus fort et enfin une quatrième. La porte frappa le mur violemment tandis que les deux parties brisées de la gâche métallique tintaient sur le carrelage.

Jo posa un pied à l'intérieur.

Comme il l'avait pensé, il se trouvait dans la cuisine et, au vu des plats qui s'entassaient dans les éviers et de l'odeur de graisse brûlée incrustée dans l'air, il se dit qu'il remettrait ses envies de plats cubains à un autre jour.

Il fila droit à travers la pièce, emprunta un étroit couloir qui l'amena dans la salle principale, un espace immense qui devait bien avoisiner les deux cents mètres carrés. Il avisa un large comptoir de bar sur lequel des verres et des bouteilles vides avaient été oubliés, les tables rangées avec leurs chaises empilées au garde-à-vous et la fine pellicule de poussière qui recouvrait absolument tout.

Une grande estrade avait été montée près du mur juste à sa droite. Elle était habillée d'une moquette de couleur rouge, comme le rideau de théâtre qui s'élevait juste derrière. Une scène pour accueillir les groupes en concert live avec un espace pour danser aménagé juste devant.

Il monta les trois marches qui conduisaient sur les planches et passa une tête derrière le rideau. Les divers éléments d'une batterie s'entassaient contre le mur en briques ainsi que deux étuis à guitare.

Rien d'autre.

Il redescendit et se rapprocha du bar. Au-dessus des étagères garnies de bouteilles d'alcool, un portrait du Che avait été accroché à côté d'une photo en noir et blanc de Fidel Castro. Tous les deux fumaient le cigare, un sourire greffé aux lèvres. Certains clichés avaient la vie dure.

Il aperçut un grand escalier qui avait été aménagé au fond de la pièce, en partie masqué par le mur en parpaings qu'il avait vu derrière la scène.

Le premier étage était l'espace boîte de nuit de l'établissement et reprenait les codes de décoration du rez-de-chaussée. La salle présentait un bar gigantesque mais semblait avoir été amputée d'un bon tiers par rapport à sa jumelle de l'étage inférieur. Tout à la droite du bar, dissimulée par un retour de mur, se trouvait une porte sur laquelle la pancarte « Personnel uniquement » ne laissait aucune ambiguïté. Elle donnait sur un couloir qui desservait trois autres portes.

La première était la salle de pause des employés où régnait un joyeux bordel. Le frigo collé au mur avait dû connaître la révolution cubaine. Jo trouva ensuite un débarras avec toutes sortes de cartons empilés les uns sur les autres. Ils avaient dû contenir des bouteilles d'alcool pour la plupart.

Il referma la porte et ouvrit la dernière, là où le couloir prenait fin.

C'était un bureau, celui de Christian Berthier.

La pièce était mal éclairée et manifestement, Berthier n'avait jamais eu vent de la loi Évin.

La seule fenêtre existante était obstruée par tout un tas de revues automobiles et de livres entassés devant. Et les carreaux n'avaient pas dû être lavés depuis des lustres. Il y avait même un vieux matelas, debout contre le mur au fond de la pièce.

Jo se fraya un chemin entre les bouteilles de bière, les emballages de hamburger et les journaux qui jonchaient le sol. Sur le canapé à sa gauche, il avisa une couverture en laine roulée en boule et un coussin qui portait encore l'empreinte du crâne qui s'y était posé récemment.

Voilà donc comment Christian Berthier avait disparu des écrans radars, pensa Jo. Vu le bordel ambiant, il y avait fort à parier que cette pièce avait constitué son domicile principal depuis son divorce.

Le bureau croulait sous les revues, les bouteilles vides ou juste entamées, des papiers, une imprimante d'un autre temps et beaucoup de paquets de clopes. Il remarqua une coupelle où Berthier avait jeté pêle-mêle des pièces de monnaie, des briquets, des cartes de visite et même des capotes.

Il prit l'une des cartes. Elle était au nom de Christian Berthier, restaurateur et coordinateur d'événements sur toute la Côte d'Azur. Si les clients potentiels étaient reçus dans ce taudis, nul doute qu'ils iraient se faire coordonner ailleurs. Il y avait aussi une adresse e-mail et deux numéros de mobile. Il la fourra dans sa poche.

Il souleva quelques papiers qui traînaient là, des publicités et des factures pour la plupart. Il allait ouvrir l'un des tiroirs du bureau lorsqu'un bruit froissa le silence de la pièce.

Il tendit l'oreille.

Un grésillement.

Tous ses sens étaient désormais en alerte. Il essaya d'en repérer la provenance. Il lui sembla que la source n'était pas très loin de lui, de l'autre côté du bureau.

Il le contourna.

Le bruit s'intensifia mais il était encore feutré. Jo se pencha pour vérifier sous la table, il n'y avait rien. Il regarda sur les étagères dans l'angle mais n'y trouva qu'un paquet de vieilleries juste bonnes à trouver le fond d'une poubelle.

Il fit un pas de plus et colla son oreille au mur pendant quelques secondes.

Rien. Le grésillement s'était évaporé comme il était apparu.

Merde.

Il patienta quelques secondes sans résultat. Il revint ensuite vers la porte d'entrée et se retourna pour embrasser la pièce du regard une dernière fois.

Le silence.

Mais de cet angle plus ouvert, la lumière se fit instantanément dans son esprit. Il fonça vers l'angle où se trouvait le matelas, enleva les deux chaises qui avaient été mises là pour l'empêcher de tomber puis il le fit basculer sur le côté.

– Nom de Dieu ! lâcha-t-il en découvrant la porte qui était camouflée juste derrière.

Le bruit réapparut soudain mais désormais il lui semblait qu'une voix se mêlait au grésillement. Une voix d'enfant très faible.

Un verrou avait été posé sur la face avant de la porte. Pour empêcher ce qui était derrière d'en sortir.

Il tira le revolver de son holster et arma le chien.

Et si Berthier se planquait là-dedans avec le gosse ?

Il avança la main et tourna le verrou tandis que son bras armé pointait droit devant lui. La porte frotta sur la moquette usée et moutonneuse. Il se colla au chambranle et jeta un coup d'œil à l'intérieur. L'espace était minuscule. Ce n'était pas une pièce à proprement parler, plutôt un cagibi où toutes sortes de choses étaient entassées dans le même souci d'ordre et de propreté que celui qui régnait dans le bâtiment.

Il entra.

Et il comprit alors d'où provenait cette voix nasillarde.

Abandonné sur une couverture rugueuse avec une bouteille d'eau et un paquet éventré de biscuits secs à ses côtés, le petit monstre de plastique vert libérait les dernières paroles que l'enfant lui avait enseignées.

– Je suis Hulk ! Trop fort Hulk ! Ah ah ah !

CHAPITRE 42

2018

Nice, rue du Congrès,
lundi 3 décembre, 19 h 33

– Si vous me parliez un peu de ce Philippe Berthier, monsieur Cerutti ?

Le commandant Perret avait retiré sa veste et l'avait pliée en deux sur le dossier d'une chaise. Elle portait un chemisier blanc un peu trop ample que le holster de son arme froissait au niveau de l'aine. Elle s'appuya sur le rebord de la table, croisa les bras et harponna mon beau-père du regard, signe qu'elle attendait une réponse à sa question. Tout de suite.

– C'était l'ancien associé d'une personne avec qui j'étais en affaires il y a des années de cela, répondit Claude.

– Le nom de cette personne ?

– Patrick Armand.

Il n'avait pas sourcillé en prononçant ce nom. En revanche chaque évocation de cet homme semblait être un coup de poignard pour Michèle. Je me remémorai ce qu'elle nous avait dit tout à l'heure au sujet d'un journaliste qui avait accusé Claude du meurtre de la famille Armand. Cela m'aurait paru complètement insensé si je n'avais pas eu le visage pétrifié de ma belle-mère sous les yeux.

– Et donc, continua Perret, vous recevez cette clé par la poste il y a quelques semaines et vous faites le lien avec cette ancienne connaissance de trente ans. Aujourd'hui, bien sûr. Vous pourriez faire un sacré flic, vous savez, avec ce don de déduction que vous avez là.

Claude ne répondit rien, ce fut sa femme qui vola à son secours.

– C'est moi qui ai repensé à cette clé. Au point où nous en sommes, nous nous raccrochons à n'importe quelle intuition.

Perret fit une drôle de mimique avec ses lèvres et écarquilla légèrement les yeux. On aurait pu croire qu'elle se lançait dans une mauvaise imitation de Robert de Niro.

– Je comprends, dit-elle.

Elle quitta sa position pour retourner auprès du négociateur.

Son regard se posa sur l'écran de l'ordinateur sur lequel je distinguai plusieurs fenêtres ouvertes. L'une d'elles était une carte type Google Maps.

Je me rapprochai de quelques pas.

– Tu as des nouvelles de l’opérateur ? demanda-t-elle à mi-voix. Ils ont pu tracer le téléphone après l’appel ?

– Le rapport est là. On a l’IMEI et la dernière localisation connue, ici (il pointa l’écran du doigt). C’est toujours dans le secteur de Cimiez.

– Ça date de plus de trois heures bordel, ils n’ont rien de plus précis ?

– Il suffit que le type ait retiré la SIM et c’est mort.

– Merde.

Elle replaça ses lunettes sur son nez et fit craquer ses doigts.

Claude s’approcha à son tour.

– Écoutez, Philippe Berthier doit bien avoir quatre-vingts ou quatre-vingt-cinq ans aujourd’hui. Je doute qu’il soit l’homme de la camionnette blanche. En revanche, il a un fils prénommé Christian. Un fils qui a des dettes importantes.

– Vous êtes décidément très bien informé, monsieur Cerutti.

– Vous devriez mettre vos équipes à la recherche de Christian Berthier. Tout concorde, il était sûrement près de l’appartement de son père lorsqu’il a passé l’appel tout à l’heure.

Je devais bien reconnaître que cela se tenait. Et il aurait ensuite éteint son téléphone avant de le mettre dans la première poubelle venue ou bien de détruire la carte SIM.

– Le lieutenant Kowalsky et son équipe vont tout vérifier.

– Si Philippe Berthier ou son fils sont les responsables de tout ça, vous devez relâcher ma fille ! cria Michèle.

Sa voix trahissait le peu de contrôle qu'elle parvenait encore à exercer sur ses émotions.

– Madame Cerutti, tempéra le commandant Perret dans un sourire sibyllin, ce n'est vraiment pas aussi simple que ça. Je vous propose plutôt de nous concentrer sur la remise de la rançon de ce soir. Quant à Philippe Berthier, mon équipe se charge de l'interroger. Pour votre fille, le bureau du procureur examinera tous les éléments constitutifs du dossier en sa possession. S'il s'avère qu'elle n'a rien à se reprocher, aucune charge ne sera retenue contre elle. Il faudra quand même qu'elle nous explique deux ou trois petites choses, comme sa présence au volant de son véhicule près du ravisseur ce jour-là et la chaussure de l'enfant que nous avons trouvée dans sa voiture.

Son téléphone bipa dans sa poche.

Elle scruta l'écran puis se tourna à nouveau vers son collègue.

– Ils sont en bas de l'immeuble, lui dit-elle.

Claude souffla et passa une main dans ses cheveux. Manifestement l'enquête de police n'allait pas dans le sens qu'il souhaitait. Ou du moins, pas assez vite. Il fit demi-tour pour retourner auprès de Michèle. Estelle se tenait près de sa mère et j'eus le sentiment qu'il voulut tenter un rapprochement avec elle mais le visage de ma femme était fermé à double tour.

Une réaction bien normale après tout ce que nous venions de découvrir. En revanche l'attitude de ma belle-mère ne cessait de me paraître suspecte. Je décidai de m'éclipser quelques instants sur la terrasse pour prendre mon smartphone et lancer une recherche internet sur cette affaire Armand.

Le premier lien à se présenter m'envoya vers une page Wikipédia. Je lus rapidement le résumé qui était proposé. L'article n'était pas bien long. Dans la nuit du 15 décembre 1986, Patrick Armand, homme d'affaires émérite et multimillionnaire, avait été retrouvé mort à son domicile de La Colle-sur-Loup en compagnie de sa femme Rachele et de leurs deux enfants, Élisa et Raphaël. Ma gorge se serra en m'arrêtant sur leur âge.

Deux ans…

Qui pouvait être capable d'une pareille horreur ?

Suivait une photo de la famille où je retrouvai le visage lumineux de Rachele Armand ainsi que celui de son mari, athlétique et taillé dans le marbre, et des deux enfants, blonds comme les blés. Je m'attardai sur leurs yeux rieurs quelques instants et en éprouvai un profond mal-être. De l'écœurement, de l'incompréhension mais encore bien plus que cela. Comme si mon instinct hurlait que la réponse était là, sous mes yeux, et que je ne la saisissais pas.

Le rapport avec toute cette histoire.

Deux enfants assassinés… Et mon fils enlevé, plus de trente ans après.

Comment ne pas penser à Maxime en cet instant ? Où était-il ? Avec qui ? Ce Berthier ? Avions-nous pris la bonne décision en acceptant la remise de la rançon ? Tant de questions et aucune réponse, ou plutôt une infinité de probabilités toutes plus anxiogènes les unes que les autres.

Deux enfants blonds aux yeux bleus, comme lui.

Je fis quelques pas face aux lumières de la ville et tentai de reprendre le contrôle de ma respiration. Mais la pression sur ma cage thoracique ne faiblissait pas, bien au contraire, tel un feu prompt à me consumer, corps et âme.

Je m'accoudai à la rambarde. Il faisait froid mais il me sembla que c'était bien cette seule et unique sensation qui me permettait de me sentir encore en vie.

– Tu fais quoi ?

C'était la voix fatiguée d'Estelle dans mon dos.

– J'avais besoin de prendre l'air. À l'intérieur, des nouvelles ?

– Non.

– Ton père ?

– Je préfère ne pas parler de ça, dit-elle en levant la main. Il a réussi à trouver les dix millions. Comment, je n'en sais rien mais pour le moment, c'est tout ce qui compte. Et que la police arrête ce type aussi, celui de la clé.

Elle vint se coller contre moi.

– Nous allons y arriver, n'est-ce pas ? À le retrouver.

J'enserrai mes bras autour de sa taille et l'embrassai sur le front. Mais le poids accumulé sur mes épaules depuis la veille s'appesantit d'un seul coup et je ne pus retenir mes larmes.

Estelle leva les yeux vers moi. Et elle me serra encore plus fort.

Comme si nous étions chacun la bouée de l'autre, comme si nous n'avions plus rien d'autre à quoi nous raccrocher dans ce monde illisible, irrigué par tant de forces obscures qui permettaient que l'on s'en prenne à des enfants.

Lorsqu'elle eut fini sa cigarette, nous retournâmes à l'intérieur. Michèle n'avait pas quitté le sofa, elle n'avait même pas bougé d'un iota, une véritable statue de cire.

Claude faisait le pied de grue de l'autre côté de la pièce, à l'entrée du couloir. Il tenait un bout de papier dans une main et s'énervait de ne pas arriver à joindre quelqu'un au téléphone. Comme un signe, son portable sonna à cet instant et il alla s'isoler dans le couloir pour prendre l'appel.

Le commandant Perret faisait les cent pas près de l'ascenseur, le portable greffé à son oreille, et hochait la tête à la manière d'un robot de temps à autre. Lorsqu'elle raccrocha, elle leva le nez et je surpris son regard, froid et concentré. Il me sembla qu'elle cherchait quelque chose ou quelqu'un que manifestement elle ne trouvait pas.

Elle glissa deux mots au deuxième policier qui était resté en faction et qui patientait près de la porte d'entrée. Ce fut comme un ressort que l'on relâchait : l'homme fut debout en une fraction de seconde. Son premier geste m'alerta, il venait de porter la main à l'arme accrochée à sa ceinture. Mais le commandant Perret secoua légèrement la tête et son agitation baissa d'un cran.

Sur ma gauche, Claude réapparut, la mine livide. Il avait remis sa veste.

Où diable comptait-il aller encore ?

Perret se dirigea vers lui, son subalterne lui emboîtant le pas comme son ombre.

– Monsieur Cerutti ?

Quelque chose dans son attitude, dans sa démarche avait changé. Elle me semblait…

– Ah commandant, souffla Claude, j'ai deux mots à vous dire.

– C'est parfait, moi aussi j'ai à vous parler.

Elle avança vers lui tandis que le policier se détachait peu à peu d'elle. Et je compris soudain à quoi tenait leur gestuelle si étrange.

Ils étaient sur leurs gardes.

– Je préférerais que vous restiez avec nous, ajouta Perret. Nous allons discuter de tout cela calmement.

Claude tiqua.

– De quoi parlez-vous ?

Il fit un pas en retrait en apercevant le policier qui le prenait à revers.

– Bon Dieu, qu'est-ce qui vous prend ?

Il plongea la main dans l'une des poches porte-feuille de sa veste.

Je vis le policier dégainer son arme.

– Mais vous êtes devenus fous ! hurla Michèle qui avait suivi la scène.

Son cri couvrit la voix de Perret qui intimait à son collègue de rester à distance.

– Monsieur Cerutti, vos mains en évidence, s'il vous plaît.

– Vous êtes sérieuse commandant ? rétorqua Claude avec cet air bravache que je ne lui connaissais que trop bien.

– Plus que sérieuse !

Elle avait elle aussi la main posée sur la crosse de son arme.

– Vous pensez que j'ai une arme sous ma veste ?

– Papa, fais ce qu'elle te dit ! intervint Estelle. Et vous, j'espère que vous avez une bonne raison pour nous traiter de la sorte.

Perret ne lui adressa même pas un regard. Toute son attention était focalisée sur mon beau-père, elle était comme un chien de chasse à l'arrêt.

Finalement, Claude s'exécuta. Il écarta le pan de sa veste et sa main réapparut à la manière d'un magicien qui ressort la carte que vous pensiez avoir en poche. Mais il tenait simplement son téléphone portable entre le pouce et l'index.

– Dois-je contacter mon avocat ? dit-il de son ton le plus sarcastique.

Perret ne sembla pas sensible à son humour. Néanmoins elle relâcha un peu de pression.

– Monsieur Cerutti, je vais vous demander de venir dans le salon et nous pourrons discuter calmement.

– Commandant, j'espère que vous avez une bonne raison de jouer ce petit numéro avec moi, avança Claude.

– Tout dépend de ce que vous allez me dire ici et maintenant.

– À propos de quoi ? cingla Cerutti. Nom de Dieu, nous avons mon petit-fils à retrouver ! Et où en êtes-vous avec Berthier ?

Perret fit encore un pas vers lui et planta son regard dans le sien.

– Justement, le lieutenant Kowalsky vient de m'appeler. Lui et son équipe ont retrouvé Philippe Berthier à son domicile il y a quelques minutes. Ou plutôt son cadavre encore chaud. Il a été assassiné.

CHAPITRE 43

2018

Nice, rue du Congrès,
lundi 3 décembre, 20 h 46

Quelques secondes auparavant, Claude soutenait encore le regard de Perret sans ciller. Mais désormais, il paraissait avoir pris dix ans d'un coup.

Philippe Berthier était mort.

Cette ultime révélation avait rompu ses dernières défenses.

Il avança jusqu'à la table avec la démarche de ceux qui vont fumer une dernière cigarette et s'assit. Michèle le suivit et derrière eux, le policier qui ne quittait pas Claude du regard.

Estelle me rejoignit, accablée.

Elle tourna volontairement le dos à la scène qui se jouait devant nos yeux.

– C'est un cauchemar, un putain de cauchemar. Ne me dis pas qu'il a fait ça. Pitié, ne me dis pas qu'il a tué ce type.

– Laissons-le s'expliquer avec Perret. Je ne sais pas ce qui s'est passé entre Philippe Berthier et ton père quand ils se sont vus, mais à son retour il avait l'air de tout sauf de quelqu'un qui venait d'assassiner un homme.

– Parce que tu en as déjà vu beaucoup ? Des gens qui viennent de commettre un meurtre ?

– Tu m'as très bien compris.

Sa repartie avait été cinglante et je m'aperçus qu'elle serrait ses poings jusqu'à s'en faire rentrer les ongles sous la peau. Dans son esprit, le choix avait déjà l'air d'avoir été acté.

Claude pouvait-il avoir commis l'irréparable ?

Michèle nous avait dit qu'il était parti en emportant son revolver. Seul, retrouver une ancienne connaissance qu'il suspectait d'avoir commandité l'enlèvement de son petit-fils. Même si Philippe Berthier était un homme âgé, comment avait-il pu réagir aux accusations de mon beau-père ? Le ton était monté, les esprits s'étaient échauffés et alors…

Et alors…

– Je ne l'ai pas tué, articula-t-il à l'intention du commandant de police.

– Alors racontez-moi ce qui s'est passé.

Cerutti passa une main sur son visage et se frotta le menton. Puis il regarda sa femme à ses côtés. Michèle se pinçait les lèvres comme pour tenter d'y provoquer un afflux sanguin.

Elle prit la main de Claude.

Je ne les avais jamais vus si proches, si unis.

– Quand j'ai commencé à avoir des doutes sur Philippe, j'ai décidé de me rendre à son domicile. Seul. Je n'en ai parlé à personne.

Perret esquissa un sourire puis opina du chef avant de s'appuyer au dossier de sa chaise.

– Je l'ai bien connu, nous avions collaboré dans le passé. Je pensais vraiment réussir à en tirer quelque chose. Au moins rayer son nom de la liste des suspects.

– Pourquoi ne pas nous avoir appelés ?

– Et perdre encore une heure à tenter de vous convaincre ? C'était une simple intuition de ma part.

Le commandant croisa les bras. Elle lança à Claude un regard en biais.

– À cause de la clé ? Et de ce qu'a dit le ravisseur au téléphone ?

– C'est exact.

– Que représente cette clé ?

– C'est un cadeau qui a été fait aux associés dans l'opération de promotion immobilière des Jardins de Perséphone. L'artiste qui a forgé la grande porte en fer de l'entrée de l'immeuble a aussi réalisé ces clés pour marquer le jour de l'inauguration. Il nous les a laissées en souvenir.

– Le nom de cet artiste ?

Cerutti souffla.

– Comment voulez-vous que je m'en souvienne ? C'était il y a plus de trente ans.

– Emiliano Santorino, un Argentin, dit Michèle. Il était assez connu à l'époque. Mais il avait une soixantaine d'années, je doute qu'il soit encore en vie.

Perret la gratifia d'un hochement de tête.

– Je vous remercie, madame Cerutti. Et donc ? Qu'a dit Philippe Berthier ?

– Il a nié, évidemment. Mais il a un fils, Christian. Un fils qui a des dettes m'a-t-il dit. Beaucoup de dettes.

– Donc ce serait le fils, le responsable. Et il aurait tué son propre père. Pour quelle raison ?

– Vous le lui demanderez quand vous l'aurez attrapé.

Perret tapa du plat de la main sur la table.

– Monsieur Cerutti !

– Je n'en sais rien ! J'ai dit à Philippe Berthier que j'avais tout découvert, qu'il avait une heure pour mettre la main sur son fils et qu'il devait me rendre Maxime. J'imagine qu'il aura réussi à le joindre et que Christian Berthier se sera rebellé contre son père.

– Et par ta faute ce fou a tué son père et maintenant Dieu sait ce qu'il va faire à mon fils ! hurla Estelle.

En trois enjambées elle avait rejoint Claude et le pointait du doigt en criant telle une furie.

– Il sait qu'il est découvert ! Il va chercher à fuir en abandonnant Maxime ! Ou pire !

Je l'empoignai par les épaules et tentai de la mettre à l'écart.

– Si mon fils meurt, tu auras son sang sur les mains, tu entends ? continua-t-elle à crier.

Je la forçai à s'asseoir sur le canapé. Elle se prit la tête entre les mains et éclata en sanglots. J'entendis alors un téléphone sonner dans mon dos.

Le commandant Perret s'exila à nouveau à l'angle de la pièce pour prendre l'appel. Claude était voûté sur sa chaise et Michèle semblait être la dernière personne de la famille à faire encore un peu illusion en croyant à son innocence.

Perret revint s'asseoir à la table. Elle posa son portable devant elle et ne le quitta pas des yeux. Elle repositionna ses lunettes qui avaient glissé jusqu'à l'extrémité de son arête nasale.

Et elle attendit.

Soudain son téléphone enchaîna une série de plusieurs bips.

Elle le déverrouilla, prit connaissance des messages qu'elle venait de recevoir puis elle le reposa bien à plat pour que chaque personne attablée puisse voir ce qu'il y avait sur l'écran.

Elle le fit glisser vers Claude et Michèle.

– Vous reconnaissez ceci, monsieur Cerutti ?

Je vis mes beaux-parents se pencher sur le smartphone.

Michèle poussa un cri strident tandis que Claude restait de marbre.

– C'est impossible ! dit ma belle-mère.

Je me rapprochai pour voir quelle était la cause de cet émoi.

Le téléphone montrait la photo d'un couteau de couleur argentée qui avait été mis sous scellés dans une pochette plastique zippée. Il avait des allures de poignard antique et je crus bien me rappeler avoir déjà vu un coupe-papier identique dans les mains de Claude ou de Michèle.

Mais là n'était pas le plus important.

Des traces de sang suintaient sur toute la longueur de la lame.

– Vous reconnaissez ce coupe-papier ? continua à marteler Perret. C'est l'arme qui a servi à tuer Phillipe Berthier.

Claude ânonna quelque chose que je ne compris pas.

Perret fit défiler une autre photo de l'index.

On y retrouvait le même coupe-papier en plus gros plan. Je me penchai au-dessus de l'épaule de Michèle pour mieux voir. Il y avait une inscription sur la lame ensanglantée.

– Les lettres C. C. sont gravées dessus, monsieur Cerutti. C. C. comme vos initiales. Va-t-on aussi y retrouver vos empreintes ?

– Je ne comprends pas, souffla Claude en desserrant à peine les dents.

Michèle quitta sa chaise et, d'un pas rapide, prit la direction de l'entrée de l'appartement. Elle continuait à prier Dieu tout haut que cela ne soit que le fruit d'une erreur, d'une fâcheuse coïncidence. En arrivant dans le vestibule, elle courait presque.

– Je vous jure que je ne comprends pas, se borna à répéter mon beau-père.

– Je ne vous demande pas de comprendre, monsieur Cerutti, je vous demande juste si l'objet que je vous montre vous appartient bien.

– C'est…

Nous perçûmes le bruit des tiroirs que l'on ouvrait et que l'on fouillait puis que l'on refermait sans ménagement.

– C'est bien le mien, confessa Claude.

Lorsque ma belle-mère réapparut sur le seuil du salon, son visage était brisé par l'angoisse.

– Je ne le trouve plus, dit-elle. Le coupe-papier ! Il a disparu.

Mais ça, nous l'avions déjà tous compris.

CHAPITRE 44

2018

Nice, rue du Congrès,
lundi 3 décembre, 21 h 34

Perret nous regarda tour à tour avant de revenir sur le visage de Claude.

Elle sembla hésiter, comme tiraillée entre deux maux dont elle devait choisir le moindre.

Finalement elle fit un signe de tête à son collègue et déclama d'une voix solennelle :

– Monsieur Cerutti, nous sommes aujourd'hui le lundi 3 décembre 2018, il est vingt et une heures trente-six, je vous informe de votre placement sous le régime de la garde à vue pour une durée de vingt-quatre heures dans le cadre de l'enquête sur l'homicide de monsieur Philippe Berthier. Au-delà de cette durée, le procureur de la République décidera de renouveler ou non la garde à vue en fonction des charges retenues contre vous. Vous avez le droit à la présence d'un avocat…

– C’est bon, commandant, épargnez-vous cette peine, je connais mes droits.

– Vous avez le droit à la présence d’un avocat, continua Perret, et si vous ne pouvez en avoir un, il pourra vous être commis d’office. Vous avez la possibilité de vous faire examiner par un médecin si vous en ressentez le besoin et de prévenir quelqu’un de votre entourage, ce qui ne sera peut-être pas nécessaire dans le cas présent. Avez-vous bien compris ce que je viens de vous expliquer ?

Claude hocha la tête.

Perret se tourna vers son subalterne.

– Brigadier, veuillez procéder à l’interpellation de monsieur Cerutti je vous prie.

Le policier s’approcha de Claude et détacha les menottes qu’il portait à la ceinture.

– Cela ne sera pas nécessaire, objecta Perret. Escortez simplement monsieur Cerutti jusqu’à l’entrée de l’immeuble. On vous attend déjà en bas. (Elle se tourna vers Claude.) Ils vont vous conduire au commissariat, vous y serez entendu dès demain.

– Vous allez le laisser passer la nuit en cellule ? Vous êtes sérieuse ?

– Madame Cerutti, je me vois obligée de vous rappeler que votre mari est le principal suspect dans une affaire de meurtre.

Claude leva la main en signe d’apaisement.

– Michèle, c’est bon, tout va bien. Je suis innocent, je le prouverai. Appelle Langlade et raconte-lui tout. Qu’il me retrouve au commissariat.

Charles Langlade était l'associé principal du cabinet dans lequel Bruce exerçait. Et l'avocat de la famille depuis des décennies.

Claude s'adressa à Perret.

– Je pourrais vous dire que vous faites une erreur mémorable, commandant, mais je ne le ferai pas. Pas à quelques heures de la remise de rançon pour la libération de mon petit-fils. Mais attendez-vous à ce que je rende les coups au centuple dès demain.

Perret ne cilla pas.

Le brigadier guida Claude d'une main sur l'épaule.

– Il serait préférable que vous laissiez vos effets personnels ici, ajouta-t-il. Vous devrez nous les confier là-bas de toute façon.

Mon beau-père s'exécuta, il fouilla dans ses poches et déposa sur le buffet son téléphone portable, sa montre, un trousseau de clés, un portefeuille, un stylo, un peu de monnaie et un bout de papier plié en quatre. Ce faisant, il me chercha du regard pour m'adresser un signe de la tête.

Lorsqu'il se retourna, Michèle l'enlaça avec pudeur. Claude accepta l'étreinte mais j'eus surtout l'impression qu'il lui glissait un mot à l'oreille. Puis il la prit par les épaules et plongea son regard dans le sien. Elle acquiesça d'un léger signe de tête avant de se résoudre à le laisser partir.

Avec tout ce que nous venions de vivre en moins de cinq minutes, j'en avais presque oublié ma femme. Estelle n'avait pas quitté le canapé. Elle était penchée en avant, les coudes posés sur ses cuisses et ses mains recouvrant complètement son visage.

Claude s'arrêta face à elle.

Elle sentit sa présence, releva la tête sans parvenir à le regarder dans les yeux. Il esquissa un rictus, signe qu'il avait compris. Puis il s'éloigna en laissant ses doigts effleurer l'épaule de sa fille.

Il précéda le brigadier dans l'ascenseur et les portes d'acier coulissèrent ensuite jusqu'à les faire disparaître.

Estelle se leva et alla fouiller dans son sac. Elle en ressortit une boîte de comprimés et traversa le salon pour prendre l'escalier qui menait à l'étage inférieur.

Michèle s'isola pour téléphoner à leur avocat comme Claude le lui avait demandé.

Je m'approchai de Perret.

Elle me devança avant que j'aie pu dire un mot.

– Que vouliez-vous donc que je fasse ?

– Vous pensez sincèrement que c'est lui ?

– Et vous ? Vous pouvez me certifier le contraire ? Là, tout de suite ? Et me dire comment son foutu coupe-papier est arrivé dans la gorge de Philippe Berthier ? Sans compter les caméras de sécurité de l'immeuble qui ne manqueront pas de montrer votre beau-père sous tous les profils sur une plage horaire similaire à celle où le meurtre a été commis.

Je ne répondis rien.

Perret enleva ses lunettes et les posa sur la table avant de se laisser tomber sur une chaise. Elle se pinça le haut de l'arête nasale entre les doigts et ferma les yeux.

– Bordel de merde, souffla-t-elle.

Quelques secondes, ce fut le temps que dura sa démobilisation. Elle reprit les armes aussi vite qu'elle avait laissé sa cuirasse se fissurer.

– Il faut vous préparer pour ce soir, me dit-elle.

Estelle nous rejoignit à la table tandis que le négociateur déroulait le câble du petit micro qu'il allait installer sous ma chemise.

Je croisai le regard de ma femme. Je n'y lus qu'une terreur abyssale.

Moi-même, je n'avais jamais ressenti une telle angoisse de toute ma vie.

CHAPITRE 45

2018

Saint-Laurent-du-Var, bord de mer,
lundi 3 décembre, 21 h 48

Joseph-Marie n'avait pas lâché son téléphone depuis qu'il avait quitté La Havanita.

En quittant le restaurant, il avait tout de suite appelé Claude pour l'informer de ce qu'il avait découvert. Et son ami lui avait aussi résumé son rendez-vous avec Philippe Berthier.

– Qu'est-ce que c'est que cette histoire de gendarme ?

– Selon Berthier, il enquêtait sur l'assassinat des Armand.

– Tu veux que je creuse ça aussi ?

Cerutti avait laissé filer quelques secondes avant de répondre.

– Non, le plus important, c'est de mettre la main sur le fils Berthier. Tu es sûr que c'est lui qui a le petit ?

– Certain, avait répondu Jo en jetant un regard sur la figurine Hulk posée sur le siège passager.

– Alors trouve-le. Et ne lâche rien, tu m'as compris ?

– On persévère et on ne lâche rien. Ça me rappelle ton père.

Cerutti n'avait rien répondu.

– Je vais trouver ce type Claude, fais-moi confiance, avait conclu Jo.

Puis il avait raccroché et s'était allumé une cigarette.

Il était sorti de la voiture pour la fumer tout en s'appuyant contre le capot de la Mercedes.

Et pour réfléchir.

Toute cette histoire commençait à sérieusement se compliquer.

Les flics allaient débarquer chez Berthier qui ne manquerait pas de leur cracher le morceau pour ce gendarme, sûrement pour dédouaner son fils. En poursuivant leurs investigations, ils arriveraient à remonter jusqu'à cette histoire avec le journaliste. De là à penser que cela remettrait au goût du jour l'affaire Patrick Armand, il n'y avait qu'un pas que même un cul-de-jatte aurait franchi.

Jo avait envoyé valser le mégot encore fumant sur le bitume du parking et avait repris son téléphone. La carte de visite qu'il avait trouvée dans le restaurant de Christian Berthier lui avait donné une idée.

Il avait fait défiler les contacts avec son pouce avant de trouver celui qu'il cherchait et de lancer l'appel.

Tandis que la ligne sonnait, il s'était demandé comment il allait être reçu. Ça devait bien faire quinze ans qu'ils ne s'étaient plus parlé.

– U Fornu j'écoute ?

– Léo Mattei, il est là ?

– C'est mon oncle. Qui le demande ?

– Dis-lui que c'est Jo.

– *Va bè*. Attendez deux minutes.

En bruit de fond, des discussions, des rires, de la vaisselle qui tintait. Le tout saupoudré de quelques notes de guitare acoustique. Une salle de restaurant comme une autre en Corse-du-Sud.

Une voix s'était réapproprié le micro du téléphone, puissante à en décorner un bœuf.

– 'De dieu, c'est pas possible, allô ! Jo ? Jo Bouscat ?

– Oh Mattei !

– *Mi* ! Jo ! Pas possible ! Toujours en vie mon salaud ?

– *Cumu va*, Léo ?

– *Va bè !* Tu te mets au corse ou quoi ?

– Ah, toujours un peu, tu le sais hein ? avait répondu Joseph-Marie en riant.

– Putain Jo, ça fait un bail.

– Quinze ans ? Plus ? Tu tiens les comptes toi ?

– J'ai arrêté de compter les jours quand on est sortis du trou. J'ai arrêté de compter et maintenant je vis.

– Tu fais bien Léo, tu fais très bien. Ton restaurant marche j'imagine.

– Oh tu sais, on est tranquilles ici, je ne me plains pas. Mais toi, qu'est-ce que tu deviens ? Tu as besoin de quelque chose, dis-moi ?

– Tu as toujours été le plus perspicace de nous tous, Léo.

– C'est surtout que j'ai le *Corse-Matin* sur le paillasson chaque jour, mon ami. Alors je suis quand même au courant pour l'enlèvement du petiot. Quelle saloperie ! S'en prendre à un gosse ! Vous avez des nouvelles ?

– On essaye. Mais il va falloir que tu m'aides.

– Tout ce que tu veux, ma parole Jo, tout ce que tu veux.

– T'as toujours un neveu crack dans les ordinateurs, Internet et toutes ces conneries ? Celui qui t'envoyait les lettres quand on était à l'ombre.

– Pascal ? Oui, c'est le fils de ma plus jeune sœur, Maria. Il a quarante piges et deux gosses maintenant. Il a réussi tu sais, il a un gros poste à Londres, ils le payent des fortunes pour tester les systèmes informatiques des banques. Tu le crois toi ? Le neveu de Léo Mattei qui bosse à la sécurité des banques ? Si la vie c'est pas la plus belle des garces !

– Tu crois qu'il pourrait m'aider ?

– Pour sûr, Jo, c'est la famille ! Tu veux quoi, dis-moi ?

– Je dois trouver quelqu'un, Léo. Question de vie ou de mort. J'ai juste deux numéros de téléphone et une adresse e-mail.

– Donne-moi tout, je vais l'appeler et je te tiens au courant.

Jo avait dicté les informations à son ami puis ils s'étaient quittés non sans se rappeler une ou deux autres anecdotes du passé.

Il venait à peine de raccrocher quand son portable sonna de nouveau. Le prénom de Michèle s'afficha sur l'écran.

– Michèle ?

Elle lui débita tout d'une traite, comme si elle avait besoin d'expulser ce qu'elle avait gardé en elle contre sa volonté. La nouvelle de l'assassinat de Berthier, l'arrestation de Claude et cette preuve tout aussi irréfutable qu'incroyable qui l'avait accablé.

Jo écouta sans desserrer les dents.

Il ne prononça pas le moindre mot.

Pas même lorsque Michèle lui répéta le dernier message que Claude lui avait glissé dans le creux de l'oreille avant d'être emmené par la police.

Un message qui lui était adressé.

« Ne lâche rien. »

CHAPITRE 46

2018

Nice, zone d'activités Lingostière,
lundi 3 décembre, 23 h 37

Depuis la banquette arrière de la 308 de Kowalsky, j'observais les véhicules qui, dans la pâleur des éclairages nocturnes, clairsemaient l'étendue grise du parking du centre commercial. Leur nombre était bien plus important (une trentaine, une cinquantaine ? Je ne pouvais pas tous les voir et encore moins les compter) que ce à quoi je m'attendais à une heure aussi tardive.

Une pensée ne me quittait plus depuis notre arrivée et rongeait mes sens comme de l'acide. Il était là, quelque part, tapi dans l'ombre comme une bête immonde, à épier les moindres allées et venues qui surviendraient dans le silence de la nuit.

Il était là et il avait mon fils.

À mes côtés, Estelle n'avait pas dit un mot depuis notre départ de l'appartement. Durant le trajet, elle avait sorti son téléphone et regardé à plusieurs reprises les photos de Maxime qu'elle y conservait. Les dernières fêtes d'anniversaire et de Noël avaient défilé sous ses doigts. Au bout de quelques longues minutes, elle avait remis son appareil dans son sac. Et son regard s'était de nouveau greffé à la vitre.

Un silence pesant avait régné dans l'habitacle, troublé de temps à autre par la radio du véhicule qui retransmettait les conversations entre les différentes équipes déployées pour l'opération. La voix sèche et directive de Perret y était omniprésente.

Avant que nous ne quittions l'appartement, le négociateur nous avait brossé le *modus operandi* qui avait été décidé dans l'après-midi par les services de police et qui mobiliserait pas moins d'une quarantaine de personnes sur place. Des policiers seraient en planque un peu partout dans le périmètre, cachés dans des véhicules banalisés, autour des bâtiments environnants et même sur les toits. Perret dirigerait les opérations en coordination étroite avec un groupe d'intervention du Raid qui se tiendrait à distance, prêt à intervenir si la situation le nécessitait.

Autrement dit au cas où le ravisseur se muerait en forcené et se retrancherait quelque part avec mon fils comme bouclier.

Je priais pour que nous n'en arrivions pas là, pour que ce cauchemar ne franchisse pas un degré d'horreur supplémentaire.

La peur me collait à la peau.

La peur de ne pas être à la hauteur.

La peur d'avoir choisi la mauvaise solution.

La peur que cette opération de police ne nous conduise qu'à notre perte et scelle le sort de notre enfant. Que serait notre vie après cela ? Mériterait-elle seulement de continuer ?

Le négociateur était installé sur le siège passager à paramétrer sa valise d'écoute. De temps à autre il se tournait vers nous. En habitué de ce genre de situations extrêmes, il essayait de trouver le mot juste, la parole qui porterait et nous permettrait de ne pas exploser en plein vol.

– Ne cherchez pas à comprendre le pourquoi du comment, ni à savoir où il peut être, ni même s'il vous observe. Ça, c'est notre boulot. Ne le laissez pas entrer dans votre tête plus qu'il n'y est déjà.

C'était tellement simple dans la bouche d'un autre.

– Gardez à l'esprit que vous ne serez jamais seul. Nous avons des hommes partout, des snipers sur les toits. Le sac est piégé avec un traceur, nous le suivrons où qu'il aille. Je communiquerai avec vous par l'oreillette. Mettez-la maintenant. Vous m'entendez ?

Il parla dans un petit micro relié à un émetteur noir qui avait la taille d'un iPhone et qui était lui-même rattaché à son ordinateur.

– Oui.

– OK. Vous vous souvenez du code d'urgence dont nous avons décidé ?

– Oui, « fin de ronde ».

– Parfait. Si, à un moment ou à un autre, vous craignez pour votre intégrité physique, dites « fin de ronde » et nous intervenons immédiatement.

– Je veux juste retrouver mon fils.

Je le vis secouer la tête comme si cela n'avait aucun rapport avec ce dont il me parlait.

– Nous le voulons tous. Mais nous voulons aussi vous garder sain et sauf.

Kowalsky avait baissé la vitre du véhicule pour faire entrer un peu d'air. Puis il avait orienté le rétroviseur central pour me trouver du regard.

– Vous allez y arriver, Anthony, me dit-il. Nous sommes à une centaine de mètres de l'entrée. Vous marchez droit, vous trouvez la benne et vous balancez le sac dedans. Et ensuite vous faites la route inverse.

– Lorsque vous revenez, vous ne vous retournez sous aucun prétexte, ajouta le négociateur. C'est bien compris ?

– Oui.

Kowalsky ouvrit la portière et sortit du véhicule. Il se dirigea vers le coffre.

Je pris la main d'Estelle et la serrai. Elle essaya de faire bonne figure et hocha la tête, toujours mutique. Mais, alors que j'allais descendre de la voiture, elle me lança :

– Sois prudent et ramène-le. Ramène notre fils.

Mes lèvres se crispèrent sur une tentative de lui répondre. Et je refermai la portière. Kowalsky me tendit le sac avant de me donner une claque sur l'épaule.

C'était le moment.

Je marchai sans me retourner, en essayant de débrancher mes émotions et de me focaliser sur la tâche que j'avais à accomplir. Je quittai la zone du parking couvert où Kowalsky s'était garé et m'engageai sur l'esplanade principale. Elle était immense, longue d'un demi-kilomètre à vue de nez. Quelques arbres étaient plantés le long des lignes blanches qui séparaient les allées et cassaient un peu la monotonie de l'endroit.

J'aperçus le logo de l'enseigne illuminée du supermarché qui trônait dans le lointain. Je forçai le pas, toujours dans l'esprit de ne pas avoir à réfléchir. Ou le moins longtemps possible.

Tout en marchant, je ne pouvais m'empêcher d'observer les voitures qui étaient garées autour de moi. Était-il caché dans l'une d'elles ? Non, cela paraissait trop simple, voire stupide. Mais alors, comment allait-il récupérer le sac dans la benne ? Avait-il préparé un stratagème qui lui permettrait de le faire à la vue de tous les flics présents ? Il devait bien se douter que la moitié des forces de police de la ville nous assisteraient. À moins qu'il n'ait été complètement aveuglé par la somme d'argent colossale qui était en jeu. Toutes ces questions m'assaillaient désormais sans relâche.

La façade vitrée de l'entrée finit par se dresser devant moi. À ma droite se trouvait un restaurant

McDonald's, puis l'espace où les chariots étaient stockés, enfilés les uns dans les autres, juste devant un petit jardin où les arbres et les plantes peinaient à grandir. Mais pas l'ombre d'une benne.

Je fis quelques pas le long du bâtiment et c'est alors que la voix du négociateur se matérialisa dans mon oreille.

– Anthony, vous y êtes ?

J'inclinai la tête et chuchotai. Cette sensation d'être observé était prégnante.

– Je cherche les containers mais je ne trouve rien.

– Sur votre gauche, un mur crépi beige. Il entoure l'espace où les poubelles sont parquées.

En effet je l'aperçus à une vingtaine de mètres, un mur à hauteur d'homme qui faisait office de paravent pour cacher de la vue de la clientèle ce que l'on stockait derrière.

Je pressai le pas.

Le négociateur avait vu juste, il y avait bien des containers à ordures planqués derrière. Et sur l'un d'eux, une croix blanche avait été taguée à la bombe. La peinture avait l'air encore fraîche.

Nous y voilà.

Je soulevai le capot et déposai le sac à l'intérieur.

Je regardai tout autour de moi, pensant peut-être que quelque chose allait se produire dans l'instant. Mais non.

– C'est bien Anthony, vous avez réussi. On prend le relais.

– Oui… Vous avez déjà quelque chose ?

– Revenez à la voiture Anthony.

– Oui, oui. J'arrive.

Tel Orphée s'échappant des Enfers, j'avançai en me forçant à ne pas regarder en arrière. Je pris la direction de l'une des allées qui se trouvait face à moi. C'était une parallèle à la première allée que j'avais empruntée.

Je parcourus une cinquantaine de mètres, j'avais déjà en ligne de mire le parking couvert où Estelle devait m'attendre en se rongeant les sangs. J'espérais avoir rempli cette part insignifiante (mettre un sac dans une poubelle) de la mission qui consistait à sauver mon fils. Et je me disais que…

Je stoppai net ma foulée comme si un mur transparent me bloquait le passage. J'étais pétrifié. À quelques mètres était garée une Kangoo blanche, en partie masquée par un abri à chariots.

Mais ce n'était pas tant la découverte de ce véhicule qui m'avait figé dans mon élan. Plutôt une sorte de clairvoyance. C'était sa voiture, j'en étais persuadé. Et ce fut en regardant la plaque d'immatriculation que je compris d'où me venait cette certitude.

DB378XY.

La plaque de la Mégane bleue !

C'était la même, j'en aurais mis ma main au feu. Je me revoyais encore écrire l'immatriculation sur un papier et le donner à Kowalsky tout à l'heure.

Je fis un pas vers la voiture.

– Anthony, que faites-vous ?

– Je crois que c'est sa voiture.

– Pardon ?

– La Kangoo blanche sur la rangée de stationnement à ma droite. Je crois que c'est celle qui a servi pour l'enlèvement.

– Bien reçu Anthony. Mais revenez, laissez l'opération se dérouler.

C'était plus fort que moi, j'avançai encore de quelques mètres vers le véhicule. Et si Maxime était dedans ? Ligoté et bâillonné ?

Mon pouls s'accéléra de façon brutale.

J'avais l'impression d'être en apnée, le cœur cognant à tout rompre. Mais aussi de devoir prendre une décision, là, maintenant, qui conditionnerait ma vie tout entière et surtout celle de mon enfant. Mes jambes s'animèrent sans que j'aie le sentiment de les commander.

La voiture grossit dans mon champ de vision.

Toute la partie arrière était dépourvue de parois vitrées. Impossible de vérifier à l'intérieur d'un coup d'œil, j'étais obligé de passer devant le capot et de regarder à travers le pare-brise.

– Anthony, bon sang ! cria le négociateur dans mon oreillette.

Écoute-le putain, ne fais pas tout foirer.

Mais je n'y arrivais pas. Il fallait que j'en aie le cœur net. Je ne pouvais plus faire machine arrière. C'était au-dessus de mes forces.

Je continuai à marcher dans sa direction.

Plus que quelques mètres.

J'étais presque à la voiture.

Je pouvais quasiment la tou…

J'avais encore la voix du négociateur dans l'oreille lorsque la détonation retentit.

Une déflagration lourde et puissante.

La Kangoo se souleva de quelques centimètres et retomba de tout son poids tandis que les vitres et le pare-brise explosaient.

Le souffle de l'explosion m'envoya rouler au sol.

Je mis quelques secondes à recouvrer mes esprits. L'acouphène dans mes tympans était insupportable. Mes coudes et mes genoux s'étaient écorchés sur le bitume et mon poignet, sur lequel j'avais tenté de me réceptionner, me faisait un mal de chien. Mais c'était bien le cadet de mes soucis.

Je relevai la tête pour apercevoir un cortège de policiers arriver vers moi en courant, certains l'arme au poing. Je mis un genou à terre mais peinai à me remettre debout.

Poser les yeux sur ce qu'il restait de la voiture me fit l'effet d'une flèche en plein cœur. De la fumée s'en échappait comme de la gueule béante d'un volcan entré en éruption. Un brasier incandescent, voilà ce qu'était devenu l'habitacle de la Kangoo en l'espace de quelques secondes. Les flammes léchaient tout, de la carrosserie jusqu'au plastique du tableau de bord. Elles ne rendraient rien.

Une paire de mains m'attrapa par les épaules et me tira dans la direction opposée tandis que des policiers me dépassaient pour encercler le véhicule.

Deux d'entre eux l'arrosèrent copieusement à l'aide d'extincteurs qu'ils portaient à bout de bras.

D'un mouvement brusque je parvins à me dégager et je courus vers la voiture. Je criai que mon fils était à l'intérieur, qu'il fallait le sauver. J'appelai Maxime de toutes mes forces pour lui dire que j'étais juste là, à ses côtés.

Que son père allait arriver.

Qu'il n'allait pas l'abandonner une seconde fois.

Il fallut trois hommes pour me maîtriser et me ramener près de la 308. J'entendis quand même les ordres dispensés à la volée, des voix intimant d'ouvrir la porte arrière du véhicule et annonçant qu'il y avait un corps à l'intérieur.

Et puis plus rien.

Estelle accourut en me voyant ainsi ceinturé par les forces de police. Elle hurlait comme une démente, s'égosillait sur une seule phrase jusqu'à s'en rompre les cordes vocales.

– Il était dans la voiture ? Anthony, il était dans la voiture ?

Je ne pouvais même pas la regarder dans les yeux. Je restai muet, les mots ne voulaient pas sortir. Les policiers me relâchèrent et je sentis mes épaules s'alourdir du poids de toute la culpabilité qui m'assaillait.

Estelle fondit sur moi et expulsa son malheur en me frappant sur le torse. Je ne sentis même pas les coups. Puis elle fondit en larmes et je la rattrapai juste avant qu'elle ne se laisse tomber.

Nous claudiquâmes ensemble jusqu'à la voiture.

Il fallut quelques minutes interminables avant que je ne voie le négociateur revenir vers nous en courant.

– Ce n'est pas lui ! Ce n'est pas votre fils ! cria-t-il.

Nous dûmes lui faire l'effet de deux cadavres revenant à la vie.

– Mais… Mais alors ? demanda ma femme, la voix presque atone.

– Nous avons trouvé le corps d'un homme à l'arrière du véhicule, enfin ce qu'il en reste. Tout incite à penser qu'il portait une ceinture d'explosifs. Mais les gars sont formels, il n'y avait qu'un seul corps à l'intérieur. Et ce n'était pas celui d'un enfant.

CHAPITRE 47

2018

Nice, rue du Congrès,
mardi 4 décembre, 3 h 48

Le quartier avait été entièrement bouclé. Des renforts de police et des équipes scientifiques étaient arrivés en nombre. En même temps que la presse et les chaînes de télévision.

Devant la folie qui s'était emparée de l'endroit, deux policiers nous avaient ramenés en voiture à la Tour en parvenant à esquiver les premières caméras qui s'agglutinaient autour du périmètre.

J'avais eu toutes les peines du monde à empêcher Estelle de sombrer définitivement pendant le trajet. L'un des brigadiers, qui était une femme, avait réussi à trouver quelques paroles porteuses d'espoir mais je sentais bien qu'elle était sur le fil.

Celui-ci céda une fois que nous fûmes arrivés à l'appartement. Estelle fit une telle crise de nerfs que Michèle dut appeler en urgence leur médecin de famille afin qu'il se déplace en pleine nuit pour lui administrer un anxiolytique qui la calma et la fit dormir.

En me croisant juste après avoir raccompagné le médecin, ma belle-mère m'adressa un regard voilé par la douleur et la fatigue. Je la vis disparaître dans le couloir, sûrement pour rejoindre sa fille et veiller sur elle.

Pour ma part, dormir était impossible.

J'avançai vers le bar où je me servis un verre de la première bouteille qui fila sous mes doigts. Je l'avalai cul sec et m'en remplis un autre.

Puis je me traînai jusqu'au canapé pour m'y laisser tomber.

Les souvenirs de cette soirée et de ces deux derniers jours me hantaient. Chacun était un coup de poignard. Le ravisseur était mort désormais. Mais qu'avait-il fait de mon fils ? Où l'avait-il caché ? L'avait-il déjà…

Je me pris la tête à deux mains.

Non, non, non, il n'était pas mort, je ne pouvais pas le croire, je ne devais pas. Laisser le doute s'installer ne serait-ce qu'une seconde, c'était déjà renoncer un peu. Mais je me sentais si las, si fatigué, l'estomac retourné comme dans une essoreuse.

Il était près de six heures du matin lorsque mon téléphone sonna. C'était Kowalsky.

– Je voulais juste vous tenir informé. Le type avait son portefeuille dans la poche arrière. On va attendre la confirmation par les services de la scientifique, mais en tout cas la carte d'identité était encore lisible. Elle est au nom de Christian Berthier.

– C'était donc bien lui le ravisseur.

– Ça m'en a tout l'air.

– Et mon fils ?

– Nous sommes en train de ratisser tout le périmètre. Des équipes de recherche nous ont rejoints. Une perquisition est en cours en ce moment même au restaurant de Christian Berthier. Je vous tiens au courant.

– Mais pourquoi ? Pourquoi se faire sauter ainsi ? Et qu'a-t-il fait de Maxime ?

– Il pensait peut-être se servir de son gilet comme d'un moyen de pression. Pour qu'on ne l'approche pas quand il aurait récupéré le sac. Mais dans un moment de panique il aura décidé d'en finir. Il y a aussi la thèse du dysfonctionnement. Les terroristes utilisent généralement du TATP, du peroxyde d'acétone, pour concevoir leurs explosifs. C'est un gaz très volatil, ce n'est pas à la portée du premier venu. Une mauvaise manipulation et tout pète.

– Nom de Dieu.

– Je sais que c'est dur mais vous devez tenir bon. Je suis persuadé que nous allons retrouver votre enfant.

Je ne savais même plus quoi lui répondre.

– Encore autre chose, dit-il. Je ne voudrais pas vous paraître bassement terre à terre mais vu que le ravisseur est décédé, vous pourrez récupérer le sac dès aujourd'hui dans nos locaux.

– Ah, oui… Très bien, quelqu'un passera, ânonnai-je.

– Je vous tiens au courant à la moindre avancée.

Je raccrochai et posai mon téléphone sur le buffet juste à côté.

Que faire désormais ? M'en remettre à la police et à leurs recherches ? Je n'étais plus maître de rien, l'avais-je d'ailleurs été à un seul moment ? Je repensai à l'instant où j'avais compris que cette Kangoo était celle que nous recherchions.

Pourquoi n'avais-je pas continué ma route ?

Je m'étais arrêté face au véhicule, j'avais hésité, puis finalement je m'étais dirigé vers lui. Avait-il eu peur, avait-il fait une mauvaise manipulation sur son gilet en me voyant arriver dans le rétroviseur ? Étais-je responsable de ce fiasco qui allait peut-être coûter la vie de mon enfant ?

Je me levai d'un bond du canapé, des larmes au coin des yeux et la nuque aussi raide qu'un bout de bois.

Je me mis à tourner comme un animal en cage dans cette pièce immense qui ne m'avait jamais semblé aussi vide de sens. Tout cet argent, tout ce pouvoir, toute cette vie dédiée à l'accomplissement et à la réussite. Pour en arriver là où nous en étions. Une famille détruite, réduite presqu'à néant par la disparition d'un enfant, la haine viscérale montée entre deux sœurs et les malversations de son patriarche.

Je revins vers le sofa et allumai la télévision dans l'espoir de m'ôter quelques idées noires de la tête. Raté. Les chaînes d'information faisaient leurs choux gras de l'explosion en présentant une « opération de police hors norme à Nice qui avait mobilisé les équipes de la BRI et du Raid ». Certaines faisaient le lien avec la disparition de Maxime même s'il fallait prendre « toutes les précautions d'usage ».

Des policiers en uniforme, des périmètres de sécurité balisés tout autour de cette zone commerciale grande comme une petite ville, des journalistes qui s'interrogeaient, qui supputaient.

Et au milieu de tout ce bazar, peut-être, mon fils.

Je retournai au bar pour me resservir un verre et revins vers l'écran avec la bouteille en main. J'avisai les cigarettes de ma femme sur la table basse. J'en fis glisser une hors du paquet ainsi que le briquet qui se trouvait aussi à l'intérieur et me dirigeai vers la terrasse d'un pas lourd.

Alors que j'ouvrais la baie vitrée il me sembla percevoir un tintement. Je palpai mes poches mais je n'avais plus mon téléphone. Je l'aperçus là où je l'avais laissé, sur le buffet du salon.

J'allumai l'écran. Aucun message.

La sonnerie tinta de nouveau. Mon regard fila vers son origine et se posa sur les affaires que Claude avait laissées tout à l'heure. Il y avait son portable.

Je ne connaissais pas son code de déverrouillage mais son écran présentait tout un tas de notifications, dont des appels manqués. Six provenaient du même numéro. Le dernier appel remontait à deux heures du matin. Le SMS provenait de sa boîte vocale et indiquait qu'il avait trois messages. Il datait de la même heure.

Qui pouvait donc essayer de le joindre en pleine nuit et de façon aussi répétée ? Cela avait-il un rapport avec Maxime ?

Je remarquai le papier posé sur son portefeuille et me souvins de l'expression du visage de mon beau-père tout à l'heure. Il m'avait happé du regard, j'en étais persuadé.

Je le pris en mains avant de le déplier. On y avait noté un nom et un prénom, Jacques Belleville, suivis d'un numéro de portable. Juste au-dessous, d'une autre écriture que je reconnus comme celle de Claude, un numéro de téléphone fixe avait été griffonné à la hâte.

Je le comparai à celui qui avait appelé six fois. C'était bien lui, le fixe.

Je décidai de l'appeler avec mon propre téléphone.

La tonalité retentit puis la ligne décrocha au bout de quelques secondes.

– Oui, allô ?

– Qui êtes-vous ? demandé-je avec empressement.

– Pardon ? Vous, qui êtes-vous ? Vous avez vu l'heure ?

– Vous avez appelé Claude Cerutti plusieurs fois. Je suis son gendre, le père de Maxime. Vous savez quelque chose à propos de mon fils ? Dites-le-moi, je vous en supplie ! Dites-le-moi !

Je crus que la personne allait parler, il me sembla percevoir une hésitation, un murmure.

Ce silence me rendit fou.

– J'ai l'argent ! L'argent est à vous ! Les dix millions ! Rendez-moi mon enfant !

La ligne raccrocha.

Et je m'effondrai sur le sol en continuant à crier comme un damné dans le téléphone.

CHAPITRE 48

2018

Nice, quartiers ouest,
mardi 4 décembre, 7 h 52

Joseph-Marie avait poursuivi ses recherches jusqu'à l'approche de l'heure fatidique de la remise de rançon.

En vain.

Impossible de localiser Christian Berthier et l'enfant avant la police. L'homme devait se terrer sur le lieu du rendez-vous et il n'en sortirait plus. Jo avait bien pensé se rendre lui aussi dans la zone commerciale mais cela devait déjà grouiller de flics dans tous les coins. Et la dernière chose qu'il souhaitait, c'était attirer leur attention. Il avait fait une promesse à Claude et il savait d'expérience qu'on honorait moins facilement sa parole du fin fond d'une cellule. Il allait devoir laisser leur chance à Anthony et aux flics et prier pour qu'ils parviennent au moins à récupérer le gamin sain et sauf.

Peu avant minuit, il avait garé sa Mercedes en bordure d'une route située sur l'une des collines qui surplombaient l'immense zone dans laquelle le supermarché régnait comme le roi de cette jungle commerciale. D'ici, il avait eu une vision assez large de l'ensemble des bâtiments, allant du complexe de cinéma Pathé et de ses commerces environnants jusqu'au mastodonte de béton, de verre et d'acier qu'était le supermarché. Il avait pris son mal en patience en allumant une cigarette et en laissant la radio tourner en fond sonore.

Les minutes s'étaient égrenées. Tout juste percevait-il au loin le ronflement régulier du flux de véhicules qui parcouraient les deux sens de circulation de la route nationale 202.

Jusqu'à ce qu'une détonation se fasse entendre dans la nuit.

Pas un simple coup de feu, non. Il savait depuis tout petit ce que donnait un tir de fusil de chasse dans le lointain. Cette déflagration-là avait beaucoup plus de corps. Il avait tout de suite pensé à une bombe.

Il s'était rué hors de l'habitacle cossu de la Mercedes pour observer un peu mieux et avait alors perçu l'agitation qui gagnait le parking, à quelques centaines de mètres en contrebas. Des véhicules, tous gyrophares allumés, avaient investi la place, feulant comme des bêtes fauves. Une épaisse fumée noire commençait à transparaître au travers des éclairages des réverbères et à se déliter de plus en plus haut dans l'air.

Bordel, qu'est-ce qu'ils ont foutu ?

À minuit et demie précis, le bal des informations s'était ouvert. Chaque station entrait peu à peu dans la danse. France Info signalait une explosion près de la zone Lingostière avec une mobilisation accrue de policiers sur place. Le présentateur évoquait même le déploiement d'un groupe d'intervention du Raid et la possibilité d'un acte terroriste. Tout le quartier était bouclé.

À minuit quarante-six, un nouveau flash avançait l'hypothèse que l'opération en cours avait trait à l'enlèvement du petit Maxime Delcourt. « Selon une source proche du dossier, les enquêteurs ont eu des renseignements indiquant que l'enfant pouvait être retenu dans l'un des bâtiments de la zone commerciale », récitait le correspondant déjà dépêché sur place.

Cette version fut contredite une poignée de minutes plus tard. À près d'une heure du matin, les radios (et sûrement les chaînes télé d'information) chantaient désormais toutes en chœur que la remise de la rançon pour la libération de l'enfant avait mal tourné et que le ravisseur avait été abattu par les forces de police.

Mais que le petit Maxime demeurait toujours introuvable.

Joseph-Marie avait repris la route en remontant par la colline pour être sûr de ne croiser aucun barrage routier. Son téléphone avait sonné et il avait répondu avec la fonction mains libres.

– Joseph, c'est Michèle. Tu es au courant ?

– Oui. Ça a foiré.

– Ils ne savent toujours pas où est le petit. Ils le cherchent.

Sa voix lui avait fendu le cœur. Même respirer semblait lui demander un effort surhumain.

– J'ai compris.

– Je… Je n'en peux plus. D'abord Maxime, puis Lise. Et maintenant Claude. J'ai l'impression qu'on nous a jeté un sort. Nous étions trop heureux, nous avions tout et maintenant nous sommes en enfer. Qu'allons-nous faire ?

– Les flics vont retourner toute la zone, ils pensent que le pitchoun n'est pas loin. Il faut attendre quelques heures pour voir ce qu'ils trouvent.

Elle murmura un « oui » à peine audible.

– Je te laisse Michèle. Je vais dormir un peu. Nous aviserons ensuite.

– Oui. Merci Joseph. Je sais que… Ça n'a pas toujours été facile entre nous. Mais Claude avait raison au moins pour ça. Tu ne nous as jamais laissés tomber.

Un silence avait filé, le temps d'un passage de vitesse.

– Non Michèle, c'est faux. C'est votre famille qui ne m'a jamais laissé tomber.

Il avait raccroché en enfonçant le bouton « End call » du volant. Il savait que Michèle était à deux doigts de craquer (il trouvait déjà admirable qu'elle ne l'ait pas fait bien avant) mais il valait mieux éviter de verser dans trop de sentimentalisme et garder son influx nerveux intact.

Il avait ensuite trouvé un terrain isolé, derrière un lotissement en construction, et garé la voiture près d'une rangée d'arbres. Il était deux heures passé de six minutes à sa montre, il avait activé l'alarme pour qu'elle sonne à sept heures précises. Il n'avait pas dormi depuis près de trente heures, il sentait son vieil organisme sur la corde raide. Il avait fermé les yeux en espérant que l'aurore lui amènerait la nouvelle que l'enfant avait été retrouvé sain et sauf. Sans trop y croire.

Quatre heures et quarante-six minutes plus tard, ce ne fut pas sa montre mais son téléphone qui le réveilla. Il se redressa aussitôt dans le fauteuil en cuir qu'il avait incliné. Il attrapa l'appareil et avisa l'écran. Un numéro inconnu, avec un indicatif étranger.

– Oui, j'écoute !

– Jo Bouscat ?

La communication était mauvaise et semblait venir de loin. Il perçut un bruit de foule tout autour de la personne qui lui parlait.

– Oui.

– Pascal Mattei à l'appareil, le neveu de Léo. Désolé, je vous appelle un peu tôt mais je suis à Heathrow, dans le hall d'embarquement pour Berlin.

Mon oncle m'a laissé plusieurs messages en me disant que c'était d'une importance capitale.

– Oui, merci de me rappeler ! En effet c'est urgent ! Il en va de la vie d'un gamin. Ton oncle t'a donné les infos ? Dis-moi que tu as réussi à avoir quelque chose !

– Il m'a transmis les numéros, oui. Ce n'est pas simple ce que vous m'avez demandé mais je connais encore du monde qui fait ça. Des types qui ont dans leurs contacts des hackers un peu pointus. Bref, vous vouliez la dernière position des deux portables ? Je les ai, on vient juste de me les envoyer. Le premier numéro est inactif depuis hier, quinze heures vingt-sept. Le dernier bornage était sur l'antenne relais SFR 597871 située avenue Général-d'Estienne à Nice. Le deuxième téléphone n'est plus actif depuis dimanche. Il a dû être éteint. Dernier bornage à dix-sept heures quarante-trois.

Le sang de Jo ne fit qu'un tour. Dimanche, le jour de l'enlèvement.

– Quelle est l'adresse ?

– Une antenne Bouygues située boulevard Honoré-Teisseire, 06480 La Colle-sur-Loup.

Le cœur de Joseph-Marie loupa un battement.

– Voilà, j'espère que cela vous aura été utile. Vous voulez le listing des autres relevés ? Ou qu'on craque la boîte mail ? Ça, c'est plus simple.

– Non, ça ira, j'ai ce qu'il me faut désormais. Tu m'as aidé plus que tu ne crois. Merci Pascal. *Baïeta* à la famille.

Il raccrocha dans la foulée.

Il pouvait à peine y croire.

Il alluma l'écran tactile de la Mercedes et lança la fonction GPS. Il entra la deuxième adresse que lui avait donnée le neveu Mattei. La carte se figea le temps de trouver les satellites puis elle effectua un zoom sur la destination. Joseph-Marie la fit défiler de l'index pour voir les rues environnantes.

– Bordel de merde.

Il redressa son siège et appuya sur le bouton de démarrage du véhicule avant de quitter le terrain vague pied au plancher.

Il savait où était l'enfant désormais.

C'était tellement logique que ni lui ni Claude n'y avaient pensé.

Putain, ça oui, c'était logique.

Toute cette histoire devait finir là où elle avait commencé.

CHAPITRE 49

2018

Nice, rue du Congrès,
mardi 4 décembre, 8 h 08

Le jour s'était levé sans que je reçoive d'autre nouvelle de Kowalsky ou de Perret. En désespoir de cause, j'avais laissé tourner la télévision toute la nuit, zappant d'une chaîne d'information à une autre et m'abreuvant jusqu'à la lie de leurs effets d'annonce.

Puis, n'y tenant plus, j'avais quitté l'appartement. Pour aller où ? Je n'en avais pas la moindre idée. Je voulais juste marcher.

Une ville qui s'éveillait avait toujours représenté pour moi quelque chose de magique. Voir les rues lavées de toutes les agressions de la veille, les commerces se mettre en branle pour une nouvelle journée de travail et d'inconnu. Il y avait cette impression de saut dans le vide qui m'avait toujours fasciné.

Mais aujourd'hui, je n'étais qu'un pantin déambulant dans les rues, hagard comme un fêtard sortant à peine de boîte de nuit. La soirée de la veille occupait toutes mes pensées, en même temps que le visage de mon fils. Son visage tel que je le connaissais : rieur et mutin, franc et entier. À quoi ressemblait-il aujourd'hui ? Était-il pétri par la peur comme son père l'était par le remords et l'angoisse ?

Au bout d'une heure je décidai de revenir sur mes pas et de rentrer à la Tour. Où pouvais-je être sinon auprès de ma femme en cet instant ?

Je remontais le trottoir de la rue du Congrès lorsque j'aperçus une équipe de journalistes qui faisait le pied de grue sur le trottoir opposé de l'immeuble Cerutti. Je pressai le pas pour m'engouffrer dans le hall.

Je me hâtais de gagner l'ascenseur lorsque la voix de l'hôtesse d'accueil me stoppa dans mon élan.

– Anthony, il y a quelqu'un pour vous. Elle attendait déjà dans la rue quand je suis arrivée. Elle a demandé à voir Claude. Je l'ai installée dans le petit salon.

– Une journaliste ?

– Je ne pense pas, non.

Banquettes en cuir italien qui couraient le long du mur, table basse en verre sur laquelle étaient disposés en éventail quelques exemplaires du *Figaro*, du *Nice-Matin* et de *La Tribune*, le petit salon était la salle dans laquelle les visiteurs étaient invités à patienter. Claude avait la réputation de ne jamais être en retard pour un rendez-vous d'affaires.

Mais il ne recevait jamais en avance pour autant. L'heure, c'était l'heure.

La jeune femme que j'aperçus en passant la double porte vitrée me fit l'impression d'une élève que le professeur aurait exilée au fond de la classe pour la punir. Les genoux serrés et les mains à plat sur ses cuisses, la pièce semblait l'avoir avalée toute crue.

Elle se leva en me voyant arriver. Elle serrait son sac à main entre ses doigts comme si quelqu'un était susceptible de surgir à tout moment pour le lui arracher.

– Je peux vous aider ?

– Je souhaitais voir monsieur Cerutti…

– Mon beau-père n'est pas disponible, dis-je.

– Oui, je sais, je me suis mal exprimée. C'est le père de l'enfant qui a été enlevé que je souhaite rencontrer. C'est vous ?

Ses yeux noirs étaient si débordants de vie et d'empathie que j'en bafouillai presque ma réponse.

– Oui, c'est moi. Vous… Vous avez des informations sur mon fils ?

Elle fouilla dans son sac et sortit un cahier noir qui n'avait plus l'air de toute première jeunesse. Elle le garda contre son cœur.

– Je crois, dit-elle. Mais vous devez le savoir aussi puisque vous avez appelé plusieurs fois hier soir et cette nuit. Vous cherchiez à joindre mon père. Je m'appelle Sophie Belleville.

– Oui ! m’écriai-je comme pris d’une frénésie soudaine. Oui ! C’était vous ? Mais où est votre père ?

Je n’avais aucune idée de la raison pour laquelle Claude avait appelé cette personne plusieurs fois dans la journée d’hier mais mon instinct me soufflait de m’y raccrocher comme à la dernière branche qui pouvait ralentir ma chute.

En y réfléchissant, je ne pensais pas que ce Jacques Belleville ait pu jouer un rôle dans l’enlèvement. Claude n’aurait pas essayé de le contacter ainsi. Mais il devait savoir quelque chose, ça oui.

Malheureusement, la réponse de la jeune femme ne fut pas celle à laquelle je m’attendais.

– Mon père est décédé, dit-elle en serrant le carnet encore plus près de sa poitrine. Il a succombé à une crise cardiaque il y a huit mois.

Nous n’avions pas quitté le salon. J’avais invité Sophie à reprendre place sur l’une des banquettes et j’avais apporté une chaise pour m’asseoir juste en face d’elle. Puis Sandra lui avait préparé un café qu’elle n’avait pas encore touché.

Je lui avais expliqué les raisons de mon appel à cette heure si tardive : les nombreux coups de fil reçus sur le portable de Claude ainsi que le nom de Jacques Belleville retrouvé griffonné avec deux numéros de téléphone sur un bout de papier dans les affaires de mon beau-père.

Et surtout l'urgence de la situation. Toutes les réponses au mystère de la disparition de mon fils s'étaient envolées dans l'explosion d'une camionnette blanche.

Désormais, j'étais suspendu à ses lèvres.

– Quelqu'un a appelé plusieurs fois hier, sur le téléphone de l'appartement de mon père. La ligne est encore active mais personne n'appelle plus jamais désormais, c'est bien normal.

Une expression sur mon visage dut l'inciter à amener une précision.

– J'ai beaucoup hésité mais j'ai fini par reprendre l'appartement et m'y installer. C'est là que j'ai grandi, là que mes parents ont connu leurs plus belles années.

Je comprenais mieux l'énervement de Claude hier. Il avait dû chercher le numéro du domicile de Jacques Belleville, après avoir échoué à le joindre sur le mobile dont la ligne avait été suspendue à son décès.

– Mon beau-père a laissé un message ?

Elle hocha la tête.

– J'ai eu plus de dix appels ! Et deux messages vocaux. Quand je suis rentrée le soir et que je les ai écoutés, j'ai compris tout de suite. J'ai rappelé mais personne ne répondait.

– Mais cette nuit…

– Je dormais, mon fiancé a décroché. Je ne lui en avais pas parlé, je comptais venir chez monsieur Cerutti à la première heure aujourd'hui. Il m'a dit ce matin que nous avions eu un appel étrange sur les coups de six heures. Il a pensé à une erreur de numéro ou à une personne qui appelait les gens au hasard pour les ennuyer, vous voyez ?

Elle laissa échapper un rire gêné.

– Je comprends. Mais alors, que savez-vous ? Vous dites avoir compris tout de suite.

– À cause du nom, oui.

– Celui de Cerutti ? Vous l'aviez forcément vu ou lu dans les médias et la presse.

– Ce n'est pas vraiment cela. Dans ses messages, votre beau-père parlait d'un homme, un certain Patrick Armand. Il disait qu'il savait que l'enlèvement était lié à lui. C'est ça qui a fait tilt. Je me suis souvenue de cette affaire et de cette famille qui avait été assassinée. Je m'en suis souvenue car il en est question ici.

Un frêle sourire étira son visage lorsqu'elle me tendit le carnet.

– Il y en a des dizaines à la maison qui couvrent toutes les affaires sur lesquelles mon père a enquêté. Il a été capitaine de gendarmerie pendant plus de trente ans. Et c'était un vrai maniaque de la prise de notes, il consignait tout. Celui-ci est son dernier. Je l'ai ouvert peu après sa mort, lorsque je rangeais ses affaires. Le nom de Patrick Armand y figure partout. D'après ses notes, il a travaillé pendant plusieurs semaines sur ce dossier. Il a sûrement remonté quelques pistes. J'imagine que cela explique l'empressement de votre beau-père à vouloir lui parler.

Je baissai les yeux sur sa couverture.

– Je vous remercie. J'espère en effet y trouver quelques réponses. Je ne vous cache pas que l'espoir s'amenuise de plus en plus, surtout depuis hier soir.

– J'ai écouté la radio en venant, oui. J'espère sincèrement que vous retrouverez votre fils.

– Je vous renverrai le carnet ensuite, vous souhaitez peut-être le conserver.

Elle sourit à nouveau, de manière plus franche cette fois-ci.

– Vous savez, les relations entre mon père et moi n'ont jamais été simples, surtout après le décès de ma mère. Il ne me comprenait plus et de mon côté, je ne faisais rien pour l'aider. Il faut dire que j'ai toujours été une véritable écorchée vive. Nous ne nous sommes plus parlé pendant près de trois ans. C'est l'annonce de sa maladie qui a tout changé. J'ai quitté un métier et une vie parisienne qui ne me convenaient plus et je suis revenue vivre ici. Peu à peu nous avons réussi à nous apprivoiser de nouveau, à nous retrouver. Et nous avons eu deux années magnifiques ensemble. Je ne les oublierai jamais.

J'acquiesçai. Je ne la comprenais que trop bien.

– Tout ça pour vous dire que vous pouvez garder le carnet si vous le souhaitez. Le plus important, ce qu'il me reste de lui, c'est là et là, ajouta-t-elle en posant un index sur son cœur puis sur sa tempe.

CHAPITRE 50

2018

Nice, rue du Congrès,
mardi 4 décembre, 8 h 42

À peine Sophie Belleville eut-elle quitté les lieux que je fis sauter l'élastique du calepin pour me ruer sur ses pages. J'y découvris une écriture fine et tout en rondeur, qui fleurait bon une méthodologie scolaire oubliée.

Les premières pages recensaient les différents termes techniques des rapports de police sur l'assassinat de la famille Armand. Ensuite venaient les entretiens que Belleville avait menés pendant son enquête.

Je parcourus ses notes succinctes à la hâte mais je décidai de me focaliser sur les résumés qu'il faisait à chaque fin de rendez-vous pour gagner du temps. Belleville évoquait la piste d'une seconde voiture qui aurait été présente le soir du quadruple meurtre. Une « voiture puissante » entendue par le propriétaire du bar proche de la villa des Armand. L'un des policiers chargé du début de l'enquête avait aussi repéré une voiture qui sortait de l'ordinaire, une Mercedes. Il avait été abattu quelque temps plus tard par un des membres du gang des frères Mariani.

Ce patronyme ne m'était pas inconnu.

Quelques pages plus loin, Belleville détaillait sa rencontre avec un journaliste, Georges Viglietti. Encore un nom familier, je me souvenais de lui à l'époque où j'étais encore à *Nice-Matin*. C'était un vieux de la vieille qui collaborait de temps à autre avec la rédaction pour des articles en free-lance. Mais l'important n'était pas là. En bas de page, Belleville avait écrit et entouré le nom de Joseph-Marie Bouscat de trois traits de crayon. Mais aussi celui de Claude Cerutti.

Voilà d'où les frères corses m'étaient connus. Ils étaient les complices de Joseph-Marie dans cette série de braquages qui l'avait envoyé au trou pendant près d'une décennie. Je me souvenais de quelques réunions de famille, à l'époque où je venais de rencontrer Estelle, où le sujet revenait de temps à autre à demi-mot sur la table. Même si Joseph-Marie avait purgé sa peine, pour Michèle il sentait toujours le soufre.

Que supposait donc Belleville ? Que Joseph-Marie était l'assassin de ce policier ? Parce qu'il avait reconnu une voiture… Celle de Claude ? Difficile de compter le nombre de voitures de luxe et de Mercedes que Claude avait possédées dans sa vie.

Je me souvins alors des paroles de Michèle. Un journaliste les avait contactés trois ans auparavant pour sortir un dossier sur l'affaire et incriminer Claude.

Je revins sur la date de l'entretien de Belleville avec Viglietti.

22 juin 2015.

Cela concordait. Tout concordait.

Je poursuivis ma lecture avec cette sensation de boule au ventre. Les notes étaient devenues plus épisodiques, elles avaient même disparu pendant plusieurs mois. Comme si Belleville avait interrompu son enquête.

Le 19 novembre 2015, Viglietti l'avait recontacté mais seules deux lignes avaient été annotées d'une écriture moins appliquée : « Sylvie André / Viglietti rencontre André prison Marseille / rendez-vous avocat » et « mettre pression sur Cerutti ». Mettre la pression sur Claude ? Voilà qui donnait corps aux explications de Michèle.

Je feuilletai les pages suivantes. Elles étaient toutes vierges.

Merde !

À la fin du carnet, je trouvai une photo insérée dans le rabat de la couverture. Celle d'une jeune femme et d'un enfant. Son fils, selon toute vraisemblance. La femme était très belle, dans un style hispanique un peu bohème. Elle portait une croix chrétienne en argent et nacre autour du cou. Le fils devait avoir sept ou huit ans. Il était le portrait craché de sa mère.

Qui étaient-ils ? Le cliché était ancien. En regardant au verso, j'en eus la confirmation. Il datait de 1977.

Cette photo avait-elle un rapport avec l'affaire Armand ? Pourquoi Belleville l'aurait-il gardée dans ce carnet si ce n'était pas le cas ?

Je me levai pour me dégourdir les jambes. Je sentais que tout était lié, qu'il me suffisait d'emboîter encore quelques pièces les unes aux autres pour pouvoir reconstituer ce puzzle et comprendre.

Tout était parti de cet assassinat.

L'affaire était restée en sommeil pendant près de trois décennies jusqu'à connaître une nouvelle mise en lumière trois ans auparavant grâce à Belleville et ce journaliste. Ils pensaient avoir réussi à prouver l'implication de Claude dans ce drame. Même si je me refusais toujours à imaginer mon beau-père commettre une telle atrocité, il fallait que j'abonde dans leur sens pour mieux les suivre.

Je repris le carnet et relus les dernières notes de Belleville.

Sylvie André.

Je sortis mon téléphone et lançai une recherche internet sur ce nom. Une série de liens s'afficha, j'ouvris le premier.

Le Figaro – 20 avril 2010 : Pas de liberté conditionnelle pour Alexis André.

Le juge d'application des peines du tribunal de grande instance de Marseille a déclaré hier lors d'un point presse que la demande de libération conditionnelle d'Alexis André avait été rejetée. Le détenu purgera le reste de sa peine, soit dix ans, prononcée en 1990 pour le meurtre de son épouse Sylvie André. L'avocat d'Alexis André, maître Anatole Chamarre, a déjà annoncé son intention de déposer une nouvelle requête dans les prochains mois.

Bon sang, cette femme avait été assassinée par son mari.

Je revins sur la page précédente et ouvris un autre lien.

Nice-Matin – 19 janvier 2016 : Décès d'Alexis André.

Le détenu âgé de soixante-huit ans, condamné en 1990 à trente ans de réclusion criminelle, dont vingt années de sûreté, pour le meurtre sauvage de sa femme Sylvie André, a été retrouvé mort dans sa cellule. Un malaise cardiaque serait à l'origine de son décès.

En cliquant sur ce dernier lien, une photo de l'homme apparut en médaillon ainsi qu'une autre de son épouse. Je reconnus la jeune femme de la photo du carnet de Belleville. Mais quel rapport pouvait-il y avoir entre son assassinat, celui de la famille Armand et la disparition de mon fils ?

Je lançai une nouvelle recherche Google en entrant cette fois les noms d'André et d'Armand, puis en y ajoutant leurs prénoms et la date de 1986.

Je trouvai une série d'articles mais dans lesquels aucune association entre les deux patronymes n'était faite. Belleville avait pourtant écrit que Viglietti devait rencontrer cet André en prison et qu'il avait même pris rendez-vous avec son avocat, un certain Anatole Chamarre si je me fiais à la brève du *Figaro*.

J'avais beau tourner et retourner les éléments dans ma tête, une seule personne était encore capable de m'éclairer. Je devais trouver ses coordonnées pour lui parler, recueillir sa version des faits.

Je fis une recherche sur le nom de Georges Viglietti pour tenter de trouver une adresse, un e-mail ou un numéro de téléphone.

Ce fut une information d'un tout autre genre qui m'accueillit.

Nice-Matin – 15 mars 2016 : Incendie meurtrier sur les hauteurs de Nice.

C'est dans le milieu de la nuit que le feu se serait déclaré, selon les premières constatations des sapeurs-pompiers, appelés en urgence à une heure du matin par un membre du voisinage. Ils auront lutté jusqu'à l'aube pour maîtriser l'incendie. Malheureusement, Georges et Monique Viglietti, le couple de septuagénaires qui occupait ce pavillon du quartier de La Lanterne, n'ont pu être secourus à temps. Nous sommes d'autant plus touchés à la rédaction du journal que Georges Viglietti était l'un de nos collaborateurs récurrents depuis de nombreuses années. Tout le Groupe Nice-Matin adresse ses plus sincères condoléances…

Le smartphone manqua m'en tomber des mains.

Le journaliste était mort lui aussi.

Mais à l'inverse de Belleville qui était malade, lui avait péri dans l'incendie de sa maison, quelques mois seulement après avoir décidé de révéler au grand jour les détails de l'affaire Armand.

« Mettre la pression sur Cerutti. »

Nom de Dieu…

D'abord ce flic il y avait trente ans. Puis Viglietti.

Toutes les personnes qui avaient approché l'affaire Armand d'un peu trop près et qui y avaient soupçonné l'implication de mon beau-père avaient été réduites au silence de façon définitive.

Je me laissai tomber sur la banquette et me pris la tête entre les mains. Ma jambe droite battait le rythme dans un élan de stress que je ne parvenais plus à contrôler.

Claude avait-il vraiment missionné Joseph-Marie pour mettre le feu à la maison de ce couple de retraités ? Et Berthier ? L'avait-il tué en lui plantant son coupe-papier en pleine gorge ? Et ensuite ? Que savait-il vraiment du ravisseur ? Avait-il abandonné mon fils à son sort pour sauver sa peau ?

L'air devenait irrespirable.

Je quittai le salon et traversai le hall jusqu'à l'ascenseur. Mais alors que les portes allaient s'ouvrir, une idée me vint. Il y avait autre chose que je pouvais aussi creuser, ne serait-ce que parce que c'était la dernière piste sur laquelle semblait s'être lancé Viglietti.

Je revins vers l'accueil.

– Sandra, pouvez-vous me trouver les coordonnées d'un avocat à Marseille du nom d'Anatole Chamarre ?

Elle nota ma demande sur un Post-it en acquiesçant.

L'ascenseur me porta jusqu'au cinquième étage, le premier niveau du duplex des Cerutti où je ne risquais de croiser personne à cette heure-ci. Je gagnai la cuisine pour me passer un peu d'eau sur le visage puis m'en servir un grand verre que je bus d'une traite.

Les mains posées à plat sur le plan de travail et la tête basse, je sentais que le fatalisme me gagnait peu à peu. Tout était tellement confus dans ma tête. Que faire si les flics ne trouvaient aucune piste ? Ou s'ils n'avançaient pas assez vite ? Dieu seul savait où se trouvait Maxime et combien de temps il pouvait encore tenir seul.

Mon téléphone bipa à cet instant. L'écran affichait un SMS de Sandra qui était pratiquement allée aussi vite que Google. J'appuyai sur le numéro de téléphone qu'elle m'avait indiqué et lançai l'appel.

– Cabinet Chamarre et associés bonjour, m'accueillit une voix chantante.

– Bonjour, je souhaiterais m'entretenir avec maître Anatole Chamarre.

– Maître Chamarre ne plaide plus depuis trois ans, monsieur. C'est désormais maître Julien Chamarre qui le remplace.

– Son fils ?

– Tout à fait. Je peux aussi vous adresser à maître Barèges qui est l'un des associés…

– Non, c'est à propos d'un ancien dossier traité par Anatole Chamarre. Il n'y a aucune possibilité de le contacter ? C'est une affaire d'extrême importance. En rapport avec l'enlèvement du petit-fils de Claude Cerutti à Nice. Vous en avez entendu parler ?

Une hésitation, j'avais déstabilisé mon interlocutrice dans sa rhétorique toute tracée.

– Bien entendu, oui.

– Je suis le père de Maxime. Il se peut que maître Chamarre ait eu connaissance de certains faits qui pourraient nous permettre de le retrouver. Il est vital que je puisse lui parler.

– Très bien, très bien. Donnez-moi vos coordonnées, je vais faire mon possible pour qu'il vous rappelle.

Je m'exécutai promptement et raccrochai après l'avoir remerciée à plusieurs reprises.

Je posai le téléphone devant moi sur l'îlot, à côté de l'un des vases fleuris de Michèle dont les roses étaient déjà presque toutes fanées.

Que faire désormais hormis attendre ?

Je m'affaissai sur le plan de travail, le front collé au granit froid, et je tentai de retrouver un semblant de sérénité dans mes réflexions. Mais à chaque battement de paupière, les images de la veille revenaient me hanter et me renvoyaient à la souffrance insurmontable que j'avais éprouvée lorsque j'avais cru Maxime prisonnier de cette camionnette en flammes. Encore maintenant, il me semblait entendre ses cris s'échapper du brasier.

Je serrai les poings pour tenter de canaliser cette rage qui montait en moi d'une façon irrépressible. Toute cette douleur, cette impuissance… Je finis par exploser et je frappai du plat de la main le plan de travail en laissant échapper un cri de désespoir. Le vase vacilla face à moi mais j'eus quand même le réflexe de le retenir. Deux pétales séchés se détachèrent des fleurs et tombèrent sur le granit blanc.

Les roses étaient presque mortes. Personne ne pourrait les sauver.

La comparaison avec ma propre situation me parut abominable.

Les roses…

Une lumière clignota dans mon esprit. Dérisoire au milieu de toute l'obscurité qui m'habitait, mais suffisante pour que je suive la voie qu'elle m'indiquait. Celle du carnet dans lequel j'avais lu quelque chose à propos de ces fleurs.

Je rouvris le calepin. C'était dans les premières pages si mes souvenirs étaient exacts, parmi les notes prises à la volée et que j'avais parcourues en diagonale pour ne m'attarder que sur les conclusions des entretiens.

Voilà, j'y étais. Le 15 juin 2015, lors d'une visite à l'ancienne villa des Armand.

Portail magnifique, roses sculptées dans le métal. Travail d'orfèvre.

Des fleurs reproduites sur la grille de l'entrée de la propriété, travaillées comme en orfèvrerie. J'avais déjà vu cela pas plus tard que cet après-midi. Je les avais même tenues dans ma main. Les deux fameuses clés jumelles de Claude étaient forgées de cette manière. Un hommage aux fleurs et à la nature que l'artiste avait réalisé en relation directe avec le portail de cet immeuble construit par Armand et Cerutti dans les années 1980.

Deux portails, deux conceptions identiques.

Avec des roses…

Pourquoi une telle obsession pour ces fleurs ? Les portails, les clés…

Plus j'y réfléchissais et plus cela me renvoyait l'écho de quelque chose qui avait été prononcé la veille dans le salon des Cerutti.

Mais quoi ?

Michèle avait identifié l'artiste sculpteur lorsque Perret poussait Claude dans ses retranchements. Je tentai de me réapproprier les mots de ma belle-mère. Quel nom avait-elle donné ? Emilio Santiago… Emiliano Santino… Bordel, je ne m'en souvenais plus.

Je repris mon téléphone et tentai une première recherche.

« Jardins + Perséphone + Nice + Portail »

Je trouvai quelques photos de l'immeuble et deux liens qui renvoyaient à des cabinets de médecins et d'avocats qui y étaient domiciliés.

Je refis une recherche similaire en ajoutant les termes « Emiliano + Artiste » aux précédents et… Banco ! Emiliano Santorino ! Le troisième résultat était un lien vers son site. Artiste, sculpteur, chanteur et homme politique argentin âgé de quatre-vingt-seize ans, résident à Puerto Iguazú. Le lien m'envoya directement dans la section dédiée à ses œuvres, là où se trouvait en bonne place une photo de l'entrée des Jardins de Perséphone prise en 1984. Mais il y en avait d'autres, beaucoup d'autres. Je les fis défiler jusqu'à ce que mon pouce s'arrête sur l'une d'elles comme si mon instinct avait pris le pas sur tous mes autres sens.

Mes yeux se posèrent sur le cliché.

Rachele Romani y posait tout sourire avec Emiliano Santorino devant la magnifique réalisation qui ornait l'entrée de sa villa de luxe.

Mais aussi devant un parterre de rosiers chatoyants que l'on devinait en arrière-plan.

À ce moment-là, tout me revint.

Une phrase que le ravisseur avait prononcée de sa voix métallique se matérialisa de nouveau à mes oreilles et vint se figer dans mon esprit comme un pieu en plein cœur.

« Une seule arnaque de votre part et le gosse bouffera les rosiers par les racines. »

CHAPITRE 51

2018

La Colle-sur-Loup,
chemin du Pigeonnier,
mardi 4 décembre, 9 h 12

Les larges pneus de la berline sportive avalèrent le rebord du trottoir. Joseph-Marie coupa le contact et sortit du véhicule. Son regard balaya l'endroit comme pour en prendre la mesure. Il n'avait pas remis les pieds ici depuis cette nuit fatidique, il y avait plus de trente ans.

Rien n'avait changé. Le bar-tabac était toujours là, dernier vestige d'une époque lointaine, témoin involontaire et muet de la tragédie qui s'était jouée ici. La haie de lauriers de la maison voisine était toujours taillée au millimètre. Seule la cabine téléphonique avait disparu, sacrifiée sur l'autel du progrès.

Il appuya sur l'un des boutons de la clé de la Mercedes. Le hayon électrique s'ouvrit. Il attrapa le sac bowling qui se trouvait dans le coffre et qu'il gardait toujours à disposition en cas de nécessité.

Une deuxième pression du pouce et la voiture verrouilla ses portes en silence.

On apercevait l'entrée de la propriété des Armand depuis le bas de la montée. Il força le pas malgré la pente et bientôt la grille en fer forgé se dressa devant lui. Cette pièce majestueuse qu'Armand avait fait réaliser par l'artisan qui avait travaillé pour les Jardins de Perséphone. Il n'en était pas peu fier à l'époque, aux dires de Claude.

Jo s'assura que l'endroit était bien désert. Toutes les résidences du secteur avaient été rachetées par des Russes ou des Saoudiens qui ne les occupaient qu'un mois ou deux à l'année, l'été de préférence.

Il déposa le sac devant le portail et regarda la chaîne qui l'entravait. C'était un de ces modèles antivol pour moto en acier durci avec des maillons épais comme des doigts de maçon. Aucune trace de rouille ni même d'usure après toutes ces années écoulées. Il choisit de s'attaquer plutôt au cadenas. Il sortit une pince-monseigneur du sac, serra le bec sur l'anneau métallique et ramena les deux poignées l'une contre l'autre en forçant.

Clac !

L'anneau céda dans un bruit sec. Jo rangea la pince et enleva la chaîne qu'il jeta au sol. Puis il poussa la grille et entra dans la propriété.

Dans ses souvenirs, le jardin était un paradis sur terre, riche de mille couleurs et aux senteurs enivrantes. Mais après plus de trois décennies sans voir l'ombre d'un jardinier, il avait viré à la véritable jungle. Le chemin qui menait à la propriété plongeait désormais dans un bois sombre et épais.

Il s'y enfonça d'un pas volontaire et remarqua d'emblée les traces sur le sol ainsi que les branches tordues ou arrachées qui bordaient le chemin. Une voiture était passée ici récemment, il pouvait en jurer.

La végétation finit par se raréfier et la propriété lui apparut soudain. Un bloc de trois étages qui se dressait devant lui tel un monstre de pierres. Il eut le sentiment de pénétrer sur les terres d'un seigneur qui dominait ses vassaux de toute sa fortune. C'était sûrement cela qui avait plu à Patrick Armand. Ici on se sentait au-dessus de la mêlée. On dominait le monde.

On était invincible.

Il avança sur ce qu'il restait de la pelouse anglaise d'autrefois et monta les derniers mètres qui le séparaient de l'esplanade d'accueil. Une vieille Renault Mégane bleue attendait là, garée face à la maison.

À qui appartenait-elle ?

Il aperçut des stickers Corsica Ferries collés sur la vitre arrière et eut un étrange pressentiment.

Il fit le tour du véhicule et regarda par la vitre de la portière côté passager. Un téléphone portable avait été oublié dans le vide-poches près du levier de vitesses. Il y avait aussi une serviette de toilette roulée en boule sur le siège passager avec un flacon de pharmacie juste à côté. En plissant les yeux il parvint à déchiffrer l'étiquette sur celui-ci.

Du chloroforme.

Instinctivement, il posa la main sur la poignée et tira. La portière n'était pas verrouillée.

Jo se pencha dans l'habitacle dans l'idée de récupérer le portable mais une odeur à l'âcreté reconnaissable le stoppa net dans son élan.

Il porta la main à son nez puis regarda sur la banquette arrière et entre les sièges.

Il n'y avait rien.

L'odeur provenait du coffre.

Putain, non, pas ça…

Il revint au niveau de l'arrière du véhicule.

Pour la première fois depuis bien longtemps, il sentit le poids des années le rattraper. Il n'avait aucune envie d'être confronté à la violence de ce qu'il allait découvrir au fin fond de cette voiture.

Mais il valait peut-être mieux que ce soit lui qui fasse cette macabre découverte. Plutôt que le père ou la mère du gosse.

Oui, il valait mieux, se répéta-t-il en appuyant sur le bouton d'ouverture d'une main fébrile. Le hayon se souleva dans la foulée.

Quelques mouches s'échappèrent de l'intérieur de la malle.

Jo plaqua à nouveau sa main sur son nez.

Il se pencha vers l'intérieur du coffre. Une couverture avait été jetée sur le cadavre.

Il la souleva du bout de ses doigts gantés pour en découvrir le visage. Malgré la déformation des traits et les boursouflures inhérentes à l'état post-mortem, il la reconnut sans peine.

Il venait de retrouver Stéphanie Rol.

Jo referma la porte du coffre et tira le calibre .38 de son holster.

Puis il pressa le pas vers l'entrée de la maison et avala les quelques marches du perron. Il avait déjà prévu de sortir le pied-de-biche de son sac. Mais lorsqu'il posa la main sur la poignée, celle-ci s'abaissa et la porte blindée s'ouvrit en couinant. Elle n'était pas fermée.

L'œil du canon de son revolver le précéda à l'intérieur.

Le hall était grand comme la nef d'une église, d'une hauteur sous plafond de trois étages. Jo trouva qu'il y faisait plus froid qu'à l'extérieur. Il jeta un regard sur l'immense escalier qui grimpait face à lui puis vers le couloir qui le longeait. Sur sa gauche se trouvait l'entrée qui donnait sur le grand salon.

Juste à côté de la double porte, une grande armoire vitrée recouvrait tout le mur. Armand y exposait ses trophées de tir, des photos sous cadres mais aussi sa précieuse collection de fusils de chasse. La poussière et l'usure avaient rendu la vitre terne et opaque. Jo se demanda si la Winchester se trouvait toujours là.

Il avança vers le salon.

L'endroit baignait dans une torpeur froide comme la mort. Au milieu de la pièce, sur le tapis persan, l'ossature brisée de la table basse était toujours là.

Des bouts de verre jonchaient encore le sol après toutes ces années. Qui les aurait nettoyés ? Pas les flics, ça c'était sûr.

Les larges baies vitrées qui ouvraient sur le parc étaient toutes condamnées. On avait verrouillé les volets roulants à l'aide de cadenas semblables à celui de la grille d'entrée. La pièce entière aurait été plongée dans le noir si la luminosité n'avait pu s'infiltrer par les deux ouvertures en œil-de-bœuf disposées à plus de quatre mètres du sol, à l'exact opposé l'une de l'autre.

Rien n'avait été protégé contre la morsure du temps, la poussière et les toiles d'araignées recouvraient absolument tout. La laque noire du piano à queue avait des allures de fond de cendrier et l'assise du grand sofa qu'il apercevait au fin fond de la pièce avait été déchiquetée de bout en bout, par des rongeurs sûrement.

Il fit demi-tour et revint dans le hall. La moquette rouge de l'escalier était gangrenée par la moisissure. Au pied des marches, la trace brune s'était estompée mais se devinait toujours. Le carrelage poreux s'en était gorgé. Comme pour tenter d'absorber toute trace de l'enfer qui s'était déchaîné ici et montrer que le temps effaçait tout.

Ou presque.

Il monta à l'étage. Le bureau d'Armand, décoré dans un style anglais du début de siècle, avait mieux vieilli que le rez-de-chaussée. L'humidité avait fait moins de ravages par ici.

Il continua son inspection. Un nouveau salon avec un sofa et une télévision, immense pour l'époque. Puis le couloir qui desservait les chambres, les salles d'eau et de bains ainsi qu'un deuxième bureau et une salle de jeux.

Il poussa la première porte, celle de la chambre du couple Armand. Il y régnait un froid polaire. Il avisa les couvertures repoussées au bout du lit, les vêtements et les affaires personnelles jetés à même le sol. Tout avait été figé comme sur un instantané jauni de l'époque.

Lorsqu'il revint dans le couloir, il lui sembla percevoir quelque chose.

Un chuchotement.

Il retint sa respiration.

C'était un fredonnement. Presque imperceptible.

– …tit… oooo… oon… ooo… eeette…

Cela ressemblait à une chanson.

Il avança d'un pas plus vif et se dirigea vers la dernière pièce.

La chambre des enfants.

Les prénoms « Élisa et Raphaël » étaient encore écrits sur la porte avec des lettres de bois colorées et collées à même le panneau.

– …tit… scargot… son dos… onette…

La voix provenait de l'intérieur. Il colla son oreille à la porte.

– Petit escargot porte sur son dos sa maisonneeette…

– Dieu soit loué, lâcha-t-il.

Il abaissa la poignée.

La porte était fermée.

Elle n'était pas bien épaisse et la serrure lui sembla d'un modèle très basique. Il maintint la poignée avec la main et envoya un coup d'épaule. La porte s'ébranla. Dans le même temps la comptine s'arrêta. Il remit deux grands coups, il la sentit vaciller sur ses gonds. Encore un quatrième puis il se recula et frappa du plat du pied en y mettant tout le poids de ses quatre-vingt-dix kilos.

La porte s'ouvrit en frappant contre le mur. Décidément, c'était la journée pour ça. Il balaya tout l'espace d'un mouvement circulaire du regard.

Personne.

– Maxime ?

Il y avait des vieux jouets sur le sol ainsi qu'un convecteur électrique branché à un groupe électrogène qui peinait à chauffer son petit périmètre.

– C'est moi, Jo. Tu me reconnais ? Je te ramène à la maison.

La porte de l'armoire juste à côté du lit du petit Raphaël grinça et s'ouvrit. La fameuse armoire. Jo vit une petite tête blonde en sortir maladroitement. Le masque de la peur peinait à glisser de son visage.

– Oncle Jo ? bredouilla Maxime.

Joseph-Marie avança et s'accroupit à son niveau. Il remarqua les habits que portait l'enfant, un pull rouge à col roulé moulant avec une salopette en jean trop courte. Il était en chaussettes.

– Tu vas bien, petit ?

– Oui…

– Allez viens, on rentre.

Le visage de l'enfant perdit un peu de sa pâleur.

Jo le souleva d'un bras et le petit passa ses bras autour de son cou.

– Il a pris Hulk, dit-il.

– C'est le bonhomme vert ? Je l'ai retrouvé. Il est dans la voiture.

L'enfant nicha sa tête dans le creux de son épaule.

Jo s'arrêta sur le seuil de la porte et jeta un regard dans le couloir. Il était désert. Il le traversa puis passa devant le bureau de Patrick Armand avant de descendre l'escalier d'un pas rapide.

La porte n'était plus qu'à quelques mètres.

Il regarda par-dessus la rambarde pour s'assurer qu'il n'y avait personne en dessous. Tous ses sens étaient en alerte, il avait l'impression que quelque chose ne collait pas.

– Allez, on y va, répéta-t-il à Maxime qui se cramponnait toujours à lui.

Il posa la main sur la poignée de la porte d'entrée et la tira.

Elle ne bougea pas d'un poil.

Il réessaya en appuyant sur la poignée un peu plus fort mais rien à faire : tous les points de fermeture avaient été verrouillés. Et la clé n'était pas dessus.

Porca miseria !

Il fit volte-face en braquant l'arme devant lui.

Ils n'étaient pas seuls dans la maison.

CHAPITRE 52

2018

La Colle-sur-Loup,
chemin du Pigeonnier,
mardi 4 décembre, 9 h 49

Il avait pourtant bien laissé la porte ouverte tout à l'heure. Impossible qu'elle se soit refermée par l'opération du Saint-Esprit. Et celle-là, il ne l'enfoncerait pas d'un ou deux coups de pied. De plus, il avait laissé son sac et ses outils à l'extérieur.

Il posa Maxime sur le sol. Il pouvait toujours essayer de trouver une autre issue mais il devait d'abord savoir qui était avec eux dans la baraque. Christian Berthier était pourtant censé être mort dans l'explosion de sa voiture.

– Écoute-moi bonhomme, tu m'attends là, OK ? Dans le coin près de la porte. Tu ne bouges pas. Tiens, prends ça avec toi, si quelqu'un arrive, tu lui en mets une giclée dans les yeux d'accord ? Attention ça pique fort.

Il lui mit dans les mains une petite bombe de défense qu'il avait toujours dans la poche de son manteau. L'enfant acquiesça avec hésitation puis il se cala dans l'angle, comme pour disparaître. La terreur avait refait son nid dans ses pupilles.

Jo passa dans le salon et avança, l'œil dans le viseur de son arme.

– Je repars avec le gosse ! cria-t-il. Ça peut encore se terminer bien pour tout le monde si tu te montres !

Vas-y, fais-moi voir ta jolie petite tête d'enculé...

Il marcha d'un pas plus rapide pour rejoindre la deuxième double porte qui était à l'autre bout de la pièce. Près du coin séjour, une bibliothèque couvrait tout un pan de mur. Le canapé rongé par les rats était juste devant. Quelqu'un pouvait-il se cacher derrière, entre la bibliothèque et le dossier ?

Il braqua l'arme dans cette direction et contourna le sofa.

Rien.

Juste un pressentiment. Un mauvais pressentiment.

Il tourna la tête et ne vit la silhouette qu'au dernier moment. Elle s'était détachée de l'ombre du couloir et fondait sur lui.

Jo se décala d'un bond tout en levant son arme face au danger et de ce fait, il coupa la trajectoire du coup de couteau porté par l'inconnu.

La lame s'enfonça dans son avant-bras, tailladant les épaisseurs de textile et la chair juste en dessous.

Jo étouffa un cri de douleur et lâcha son revolver.

Il porta la main à son bras blessé et releva les yeux.

Son assaillant revenait à la charge.

Désarmé, face à un adversaire pourvu d'un couteau de chasse, il n'avait pas l'ombre d'une chance d'en sortir victorieux. Mais Joseph-Marie Bouscat n'avait jamais été un homme de probabilités.

Alors que l'inconnu faisait tourner sa lame dans sa main, Jo se rua sur lui tête baissée en hurlant. L'homme eut le temps de lui asséner un coup de couteau à l'épaule avant de recevoir le crâne chauve du Niçois en plein dans le plexus solaire. Il en eut le souffle coupé et en lâcha son arme tout en essayant d'endiguer la poussée de rugby.

Joseph-Marie parvint à le projeter violemment contre le mur avant de relâcher son effort. La douleur au niveau de son omoplate était intenable. Elle le pliait littéralement en deux. Il eut encore la force d'envoyer deux directs du droit dans le flanc de l'inconnu qui déjà avait repris son souffle et assénait une volée de coups sur le dos et la nuque du Niçois pour le faire céder.

Jo ployait sous la charge. Il s'arcbouta un peu plus et finit par se recroqueviller complètement en guise d'ultime protection. Au bout de quelques secondes, il ne sentait même plus la douleur. Il n'était plus qu'un sac de frappe humain, une bête blessée attendant le coup de grâce.

Enfin l'homme en eut assez.

Il alla ramasser le revolver et revint vers Jo, désormais étendu sur le sol.

– C'est une belle arme, dit-il en soufflant. Bien entretenue.

– Lai… laisse… le gamin, ânonna Joseph-Marie en voulant s'aider du coude pour se relever.

Du plat de sa chaussure, l'homme le repoussa au sol.

Il lui braqua ensuite le canon sur le front.

– Ça, c'est plus ton problème, l'ami.

Jo perçut le cliquetis du chien que l'on armait.

Il ne dévia pas du regard. Il fixa le canon de l'arme qui s'apprêtait à cracher le feu et à le faire basculer là où tant d'anciennes connaissances devaient l'attendre.

Il pensa au gamin qu'il n'avait pas réussi à sauver, aux promesses qu'il n'honorerait jamais. À toute une vie jalonnée de bruit et de fureur. À tant d'erreurs qu'il aurait voulu racheter sur un dernier acte avant de tirer sa révérence.

Des pensées bien vaines désormais. Un simple coup de feu et tout serait terminé.

Vivre par les armes. Et mourir de la même manière.

C'était écrit.

Mais au lieu de la détonation du calibre .38, ce fut la sonnerie d'un téléphone portable qui retentit dans la pièce.

CHAPITRE 53

2018

La Colle-sur-Loup,
chemin du Pigeonnier,
mardi 4 décembre, 9 h 53

Je n'avais jamais conduit d'une manière aussi inconsciente de toute ma vie mais l'heure n'était plus aux précautions. J'avais entré les coordonnées de la villa dans le GPS avant d'appeler le commandant Perret sur son portable pour lui faire part de ce qui était bien plus que l'hypothèse délirante d'un père au bout du rouleau.

Encore une fois, son répondeur m'avait accueilli. Je m'étais égosillé pour que la police envoie tout de suite des renforts et j'avais ensuite fait de même avec Kowalsky qui n'avait pas répondu lui non plus. Je m'étais souvenu que l'audition de Claude avait lieu ce matin.

J'étais donc seul.

Alors que la voix de synthèse m'indiquait que je venais d'arriver à destination, j'aperçus la Mercedes de Joseph-Marie garée sur le trottoir. Je me rangeai juste derrière.

Mon anxiété grimpa en flèche. Si Maxime était bien là et que Joseph-Marie l'avait retrouvé, j'aurais déjà dû être au courant. Il aurait tout de suite appelé Michèle qui m'aurait prévenu. Mais mon portable restait muet.

« Le gosse bouffera les rosiers par les racines... »

J'avais l'impression d'avoir une balle de golf dans la gorge tant j'avais de mal à respirer. Je sortis de la Countryman et m'avançai vers la Mercedes. Les portières étaient verrouillées et j'aperçus la figurine de Hulk sur le siège passager. Qu'est-ce que cela voulait dire ? Avait-il déjà retrouvé Maxime ? Je n'avais même pas son numéro de portable pour l'appeler.

Je m'engageai d'un pas rapide dans le chemin et atteignis l'entrée des Armand le souffle court. L'imposant portail aux roses en ferronnerie était ouvert. Par terre, sur le côté, gisaient un cadenas dont on avait coupé l'arceau et une chaîne.

À l'intérieur de la propriété j'eus d'emblée l'impression de me retrouver au beau milieu d'une forêt. Mais je parvins à identifier un tracé au sol sur lequel une voiture était passée il y avait peu. Le rideau boisé n'était pas si épais finalement et je ne tardai pas à me retrouver face à une butte où l'herbe avait dû être verte par le passé.

La maison était plantée tout en haut de cette petite colline. Mais ce qui m'attira tout de suite l'œil fut le massif épineux qui longeait la bordure du terrain sur ma droite. Je revis la photo de Rachele Armand et Emiliano Santorino qui posaient devant les rosiers en fleur. En l'absence d'entretien, les arbustes avaient presque atteint une hauteur d'homme.

Je courus dans leur direction et me mis à inspecter le bas du massif où les ronces étouffaient tout. J'essayais de chasser les pires scénarios de mon esprit, comme celui d'y découvrir le cadavre de mon enfant. Mais après plusieurs secondes d'une inspection aussi désordonnée que désespérée, je dus me rendre à l'évidence. La terre n'avait pas l'air d'avoir été retournée récemment.

Mon téléphone vibra dans ma poche.

– Oui ?

– Ici Jérôme Kowalsky ! Je viens d'avoir votre message ! Où êtes-vous ?

– Dans le jardin de l'ancienne villa des Armand. C'est complètement dingue mais je pense que mon fils se trouve là-bas.

– Bon, attendez-moi Anthony, ne faites pas de conneries ! J'arrive.

Je raccrochai sans rien ajouter et repris ma marche vers la maison. Il m'était évidemment impossible d'attendre Kowalsky.

En arrivant sur l'esplanade qui s'ouvrait face à la bâtisse, je retrouvai une vieille connaissance. La Renault Mégane bleue que j'avais aperçue sur la vidéo de surveillance de la station-service. C'était bien elle, avec ses trois autocollants Corsica Ferries

2013, 2015 et 2016 aux contours rongés et décollés par l'usure du temps et des intempéries. Quant aux plaques minéralogiques, elle n'en avait plus. On savait où elles avaient fini.

Je ne m'attardai pas et gravis les quatre marches du perron pour me retrouver sur un espace carrelé d'une vingtaine de mètres carrés et bordé d'une balustrade en pierres blanches. Juste à côté de la porte d'entrée, un sac de sport noir traînait par terre. La fermeture Éclair était ouverte. À l'intérieur je trouvai une pince-monseigneur, une scie à métaux, un pied-de-biche rétractable et d'autres outils.

Le sac de Joseph-Marie…

Un mauvais pressentiment m'étreignit. Était-il à l'intérieur ? Aucun bruit ne filtrait pourtant de la maison.

J'avisai la porte d'entrée. Elle était entrebâillée de quelques millimètres. Je plaquai ma main sur le panneau d'acier et le poussai. Il s'ouvrit en frottant sur le sol. J'avançai sur le seuil. Pour la première fois, je me trouvais confronté à ce lieu où l'indicible avait été commis.

Cet endroit qui avait avalé mon enfant et me repoussait autant qu'il m'attirait.

L'appréhension que je ressentais depuis mon arrivée m'empêcha de faire un pas de plus. Je reculai et baissai à nouveau les yeux vers le sac de sport.

Deux secondes plus tard, j'entrai dans la maison en tenant fermement le pied-de-biche dans la main.

CHAPITRE 54

2018

La Colle-sur-Loup,
chemin du Pigeonnier,
mardi 4 décembre, 10 h 28

L'intérieur de la villa avait la couleur de son histoire. Assombri par des années dénuées de toute présence humaine et terni par une épaisse pellicule de poussière qui recouvrait presque tout. Il y régnait un froid glacial. Un escalier gigantesque se dressait face à moi, accolé au mur. En contrebas, un couloir s'enfonçait dans les entrailles de la construction. Et sur ma gauche, une imposante double porte, grande ouverte.

Elle donnait sur une salle de la taille d'un terrain de tennis. Une pièce qui portait les stigmates de cette nuit tragique de 1986, du moins l'imaginai-je en voyant le verre brisé et éparpillé sur le tapis en une multitude d'éclats saillants, ainsi que l'ossature de la table basse complètement défoncée.

J'avançai dans la salle et me mis à appeler Maxime.

Aucune réponse.

En arrivant au fond du salon, je trouvai un canapé d'angle de grande taille mais totalement détruit par les rats et l'humidité. Une bibliothèque était accolée au mur qui fermait la pièce. La vitre de l'une des portes était brisée. Juste à ma droite, une nouvelle porte à doubles vantaux, la jumelle de celle par laquelle j'étais entré, devait conduire dans le couloir qui jouxtait l'escalier. Je me retournai une dernière fois pour embrasser la pièce du regard.

Un silence pesant flottait dans l'air.

Je pris la direction du couloir et quelque chose attira mon regard. Une masse inerte, étendue derrière le canapé et dont les contours peinaient à se détacher du carrelage en terre cuite dans cette semi-obscurité.

Un corps.

Je m'approchai. L'homme ne bougeait plus. Une flaque de sang s'était répandue sous son dos. Son visage était tuméfié et bleui par les coups qu'il avait reçus. Néanmoins je le reconnus sans peine.

Joseph-Marie.

Je m'accroupis et posai deux doigts à la base de son cou pour tenter d'y trouver un pouls. En vain. Je collai ensuite mon oreille contre sa poitrine et il me sembla percevoir un léger frémissement. À moins que ce ne soit le fruit de mon imagination.

C'est alors que j'entendis un bruit, bien réel celui-ci, en provenance de l'entrée.

C'était le bas de porte qui raclait à nouveau sur le carrelage.

Je me relevai d'un bond et, en deux enjambées, je me mis à couvert contre le mur. Je longeai ensuite la cloison pour remonter la pièce jusqu'à la double ouverture qui donnait sur le vestibule. À moins d'un mètre de celle-ci, je me plaquai contre la cloison et j'attendis. De l'autre côté, les bruits feutrés que je percevais ne laissaient planer aucun doute.

Il y avait quelqu'un.

Les pas se rapprochèrent. Je me préparai en levant mon bras armé du pied-de-biche.

Mon cœur cognait à tout rompre.

Lorsque la silhouette passa la porte, j'abattis mon bras. Le pied-de-biche fendit l'air mais rien ne l'arrêta. L'individu avait esquivé mon attaque de justesse et se dressait désormais à deux mètres de moi.

Il cria.

– Anthony, non ! C'est moi ! Jérôme Kowalsky !

Il fit un pas de côté pour se dégager de la zone d'ombre dans laquelle il était plongé.

– Bon Dieu, j'ai vraiment failli vous avoir, dis-je.

– Et vous pensiez avoir affaire à qui ?

– Je… Je ne sais pas. C'est ce lieu, cette maison.

Il hocha la tête.

– Vous avez retrouvé votre fils ?

– Non. Mais le corps d'un ami de mon beau-père, oui. Il est là-bas, derrière le canapé.

– Nom de Dieu, il est mort ?

Ce disant il fit encore un pas vers moi et je remarquai alors sa mine affreuse : les cheveux hirsutes, trempés de sueur et le faciès rougi. Sa chemise présentait des auréoles de transpiration. Elle était dégrafée sur trois boutons et il me sembla que l'un d'eux manquait d'ailleurs à l'appel.

Il dut deviner mes pensées puisqu'il s'en excusa.

– Je me suis garé en contrebas et j'ai couru sur tout le chemin pour arriver ici.

Je hochai la tête, plus pensif que jamais. Mais alors que je posais à nouveau les yeux sur sa chemise débraillée, j'entrevis sous le tissu la croix qu'il portait en médaillon. Une croix chrétienne de la taille d'un briquet et qui avait une perle nacrée en son centre. Tous les signaux d'alarme explosèrent dans mon esprit. J'avais déjà vu cette croix. C'était celle que portait Sylvie André sur la photo trouvée dans le carnet de Jacques Belleville.

Sylvie André qui posait avec son fils. Un garçon âgé de sept ou huit ans en 1977.

Son fils.

Kowalsky me harponna de ses yeux gris et dans le même temps je réalisai que son regard n'était pas la seule chose qu'il braquait sur moi.

– Vous ?

– Lâchez ce pied-de-biche, Anthony, dit-il en levant son revolver à hauteur de mon torse.

Je m'exécutai.

– Vous êtes quand même sacrément doué, vous savez ? continua-t-il. D'abord vous arrivez à remonter la trace de la Mégane, ensuite vous arrivez jusqu'ici. Chapeau. Comment avez-vous fait ? Cette maison ne vous disait rien, j'imagine.

– Le ravisseur avait parlé de rosiers. J'ai fait le rapprochement avec une photo de l'époque que j'ai trouvée. Celle où Rachele Romani posait dans son jardin, devant ses fleurs.

Il siffla, l'air épaté.

– Merde alors. J'ai dû en dire un peu trop lors de mon appel. Il est vrai que j'avais tellement envie de ramener votre beau-père ici. Mais finalement, il est tout aussi bien là où il est. Et il ne risque pas d'en sortir, croyez-moi.

Je peinais encore à réaliser ce qui se jouait sous mes yeux.

– Je dois vous avouer que cela m'a fait drôle tout à l'heure lorsque mon téléphone a sonné, continua-t-il. J'étais bien occupé avec votre ami Joseph-Marie, un homme encore coriace pour son âge, et voilà que Claire m'appelle pour me dire que vous arrivez. Je n'avais même pas vu votre message. Après vous avoir appelé, j'ai juste eu le temps d'aller déverrouiller la porte pour que vous puissiez entrer sans problème. Je n'allais pas vous laisser dehors après tous ces efforts quand même.

– Perret sait que je suis ici, avançai-je sans savoir quoi dire d'autre.

– Ne vous en faites pas pour ça, je l'ai dissuadée d'intervenir. Et au pire des cas, je dirai que les choses se sont déroulées de la façon suivante : vous êtes arrivé sur place et avez trouvé votre enfant mort, assassiné par cet ancien taulard, ami de votre beau-père. Vous vous êtes battu avec lui, l'avez tué.

Mais dans l'histoire vous prenez vous aussi une balle et y laissez votre peau. Avec son revolver.

Il secoua l'arme devant mes yeux.

J'essayai de ne pas me laisser déstabiliser, ou tout du moins de ne pas montrer que je l'étais totalement.

– Mon fils. Où est-il ?

– À l'étage.

– Que lui avez-vous fait ?

– Rien pour le moment. Mais je ne peux pas vous laisser repartir d'ici, Anthony. Vous m'en voyez sincèrement désolé, surtout après ce lien que nous avions tissé ces derniers jours. J'ai vraiment admiré votre ténacité et votre intuition. Et vous êtes plutôt quelqu'un de sympathique.

Je n'avais aucune idée de la façon dont je pouvais me tirer de là. Peut-être en gagnant du temps. Mais il fallait surtout que je tente tout ce qui était possible pour sauver Maxime.

– Laissez mon fils partir, il n'a rien à voir avec tout ça. C'est juste un enfant.

Il parut hésiter.

– C'est là que vous faites erreur. Laissez-moi vous éclairer. En un sens, vous l'avez bien mérité. Cette histoire, c'est un peu la vôtre aussi, même si vous ne savez pas encore à quel point. Il faut d'abord que vous sachiez que j'ai fait tout cela en mémoire de ma mère et de mon père. Et pour toute cette vie qui m'a été volée.

– Votre mère ? Sylvie André ? Et votre père qui est mort en prison ?

Une lueur de folie s'embrasa dans son regard.

– Sylvie Kowalsky, de son nom de jeune fille ! André était mon beau-père. Et ne me parlez plus de ce fils de pute ! Vous voyez ça (il leva la paume ouverte de sa main gauche, exhibant une vilaine cicatrice) ? C'est le dernier souvenir que m'a laissé ce bâtard le jour où il a tué ma mère à coups de fer à repasser et que j'ai essayé de l'en empêcher.

– Il n'était pas votre père ?

Un sourire lui tailla le visage comme un coup de couteau.

– Mon vrai père a quitté ma mère lorsqu'elle était enceinte à la fin des années 1960. À l'époque ils étaient très jeunes, c'est sûr. Elle n'a retrouvé sa trace que bien des années plus tard, lorsqu'il a commencé à être connu. À l'époque, pas de Facebook ou de conneries dans ce genre. Elle ne pensait même pas à reformer une famille, juste à demander qu'il l'aide un peu après toutes ces années à jongler entre des boulots merdiques, seule avec son gosse. Après tout, il s'en était plutôt bien sorti, non ? Regardez-moi cette baraque ! Combien de familles pourraient vivre ici ? Cinq, dix ?

– Vous êtes le fils de Patrick Armand…

Kowalsky ne m'écoutait plus. Il s'exprimait de plus en plus vite, de manière syncopée. Je devais en tirer le meilleur parti. Le faire parler pour profiter peut-être d'un moment de distraction ou dans le mince espoir que des renforts arrivent en dépit de ce qu'il m'avait dit.

– Elle lui avait écrit une lettre accompagnée d'une photo de nous deux. Nous avions même déménagé à Aix-en-Provence pour être plus proches de lui. La pauvre, elle y croyait tellement. Mais il était bien trop occupé avec sa petite poule italienne pour nous accorder la moindre attention. Parce que le mal était là, vous voyez ? Je l'ai compris par la suite lors de mes discussions avec Philippe Berthier. Cette salope l'avait complètement envoûté.

Le pied-de-biche n'était pas si loin que ça, à peine à un mètre de mon pied. Je regardai le canon du revolver face à moi. Il s'agitait de plus en plus.

– Ma mère m'a raconté tout ça à mon seizième anniversaire. Pour moi, ce fut comme prendre un mur en pleine tronche. J'avais toujours cru qu'elle n'avait aucune nouvelle de mon vrai père, voire qu'il était mort. Au lieu de ça, j'apprenais que nous habitions à deux heures de chez lui et qu'il ne voulait pas me connaître ! Alors, que croyez-vous que j'aie fait ?

– Vous… vous êtes allé le voir ?

– Oui. Le 15 décembre 1986, j'ai pris un billet de train. Et j'ai fait du stop jusqu'à la villa ensuite.

– Le 15 décembre…

Il éclata d'un rire effrayant. Je ne reconnaissais plus le flic que j'avais côtoyé ces dernières heures.

– Cette date vous dit quelque chose, n'est-ce pas ?

– C'est la nuit où les Armand ont été assassinés avec leurs enfants.

Il acquiesça.

– Il avait beaucoup plu ce jour-là. La terre était détrempée, ça sentait la forêt et le bois mouillé. C'était agréable. En ville, les décorations de Noël flottaient dans les airs. J'y avais vu un bon présage. Et que dire de cet immense portail ? Je n'avais rien vu de tel de toute ma vie. C'était si imposant. L'entrée vers un monde nouveau. Lorsque j'ai entendu le moteur rugir au loin, j'ai couru de l'autre côté de la chaussée pour me réfugier sous la lumière d'un lampadaire. J'avais peur que le chauffeur ne me voie qu'au dernier moment dans ses phares tant la voiture arrivait vite. Et c'est ce qui s'est passé. Il a failli me percuter et il ne s'est même pas arrêté. Sa Porsche s'est engouffrée entre les deux piliers du portail et je l'ai entendu filer vers la maison.

– Alors…

– Alors je l'ai suivi. J'ai réussi à pénétrer dans la propriété avant que le portail ne se referme. L'allée était bien balisée, on apercevait même les lumières de la villa depuis le bas du domaine. Impossible aujourd'hui avec toute cette végétation. Je n'ai mis que quelques minutes à gravir la butte. J'étais un peu hésitant, bien sûr. Mais pouvais-je faire machine arrière ? Bien sûr que non. J'ai frappé à la porte une première fois, puis une deuxième. Personne n'est venu. Mais il me semblait percevoir des éclats de voix à l'intérieur. Alors j'ai abaissé la poignée de la porte. Et c'est là que le destin s'en est mêlé. Elle était ouverte.

CHAPITRE 55

1986

La Colle-sur-Loup,
chemin du Pigeonnier,
lundi 15 décembre, 20 h 44

Jérôme Kowalsky pénétra dans le vestibule et les éclats de voix l'assaillirent. Ils provenaient de la première pièce sur la gauche. Il alla coller son oreille contre la double porte.

Une voix d'homme, forte mais mal assurée.

– C'est lui, n'est-ce pas ?

– Qu'est-ce que tu racontes ? répondit une voix féminine avec un fort accent italien.

Il poussa légèrement le battant et glissa un regard dans l'entrebâillement. Le couple se tenait debout tout au fond de cette pièce qui paraissait interminable mais il parvenait à les dévisager parfaitement. Il reconnut l'homme qu'il avait déjà vu à la télévision et sur les coupures de presse que sa mère lui avait montrées et qu'il avait collées au-dessus de son lit. Patrick Armand levait le poing devant sa femme en vociférant.

– Dis-moi la vérité, putain ! Ne joue pas à ça !

– Je ne vois pas de quoi tu veux parler.

Il fit un pas vers elle. La femme recula en parfaite synchronisation.

– Comment tu as pu me faire ça Rachele ? Comment ?

– Arrête de crier. Tu es soûl !

– Non ! Dis-moi juste si c'est lui.

La femme se mura dans le silence.

– Alors ! C'est lui ou pas ?

– Je suis désolée, dit-elle en baissant les yeux.

– Oh ! Tu es désolée, pardon alors !

– Ça ne t'apaisera pas mais…

– Putain, ça non, ça ne va pas m'apaiser !

– Calme-toi s'il te plaît.

– Mais je suis très calme, là ! Tu ne vois pas combien je suis calme ?

Il avança vers elle alors qu'elle le mettait en garde de ne pas faire un pas de plus. Son bras se déploya et il l'empoigna à l'épaule.

– Patrick, arrête. Tu me fais mal. On va parler.

– Parler ? Parler de quoi ? De lui ? Des enfants ?

– Oui, lâche-moi. *Prego*.

Comme si elle avait prononcé une formule magique, il la lâcha. Elle fit un pas de côté pour se remettre à distance.

– Tu es devenu fou ?

– Arrête de te foutre de moi ! J'ai fait faire des tests ! Je sais tout, bordel.

– Quels tests ? De quoi parles-tu ?

– Un nouveau procédé quasi infaillible. Ça fait des mois que je donne du fric à ce laboratoire d'une université anglaise. Cela n'a fait que confirmer tous les tests de paternité que j'ai fait faire dans des labos étrangers ! Les jumeaux ne sont pas de moi !

– Oh Patrick….

– Comment as-tu pu me faire ça, Rachele ?

Armand se frotta le visage et fit quelques pas vers la bibliothèque avant de se retourner.

– Qu'est-ce que tu veux que je te dise ? reprit-il. Que je comprends ? Que tout ça ne représente rien ? Dis-moi ce que je dois dire !

– Patrick, arrête.

– Je n'arrêterai pas ! Les enfants ne sont pas de moi, Rachele, merde ! Et tu me l'as caché !

– Je n'en étais pas sûre c'est tout. Ça date de près de trois ans ! Et tu avais bien compris ce qui se passait à l'époque, toi qui n'arrêtais pas de sortir en soirées avec ces minettes de vingt ans ! Alors ne viens pas me donner de leçons !

Il tapa dans ses mains en levant les yeux au ciel.

– Nom de Dieu, mais tu te rends compte de ce que tu dis ? On parle de nos enfants, là !

Il alla se servir un verre au bar qui était dans l'angle de la pièce, près de la bibliothèque. Il l'avala cul sec.

– Patrick, tu m'as épaulée pendant la grossesse, tu as élevé les jumeaux depuis leur naissance. Peu importe ce que dit ton bout de papier. Tu es le père des jumeaux. Toi et personne d'autre.

Armand ne broncha pas, il se resservit un nouveau verre.

– Et personne n'a besoin de le savoir ? *Hai capito ?*

Il avala une gorgée qui sembla mal passer. Quand il reposa son verre sur la table, il la regarda d'un air fautif.

– C'est trop tard. Je l'ai appelé.

– Quoi ?

– J'étais hors de moi. Je n'avais plus les idées claires. J'avais juste besoin de laisser exploser ma rage.

– Donc il sait ?

– Je crois. Je ne sais même plus ce que je lui ai dit.

– *Dio santo*…

Il les épiait depuis plusieurs minutes derrière la double porte et il n'arrivait pas à mettre le doigt sur les sentiments qui l'envahissaient peu à peu. De la surprise, de l'incompréhension ? Patrick Armand n'était donc pas le père des enfants qu'il pensait avoir eus avec sa femme. Mais il était sidéré de voir qu'il venait d'abdiquer devant elle alors qu'elle avait reconnu les faits. Et la façon dont elle avait réussi à renverser la situation. C'était elle qui criait désormais et qui avait pris le dessus.

Incroyable.

Il sentit son estomac se contracter.

Il imagina ces deux enfants qui allaient profiter de l'amour d'un père qui n'était même pas le leur et qui allaient grandir à l'ombre d'une fortune qui ferait de leur vie un petit paradis sur terre. Il pensa à sa mère qui, lassée de collectionner les boulots payés au lance-pierre, avait fini par se marier avec un homme soiffard et colérique pour tenter de se sortir d'une précarité qui avait jalonné toute sa vie.

Ces pensées noires le remuèrent jusqu'à lui donner la nausée.

Mais il avait compris à présent ce qu'il ressentait.

Une haine viscérale telle qu'il n'en avait jamais connu.

Il se détacha de la porte et fit quelques pas dans le hall. Que pouvait-il faire désormais ? Il regarda tout autour de lui dans l'espoir qu'une solution s'impose à son esprit. Son regard s'arrêta sur la grande bibliothèque vitrée qui était à côté de la porte. Des trophées, des coupes, des photos y étaient exposés. Mais l'une des parties du meuble était une armoire à fusils de chasse. Ils étaient alignés au garde-à-vous derrière la vitre et brillaient à la lumière.

Il avait déjà accompagné son beau-père à la chasse, l'une des rares choses intéressantes qu'il avait jamais faites avec ce type. Il avait tiré plusieurs fois. Et il avait adoré ça.

Il s'approcha de l'armoire, fasciné.

Il voulut ouvrir la porte mais elle était verrouillée. Il regarda sur le côté et aperçut la clé qui était suspendue à un crochet, à une hauteur suffisante pour que des enfants ne l'atteignent pas. Il s'en saisit et l'inséra dans la serrure.

Les armes étaient magnifiques. L'une d'elles capta son regard plus que les autres, une carabine de western comme celles qu'il avait vues au cinéma.

Dans le salon, la discussion était toujours aussi vive.

Il se saisit de l'arme, admira son canon, la crosse en bois verni et l'inscription « Mossberg » qui y était gravée. Des boîtes de munitions étaient disposées sous chaque fusil. Il en ouvrit une qui correspondait à la carabine qu'il avait en main et prit une poignée de balles.

La femme d'Armand ne s'arrêtait plus de parler. Cette salope qui lui avait volé son père.

Il enquilla quatre cartouches dans le magasin de la carabine et arma le levier une première fois.

Il allait retourner vers la double porte lorsque soudain il perçut un bruit en provenance de l'escalier. Il leva les yeux. Une tête blonde le dévisageait, cachée derrière les barreaux de la balustrade du premier étage. Un gamin d'à peine deux ou trois ans.

L'un des jumeaux.

Il lui trouva d'emblée un air arrogant. Comme s'il venait le narguer dans son malheur. C'était un de ces gosses qui allait lui voler ce qui lui revenait de droit. Un père, un nom, une fortune.

Une vie.

Son sang ne fit qu'un tour. Il se jeta dans l'escalier et gravit les marches quatre à quatre. L'enfant prit ses jambes à son cou en poussant un cri qui tira plus vers l'effroi que la moquerie. Dans le salon, on entendait toujours les Armand se disputer.

Il arriva dans un espace ouvert, garni de canapés, d'un tapis angora et d'une grande télévision posée sur un buffet en acier.

L'enfant avait disparu.

Il dépassa le salon et se lança dans un couloir qui avait l'air de desservir plusieurs pièces. Il tenait l'arme des deux mains, bien droit face à lui. Il n'avait jamais ressenti cette sensation auparavant, celle d'enfin pouvoir influer sur le cours des choses, d'avoir son rôle à jouer dans sa propre histoire.

Il perçut des bruits étouffés qui provenaient de la dernière porte. Elle exhibait fièrement les prénoms des deux imposteurs.

Il la poussa du pied.

Le petit garçon se tenait debout près d'un lit sur lequel il rabattait une couverture.

À la vue de cet intrus, il courut se réfugier à l'autre bout de la chambre.

Jérôme Kowalsky l'aligna dans sa mire, le canon suivit le mouvement de l'enfant et il n'hésita même pas.

Il pressa la détente et l'arme cracha le feu.

La vibration de la crosse du fusil se réverbéra jusque dans son épaule. Frappé en pleine poitrine, l'enfant fut projeté contre le lit avec une violence folle.

Il entendit les os craquer, à moins que ce ne fût le bois.

Quelque chose céda en lui, une de ces digues émotionnelles que l'on passe toute une vie à construire. En une fraction de seconde, il était revenu à l'état primaire, flairant son autre proie pour finir ce qu'il avait commencé.

Des cris montèrent du rez-de-chaussée.

Son regard glissa avec hâte sur le reste de la chambre et s'arrêta sur le lit. La sœur jumelle s'y était cachée. D'un geste vif, il fit claquer le levier de la carabine pour la réarmer et il aligna le canon sur le renflement de la couverture.

Deuxième tir.

Une volée de plumes tapissa le coin de la pièce tandis que les cris gagnaient en puissance et en folie.

– Élisa ! Raphaël !

Ils se rapprochaient.

Il rechargea à nouveau avant de sortir en courant dans le couloir et de filer jusqu'à l'escalier. Dans le sens contraire, on y montait au pas de charge.

En haut des marches, il se retrouva nez à nez avec Rachele Romani. Son mari était dans son dos.

Elle écarquilla les yeux de stupeur mais n'eut le temps de rien d'autre. Il repenserait longtemps à ce regard si bleu, si profond, figé pour l'éternité dans le désespoir de réaliser qu'elle ne sauverait pas ses enfants.

Le coup de feu la toucha en plein ventre. Elle tomba à la renverse sur Patrick qu'elle emmena dévaler les marches avec elle dans un domino macabre.

Il réarma aussitôt, pris dans la folie de l'instant. Il descendit quelques marches. Les deux corps s'étaient écrasés quatre mètres plus bas comme des sacs de sable. Rachele ne bougeait plus et baignait dans son sang. Patrick non plus.

En détaillant la scène, il prit soudain la mesure de l'enfer qu'il venait de déchaîner. Lorsqu'il arriva près des deux corps, le fusil lui semblait la chose la plus lourde qu'il ait jamais portée. Son bras fléchit peu à peu jusqu'à laisser glisser l'arme au sol. Il regarda ce géniteur dont il avait tant rêvé, allongé sur le ventre, immobile. Un filet de sang poissait ses cheveux au sommet du crâne et se répandait jusque sur sa nuque.

Des spasmes le saisirent face à cette vision de désolation, cet anéantissement qu'il avait provoqué. Il courut jusqu'à la porte pour chercher de l'air.

Soudain, un gémissement.

Il se retourna. Le dos de son père s'agitait d'un tremblement. Puis ce fut le bras droit. Armand réussit à poser une main contre le sol et il essaya de se relever.

Il était en vie.

Il eut envie d'aller l'aider mais il renonça. Si l'on découvrait qu'il était le responsable de ce massacre, il perdrait tout.

Alors il se jeta hors de la villa et se mit à courir jusqu'à en perdre le souffle.

Lorsqu'il arriva au portail, il tomba sur une voiture en train d'en forcer l'entrée. Il eut juste le temps de se camoufler dans un fourré avant que la grille ne cède complètement et que la Mercedes ne se lance dans l'allée pour rejoindre en trombe la villa.

Quelques secondes plus tard, il quittait la propriété et s'évanouissait dans l'obscurité.

CHAPITRE 56

2018

La Colle-sur-Loup,
chemin du Pigeonnier,
mardi 4 décembre, 11 h 27

– Vous les avez tués. La femme et les enfants…

Les mots avaient du mal à sortir. Le récit de Kowalsky m'avait soulevé le cœur.

– Vous pensez que je suis un monstre, n'est-ce pas ? Je me suis longtemps questionné à ce sujet. Comment avais-je été capable d'un acte pareil ? Trente ans après je n'ai toujours pas de réponse. Ces quelques minutes restent un trou noir dans ma vie. Sur le moment, ces enfants m'étaient apparus comme la personnification ultime de mon malheur. Eux et Rachele Romani. Ils me privaient de ce qui me revenait de droit. Un père, un nom, une fortune. Ils m'avaient volé ma vie.

Il sourit avec amertume et continua sa confession.

– Apprendre la mort de mon père dans la presse le lendemain de cette soirée a été un choc considérable.

Lorsque j'avais quitté sa villa, la veille, j'étais sûr de le revoir un jour. Nous aurions pu apprendre à nous connaître, tisser des liens. Reconstruire une vie.

J'imaginais mal le genre de relations qu'aurait pu avoir un fils avec le père dont il avait décimé toute la famille. Mais Kowalsky semblait résolu à m'en convaincre.

– J'étais le seul à être de son sang, vous comprenez ? Le seul !

J'acquiesçai pour ne pas le froisser.

– Mais tout fut réduit à néant. Ajoutez à cela le décès de ma mère trois ans après et vous comprendrez pourquoi j'ai fini par partir. Fuir serait plus juste en réalité. Je me suis engagé dans l'armée de terre en 1991. Tchad, Gabon, Yougoslavie, j'ai vu du pays pendant plus de dix ans. Mais rien n'y faisait, ce sentiment de passer à côté de ma vie, de n'être à ma place nulle part ne me quittait pas. J'ai compris que cela ne cesserait jamais. Pas tant que je n'aurais pas enterré mon passé de façon définitive. Je devais retrouver le type à la Mercedes noire.

– Pour vous venger ?

Il secoua la tête.

– Ce n'était pas ma priorité au début. Ni même revendiquer quoi que ce soit sur l'héritage. Tous les délais étaient prescrits de toute façon et puis, aux yeux de l'administration, je n'étais personne. Non, je voulais déjà comprendre ce qui s'était réellement passé. Et c'est une fois que j'ai eu toutes les cartes en main que j'ai décidé de les faire payer.

– Les ?

– Cerutti évidemment. Et Berthier ensuite. Lorsque j'ai commencé à enquêter sur la mort de mon père, je me suis vite rendu compte que beaucoup d'éléments ne collaient pas. Le dossier n'était même plus consultable dans les archives de la police. Il avait été enterré de telle sorte que personne ne puisse y accéder. Tout du moins, pas sans action juridique. Et je tenais à rester discret. Alors j'ai changé mon fusil d'épaule. J'ai commencé à enquêter sur Philippe Berthier, le bras droit historique de mon père. Son fils Christian avait toujours eu quelques soucis de concubinage, des copines ou des ex-copines qui le poursuivaient pour violences ou arnaques en tout genre. En le tirant d'affaire à quelques reprises, je me suis rapproché de son vieux père et nous sommes même devenus assez proches. Philippe était un sacré parleur. Il considérait mon père comme l'un de ses plus vieux amis et il était vraiment désireux de savoir qui avait tué la famille. En un sens je pense qu'il était sincère. Mais tous ses bons sentiments ne l'avaient pas privé de s'octroyer la part du lion lors de la cession des actifs du Groupe Armand. Il a racheté un maximum de parts des différentes activités par le biais de sociétés écrans qu'il s'est ensuite revendues. Un joli pactole, mine de rien. Tout ça pour quoi ? Pour maintenir à flot son bon à rien de fils.

– Vous pensiez que c'était lui qui avait tué votre père ?

– Non, pas du tout. Philippe n'a jamais eu suffisamment de rage en lui pour tuer quelqu'un. C'était un érudit, un homme de lettres. Il a tout tenté pendant des années pour percer le mystère de la mort de Patrick… Mais il n'avançait pas. Personne n'avançait. Et c'est alors qu'un petit miracle s'est produit. Il y a trois ans de cela, j'ai reçu un coup de fil. C'était un avocat du cabinet qui avait assuré la défense de mon beau-père en 1990. J'ai cru l'espace d'une seconde qu'il m'annonçait la mort de cette ordure. Mais non. Il m'a dit qu'un journaliste posait des questions sur l'affaire Armand et le lien éventuel qu'elle pouvait avoir avec Alexis André. Vous imaginez ma surprise. Qui pouvait être au courant de cela ? Ce journaliste devait forcément en avoir après moi. J'ai appris par la suite qu'il y avait un lien entre lui et cette association d'aide aux victimes que Philippe Berthier avait mandatée.

Voilà qui me renvoyait aux dernières notes du carnet de Belleville.

– Je suis allé rendre visite moi-même à ce journaliste pour l'interroger. Malheureusement nous n'avons pas trouvé de terrain d'entente.

– Nom de Dieu, l'incendie ! C'était vous !

– Je venais d'apprendre de sa bouche que Cerutti était l'homme à la Mercedes. Deux mois auparavant, ce Viglietti avait déjà confronté votre beau-père en le mettant devant le fait accompli. Il comptait ensuite pondre un article qui aurait remis l'affaire Armand sur le devant de la scène et incriminé Cerutti.

Le fameux coup de pression mentionné dans le carnet de Belleville.

– Mais que pensez-vous qu'a fait Cerutti ? continua Kowalsky. Il a proposé au journaliste un demi-million d'euros en échange de son silence. Et comme le type a eu le malheur de refuser, quelques jours plus tard il a retrouvé l'intérieur de sa baraque saccagé. Cerutti lui avait envoyé son molosse. Vous vouliez une preuve de l'implication de votre beau-père ? Vous l'avez. Comme si cela ne suffisait pas, Cerutti a ensuite fait jouer ses relations dans la presse pour mettre le journaliste au placard. Mais même avec ça, Viglietti ne voulait pas lâcher le morceau. Il connaissait quelques blogueurs, il allait tout balancer sur le Net et les réseaux sociaux. L'information serait devenue virale, incontrôlable.

– Et alors ? Ce n'était pas ce que vous souhaitiez ? Que la vérité éclate ? Et nuire à la réputation de Claude Cerutti ?

– Votre beau-père s'en serait tiré comme d'habitude. Ces gens-là s'en tirent toujours. Il était hors de question que je laisse le journaliste faire n'importe quoi. Je voulais Cerutti pour moi seul. De plus, Viglietti avait compris qui j'étais. Le gamin de la photo, comme il me l'avait dit. Il avait du nez. J'ai été obligé de le mettre hors course. Et ce que j'ai appris par la suite n'a fait que me donner raison davantage.

Toutes ces révélations m'auraient donné le tournis si j'avais pu prendre quelques secondes de recul. Mais j'en étais réduit à tenter de faire parler Kowalsky le plus longtemps possible pour espérer un miracle.

– Alors vous avez monté ce plan ? Pourquoi ne pas tuer Claude tout de suite ?

– Tuer Cerutti n'était pas dans nos plans. Nous avons passé du temps à l'étudier, lui et son entourage. Nous savions exactement où frapper : sa réputation, sa famille, son nom. J'ai embarqué Christian Berthier avec moi sur ce coup. Il me fallait un deuxième homme pour monter l'enlèvement avec les deux voitures. L'un qui enlevait votre gosse et l'autre, dans la Kangoo, qui maquillait la scène avant de se faire repérer par toutes les caméras de la zone pour mener les enquêteurs jusqu'à Lise. Christian a foncé tête baissée lorsque je lui ai fait miroiter un gros sac de fric.

– Et son père ? C'était vous aussi ?

Je sentis qu'il se figeait net.

– Ce fut une opportunité à saisir. Celle d'impliquer votre beau-père tout en me débarrassant de Philippe. Comme je vous l'ai dit, il méritait bien son sort. L'idée du coupe-papier m'est venue alors que nous parlions chez vos beaux-parents. Je me doutais que Cerutti lui rendrait visite après avoir reçu la clé. Je n'ai eu qu'à le suivre.

Les zones d'ombre s'éclaircissaient peu à peu mais beaucoup de questions restaient sans réponse.

– Comment avez-vous impliqué ma belle-sœur ?

Cette question le fit sourire.

– Christian avait une ancienne petite amie, une pseudo-actrice un peu paumée, Stéphanie Rol, qui me faisait beaucoup penser à Lise. Voilà comment a germé l'idée. Avec une perruque et un peu de maquillage, c'était criant de vérité. Pour quelques milliers d'euros, cette fille a parfaitement tenu son rôle. Elle a même été la pierre angulaire de notre projet. Christian s'est chargé de proposer à la galerie de Fabrice Vergeot d'organiser un cocktail dans son restaurant et Stéphanie a pu passer toute une soirée en compagnie de votre belle-sœur pour apprendre à la singer au mieux.

– Pour prendre sa place ?

– On ne lui avait pas vraiment expliqué de quoi il retournait. Juste qu'elle devait se trouver le jour J dans un parking avec la voiture de votre belle-sœur et la ramener au domicile de Vergeot ensuite.

– Mais la voiture ? Comment avez-vous fait pour la prendre ? Fabrice Vergeot était dans le coup lui aussi ?

– Non mais il le sera. Lise sera présentée à un juge et inculpée dès la fin de sa garde à vue. Vergeot aussi. Le jour de l'arrestation, j'ai laissé chez lui de quoi le relier au thérapeute qui suivait Lise et qui nous avait permis de nous procurer la clé de sa Classe A ainsi que ses cartes de crédit. Faire un double de ces clés à ouverture à distance est relativement simple. Quant aux cartes, nous nous en sommes servis pour quelques retraits d'argent qui l'impliquaient un peu plus. Là aussi avec l'aide de cette brave Stéphanie.

– Mais comment avez-vous…

Il chassa l'air de sa main libre, signe qu'il en avait assez.

– Ça suffit Anthony. Nous avons suffisamment discuté. Je vous devais quelques explications mais il faut en finir maintenant. J'ai encore beaucoup à faire.

Il leva l'arme au niveau de mon torse.

– Non, non, attendez ! Je vous en prie ! Laissez-moi voir mon fils une dernière fois ! Je vous en supplie !

Je surpris une once d'hésitation dans son regard. Mais son bras restait toujours tendu droit vers moi.

– Par pitié, ajoutai-je.

– Après tout, pourquoi pas. Allez par là, finit-il par me dire en m'indiquant la direction à suivre du bout de son revolver.

Nous sortîmes de la pièce et je le précédai dans les escaliers.

Je serrai les poings. L'idée folle me vint de me retourner et de lui sauter dessus pour l'entraîner dans ma chute. Mais du coin de l'œil je vis qu'il se tenait plusieurs marches en retrait. J'aurais pris une balle avant même d'avoir pu l'atteindre.

Nous arrivâmes à l'étage dans un salon ouvert. Un couloir se dessinait dans le fond.

– Tout droit, me dit Kowalsky.

– J'ai une dernière question. Quel était l'intérêt de la remise de la rançon ? Mettre en scène la mort de Christian Berthier ? Je suppose que vous ne pensiez quand même pas récupérer l'argent.

– Tout à fait Anthony, vous déduisez juste. Nous n'avons jamais été intéressés par l'argent. Incriminer Christian était le plus important. J'ai mis en scène la détention de votre fils dans son restaurant, il ne me restait plus qu'à soigner sa sortie. Cet imbécile m'en a fourni l'occasion sur un plateau lorsqu'il m'a appelé pour me dire qu'il avait tué Stéphanie Rol. Nous nous sommes retrouvés ici au milieu de la nuit et je lui ai administré une dose de GHB qui aurait pu tuer un cheval. J'ai échangé les plaques de la Kangoo avec celles de la Mégane et je suis allé la garer sur le parking du supermarché. C'était l'un des rares endroits qui me permettaient d'éviter les barrages de police. C'était un risque à courir, bien sûr. Mais Christian Berthier devait être l'homme de la Kangoo blanche.

– Et vous vouliez me tuer aussi près de la voiture ? Avec l'explosion ?

– Non. Mais je ne pouvais pas vous laisser fouiner. J'avais installé la ceinture sur Christian, il ne fallait pas que vous découvriez qu'il était déjà mort. J'ai déclenché l'explosion à distance, vous n'étiez encore qu'à quelques mètres. Qu'est-ce que vous voulez que je vous dise ? Vous auriez dû écouter le négociateur. Tête de mule un jour… Ouvrez la porte maintenant.

La porte paraissait déjà avoir été enfoncée. La poignée avait été bloquée avec un manche à balai. Je l'enlevai et pénétrai dans la pièce.

Il était là, assis sur le rebord du lit, prostré comme un petit animal craintif. Mais lorsqu'il releva les yeux et qu'il m'aperçut, son visage s'égaya et cette pression qui me broyait la poitrine depuis deux jours s'évapora comme par magie.

Maxime courut vers moi et je le serrai dans mes bras de toutes mes forces.

Nous n'avions jamais été aussi près de la mort.

Pourtant, je ne m'étais jamais senti aussi vivant.

CHAPITRE 57

2018

La Colle-sur-Loup,
chemin du Pigeonnier,
mardi 4 décembre, 11 h 51

– Allons-y. Installez-vous tous les deux sur le lit.

Je me retournai vers Kowalsky en cachant Maxime derrière moi.

– Laissez-le partir, il est innocent ! Vous avez eu votre vengeance. Et vous n'êtes plus le même qu'il y a trente ans, vous l'avez dit vous-même ! Vous n'allez pas tuer à nouveau un enfant.

Je reculai encore d'un pas en protégeant Maxime du mieux que je pouvais. Une précaution bien vaine. Soudain je sentis dans mon dos que mon fils me glissait quelque chose dans la main.

– Je suis désolé, Anthony.

– Vous en vouliez à l'assassin de votre père, à ceux qui avaient profité de son entreprise ! Pas à nous !

Il ne me répondit même pas et désigna le lit avec sa main libre. Mais il baissa légèrement sa garde.

Si je devais tenter quelque chose c'était maintenant. Je serrai dans ma paume droite ce que Maxime y avait déposé. Cela ressemblait à un flacon métallique.

Kowalsky avança d'un pas. Je me retournai vers mon fils et en profitai pour regarder dans ma main. C'était un petit spray de défense au poivre. Je calai mon index sur le déclencheur.

– Monte sur le lit, dis-je à Maxime en le regardant droit dans les yeux.

Il obéit. Je sentis la présence de Kowalsky dans mon dos. Il devait être à moins de deux mètres.

– Ce qui a commencé ici doit se terminer ici, Anthony. Car il y a quelque chose que je ne vous ai pas encore dit. Quelque chose que vous devez savoir sur cette nuit-là et qui explique en réalité toute cette histoire et pourquoi votre fils doit mourir ici.

Je le sentis faire un pas de plus.

Je fis volte-face à cet instant et levai ma main à hauteur de son visage en appuyant sur le spray comme un forcené.

Le jet fusa et il en reçut la majeure partie dans les yeux. Il hurla et leva son bras dans ma direction. D'un bond je me jetai en avant et parvins à le déséquilibrer tandis qu'un coup de feu explosait dans la pièce.

Kowalsky continua de crier en portant sa main à son visage. Il n'avait pas lâché son arme. Je lui envoyai mon poing en pleine figure. Il s'écroula sur le sol et je ressentis une douleur tellement vive dans la main que j'eus l'impression de me l'être cassée.

Mes yeux commençaient à brûler, le gaz de défense se répandait peu à peu dans la pièce.

Je rejoignis Maxime en deux enjambées et le pris dans mes bras. Je sortis en courant de la chambre en plaquant sa tête contre mon torse pour lui éviter d'être atteint lui aussi par le gaz. Dans le couloir, j'entendis le cri rauque de Kowalsky qui me fit l'effet d'un démon remontant des Enfers.

Je courus comme un fou jusqu'à l'escalier mais à peine eussé-je posé le pied sur la première marche qu'un nouveau coup de feu retentit dans mon dos.

Il était déjà dans le couloir.

Je dévalai les marches deux par deux en priant le ciel de ne pas me rompre le cou avec mon fils dans les bras.

Le vestibule ! La porte d'entrée était à moins de cinq mètres.

J'y mis mes dernières forces.

Nouvelle détonation assourdissante qui paraissait tellement proche. Le chambranle de la porte explosa alors que nous passions le seuil.

– Anthony !

Le portail me semblait à des kilomètres de notre position. Je ne le voyais même pas. Si nous parvenions à atteindre le rideau boisé et à nous enfoncer entre les arbres, nous serions peut-être sauvés. Mais il fallait courir une bonne centaine de mètres à découvert. J'y mis toute la force dont je disposais encore mais le poids de Maxime commençait à se faire sentir, mes foulées étaient de moins en moins rapides et mon souffle, de plus en plus court.

J'entendis à nouveau Kowalsky hurler derrière nous. Il venait d'arriver sur le perron. Peut-être hésiterait-il à faire feu à l'extérieur ?

La balle qui fusa à quelques centimètres de nous fut la réponse à ma question.

Les arbres grossissaient dans mon champ de vision.

Encore un effort, pensai-je au moment où un nouveau tir retentissait. La douleur dans mon mollet fut instantanée. Une morsure brûlante et acérée qui me coupa les jambes. Je m'écroulai au sol en me réceptionnant sur l'épaule pour protéger mon fils au maximum. Maxime cria mais parvint à se dégager après que j'eus roulé sur l'herbe. Il était déjà debout alors que j'en étais encore à prendre appui sur mes mains.

– Cours, hurlai-je de toutes mes forces, sauve-toi !

Je lus l'effroi dans ses yeux mais mon ordre avait porté : il fit volte-face et se mit à courir. Je tournai la tête. Kowalsky n'était plus très loin. Il voulut tirer une nouvelle fois mais l'arme n'émit qu'un simple clic. Il la regarda et pesta avant de la jeter au loin. Soudain il s'agenouilla et souleva l'ourlet de son pantalon pour dégainer un petit revolver qu'il portait à la cheville. Lorsqu'il releva le visage vers moi, il avait les yeux d'un fou.

Quitte à me sacrifier, je devais tenter quelque chose, n'importe quoi. J'essayai de me relever mais la douleur était tellement vive que je la sentis remonter jusque dans mon cœur. Elle me coupa littéralement le souffle. Même si j'arrivais à me mettre debout, je ne pourrais même pas poser un pied devant l'autre.

– Papa, viens !

Je me retournai et le désespoir me broya l'estomac.

Maxime était revenu sur ses pas. Il pleurait à chaudes larmes et me prit par la main pour me tirer et m'aider à me relever.

– Max ! Va-t'en, je t'en supplie ! Sauve-toi ! dis-je, la gorge serrée.

Mais il vint passer ses bras autour de mon cou et par-dessus mon épaule, j'aperçus la silhouette de Kowalsky qui avançait. Je me maudis pour l'erreur que j'avais faite tout à l'heure lorsque nous étions dans la chambre. J'aurais dû le tuer lorsqu'il était à terre. Au lieu de cela, je n'avais pensé qu'à fuir et j'avais précipité notre perte.

Il leva son bras vers nous.

Il n'était plus qu'à quelques mètres.

J'attrapai Maxime et l'attirai vers moi pour le serrer encore plus fort en offrant mon dos au revolver. Je passai ma main dans ses cheveux pour ramener sa tête sous mon visage et lui dire à l'oreille, la voix cassée par la douleur et la peur, que je l'aimais plus que tout, qu'il était la plus belle chose que la vie m'ait jamais donnée.

Et que j'étais désolé.

J'avais failli. Je ne l'avais pas protégé.

J'étais tellement désolé.

La détonation souffla mes dernières paroles.

CHAPITRE 58

2018

La Colle-sur-Loup,
chemin du Pigeonnier,
mardi 4 décembre, 11 h 54

Le bruit du premier coup de feu s'était réverbéré jusque dans le salon du rez-de-chaussée. Le grand lustre de cristal, ployant sous les toiles d'araignées à plus de quatre mètres du sol, avait même laissé échapper un tintement mélodieux.

Un frisson aussi violent qu'une décharge électrique avait parcouru ses muscles endoloris. Il avait ouvert un œil. Le droit seulement, car le gauche était trop tuméfié. Il avait mis quelques très longues secondes à sortir son organisme de la brume dans laquelle il était plongé.

Une deuxième détonation. Un autre coup de fouet.

Il avait serré les dents et était parvenu à se relever puis à poser un genou au sol. La douleur, localisée à l'omoplate, là où le couteau l'avait frappé, était toujours aussi vive mais aussi plus diffuse.

Elle se répandait dans toute sa colonne vertébrale désormais. Et les sifflements dans sa tête étaient insoutenables. Un foret qui vrillait à l'intérieur de sa boîte crânienne.

Il avait fait un effort pour se remémorer les derniers instants avant qu'il ne perde connaissance.

Le téléphone du type avait sonné alors qu'il pointait son arme sur son visage et qu'il s'apprêtait à faire feu. L'inconnu avait hésité mais avait finalement décidé de répondre à l'appel. Jo avait tenté de hurler avec le peu de forces dont il disposait encore mais le type lui avait collé la semelle de sa basket en pleine figure et l'expression « mordre la poussière » avait alors pris tout son sens.

– Oui Claire ? Comment, il aurait retrouvé son fils ? Où ça ? Oui, je connais… Non ce n'est pas la peine, c'est sûrement une fausse alerte. Je ne suis pas loin, je m'en occupe. J'appellerai les gars en cas de besoin.

Il avait raccroché précipitamment et recomposé un numéro dans la foulée.

– Ici Jérôme Kowalsky ! Je viens d'avoir votre message ! Où êtes-vous ?

Jo avait tenté de se dégager. Il avait attrapé la cheville de Kowalsky mais l'homme avait encore accentué sa pression en y allant de tout son poids et lui avait comprimé le crâne sur le carrelage.

– Bon, attendez-moi Anthony, ne faites pas de conneries ! J'arrive.

Il avait raccroché et retiré son pied du visage de Jo qui avait alors été pris d'une quinte de toux à s'en décoller les poumons.

– On peut dire que t'as de la veine, le vieux. Je dois la jouer discret mais je m'occuperai de toi plus tard, fais-moi confiance.

Jo en était toujours à cracher ses tripes sur le carrelage, il n'avait pas vu arriver la crosse du revolver en plein sur son crâne.

Un son mat provint du premier étage. Comme la chute d'un poids sur le sol. Puis des bruits de course.

Jo leva les yeux. Il se passait quelque chose au-dessus.

Allez !

Il passa son bras sur l'accoudoir du canapé et parvint à se mettre debout.

Un cri, suivi d'un coup de feu. Et toujours ces pas rapides qui tambourinaient au-dessus de lui. Il se traîna vers la double porte qui ouvrait sur le vestibule. Sa blessure ne lui laissait aucun répit, elle semblait s'être répandue tel un cancer dans tout son corps. Il arriva à bout de souffle près du cadavre de la table basse et sentit les bouts de verre crisser sous ses semelles.

– Anthony !

Un coup de feu retentit et le cadre en bois de la porte d'entrée explosa juste au moment où Anthony franchissait le seuil en courant avec son fils dans les bras.

Nom de Dieu !

Jo essaya de courir mais son dos était raide comme un bloc de béton.

Ce fut au tour du type de débouler dans le hall et de se jeter hors de la maison comme s'il avait le diable à ses trousses.

Nouvelle détonation.

Jo arriva dans l'entrée à bout de souffle. Il ne serait jamais assez rapide pour sortir, neutraliser Kowalsky et empêcher qu'il tue Anthony et l'enfant. Il laissa échapper un râle de désespoir en s'appuyant de la main à l'armoire vitrée.

Il était diminué. Inutile. Il s'était fait avoir comme le dernier des novices, tout à l'heure. Il essuya son front d'un revers de manche. La transpiration, brûlante, s'insinuait dans tous les plis de son visage tandis que des sueurs froides remontaient le long de son dos. Au moins, cela lui rappelait qu'il était encore en vie.

Le contact froid de la vitre sur sa main lui signifia sur quoi il s'appuyait.

L'armoire à fusils.

Il alla à l'extrémité du meuble et ouvrit la porte. Il attrapa la crosse de l'une des armes qui s'y trouvaient. Une carabine Winchester.

La Winchester.

Bordel, grinça-t-il alors que les souvenirs de cette nuit fatidique remontaient dans un fatras abominable, mêlant le passé au présent. Il plongea à nouveau le bras dans l'armoire et sa main tâtonna jusqu'à trouver une boîte cartonnée. Il dégagea le rabat et saisit trois cartouches entre ses doigts. Il les regarda pour être sûr : c'était bien du calibre .30-30.

À l'extérieur, le feu cracha une nouvelle fois. Il crut entendre Anthony hurler.

Allez putain, bouge-toi !

Repoussant la douleur, il s'élança vers l'entrée tout en insérant les cartouches dans le magasin de la carabine et en actionnant le levier de recharge.

Lorsqu'il arriva sur le perron, il n'y trouva pas Kowalsky. Il le vit de dos, à une petite centaine de mètres en contrebas, qui marchait vers Anthony et Maxime.

Le père était à genoux et tentait de protéger son fils de son corps. Il criait.

Ils étaient bien trop loin pour que Jo puisse espérer les rattraper.

Il avança jusqu'à la balustrade et s'y écroula presque tant son corps n'était plus qu'un champ de ruines. Il épaula le fusil et s'accouda au rebord en essayant d'aligner le type dans sa mire. Sa joue endolorie se rappela à son souvenir lorsqu'il l'appuya sur la crosse.

Sa mâchoire se contracta sous l'effet de la douleur.

Il vit Kowalsky jeter le revolver au loin.

Plus de balles, connard.

Il eut l'impression que le type se mettait à genoux pour s'essuyer le visage de la main. Il était presque plié en deux, comme s'il souffrait de quelque chose.

Une seconde de répit. Mais lorsqu'il le vit soulever son pantalon à la cheville, il comprit tout de suite.

Il stabilisa le canon de la Winchester du mieux qu'il le put.

Ne bouge pas enfoiré, putain, ne bouge pas...

À cette distance, le moindre frémissement dans son avant-bras serait fatal.

Il fallait qu'il tire, là, tout de suite.

Kowalsky braquait déjà son arme sur Anthony.

Il retint sa respiration et commença à rétracter son index sur la détente.

Une nouvelle vision surgie du passé le percuta de plein fouet. En une fraction de seconde, il eut le sentiment de revivre l'instant. Lui, encore adolescent, lorsque le vieux l'emmenait à la chasse dans l'arrière-pays niçois. Claude avait dédaigné depuis longtemps cette passion paternelle, alors Joseph Cerutti avait reporté son dévolu sur celui qu'il considérait comme son deuxième fils.

Ils n'avaient jamais été des chasseurs émérites, tant s'en fallait. Ces sorties représentaient davantage pour le vieux l'occasion de discourir sur le sens véritable des choses et de la vie. Quand on avait été prisonnier de guerre, qu'on avait connu les baraquements de la mort aux confins de ce que l'être humain était capable d'imaginer, on avait bien quelques leçons à enseigner à un morveux de même pas douze ans.

– Tu vois, Joseph-Marie, l'homme est capable du plus beau, du plus incroyable, du plus irréel.

Il construit des bâtiments qui touchent le ciel, il peut aller sur la lune, il soigne des maladies impensables. Mais il est aussi capable du pire. Parce que le pire, malheureusement, c'est souvent ce qu'il y a de plus facile.

Le gamin que Jo était ouvrait alors des yeux qui hésitaient entre la surprise et l'ennui.

– Je sais bien que vous dites que je radote, Claude et toi. Mais je veux au moins que la chasse t'enseigne cette responsabilité. Parce que dans notre société moderne, l'acte d'ôter la vie est devenu d'une effarante banalité. Ça n'a jamais été bien compliqué, tu sais. C'est même la chose la plus simple du monde. Il suffit de viser. Et de presser la détente. Mais souviens-toi d'une chose : l'histoire rattrape toujours celui qui l'écrit. Et la mort a toujours appelé la mort.

Ça oui, c'était bien une chose que Jo avait apprise avec le temps.

Alors il pressa la détente.

CHAPITRE 59

2018

Nice, hôpital Saint-Roch,
mardi 4 décembre, 16 h 52

Une chambre grise, irisée par les dernières lueurs du jour.

Je venais d'ouvrir un œil. Estelle se tenait face à moi, prostrée sur un fauteuil dans l'angle de la pièce, les jambes repliées contre son buste. Lorsqu'elle surprit mon battement de paupières, elle se leva d'un bond et vint se coller à mon lit.

– Comment te sens-tu ? dit-elle en passant une main sur ma joue.

Question à laquelle je n'avais même pas de réponse. Je me sentais groggy, fourbu, ma jambe me faisait un mal de chien. Mais j'étais enfin libéré de cette oppression qui nous avait étouffés jusqu'à l'atonie.

– Max ? demandai-je avec angoisse.

– Il va bien, ne t'inquiète pas. Il est ici, à l'étage pédiatrique. Il se repose. Un médecin et un psychologue l'ont vu tout à l'heure. J'ai pu rester avec lui jusqu'au début d'après-midi. Ils pensent qu'il pourra rentrer avec nous dès demain. Tu l'as sauvé, Anthony. Tu l'as retrouvé et tu l'as sauvé.

Elle pleurait. De joie, pour la première fois depuis bien longtemps.

– Estelle…

Sa main trouva la mienne sur la couverture.

– Le chirurgien est passé tout à l'heure mais tu dormais encore. Il était très optimiste.

– Je ne me souviens même pas avoir été opéré, dis-je avant de fermer les yeux.

Le film des derniers événements défila dans ma tête en une succession d'images altérées par la violence et l'épuisement. Il me semblait ne rien en retenir, hormis cette sensation improbable qui s'était répandue en moi comme un shot d'adrénaline en même temps que la dernière détonation explosait dans l'air. Je m'étais pourtant résigné à mourir. Mais cette terreur si profonde et paralysante s'était soudain effacée devant l'incrédulité la plus totale.

Nous n'étions pas morts.

Mais Kowalsky, si.

Son cadavre gisait à quelques mètres de nous. Une énorme trace de sang mangeait l'essentiel de sa chemise au niveau du dos.

Tout en maintenant le visage de Maxime serré contre moi pour lui éviter ce spectacle, je m'étais relevé et j'avais regardé en direction de la maison.

Là-haut, sur le perron, Joseph-Marie m'avait fait un signe de la main avant de s'affaisser derrière la balustrade. Quelques secondes plus tard, nous avions entendu les premières sirènes de police monter au loin.

– Et Joseph-Marie ? demandai-je.

– Il devrait s'en tirer aussi. Mais il n'était pas beau à voir, le pauvre.

– J'ai bien cru qu'il était mort lorsque je l'ai trouvé dans le salon de cette villa. Nom de Dieu, s'il n'avait pas été là… C'est lui qui nous a sauvés.

On toqua à la porte et elle s'ouvrit avant même que nous n'ayons pu dire un mot. Les énormes lunettes de Perret apparurent dans l'entrebâillement.

– Je peux ?

Je l'invitai de la main à entrer. Elle avança dans la pièce d'un pas rapide et vint se planter en face du lit.

– Comment vous sentez-vous ?

– Ça ira.

– Bon, bon, parfait…

Elle posa ses mains sur la rambarde métallique du lit et baissa la tête avant d'expirer bruyamment. Lorsqu'elle releva le nez, elle réajusta la monture de ses lunettes.

– Vous vous doutez que j'ai des questions à vous poser. Ce fut un choc pour nous tous, dit-elle. Je n'arrive pas à comprendre. Je connaissais Jérôme Kowalsky depuis des années. Je… Tout ceci est surréaliste.

– Vous avez quand même senti quelque chose, non ? Il m'avait dit avoir fait le nécessaire pour que les renforts n'arrivent pas. Pourtant, des policiers sont venus. Tard, mais ils sont venus.

Elle baissa à nouveau les yeux. Je ne l'avais jamais vue faire autant acte de contrition dans sa gestuelle.

– J'étais en pleine audition de votre beau-père. Jérôme m'avait dit qu'il voulait suivre une dernière piste concernant l'enfant. Mais quand je l'ai appelé après avoir écouté votre message, j'ai senti que quelque chose clochait. Je n'ai pas su identifier ce que c'était. Peut-être le ton de sa voix. J'ai aussitôt demandé à deux équipes de foncer chez les Armand.

Elle s'arrêta de parler, pensant peut-être que j'allais poursuivre. Mais comme ce ne fut pas le cas, elle fut bien obligée d'embrayer.

– Nous avons perquisitionné son appartement en début d'après-midi. Nous y avons trouvé des tas de documents relatant l'historique de l'affaire Armand, des coupures de presse, des photos de tous les membres de votre famille mais aussi des Berthier. Il vous pistait tous depuis des mois, voire des années. Nous avons aussi mis la main sur un lot de téléphones à cartes prépayées ainsi que sur un appareil servant à modifier la voix. Celui qui a été utilisé pour passer l'appel du ravisseur, j'imagine. Pourquoi a-t-il agi ainsi ? Vous avez des informations ? Il vous a parlé ?

– Il était le fils illégitime de Patrick Armand, dis-je en ne la quittant pas des yeux. Cette folie n'était qu'une affaire de vengeance.

– Tout était donc en rapport avec mon père, souffla Estelle.

– Armand, cet homme assassiné avec toute sa famille il y a trente ans, ajouta le commandant Perret. Votre père a été accusé de l'avoir tué, n'est-ce pas ?

– Comment le savez-vous ?

– Il nous l'a avoué lors de son audition. Un journaliste, un certain Viglietti, l'avait plus ou moins menacé de tout déballer il y a trois ans. Nous avons découvert que ce type était mort dans l'incendie de sa maison avec sa femme quelques mois après.

– Pardon ?

Je fis signe à Estelle de venir près de moi.

– Je pense que tu ferais mieux de t'asseoir. Je vais tout vous expliquer.

Et je me mis à tout leur raconter en essayant de n'omettre aucun détail. De ma rencontre avec Sophie Belleville le matin même, qui m'avait mis sur la piste de la villa des Armand, jusqu'à ma confrontation avec Kowalsky et aux explications qu'il m'avait données avant d'essayer de nous tuer, Maxime et moi.

Le commandant Perret écoutait religieusement, en prenant des notes sur une feuille de papier pliée en quatre. Estelle me donnait l'impression de basculer dans un puits sans fond à chacune de mes paroles.

– Alors c'est comme ça qu'ils ont impliqué Lise… Avec une autre personne qui a joué son rôle ? Et mon père… Ces enfants étaient les siens ? Les deux petits jumeaux assassinés cette nuit-là ? Mes… Mes frère et sœur.

Elle porta une main à ses yeux avant de se lever et d'aller se coller à la fenêtre.

Perret restait quant à elle sur un registre beaucoup plus terre à terre.

– Nous avons retrouvé le corps sans vie d'une jeune femme dans le coffre de la voiture garée devant la villa. Une certaine Stéphanie Rol.

– C'est la personne dont a parlé Kowalsky. Une actrice qu'il avait payée pour se faire passer pour Lise.

– Bon sang, souffla Perret. Et vous dites que Jérôme aurait aussi avoué les meurtres des Berthier père et fils ainsi que du couple Viglietti ?

– Il m'a dit avoir volé le coupe-papier chez nous. L'occasion était trop belle d'impliquer Claude. Quant à Christian Berthier, il conduisait la Mégane bleue dans laquelle Maxime a été enlevé. C'est lui qui a dû se frayer un chemin à travers le jardin de notre voisine pour traverser notre haie et kidnapper Maxime. Kowalsky ne conduisait la Kangoo blanche que pour faire diversion. Il savait que vous vous serviriez des caméras de sécurité de la ville ensuite.

Le commandant ouvrit des yeux encore plus globuleux qu'à l'accoutumée.

– Attendez, quelle Mégane ? Celle qui était dans le jardin des Armand ?

Je me rendis compte que je n'avais donné le numéro des plaques de cette voiture qu'à Kowalsky. J'expliquai donc à Perret jusqu'où m'avaient mené mes brèves investigations.

– C'est bien la même voiture. Kowalsky m'a raconté comment il avait retrouvé Christian Berthier qui venait de tuer Stéphanie Rol à la villa des Armand dans la nuit qui a suivi l'enlèvement. Il l'a drogué avant d'échanger les plaques des deux voitures et de lui installer la ceinture d'explosifs. Il est ensuite allé déposer le véhicule sur le parking du supermarché en évitant les barrages de police.

La main de Perret se crispa sur son stylo.

– Il a dû passer par les routes des collines environnantes, rumina-t-elle. Il savait très bien quels axes de circulation allaient être contrôlés.

J'acquiesçai.

– Il ne lui restait plus qu'à attendre la remise de la rançon pour déclencher l'explosion et accréditer ainsi la thèse d'un suicide ou d'une fausse manipulation du ravisseur. Et incriminer totalement Christian Berthier.

– Cela confirme les premières constatations de nos experts. Ils ont retrouvé les traces d'un détonateur activable avec un simple GSM. Ils sont aussi dubitatifs sur la quantité d'explosif utilisée. Elle n'était pas très importante.

– Juste suffisante pour le corps de Berthier.

– Et pour effacer toute trace dans la Kangoo. Un activateur de feu avait été répandu dans tout l'habitacle. Voilà pourquoi elle a flambé comme un feu de Saint-Jean.

– Mais c'est juste dingue ! intervint alors Estelle. Pourquoi monter tout ce stratagème pour se venger de mon père ?

– Pour le faire souffrir, dis-je, l'humilier, le priver de tout ce qui comptait à ses yeux. Son nom, sa réputation et sa famille. Il voulait à la fois se venger de la personne qu'il pensait être l'assassin de son père mais aussi exorciser son passé. C'est tordu mais c'est comme ça. Par la même occasion, il s'est aussi vengé de Berthier à qui il reprochait de s'être servi dans l'entreprise de Patrick Armand après sa mort. Tout comme Claude qui avait récupéré l'intégralité du Casino de Beaulieu.

Perret rangea sa feuille et son stylo dans sa poche revolver.

– Je pense que pour le moment, nous avons ce qu'il nous faut. En l'état les charges retenues contre Lise Cerutti vont être abandonnées. Elle devrait être libérée ce soir ou demain matin au plus tard. Son avocat avait rendez-vous au bureau du procureur cet après-midi.

– Et mon père ?

Perret mit quelques secondes à répondre.

– Le maintien en détention de Claude Cerutti pour le meurtre de Philippe Berthier n'est plus nécessaire.

– Et pour les présomptions sur l'affaire Armand ?

Elle remonta la fermeture Éclair de sa veste.

– Que voulez-vous que je vous dise ? Outre la prescription des faits, si le ministère public décide un jour de rouvrir ce dossier, ce sera sur la base de suppositions solides. Ce n'est en tout cas pas de mon ressort à l'heure actuelle. Si votre père a réussi à échapper à la justice il y a trente-deux ans, c'est entre lui et sa conscience que ça se passe désormais.

Autrement dit, il emporterait tous ses secrets avec lui.

CHAPITRE 60

2018

Nice, rue du Congrès,
vendredi 7 décembre, 14 h 37

J'étais sorti de l'hôpital en toute fin de matinée. Il me tardait de retrouver Maxime que je n'avais pu voir que quelques heures lors des trois jours précédents. Nous avions discuté de tout et de rien, comme si cette histoire n'avait jamais existé ou ne serait à jamais qu'une parenthèse sordide dans le cours de notre vie. Quelque chose que nous arriverions à laisser derrière nous comme un mauvais souvenir.

Bien évidemment ce n'était pas le cas. Et si mon fils parvenait pour le moment à masquer de façon étonnante le traumatisme que cet enlèvement avait provoqué chez lui, celui-ci ne tarderait pas à ressortir d'une manière ou d'une autre, nous avait prévenus le psychologue. Terreurs nocturnes, anxiété chronique, agitation, troubles de l'alimentation… Le chemin pouvait être long. Mais au moins le ferions-nous ensemble.

Peu avant midi, Estelle était venue me chercher à l'hôpital. Avant de descendre au rez-de-chaussée pour signer les différents documents de sortie, je m'étais éclipsé quelques instants au bout du couloir, jusqu'à la chambre de Joseph-Marie. J'avais réussi à l'apercevoir, couché sur son lit avec un bandage blanc qui lui mangeait l'essentiel du visage, avant qu'une infirmière ne me claque presque la porte au nez. Il semblait toutefois sorti d'affaire.

Je m'étais installé dans la Countryman avec la souplesse d'une barre à mine, après avoir jeté mes béquilles sur la banquette arrière. Ma jambe me faisait encore souffrir en dépit de cette attelle au look d'armure futuriste qui était greffée à mon pied.

Je profitai du trajet pour brancher mon téléphone portable sur la prise allume-cigare du véhicule. Je n'avais même pas pensé à le recharger pendant ces trois jours passés à l'hôpital et, à vrai dire, le monde numérique et son insatiable pression de l'instant (liker, commenter, liker encore) ne m'avaient pas manqué tant que ça. Les notifications s'empilèrent sur l'écran comme je m'y attendais. Des messages de félicitations, les gros titres de la presse (« Le petit Maxime retrouvé sain et sauf », « Incroyable épilogue dans l'affaire Maxime Delcourt », « Le ravisseur était l'un des policiers chargés de l'enquête », « Nouveau scandale au sein de la police », « Le maire de Nice Christian Estrosi exprime son soulagement », « Claude Cerutti libéré ») mais aussi une liste d'appels manqués et de messages vocaux longue comme un jour sans fin que je n'avais aucune envie de traiter maintenant. Je remis le téléphone dans ma poche.

L'appartement des Cerutti avait retrouvé un peu de son lustre d'antan. Ma belle-mère avait de nouveau fait intervenir son fleuriste préféré pour quelques compositions démesurées. Des fragrances de lilas et de jasmin accueillaient le visiteur dès l'entrée.

Michèle avait souhaité réunir tout le monde à la Tour dans ce qui pouvait être un temps d'apaisement et de retrouvailles familiales. Mais entre souhait et réalité se nichait toujours un océan de complexité bien difficile à appréhender. Lise et Fabrice étaient sortis de garde à vue et n'avaient pas donné signe de vie depuis. Ils se terraient dans l'appartement de la rue Rossini ou avaient peut-être pris la tangente quelque part ailleurs, personne n'en savait rien.

– Tu pourrais peut-être l'appeler ? demanda Michèle à Estelle alors que nous venions à peine de poser un pied et une béquille dans le grand salon. Moi, elle ne me répond pas.

– Maman, tu ne crois pas que tout cela est un peu trop précipité ? Cela fait à peine soixante-douze heures que ce cauchemar a pris fin. Laisse le temps au temps. Je lui ai écrit un message hier si tu veux tout savoir. Nous parlerons quand tout sera vraiment apaisé.

– Et Maxime ? demandai-je. Où est-il ?

Je me rendis compte qu'un frisson d'appréhension couvait toujours dans ma voix.

– Nous avons regardé un dessin animé ce matin puis il a mangé son repas vers midi, dit ma belle-mère. Il s'est endormi dans la chambre bleue il y a quelques minutes.

En guise de réunion familiale, je ne trouvai que Claude en train de siroter un whisky près du bar en compagnie de ses deux avocats, Bruce Jenkins et Charles Langlade. Et c'était peu dire que la discussion n'avait pas l'air des plus joyeuses.

Néanmoins lorsque mon beau-père m'aperçut, un sourire lui barra le visage et il traversa la pièce d'un pas rapide pour venir me saluer. Il agrémenta même sa poignée de main d'une tape sur le bras. Incroyable. Tant d'effusion de sa part aurait pu me surprendre si nous ne venions pas de vivre les heures les plus dramatiques de notre existence.

– Venez boire un verre avec nous, Delcourt. Ça va vous changer de la nourriture de l'hôpital. Bientôt nous trinquerons aussi avec Joseph-Marie.

– Comment va-t-il ?

– Ils m'ont laissé le voir quelques minutes ce matin. Il est encore affaibli mais j'ai confiance, c'est un coriace. Le médecin m'en a parlé comme d'un miraculé. La lame du couteau a rencontré l'omoplate et a ripé dessus. Deux centimètres plus bas et c'était fini. Mais il ne sortira pas avant une bonne semaine, si ce n'est plus.

– Eh bien toute cette horrible histoire se termine donc de la meilleure façon possible, ajouta Charles Langlade. Claude, il nous reste à voir quelle suite donner à cette garde à vue abusive. La façon dont tu as été traité est un véritable scandale. Et je pèse mes mots.

Mon beau-père mit la main sur l'épaule de son vieil ami comme pour lui signifier que le moment n'était plus à la bataille.

Estelle nous rejoignit et adressa un petit salut au vieil avocat et à Bruce. Ce dernier lui répondit dans un murmure avant de terminer son verre d'un trait.

– Il doit vous tarder de retrouver votre petite routine, ajouta Langlade comme s'il nous parlait d'un retour de voyage du bout du monde.

Estelle fit bonne figure.

– J'aspire à la tranquillité et à ce que la presse nous laisse un peu en paix. Mais je ne sais pas si je pourrai à nouveau me sentir bien dans cette villa, après tout ce qui s'y est passé.

– Ah, si vous souhaitez la vendre, nous aurons sûrement quelques connaissances intéressées ! s'exclama-t-il sans que je puisse deviner s'il était sérieux ou pas.

Il se tourna vers Bruce.

– Comment s'appelait ce couple d'Anglais qui souhaitait déménager sur la Côte d'Azur déjà ? Ceux du dossier Rochambeau.

– Les Cornwell, répondit Bruce d'un air distrait avant de regarder sa montre.

– Cornwell ! Alistair Cornwell ! Son grand-père avait été ministre sous Churchill. Une famille qui sert la couronne depuis des générations…

Claude s'éclipsa de la conversation et me fit signe qu'il souhaitait me parler en privé. J'abandonnai ma femme à l'histoire de l'Empire britannique et m'éloignai vers le couloir.

– Estelle et moi avons beaucoup parlé ces derniers jours, me dit-il. De nous, de notre famille. Et de nos erreurs.

– Il y avait matière à discussion en effet.

– Ce qui s'est passé il y a trente-deux ans fut effroyable. Quoi que vous puissiez penser, les Armand étaient nos amis. Et ces enfants…

– Vous étiez leur père.

Il me fixa du regard.

– J'ai eu une aventure avec Rachele, c'est la vérité. Deux adultes consentants qui ont cédé à leurs pulsions. Et qui ont commis une erreur, une énorme erreur. Et croyez-moi Delcourt, j'en ai tiré tous les enseignements possibles. Pour Michèle mais aussi pour mes filles. À compter de cette triste histoire, je me suis juré de donner le meilleur de moi-même pour elles. La famille, c'est ce que j'ai toujours essayé de protéger envers et contre tout. Quant aux Armand, jamais je n'aurais pu imaginer que tout cela finirait ainsi. Lorsque Patrick m'a appelé ce soir-là…

Il posa une main sur le mur.

– J'ai une question à vous poser, reprit-il. Une question importante. Vous êtes certain de ce que vous a dit Kowalsky ? Qu'il avait tué Rachele et les enfants lui-même cette nuit-là ?

– C'est bien ce qu'il m'a raconté, oui. Il avait la ferme intention de me tuer ensuite, donc je ne vois pas pourquoi il m'aurait menti.

– Bien sûr, bien sûr.

Ma réponse eut l'air de l'accabler.

– En revanche, nous ne savons toujours pas qui a tué Patrick Armand, ajoutai-je.

Nos regards se croisèrent à nouveau tels deux glaives.

Mon téléphone vibra dans ma poche. L'écran afficha un numéro de téléphone portable inconnu mais qui me disait quelque chose. Il me semblait l'avoir vu revenir à plusieurs reprises dans ma liste d'appels manqués de ce matin.

Je m'excusai auprès de Claude et décrochai.

– Oui ?

La voix stressée d'un homme âgé envahit le micro.

– Ah, enfin vous décrochez ! J'essaye de vous joindre depuis plusieurs jours. Véronique, la secrétaire, m'a dit que c'était une question de vie ou de mort.

– Pardonnez-moi mais…

– Anatole Chamarre à l'appareil ! Vous avez appelé notre cabinet, enfin celui de mon fils désormais, car vous souhaitiez me parler ! Véronique m'a laissé plusieurs messages sur ma ligne privée.

– Oui, en effet. J'ai cherché à vous joindre mardi. Mais mon fils est sain et sauf désormais. Je suis désolé de vous avoir dérangé. Je vous remercie de votre sollicitude. J'étais à l'hôpital et je n'ai pas allumé mon portable ces dernières soixante-douze heures.

– Mon ami, vous n'allez pas vous en tirer comme cela. À mon âge, la curiosité est bien la seule chose qui me maintienne encore en forme. J'ai lu l'épilogue de cette folle histoire dans *Le Figaro* d'hier. Incroyable ! Le ravisseur de votre enfant était le fils de cette pauvre Sylvie André. J'avais défendu son mari dans les années 1990. C'était pour cela que vous souhaitiez me parler ? À cause de l'enfant ? Enfin, il devrait avoir pas loin de cinquante ans aujourd'hui.

– Oui, je pensais que vous auriez peut-être des informations suite à l'entretien que vous aviez eu avec le journaliste Georges Viglietti il y a trois ans.

– Qui donc ?

– Georges Viglietti, le journaliste qui enquêtait sur les liens entre Patrick Armand et Sylvie André. Il avait rendu visite à Alexis André en prison. Et vous l'aviez rencontré par la suite me semble-t-il.

– Fichtre, ce nom ne me dit rien du tout. Il y a trois ans, vous dites ? J'avais déjà commencé à lâcher les rênes du cabinet. Je ne plaidais quasiment plus. Julien et ses associés s'occupaient de la majeure partie des dossiers.

– Je sais que quelqu'un de chez vous a rencontré Georges Viglietti. Mais encore une fois ce n'est plus très grave désormais.

– Si vous le dites. Je demanderai quand même à mon fils, toujours par curiosité. De toute façon, ça ne sera pas bien difficile, à l'époque nous n'étions que quatre. Moi-même, Julien, Denis Zottenberg et ce jeune Américain qui est parti en 2016.

Je ressentis une pointe au cœur.

– Ce jeune Américain…

– Oui, un type bien, très professionnel. Nous étions déçus qu'il nous quitte, c'est difficile de retenir les bons éléments vous savez. Il était reparti aux États-Unis il me semble. Comment s'appelait-il déjà ? Satanée mémoire… Jennings ?

– Jenkins. Bruce Jenkins, dis-je du bout des lèvres.

– Oui, voilà c'est lui !

CHAPITRE 61

2018

Nice, rue du Congrès,
vendredi 7 décembre, 15 h 27

Je revins dans le salon en jouant des béquilles aussi vite que possible.

Charles Langlade était en train de se resservir un verre. Michèle et Estelle n'étaient plus là.

– Bruce ! Où est-il ? criai-je à l'attention du vieil avocat.

– Parti il y a quelques minutes. Il a un vol pour New York tôt dans la soirée d'après ce que j'ai cru comprendre.

– Nom de Dieu !

– Delcourt, que se passe-t-il ? rugit Claude en arrivant dans mon dos.

Je me retournai. Michèle accourut au même instant depuis la chambre de Maxime, alertée par nos éclats de voix.

– Bruce ! C'est lui, l'avocat qui a prévenu Kowalsky que quelqu'un enquêtait sur le meurtre des Armand ! Ils se connaissaient depuis le début !

Les paroles de Kowalsky me revinrent soudain à l'esprit. « *Nous avons passé du temps à l'étudier... Nous n'avons jamais été intéressés par l'argent... Notre plan... Nous, nous, nous...* » Il ne parlait pas de lui et de Berthier. Comment ne l'avais-je pas compris avant ?

– Il y avait un autre homme dans le coup ! ajoutai-je à l'intention de Claude dont le teint livide me fit penser qu'il allait faire un malaise.

– Et Estelle ? Où est-elle ? demanda Michèle.

– Je... Je les ai vus discuter près de l'ascenseur tout à l'heure, osa Charles Langlade qui ne comprenait pas très bien ce qui se tramait sous ses yeux.

Claude courut jusqu'à l'ascenseur et je crus qu'il allait enfoncer le bouton d'appel lorsqu'il tapa dessus. Je suivis tant bien que mal, en sautillant sur un pied plus qu'en utilisant mes béquilles.

Nous nous engouffrâmes dans la cabine tous les deux en laissant Langlade planté au milieu du salon, son verre et la bouteille à la main. Claude appuya sur le bouton de fermeture des portes alors que Michèle se hâtait de nous rejoindre.

– Reste avec le petit, lui intima-t-il à travers l'ouverture qui rétrécissait.

J'appuyai à mon tour sur le bouton du sous-sol.

– J'ai vu sa voiture en arrivant tout à l'heure.

– Bon sang Delcourt, qu'est-ce que c'est que ce bordel ? Bruce est mêlé à tout ça ? Pourquoi ?

– Je n'en sais rien. Tout ce que je peux vous dire, c'est qu'il n'y a aucune coïncidence depuis le début de cette histoire. Comment Kowalsky a-t-il pu en savoir autant sur notre famille, sur vous et sur le moyen de nous atteindre ?

Les portes s'ouvrirent et Claude se rua hors de l'ascenseur tel un gladiateur se projetant dans l'arène. Je le suivis tant bien que mal.

Ils étaient là, debout entre la Mercedes de Bruce et notre voiture. La portière côté passager était ouverte. Je ne compris pas tout de suite ce qui se tramait. Voulait-il la faire monter avec lui en voiture ? Je posai les yeux sur Estelle, elle avait le visage fermé à double tour.

Bruce nous regarda arriver et s'accouda à la portière de son véhicule. Il tenait une grande enveloppe dans les mains, qu'il avait manifestement récupérée dans la boîte à gants dont j'aperçus le clapet ouvert.

Il parut surpris et anxieux de nous voir ainsi débouler sans crier gare.

Cerutti le fixa d'un œil noir.

– Qu'est-ce qui se passe ici ? Qu'est-ce que tu fais, Bruce ?

– Il m'a dit qu'il avait des informations d'une extrême importance à me communiquer, dit Estelle. Me concernant et concernant Maxime.

Bruce souffla. Manifestement, il avait prévu que cela se passe autrement.

– Je pars pour New York ce soir, dit-il. Un aller simple. J'avais juste quelque chose à dire à Estelle avant de m'en aller.

– Bruce, grinça Claude, qu'y a-t-il dans cette enveloppe ?

Le regard de l'Américain fila de Claude à l'enveloppe, puis revint sur Estelle. Il était hésitant, comme toujours en présence de Claude. Mais je surpris un sourire narquois sur ses lèvres.

– Finalement allons-y, Claude. *All in !* Tu te doutes bien de ce qu'il y a là-dedans, non ?

Le regard de mon beau-père aurait pu faire fondre du plomb.

– C'est un courrier qui m'a été adressé il y a un an par le département des sciences de l'université de Leicester en Angleterre, continua Bruce. Tu connais l'université de Leicester ? C'est là que ton cher ami Patrick Armand avait payé une petite fortune en 1986 pour faire réaliser des tests de ce qu'ils appelaient à l'époque la *genetic fingerprinting*. L'ADN, Claude, qui avait prouvé que les jumeaux n'étaient pas de lui. J'ai moi aussi fait appel à leurs services. Cela n'a pas été bien facile car désormais c'est devenu un laboratoire mondialement connu. Mais avec un peu de temps… Et beaucoup d'argent évidemment, tu connais la chanson.

Bruce avait décoché cette tirade d'un trait et je sentis que la flèche avait touché Claude. Il eut l'air ébaubi deux ou trois secondes mais se reprit assez vite pour avancer à nouveau vers l'Américain.

– Tu vas me donner cette enveloppe, ordonna-t-il d'un ton sec.

Il avança de deux pas. Bruce se retourna et plongea le bras vers la boîte à gants de sa voiture. L'instant d'après il braquait un pistolet sur Claude.

Estelle étouffa un cri et recula vers nous.

– Toi tu restes où tu es ! hurla Bruce dans sa direction.

– Tu es devenu complètement dingue, cingla mon beau-père. Pourquoi fais-tu ça ?

– Je ne veux faire de mal à personne, Claude, mais tu ne m'empêcheras pas de faire éclater la vérité.

– Bruce, calme-toi s'il te plaît, dis-je. On va trouver une…

– Ferme ta gueule Anthony, tu m'as compris ? *Shut the fuck up !* Quant à toi Claude, tu fais encore semblant de ne pas comprendre ? Je dois te rappeler comment est mort mon père ? Ton ami Randall !

– Je n'ai rien à voir dans la mort de ton…

Jenkins hurla en tendant son bras armé droit vers Claude. Il n'était plus qu'une boule de nerfs, les veines de son cou saillaient à la lisière de son col de chemise.

– Tais-toi ! J'ai tout compris quand j'ai voulu reprendre le projet du Blue Lagoon. Quand j'ai remis le nez dans les comptes de ce programme immobilier. Un investisseur l'avait lâché au dernier moment et avait précipité la chute du projet. Et cet investisseur, c'était toi ! Son plus vieil ami !

Cerutti secoua la tête.

– Nous étions en 2008 Bruce, j'avais supplié ton père de différer son opération. L'effondrement du marché américain était inévitable, tout le monde le savait. Mais lui n'en avait cure, il ne comptait que sur sa foutue bonne étoile, comme toujours. Mais bordel, nous n'étions plus dans les années 1980 ! Que devais-je faire ? Jeter des millions à la poubelle pour lui faire plaisir ? Retirer ma mise a été le seul moyen de l'arrêter et d'enterrer le programme. Et de lui éviter des pertes encore plus abyssales et des procès en pagaille. Regarde comment ont fini certains promoteurs là-bas !

– Ça l'a tué ! Ce projet était celui de sa vie, cela faisait plus de quinze ans qu'il y pensait ! Quand tout a foiré, il a sombré moralement. Et six mois plus tard, on lui diagnostiquait son cancer !

– Bruce, j'aimais ton père comme un frère.

– Ah oui ? Et moi comme un fils, c'est ça ? On a vu d'ailleurs à quel point mon histoire avec Lise te réjouissait. Tu es allé jusqu'à me cacher la mort de mon enfant !

– Elle me l'a demandé. Mais c'était une erreur, je le sais bien.

– *Bullshit* ! Des conneries ça Claude ! Vous l'avez manipulée, toi et elle !

Il braqua son arme sur Estelle. Il fallait intervenir, *a minima* détourner son attention.

– Alors c'est pour ça que tu t'es associé à Jérôme Kowalsky ? dis-je. Pour détruire cette famille.

Estelle se tourna vers moi, les yeux exorbités. Bruce était acculé de toutes parts. Mais, comme une bête blessée, il n'en était que plus dangereux et imprévisible. Je ne quittais pas son arme des yeux.

– Associer, c'est un bien grand mot. Je lui ai simplement suggéré où taper. Claude, ses filles, sa descendance. C'était tellement évident lorsqu'on vous connaissait. Et bien sûr, il y avait ce joli petit secret… Kowalsky en est presque devenu fou lorsque je le lui ai appris.

– Tu n'es qu'une ordure ! hurla Estelle.

J'eus peur qu'elle ne parvienne plus à se contrôler et se jette sur lui. Mais elle continua à l'invectiver. Claude se rapprocha un peu plus.

– Et tu penses t'en tirer ? continuai-je en essayant de couvrir la voix de ma femme.

– Me tirer de quoi, Anthony ? Je ne suis coupable de rien. Qu'y puis-je, si cet homme avec lequel j'ai discuté deux ou trois fois est subitement devenu incontrôlable au point d'enlever un enfant et de laisser tout un tas de cadavres derrière lui ? Je n'ai pas participé à tout ça. Je veux juste déterrer un vieux secret de famille.

– Mais de quoi parles-tu ? cingla ma femme.

– Patience Estelle, tu vas comprendre (il se tourna à nouveau vers mon beau-père). Cela n'a pas été trop dur, Claude ? Je me demande comment tu as pu passer autant d'années avec ce regard face à toi. Tu pensais à elle à chaque fois que tu voyais ses yeux bleus, non ?

Le regard. Les yeux bleus. Je me souvins de ce que j'avais ressenti quand j'avais vu la photo des Armand pour la première fois. Mon instinct hurlait que la vérité se tenait là, face à moi, et ne demandait qu'à éclater…

– Bruce, arrête ! S'il te plaît !

Je me retournai. La porte de l'ascenseur était en train de se refermer tandis que Michèle et Charles Langlade nous rejoignaient. Ma belle-mère avait manifestement compris ce qui se tramait car elle n'en finissait plus d'implorer Bruce de se taire.

– Je t'en supplie !

Il se tourna vers Estelle en baissant légèrement son bras armé du revolver.

Et il la regarda droit dans les yeux.

– Tout est dans cette enveloppe.

Claude se mit à courir vers lui en criant.

– Tu n'es pas Estelle Cerutti…

– Tais-toi ! hurla mon beau-père.

– Tu es Élisa Armand, continua Bruce encore plus fort. La fille de Rachele Armand-Romani. Et tu n'es pas morte ce soir-là.

Au moment où il terminait sa phrase, Claude se jetait sur lui pour le plaquer contre la voiture. Il y eut un choc sourd, le bruit du corps de Bruce contre la taule, puis les cris de Cerutti qui montèrent tandis qu'il empoignait l'avocat au col et qu'il tentait de lui faire lâcher son revolver.

– Tu vas me le payer, hurla Cerutti tel un fauve enragé.

Je me hâtai vers eux du mieux que je pus, bientôt dépassé par Charles Langlade qui courait lui aussi pour aider son ami. Bruce parvint à se dégager et cette fois, ce fut lui qui projeta Claude en arrière contre la vitre de la Countryman. Mais mon beau-père ne l'avait pas lâché pour autant et il l'entraîna avec lui.

Nous étions presque à leur niveau lorsque la détonation retentit. Elle explosa dans le sous-sol avec une puissance décuplée. Je perçus le soubresaut du corps de Claude.

Bruce se dégagea instantanément, l'arme toujours en main et dirigée vers le ventre de mon beau-père. Celui-ci était maculé d'un sang presque noir. Claude glissa le long de la portière du véhicule et s'affala sur le sol.

Langlade parvint à récupérer le revolver des mains de Bruce, tellement choqué par ce qui venait de se passer qu'il ne réagissait même plus. Il fixait le corps de celui qui avait tout été pour lui : un exemple, un mentor, un second père, un ennemi.

Et qu'il venait d'abattre.

Estelle s'était jetée auprès de son père en hurlant, suivie de sa mère. Oubliant ma douleur je retirai ma veste et me mis à genoux pour la plaquer sur l'abdomen de Claude et tenter de stopper l'hémorragie. Mais le sang refluait de toutes parts. Je levai le regard vers Charles Langlade qui était déjà en ligne avec le Samu. Mais je savais qu'il n'y avait plus rien à espérer.

– Papa ! Papa ! Je t’en supplie ne pars pas, pleurait Estelle en lui tenant la main.

Dans un dernier effort, il la regarda. Et l’amour profond et sincère qu’il portait à sa fille repoussa de quelques infimes secondes le voile terne de la mort.

– Estelle, ma chérie, n’oublie jamais, dit-il d’une voix sourde. Rien ne peut t’abattre. Je le sais… Depuis toujours.

Il appela Michèle qui vint lui prendre l’autre main.

– Je suis là mon chéri, je suis là.

– Estelle, c’est elle ta…

Dans un dernier geste, il joignit leurs mains et, tandis que sa poigne se desserrait lentement, il souffla son dernier mot.

– … famille.

Choisir une cause, et la défendre jusqu’à la mort.

CHAPITRE 62

2018

Nice, colline du Château,
mercredi 12 décembre, 16 h 43

Quel qualificatif donner à une cérémonie d'enterrement ? Un événement noyé dans les pleurs et la douleur de la perte d'un être cher. Un moment de la vie où l'on se prend à s'interroger. Et après ?

En dépit de l'éducation catholique qu'Estelle et Lise avaient reçue, mon beau-père n'était pas croyant, je pouvais en jurer. Dans l'univers de Claude Cerutti, il n'y avait aucune place pour l'intemporel. Il y avait ici et maintenant, là où tout se décidait.

C'est peut-être pour cela que cette cérémonie fut si belle. Parce qu'à l'image de Claude, elle fut solidement ancrée dans le réel. L'église du Port était comble, des centaines de Niçois, connaissances, amis ou anonymes, avaient fait le déplacement pour rendre hommage à ce nom qui avait jalonné toute une partie de leur histoire depuis l'après-guerre.

Lise était là elle aussi, accrochée au bras de Michèle. Estelle et elle s'étaient parlé un peu avant de quitter la Tour. Dans la douleur de la perte de celui qui avait été le pilier de leur vie, elles m'avaient même semblé retrouver un semblant de complicité.

Joseph-Marie était sorti un peu plus tôt de l'hôpital. Il n'était pas entièrement rétabli mais rien n'aurait pu l'empêcher de porter le cercueil de son frère jusqu'au caveau familial des Cerutti. J'avais aussi croisé le regard du commandant Perret dans la foule, au fond de l'église. Elle m'avait salué sobrement. Elle m'avait téléphoné la veille pour me donner des nouvelles de Bruce qui venait d'être inculpé et placé en détention pour le meurtre de Claude. Il n'avait opposé aucune résistance et était passé aux aveux de la même manière. Elle m'avait confirmé les informations que je possédais déjà ou que j'avais plus ou moins devinées.

C'était bien lui qui s'était rendu au rendez-vous demandé par Georges Viglietti pour représenter le cabinet Chamarre. L'affaire André ne passionnait plus les foules depuis longtemps, alors que pouvait donc bien vouloir ce journaliste ? En premier lieu, il souhaitait établir s'il existait un lien entre cette femme, son enfant et l'affaire de l'assassinat de la famille Armand. Mais ce ne fut que lorsque Viglietti mit le nom de Cerutti sur la table que Bruce comprit combien cette histoire sentait la poudre.

À l'époque il nourrissait déjà un certain désamour vis-à-vis de Claude. Il avait commencé à s'attaquer à un objectif qui lui tenait à cœur depuis des années, redonner vie à un vaste et luxueux projet immobilier que son père avait entrepris à la fin des années 2000 mais qui avait été balayé par la crise mondiale de l'époque. Il s'était vite rendu compte qu'une somme importante, plusieurs millions de dollars, avait alors manqué à l'appel et avait entraîné l'arrêt du chantier. Les appartements n'étaient jamais sortis de terre et, de toute façon, l'explosion des taux de crédit immobilier avait entraîné la fuite des rares acheteurs sur plan. Le Blue Lagoon était mort-né. Bruce n'avait pas eu de difficulté pour remonter la piste de l'entreprise à l'origine du désistement, une société immobilière américaine créée pour l'occasion et derrière laquelle on retrouvait la trace du Groupe Cerutti.

Ce fut dans ce contexte qu'il rencontra Jérôme Kowalsky une première fois. Un simple rendez-vous de principe qui n'aurait jamais eu lieu sans un excès de zèle de Bruce. Mais le discours de Viglietti avait aiguisé son intérêt. Dans quelle sombre histoire Claude pouvait-il être impliqué ? Il avait donc pris contact avec le lieutenant de police afin de l'informer officiellement que le nom de sa mère était ressorti dans une enquête menée par un ancien gendarme et un journaliste sur l'assassinat de la famille Armand. Il n'avait pas évoqué le nom de Cerutti. Mais il avait bien perçu la haine qui animait Kowalsky dès lors que l'on évoquait le sort de Patrick Armand.

Juste avant qu'ils ne se quittent, le policier l'avait retenu par le bras.

– Si vous avez n'importe quelle information sur l'assassin, contactez-moi en priorité.

– Pourquoi ? Qu'est-ce qui vous relie donc à cette histoire ?

Kowalsky avait réfléchi quelques secondes puis avait répondu, la mâchoire serrée.

– Ma mère avait eu une liaison avec Patrick Armand. Elle pensait qu'il était mon père. Vous comprenez combien cette histoire me touche ? Je veux retrouver son assassin depuis des années.

Les mois avaient passé. Bruce avait quitté la France pour les États-Unis, là où il pensait être en mesure de ressusciter l'œuvre de son père. Au fur et à mesure qu'il s'investissait dans ce projet, son ressentiment à l'égard de Claude ne cessait de croître, le persuadant toujours un peu plus que c'était bien lui qui avait précipité la faillite de son père et, de facto, sa mort quelques années plus tard. Néanmoins, sa relation naissante avec Lise agissait comme un balancier. Elle l'avait rejoint à New York et semblait heureuse, ils parlaient même de fonder une famille.

Tout bascula peu avant Noël.

Il sentait depuis plusieurs semaines que Lise était distante, préoccupée. Elle passait de plus en plus de temps avec son père puis Estelle en conversations téléphoniques alors que dans les premiers mois de sa vie new-yorkaise, ils ne s'appelaient quasiment jamais. La mécanique familiale implacable des Cerutti s'était remise en marche. Et il ne tarda pas à en avoir l'absolue confirmation lorsque Lise lui annonça qu'elle souhaitait rentrer seule en France passer les fêtes de fin d'année en famille, pour « réfléchir ».

Ce que personne ne sut jamais en revanche, c'est qu'il prit l'avion le jour d'après pour tenter de sauver ce qui pouvait encore l'être. Il reçut le SMS de Michèle alors qu'il venait d'atterrir à l'aéroport de Nice. Lise et Estelle avaient eu un accident de voiture la veille, elles étaient à l'hôpital mais rien de grave. Il avait tenté de contacter Michèle et Claude en vain. Il s'était alors rabattu sur les standards de tous les hôpitaux niçois jusqu'à trouver le bon. Lorsqu'il était arrivé sur place, Lise n'était pas encore sortie du coma dans lequel elle était plongée. Il n'avait croisé personne de la famille mais un médecin avait pu le renseigner. Il s'était présenté comme son conjoint. Et il avait appris.

Dès lors la haine n'eut plus de garde-fou. C'était désormais toute une famille qui s'était liguée contre lui, il en était persuadé. Claude, évidemment, mais aussi Estelle et même Michèle en qui il avait toujours eu confiance et à laquelle il vouait même une certaine admiration. Et que dire de Lise… Il n'eut droit qu'à un simple coup de téléphone quelques semaines plus tard pour entériner la rupture. Et elle ne lui parla même pas de cet enfant qu'elle avait perdu. *Leur* enfant.

Il essaya bien de noyer sa peine dans le travail mais à New York, les affaires allaient de mal en pis et les investisseurs semblaient le fuir comme la peste. Une manipulation de Claude, encore ? Cette idée ne le quittait pas, tout comme celle de le faire tomber. Il avait toujours en tête sa discussion avec le journaliste. Il essaya bien de le recontacter mais il apprit que celui-ci était décédé dans l'incendie de sa villa avec sa femme. Encore une preuve, s'il en fallait, que ce Viglietti avait tapé juste.

Alors il enquêta seul sur l'affaire Armand. Pendant des jours.

Jusqu'à tomber sur une information aussi importante que surprenante. Son père avait lui aussi collaboré à une opération immobilière dans les années 1980, qui impliquait Armand et Cerutti. Un immeuble niçois baptisé Les Jardins de Perséphone.

Il se rendit dans la vieille demeure familiale des Hamptons, seul vestige d'un passé glorieux que la famille Jenkins avait réussi à conserver. Il n'avait touché à rien, le bureau de son père était tel que dans ses jeunes années, à savoir un foutoir pas possible. Il fouilla dans les vieux dossiers, dans les livres de comptes, dans les agendas… Il n'y trouva que des informations de peu d'importance. Mais il finit par tomber sur ce qui allait changer le cours des choses. Une simple boîte. Son père y avait empilé des photos par paquets de dix, toutes remontant à l'époque où il fréquentait les deux hommes d'affaires niçois. Et sur le sommet de la pile, posée comme une cale, une clé. Énorme, ciselée et martelée à l'ancienne, ornée de magnifiques roses.

Il regarda attentivement les photos qui remontaient toutes aux années 1970 et 1980. L'une d'elles le frappa. Une photo de Claude et Rachele Romani, manifestement prise sur l'instant. Dire que leur complicité était troublante sur ce cliché était un euphémisme. Son instinct lui hurlait que tout ceci n'était pas anodin.

Il se souvint aussi que Claude et Michèle avaient passé plusieurs années aux États-Unis, de 1987 à 1992. Là encore, des documents attestaient de ce long séjour. Son père, Randall, avait même mis à leur disposition son penthouse avec vue sur Central Park.

Mais c'est en tombant sur une photo, en apparence anodine, que son esprit s'embrasa. Une photo prise en novembre 1986 pour les quarante ans de son père comme le prouvait l'inscription sur ce gâteau démesuré qui trônait au milieu de la table. Les deux couples Cerutti et Jenkins y figuraient tout sourire. Michèle était assise au premier plan, elle portait une robe de soirée qui laissait deviner ses formes. Et le moins que l'on pouvait dire c'est qu'elle ne paraissait pas enceinte de sept mois. Estelle était pourtant bien née en janvier 1987, de ce qu'il s'en souvenait. À moins qu'il n'y ait une autre explication possible.

À l'automne 2017, plus de six mois après sa rupture avec Lise, il décida de rentrer en France. Il n'eut aucun mal à trouver un poste dans l'un des plus grands cabinets de la Côte d'Azur, celui de Charles Langlade. Il fut même généreusement recommandé par Claude qui, dès l'instant où il ne risquait plus de contaminer l'une de ses filles, ne tarissait pas d'éloges à son égard. C'était parfait, il serait ainsi très proche de son ennemi. Il décida de rappeler Jérôme Kowalsky pour creuser encore un peu plus l'histoire de la famille Armand. D'abord suspicieux, le lieutenant de police finit par lui donner rendez-vous dans un bar hors de la ville.

Et c'est ainsi que tout commença.

Ils pouvaient presque lire chacun dans le regard de l'autre le degré de haine qu'ils portaient à Claude Cerutti. Kowalsky n'avait pas chômé. Il avait commencé à prendre toute notre famille en filature, à noter nos habitudes, à se fondre dans notre quotidien. Et il s'était aussi rapproché des Berthier. Il apprit à Bruce qu'il savait de source sûre (et pour cause) que les jumeaux n'étaient pas les enfants de Patrick Armand et que celui-ci avait même fait faire des tests ADN à l'époque. Cette seule information entérina toutes les hypothèses que Bruce avait en tête depuis plusieurs mois : la liaison entre Claude et Rachele Romani, la grossesse fictive de Michèle mais aussi le fait que la famille ait décidé d'émigrer en Amérique dès le début de l'année 1987, sûrement pour maquiller l'arrivée de cette enfant tombée du ciel aux yeux de leurs proches.

Lorsqu'il avança auprès de Kowalsky l'idée que la petite Élisa avait survécu à cette nuit-là et qu'elle s'appelait désormais Estelle Cerutti, il sentit que l'implication et la conviction de son futur partenaire avaient franchi un palier supplémentaire.

Bruce choisit de lui laisser carte blanche dans l'élaboration de son plan. Il n'y mit qu'une seule condition : toute la famille devait payer le prix fort, notamment les deux sœurs. Il fallait impliquer tout le monde et enterrer le nom Cerutti à jamais. Il indiqua les leviers sur lesquels jouer, notamment la grande fragilité psychologique de Lise et son caractère influençable. Il remit la clé à Kowalsky, cette pierre angulaire symbole du lien qui avait jadis existé entre son père, Armand et Cerutti. Elle pourrait peut-être leur servir à quelque chose.

Ensuite, il ne s'investit plus que pour une seule chose : avoir la preuve irréfutable qu'Estelle et Élisa étaient bien la même personne. Les laboratoires capables de réaliser des tests ADN en 1986 n'étaient pas légion et celui de l'université de Leicester était connu pour être le pionnier de cette avancée scientifique. Il usa de sa qualité d'homme de loi pour faire comparer le test de l'époque à un nouveau avec l'ADN d'Estelle. Le taux de compatibilité dépassa les 99 %.

La suite de l'histoire était désormais connue de tous.

Enfin presque.

Nous étions réunis sur la colline du château de Nice, au-dessus du cours Saleya, où nous avions fait quelques pas après la cérémonie et la mise en terre. La vue sur la ville y était sûrement la plus belle que l'on puisse trouver. La Méditerranée, intense et scintillante, léchait la barrière blanche du littoral avant de céder la place aux façades bigarrées qui s'étendaient à perte de vue jusqu'aux collines. Un endroit riche de souvenirs et de signification pour Michèle, tant sa vie avait été imprégnée de l'histoire de cette terre et de l'amour qu'elle portait à cette ville.

Elle finit par s'asseoir et par appeler Estelle à ses côtés. Je restai avec Maxime et Joseph-Marie à distance convenable.

– Il faut que je te dise tout maintenant, ma chérie. Car c'est bien la seule chose que je lui ai demandée cette nuit-là, quand il m'a suppliée de lui pardonner et de te garder. Je devais tout savoir. Je n'aurais pas pu avancer autrement.

– Maman…

– Mais je veux que tu saches une chose. Je n'aurais jamais pardonné à ton père si tu n'avais pas été là. En dépit de ses supplications et du fait qu'il ne m'a jamais plus déçue par la suite, c'est toi qui as fait que cette famille n'a pas explosé. Dès l'instant où il t'a mise dans mes bras, j'ai ressenti tout le poids de la responsabilité qui m'incombait.

Il fallait que tu aies une mère. Alors je t'ai faite mienne.

Elle tendit la main à Lise qui vint s'asseoir à côté d'Estelle.

– Mais je n'ai jamais fait de différences entre vous deux. Jamais. Vous êtes mes deux petites et vous le serez toujours.

Une larme perla au coin de ses yeux.

Alors Lise saisit la main de sa mère et celle de sa sœur.

Estelle leva les yeux vers elle.

Et elles eurent l'une pour l'autre ce regard que seules deux véritables sœurs savent échanger. Celui qui descend au plus profond de votre être et vous fait ressentir ce lien indéfectible qui vous unit à l'autre. Unique et indestructible.

Et je ne pus m'empêcher de penser que, dans un dernier pied de nez au destin et à la mort, Claude avait quand même réussi.

Il les avait réconciliées.

CHAPITRE 63

1986

La Colle-sur-Loup,
chemin du Pigeonnier,
lundi 15 décembre, 21 h 27

La Mercedes 500SL avalait les virages de toute la puissance de son moteur. Dans le halo lumineux des phares qui découpaient la nuit, les bandes blanches de la chaussée glissaient à une vitesse folle.

Un virage et les gommes crissèrent en libérant un nuage de fumée.

Claude Cerutti garda une main sur le volant et décrocha son combiné Motorola DynaTac avant de pianoter les dix chiffres qu'il connaissait par cœur. La sonnerie retentit, très lointaine.

Allez décroche, bordel…

Le claquement caractéristique d'une cassette de répondeur.

– Jo ! C'est moi. Je fonce chez Patrick, il vient de m'appeler. Il avait l'air d'un fou. Il se passe quelque chose avec Rachele. Quelque chose de grave…

Il reposa le combiné et enfonça la pédale d'accélérateur.

L'intersection avec le chemin du Pigeonnier lui apparut bientôt à la lueur d'un réverbère et des lumières du bar-tabac qui se trouvait juste en face. Il négocia le virage à fond de quatrième et manqua emboutir la cabine téléphonique qui tenait l'angle. De l'autre côté de la rue, un rideau frémit à l'une des fenêtres du premier étage du bar.

Lorsqu'il arriva face à la grille, elle était fermée. Il descendit du véhicule en laissant le moteur tourner. Il essaya de bouger l'un des vantaux mais les vérins motorisés tenaient leur rang avec solidité. Au travers des interstices, on devinait à peine le chemin qui s'enfonçait entre les arbres pour remonter vers la villa.

Alors qu'il regagnait la Mercedes, il lui sembla entendre un bruit. Il tendit l'oreille. Il avait cru à une détonation. Mais pas celle d'un pétard ni d'un pot d'échappement. Non, celle-ci avait plus de coffre.

Une deuxième retentit. Un coup de feu, aucun doute.

– Nom de Dieu !

Il se jeta dans l'habitacle de la voiture et remit le contact. Il pensa à Rachele, à la voix de Patrick au téléphone qu'il n'avait presque pas reconnue.

Il avança jusqu'à ce que le pare-chocs touche la grille, puis il accéléra de façon progressive. Le portail était trop massif, il devait y aller en douceur. La voiture patina sur les feuilles mortes qui jonchaient le sol mais la grille s'écarta de quelques centimètres. Il accéléra un peu plus, le pot d'échappement libéra un râle noir.

Lorsque les vérins cédèrent, la Mercedes fut propulsée à l'intérieur. Il donna un coup de volant pour ne pas percuter les troncs face à lui et suivre le chemin qui remontait vers la droite. Il ne prêta aucune attention à l'ombre qui filait entre les feuillages et se camouflait dans la nuit pour quitter la propriété.

La voiture remonta la pente à toute vitesse et arriva sur l'esplanade qui bordait l'entrée de la maison. La Land Rover de Rachele était garée là et, juste à ses côtés, en travers du passage et une portière encore ouverte, la Porsche de Patrick.

Cerutti se rua hors de son véhicule et courut vers le perron alors que les phares de la Mercedes projetaient son ombre sur la façade de pierres.

La porte était entrouverte. Il la poussa de la main, en priant ce Dieu en qui il ne croirait plus jamais après ce soir-là de faire en sorte qu'il n'arrive pas trop tard. Mais la vision qui le cueillit fut si terrible qu'elle lui coupa la respiration et lui contracta l'estomac comme si l'on essorait une serpillière.

Elle était là, couchée au bas des escaliers, les membres désarticulés comme un pantin abandonné. Son corps était maculé de sang, ses cheveux, ses magnifiques cheveux n'étaient plus qu'un magma rougeâtre et gluant. Elle portait sur elle le masque d'une mort qui avait dû être d'une violence inouïe.

À ses côtés, Patrick se tenait, chancelant, la bouche déformée par un atroce rictus et le front en sang.

Il tenait un fusil à la main.

Quelque chose céda en Claude.

Quelque chose qui annihila toutes les défenses mentales que son esprit avait forgées et ne fit ressortir que ses pires instincts, refoulés au plus profond de lui-même.

Il se jeta sur Patrick en hurlant. L'autre esquissa un geste de défense en levant le fusil au niveau de son torse. Cerutti attrapa l'arme des deux mains et essaya de lui envoyer un coup de tête en pleine figure. Mais Armand l'évita et remonta la crosse d'un geste sec vers le visage de Claude. Il lui ouvrit l'arcade sourcilière.

La blessure décupla la rage de Cerutti. Il n'entendait même plus les supplications d'Armand qui tentait de le raisonner. Un coup de feu partit et le plâtre explosa juste au-dessus de la porte d'entrée. Cerutti envoya un coup de genou au ventre qui fit plier son adversaire. Il enchaîna d'un coup de poing au visage.

Armand lâcha le fusil et tituba.

Une pluie de coups de poing s'abattit alors sur lui, ponctuée des cris de Cerutti qui ne se contrôlait plus. À chaque impact, c'était le visage de Rachele qui s'imposait à lui.

Ce visage qui le hanterait désormais toute sa vie.

Il poussa Armand dans le salon jusqu'à la table basse en verre trempé.

Un dernier coup en pleine poitrine et Patrick s'écroula en hurlant de douleur alors que le meuble explosait sous son poids. Il tenta de se relever, s'écorcha les mains et les avant-bras sur les montants métalliques et les tessons saillants. Cerutti était à bout de souffle. Il regarda Armand dans les yeux et éructa un cri presque inaudible :

– Pourquoi ?

Mais Patrick n'était même plus en état de justifier quoi que ce soit.

Claude remarqua un énorme cendrier en marbre à ses pieds. Il le ramassa d'une main ensanglantée.

Face à lui, Armand était presque debout lui aussi, déjà plus cadavre qu'homme.

Une dernière vision de Rachele lui apparut. De cette femme qu'il avait aimée d'un amour si brûlant, si dévorant.

Ses doigts se resserrèrent sur la pierre froide.

Et son bras partit en direction de la tête de Patrick.

Il ne le regarda plus, il entendit seulement son corps chuter sur le sol en même temps que le cendrier qu'il venait de lâcher.

Puis il avança jusqu'au vestibule tel un zombie.

Il se pencha sur le corps de Rachele, essaya de la prendre dans ses bras et la remit dans une position plus convenable, comme si elle était assise au pied de l'escalier. Et il pleura.

Soudain un frisson l'électrisa. Il pensa aux enfants ; il ne les entendait pas. Il se releva, parcourut les marches jusqu'à l'étage et s'enfonça dans le couloir du fond.

La porte de la chambre était ouverte.

Son cœur explosa lorsqu'il pénétra dans la pièce. Il faillit vomir.

Il vit le corps du petit Raphaël plié en deux au bas de son bureau. Une flaque de sang imbibait la moquette et semblait ne jamais vouloir arrêter de se répandre.

– Oh mon Dieu, non ! Oh mon Dieu ! Non ! Non ! Non !

Il avança en larmes vers le petit corps avec l'impression qu'on lui enfonçait des lames de rasoir dans le ventre. Il tendit la main vers lui, fébrile, mais ne réussit pas à le toucher. C'était trop dur.

Il essuya ses yeux d'un revers de manche et sonda le reste de la pièce. Sur le deuxième lit, les couvertures étaient roulées en boule au milieu d'un tapis de plumes de duvet. Il distingua un impact de balle sur le mur juste derrière. Il avança et posa une main sur le dessus-de-lit. Il prit une grande inspiration et le retira.

Il y avait deux oreillers roulés en boule dessous.

– Qu'est-ce que…

Claude fit volte-face et il lui sembla entendre un gémissement.

Il tourna la tête et finit par poser son regard sur le seul endroit qui pouvait encore abriter quelqu'un.

L'armoire.

Il avança jusqu'à elle et ouvrit doucement la porte.

Une petite tête blonde se tenait là, cachée sous les vêtements. Elle se contracta encore plus lorsque la lumière arriva jusqu'à elle.

Claude avança sa main.

– N'aie pas peur, viens…

La petite le scruta de ses grands yeux bleus, les mêmes que ceux qu'elle transmettrait un jour à son enfant. Elle hésita, puis se mit à pleurer. Claude la prit dans ses bras et l'extirpa de l'armoire en faisant attention à ce qu'elle ne voie pas le corps de son frère.

– Rafel, Rafel… disait la petite Élisa.

– Viens ma puce, on s'en va, lui glissa Cerutti à l'oreille.

Il porta l'enfant dans ses bras jusqu'à l'escalier, où il cala sa tête dans le creux de son épaule pour qu'elle ne puisse pas voir sa mère qui gisait en contrebas.

– Tu es forte, ma puce, tu es très forte tu sais, rien ne peut t'abattre, rien ne le pourra jamais, tu es la plus forte… ne cessait-il de lui répéter.

Et la petite finit par s'abandonner dans ses bras, comme si elle le croyait.

Une silhouette fit irruption dans le hall d'entrée, revolver au poing.

– *Porca miseria !* lâcha le jeune homme aux cheveux longs en voyant le cadavre au pied des marches.

Puis il se ravisa lorsque Claude s'approcha avec la petite dans les bras.

– Bordel, Claude, qu'est-ce qui s'est passé ici ?

– Ils sont morts. Patrick les a tués. Il ne reste qu'elle.

– Bon sang, fit Jo en posant la main sur le dos de la petite.

Ils sortirent sur l'esplanade. Claude marchait en serrant l'enfant mais paraissait complètement désorienté. Il manqua s'effondrer sur le gravier.

– Je vais te ramener, dit Jo.

– Ça va aller, ça va aller.

– Tu plaisantes ? T'as vu ta gueule ? Monte dans ma tire à l'arrière avec la gamine, je vais planquer ta Merco un peu plus bas.

– Et on va où ?

Jo le regarda droit dans les yeux.

– Voir la seule personne qui pourra nettoyer tout ce merdier.

Joseph Cerutti écouta le récit de son fils avec attention, sans le couper, sans qu'aucune expression vienne perturber son faciès de septuagénaire rompu aux décisions difficiles. Quand Claude eut fini, Joseph expira comme s'il venait de passer plusieurs minutes en apnée.

– Sa femme et son fils ? demanda-t-il comme pour être bien sûr.

Claude porta la main à ses yeux.

– Morts, dit-il dans un sanglot.

– Et tu l'as tué, tu es sûr ?

– Je… Je pense oui. Il ne bougeait plus.

– Bon.

Joseph pointa la petite Élisa avec sa canne. Elle dormait sur l'un des fauteuils du grand salon, emmitouflée dans une couverture.

– Alors, d'après ce qu'il t'a dit, elle, ce serait…

Claude acquiesça.

– Ma fille. Ta petite-fille.

Joseph respira profondément une nouvelle fois. Il frotta sa moustache de son index puis se leva. Il alla près d'un guéridon sur lequel se trouvait un téléphone noir. Il sortit un petit calepin, le feuilleta et le maintint ouvert devant lui. Puis il décrocha le combiné et fit tourner le cadran pour composer un numéro.

– C'est moi, dit-il après quelques secondes, oui il est tard mais j'ai besoin de toi… Oui… Tout de suite, c'est ça… Voilà l'adresse… Dépêche-toi.

Il raccrocha et revint faire face à son fils. Il lui lança un regard qui ne souffrait aucune contestation.

– Écoute-moi bien. Tu vas rentrer chez toi avec l'enfant. Tu vas parler à ta femme et lui dire la vérité. Toute la vérité, Claude. Tu lui diras quel imbécile tu as été, en priant le ciel pour qu'elle soit assez folle pour te pardonner. Et tu vas lui demander de garder cet enfant. Tu m'as bien compris ? Cette petite, c'est la vôtre désormais.

– Mais…

Le vieux leva la main.

– Beaucoup de décisions devront être prises dans les prochains jours. Je n'aurai pas de problèmes pour obtenir un faux certificat de naissance mais il faudra maquiller son âge, peut-être même tirer un trait sur les deux premières années de sa vie.

– Les gens poseront des questions ! Les amies de Michèle ne l'ont jamais vue enceinte ! Comment justifier l'apparition d'une enfant de deux ans ? Comme ça ? répliqua Claude en claquant des doigts.

– Vous devrez partir. Quitter la France pour quelques années, le temps que cette histoire se soit tassée. La petite suivra son début de scolarité à l'étranger, vous lui ferez sauter une classe ou deux pour compenser. Quand vous reviendrez, personne n'y verra plus rien. Une enfant de cinq ou six ans peut paraître mûre pour son âge sans que cela ne pose question.

Claude se laissa tomber sur le fauteuil, l'air accablé.

– Après tout, c'est peut-être le moment d'essayer de nous développer aux États-Unis, ajouta-t-il avec résignation.

Le vieux acquiesça en lui posant une main sur l'épaule.

– Et nous ne reparlerons plus de cette nuit. Jamais, conclut-il.

Puis il se tourna vers Joseph-Marie qui fumait dans le fond de la pièce.

– Et toi, tu vas m'amener là-bas. Tu vas conduire la DS. Mais avant, viens m'aider, on doit aller prendre autre chose.

Le commissaire divisionnaire André Lanville descendit les marches de l'escalier et revint près de Joseph Cerutti. Le vieux avait fait le tour des scènes de crime avant de retourner dans le vestibule. Il réajusta son feutre et effaça un pli à son pardessus. Puis il ne bougea plus. Sa canne semblait vissée au sol.

– Bon sang, Joseph, quelle merde, qu'est-ce que tu veux que je fasse ? Qu'est-ce qui s'est passé ici, bon Dieu ?

– Un inconnu est entré et a tué tout le monde.

– Ah ça merci, j'ai encore des yeux pour voir !

– Tu dois m'aider, André.

– T'aider, Joseph, mais t'aider à quoi ? Il faut que j'appelle les collègues, oui.

Cerutti le prit par l'épaule.

– Là-haut, à l'étage…

– Le gamin ? C'est l'horreur !

– Il y en avait un deuxième, une fille.

– Quoi ? Mais où est-elle ?

– Elle est morte aussi. Et on doit le savoir.

Lanville lâcha un rire cinglant.

– Qu'est-ce que tu me racontes Joseph ? Hein ?

Cerutti planta ses yeux dans les siens.

– Ce que je te dis, André, c'est qu'il y a deux enfants là-haut. Et ils sont morts. Tous les deux.

Le commissaire fit quelques pas dans le hall en se prenant la tête entre les mains.

– Putain, Joseph…

Cerutti s'appuya sur le pommeau de sa canne. Il chercha encore le regard de son ami.

– Je ne voudrais pas avoir à te le rappeler, André.

– Bon sang…

– Berre, juin 1944. J'étais avec ton père là-haut.

Lanville baissa les yeux.

– Bien sûr Joseph, bien sûr. Je sais que tu lui as sauvé la vie. Comment je pourrais l'oublier ?

Cerutti n'ajouta plus rien. Depuis l'interstice de la porte d'entrée, la fumée de la cigarette de Joseph-Marie s'infiltrait à l'intérieur de la maison.

– C'est d'accord, souffla Lanville. C'est d'accord.

– Que te faut-il ?

Nouveau rire grinçant.

– Bon Dieu, un légiste déjà. Qu'on le mette dans la combine. Il faut qu'il soit là avant tout le cirque habituel pour qu'on fasse semblant d'évacuer un corps.

– Tu en connais un ?

– Putain Joseph, ça va te coûter bonbon.

– Tu en connais un ? répéta Cerutti.

– Oui, je pense. Un Ruskov qui n'a pas bonne réputation et qui biberonne un peu trop. Le blé pourrait l'intéresser. Beaucoup de blé.

– J'ai douze millions de francs en liquide. Deux sacs dans la voiture.

Lanville écarquilla les yeux.

– Bon, bon. OK. Il faut aussi faire disparaître le fusil. La crosse est tachée de sang. On ne sait pas trop de qui d'ailleurs mais mon petit doigt me dit que tu n'as pas envie qu'on sache qui était là, non ? Si on trouve ce fusil, je ne pourrai pas empêcher les équipes de la technique de s'y intéresser. Et vu les trophées de ton gars, ses armes doivent être enregistrées. Si on enlève celle-ci, elle manquera à l'appel. Ça pourrait attirer l'attention, on ne sait jamais.

Cerutti ne répondit pas. Il regarda l'armoire. À travers la vitre ouverte, on pouvait voir cinq armes parfaitement alignées.

Son regard fila ensuite sur la carabine Mossberg que Lanville avait prise en main avec l'aide d'un mouchoir en tissu. Puis il revint sur le paquet de cartouches ouvert qui gisait au bas de l'armoire.

– Jo ! cria-t-il soudain.

Joseph-Marie passa une tête dans l'entrebâillement de la porte.

– Dans le coffre, tu as une Browning et une Winchester. Tu m'apportes la Winchester.

Jo repartit aussi sec et revint quelques secondes plus tard avec la carabine en main. Il la donna à Joseph.

– Elle n'est pas enregistrée au moins ? demanda Lanville.

– Enregistrée ? Enregistrée auprès de qui ? Ça fait trente ans que je tire avec cette arme. C'est du calibre .30-30, le même que la Mossberg.

Il essuya la crosse, la gâchette et le canon de l'arme avec le pan de son manteau puis il la posa dans l'armoire, remit la boîte de cartouches et referma la vitre. Sans se douter un seul instant que trente-deux ans plus tard, cette arme servirait à sauver la vie du mari et du fils de la petite Élisa devenue grande.

– Six emplacements, six fusils, tous du bon calibre, dit Cerutti. Avec un peu de chance, personne ne posera de questions et tout le monde pensera que le type est reparti avec son arme.

– OK, Joseph. Je vais essuyer les traces sur le cendrier et maquiller la scène là-haut, on va faire croire que la gosse était dans son lit. Il ne reste plus qu'à convaincre les gars qui feront le premier rapport de pas trop verser dans le détail. Et je ferai le reste pour l'enquête. Au bout de quelques semaines, j'enterrerai le dossier de façon définitive.

– Tu vas y arriver ?

– Une fois qu'on aura fini ici, oui. Je vais me renseigner pour savoir qui est de service ce soir. En appelant directement le central de Nice, j'ai plus de chances de tomber sur des gars que je connais. J'attendrai ici que tout le monde arrive.

– Parfait, dit Cerutti. Et pour la mise en bière ?

– Putain oui…

– Il faudra que ton légiste trouve un corps.

Lanville réfléchit quelques instants.

– Il y a cette famille anglaise. Les parents et les trois gosses, tous morts dans un accident de voiture il y a un mois. Je crois que personne ne s'est encore manifesté. Pas de famille connue. Ils sont toujours au frigo chez nous. L'un des gamins avait quasiment le même âge.

– Très bien. Je te laisse les sacs.

– Pas maintenant. Filez, je me démerde seul. On se recause pour le blé.

Joseph lui tendit la main.

– Je ne l'oublierai pas, André.

– Si tu veux m'aider à passer préfet, ne te prive pas !

La moustache de Cerutti s'étira.

Puis il sortit dans la nuit et regagna la Citroën avec Joseph-Marie.

– J'ai planqué la Merco plus bas, dit Jo.

– Bien ?

– Ça devrait aller pour la nuit.

– Va la prendre maintenant, je vais rentrer avec la DS.

– Avec ta jambe ?

Le visage de Cerutti s'assombrit à l'évocation de cette vieille blessure de guerre.

– Joseph, elle est sur un parking presque bondé, à près d'un kilomètre d'ici. Le coin est tranquille. Je repasse au petit matin la prendre avec un collègue, ne t'en fais pas.

– Très bien, accepta Cerutti.

Joseph ouvrit le coffre et y déposa le fusil en l'enroulant dans une couverture.

Puis il le referma et se retourna.

Son regard se posa une dernière fois sur la maison.

Un sentiment intense l'étreignit. Un sentiment comparable à ceux qu'il éprouvait lorsqu'il était prisonnier de guerre dans les baraquements de Prusse-Orientale, un sentiment qui brûlait ses sens et ne lui laissait jamais de répit.

Oui, quelque chose ici flottait dans l'air.

Cette histoire qu'ils venaient d'écrire les rattraperait tous un jour ou l'autre.

La mort avait toujours appelé la mort.

Septembre 2016 - avril 2020

REMERCIEMENTS

Écrire un roman est l'une des plus belles aventures qui soit. Mais c'est aussi un travail qui exige une solitude quasi absolue pendant de nombreux mois. Alors, quand on commence à apercevoir la lumière au bout du tunnel, on est heureux de trouver des personnes dont le soutien et l'implication permettront de mener cette aventure à son terme de belle manière.

Je remercie toutes les équipes de Hugo Publishing et tout particulièrement Arthur de Saint-Vincent, Bertrand Pirel et Sophie Le Flour pour leur travail et leur confiance. Merci à Célia Giglio pour son implication et sa bonne humeur permanente. Et, bien sûr, Alice Serverin qui m'a accompagné avec ferveur et brio tout au long de la correction éditoriale de ce deuxième roman comme elle l'avait déjà fait pour *Je ne t'oublie pas*. Merci pour ton travail et ta disponibilité, Alice, je suis heureux que nos routes se soient croisées.

J'adresse un immense remerciement à Barbara Abel qui m'a fait le plaisir et l'honneur de lire

Les Yeux bleus en avant-première et de me faire part de ses impressions et de ses conseils. Dire que j'en ai été touché est un euphémisme.

Quelques personnes m'ont apporté leur aide et leur expertise pour certains passages de ce roman. Je remercie mon spécialiste santé attitré et préféré, le docteur Arnaud Clavé (mon pauvre tu n'as pas vraiment été à la fête dans ce livre, je tâcherai de me rattraper dans le futur) ainsi qu'Alix Bernardo qui a eu la gentillesse de me parler un peu de thérapie par l'hypnose. Merci aussi à maître Julien Chamarre que j'ai sollicité sur quelques questions juridiques et qui a su répondre présent à chaque fois.

Vous vous êtes reconnus (ou presque) à un moment ou à un autre dans ce livre et c'est normal : Denys Hébert, Luc Canavate, Stéphanie Apostolo, Sébastien « Jean-Paul » Tanzi, Sandra Girard, Stéphanie Cugnolio-Rol, Arnaud « Antonin » Clavé, Matthieu Barèges, Carine Raillot-Lerda, Jean-Jacques Bompard, Audrey Villard, Nicolas Mougeot, Jean-Philippe Lebrun, Georges Viglietti (avec ton frère cela va sans dire !), Marc Aparicio, Pascal Abril, Thomas Benigno, Mathieu Magliano, Alexis Pélikan et Sébastien André (je savais que vous étiez nés pour ne faire qu'un), Sophie Pérez… Merci pour votre amitié et chaque moment passé ensemble.

Bien évidemment je pense aussi à mes lecteurs, passés, présents et futurs. À tous ceux, très nombreux, qui ont pris le temps de m'adresser un petit mot sur les réseaux sociaux pour me faire part de leurs impressions sur *Je ne t'oublie pas* mais aussi à ceux qui se déplacent en salons et contribuent avec passion à faire vivre ce fantastique milieu du livre. Que serait un auteur sans vous ? Merci mille fois.

Enfin, ma dernière pensée sera pour vous trois, Benedetta, Giulia et Lorenzo. Sans vous, il n'y aurait pas grand-chose.

Composition et mise en pages
Nord Compo à Villeneuve-d'Ascq